风吹过牧场

肖文俊 著

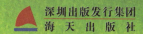
深圳出版发行集团
海天出版社

图书在版编目（CIP）数据

风吹过牧场／肖文俊著．—深圳：海天出版社，2017.6
（蜂巢文库·大地文丛）
ISBN 978-7-5507-2025-1

I. ①风… II. ①肖… III. ①纪实文学－中国－当代 IV. ① I25

中国版本图书馆 CIP 数据核字 (2017) 第 137524 号

风吹过牧场
FENG CHUIGUO MUCHANG

出 版 人：聂雄前
出 品 人：刘明清
责任编辑：岑 红
责任印制：李冬梅
封面设计：天之赋设计室

出版发行：海天出版社
地 址：深圳市彩田南路海天综合大厦（518033）
经 销：全国新华书店
印 刷：北京新华印刷有限公司
开 本：889 毫米 ×1194 毫米 1/32
字 数：304 千
印 张：14.125
版 次：2017 年 6 月第 1 版第 1 次印刷
定 价：58.00 元

策 划：大道行思文化传媒有限公司
地 址：北京市海淀区蓝靛厂南路 55 号金威大厦 707—708 室（100097）
电 话：编辑部（010-51505075） 发行部（010-51505079）
网 址：www.ompbj.com 邮箱：ompbj@ompbj.com
新浪微博：@大道行思传媒 微信：大道行思传媒（ID：ompbj01）

序

蒙古人

扫一扫 边听边读

　　我像理解一个游子对于故乡的深情一样，理解这个生于内地的人对于内蒙古高原的热爱。

　　有些时候听到乌哈斯说老肖要来内蒙了，要去白云深处呆几天，我就知道他又厌倦了城市里的嘈杂喧嚣，想到草原上看看辽远白云，听听悠扬牧歌。或者只是到牧场上来静一静，停下脚步发呆。说实话，每次想到能在草原过一段心无挂碍、自由自在的日子，我自己也像满身都披上了来自草原天空的温暖阳光，骨骼都变得温柔缠绵了。

　　在热爱草原的人眼里，草原就是天堂，是心灵可以安睡的地方。

　　我曾经在离北京最近的草原乌兰布统向南望去，看见远处经由燕山深入到内蒙古高原的马路由远及近，一直伸到脚下。那条翻过塞汗坝进入草原的路如今早已经铺上了平整的柏油，很多年以前，那里曾经洒满清军兵勇激越的马蹄声，如今这条路上不只有草原上的马走过，也有来自城市的铁马往来，一些满怀对草原游牧文化的尊重和膜拜的内地人通过那条马路进入内蒙古高原，再从这里往北、往东、往西，进入更深的草原，在天地之间寻找城市里不可能遇见的美丽。我知道文俊也很多次从这条路上进入

01

蒙古高原，最频繁的时候，他在十天里两次从这条路进入乌兰布统古战场，那是秋天，乌兰布统的草原、森林、湖泊、沙地每天都展现出不一样的美丽。但是即使秋天已经美不胜收了，那也远远不是草原之美的全部，到了冬季，冰雪草原更让人内心震撼，垂涎再三。

季节在草原上轮回，远方的朋友对草原的爱从未改变。文俊说，很多次到草原来，走的是同一条路，却是不一样的心情，草原上的云影、牧人、夕阳、河水在不一样的季节给人不一样的慰藉。年年岁岁，枯枯荣荣，内蒙古高原的浩荡深情总是能让远道而来的人们流连忘返。

是啊，每一杯奶茶里都有与众不同的甜美值得细细品味。

这些年，他渐渐成为内蒙古高原的常客，或者在东部，或者在西部，或者独自一人，或者带着妻儿，在草原想念他的时候他总会准时出现在草原上。一个出生在南方的汉人，不仅钟情内蒙古高原的白云蓝天、牧人草场，了解蒙古民族的前世今生、习惯风俗，而且能在马群里一呆一整天，在毡房里一住一星期，和牧人一起吃手扒肉、喝奶茶，有无数个草原上的朋友指路……怪不得草原上的人总是对他说"回来看看吧，回到草原上的家来看看。"他比很多出生在内蒙高原的人还熟悉内蒙古。也许真的如他所想：他的前生正是草原上的一匹马，一匹狼，或者一个牧羊的儿郎。

城市的浮躁在他"成为蒙古人"的过程中发挥了不可低估的作用，他不止一次说起"城市里诱惑和欲望太多"，"城市里已经嘈杂得藏不下一颗恬淡的心了"，"静下来，脑子里就映出草原人家的毡房里炊烟袅袅。"这时候，乌哈斯出现了，越野车出现了，他们重返白云飘荡、牛羊欢唱的草原。套马杆在天空下弯成秋月般的弓弦，一匹黑色的野马像刚刚从弓里射出的飞矢，套马手策马狂奔，紧随其后。而这对蒙汉兄弟说不定就在附近的牧场上把臂言欢，他们或者插科打诨，或者说古论今，像牧场上的两颗树一样在长生天的眷顾下自由生长。

"敕勒川，阴山下。天似穹庐，笼盖四野。天苍苍，野茫茫。风吹草低见牛羊。"这支古老的歌谣描绘的不仅是阴山之下水草丰美、牛羊茁壮的草原美景，也是古代北方民族的生活写照。在古代北方，"其民乐野处而乳食"，"居无常所，逐水草而进"，这种天人合一，与大自然和谐相融、共存共生的理念里传承着博大精深的草原文化中"崇天""敬天"，以顺从"长生天"的意愿为基本特征的生态和伦理原则，也成为当今社会里崇尚自然、追求自由、渴望放达不羁的人们梦寐以求的生活方式。

这，也许正是文俊和哈斯长期以来在内蒙古高原不倦行走的精神驱使和原始动力。

2017.5.30

我出生在牧人家里，
辽阔的草原，
是哺育我成长的摇篮

Contents 目 录

序　　　　　　　　腾格尔　01

大漠黄昏　　　　　　　　001

草原纪事　　　　　　　　045

狼奔　　　　　　　　　　117

秋天的探戈　　　　　　　166

西区故事　　　　　　　　245

净界　　　　　　　　　　329

后记　那些消失在风里的路　416

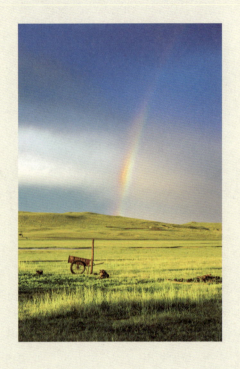

现在草原上没有英雄了，英雄们长眠在时间之外

大漠黄昏

♫ 天边如歌

扫一扫 边听边读

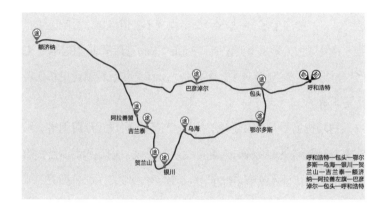

呼和浩特—包头—鄂尔
多斯—乌海—银川—贺
兰山—吉兰泰—额济
纳—阿拉善左旗—巴彦
淖尔—包头—呼和浩特

1　那石头

从北京起飞的航班在空中飞行 45 分钟就到呼和浩特，我还没来得及开放心里那些因为离开城市而怒放的花儿，机上广播就开始提醒旅客们做好降落准备，然后飞机落地。

更多的出行是自己开车，一百公里和一千公里的抵达方式都是自驾，想来这还是第一次以短途飞行的方式开始长途旅行。和乌哈斯约好了在呼和浩特见面，再搭他的车向西。

从现在开始，以后的很多有关旅行的故事里会出现"乌哈斯"这个名字，这个出生在科尔沁草原的蒙古汉子占尽了古道热肠、侠肝义胆、心细胆大、吉人天相等等美名，我俩都在媒体供职，闲来都喜欢满世界拍点美景，既是同行，也是同好。十多年里我们一起完成的很多次旅行，都是同吃同住同劳动，还同抬杠。男人之间太熟了到一起就爱抬杠，这大概是雄性动物的本能。还有种本能是好为人师，人皆如此，我俩也莫能外。有时候我们在饭桌上同时拍着对方的肩膀向同桌众人介绍说"要是论摄影，这是我最得意的徒弟了"。大伙面面相觑，不知道应该怎么响应才合适。我俩这种关系用蒙语说叫"Anda"，北京话里叫"铁磁"，史称"死党"。除了师徒关系扯不清楚，兄弟之情已经被历史和现实反复证明了。

白塔机场不是个很复杂的机场，走下飞机没几步路就出了候机楼，一眼就扫到接机的人群里哈斯的笑脸。除非身不由己，哈斯总会让我在进入蒙古高原的第一时间看见他的善意和热情。或许蒙古族就是这样，他们看重朋友珍惜友情，热诚善良，爱恨炽烈，随时愿意穿过整个草原来看你。

相视一笑，眯着眼睛互道了声"老师——"，搂了彼此的肩膀，我们去找午饭。

机场离市区很近，很快就在附近找了间馆子坐下。还没从北京出来心就往西狂飞，到呼和浩特了屁股很难在椅子上坐踏实。哈斯还好，他内蒙古出生，内蒙古工作，从蒙东到蒙西各地都不陌生。我不行，马上就要开始体验"驾长车，踏破贺兰山缺"的快意，早就意乱情迷，浑身万马奔腾。

很快吃完饭，钻进越野车，向西走了。

没进过大漠的人对戈壁的印象来自古往今来的诗歌小说图

画，其中有两个最著名的特写：大漠孤烟，长河落日。剩下的还有两个字：不毛。许是因为心急，离开呼和浩特不久，我接过司机手里的方向盘，开始向着太阳奔走，去跟"不毛"见第一面。

车像一只自由的鸟在天地之间尽情舒展翅膀追逐清爽的风。公路两边房子越来越少，山野越来越多。云彩在车的前前后后出没，从高处冲着没见过世面的我挤眼。人如果掉进自己梦想的生活里，骨头都是酥软的。

出包头，经东胜，过鄂尔多斯，到杭锦旗，一路都是戈壁，我很吃惊这一路远比想象中的荒原要"繁荣"得多，沙砾中不仅有植被，而且是绿的，连续的，还算茂盛的，并非黄沙漫漫，寸草不生。问乌哈斯"咱们的戈壁狂沙呢？"他说，今年雨水好，戈壁里长出不少植物。我觉得老乌可能觉得我那么想马上看见戈壁的念头有点不可理喻，戈壁很好吗？有那么好看？他或许会这么想，或许会觉得我的期待有点病态。

但是我是真的很想立刻看见戈壁和沙漠的肌理，一个南方人对于西部的无知和求知都是不容易掩藏的。现在离开呼和浩特已经五个小时，还没到"穷荒绝漠鸟不飞"的戈壁，我几乎有点儿按捺不住了。肉体一样丰腴、丝绸一样柔韧、大海一样浩瀚的沙海，还不知道远在何处。

夕阳也失去了耐心，无精打采地向西山滑下去，天色暗下来。为安全起见我把车交给了随行的司机，他比我年龄大，又长年在内蒙古本地开车，路况熟、技术好，能比我更好地驾驭这台越野车。

快 20 点了，再有不到 30 公里就到乌海。老乌的同学已经在乌海准备好晚餐，今天晚上我们要住在那里。

越野车的灯光在墨黑的夜空里切割出两根魔棒一样不断变幻的白色玉柱来，我在副驾位置上臆想乌海朋友准备的晚餐里手扒肉会是种什么样的不同以往的香。忽然一声巨响，眼前尘土飞扬！

我本能闭上眼睛，车在一阵急促短暂的轰响和震动之后安静下来。可以肯定那台越野车和车上的三个人曾经有几秒或者十几秒死寂的过程，之后车里的人才反应过来，出事了。

再次睁开眼睛的时候，看见车在一个大坑里，施工路段常见的那种巨大的坑。哈斯和我几乎同时问："你还好吧？"

"还好，腿顶了下。可能擦破了。"哈斯在后座上，巨大的冲力把他甩向司机座椅后背。

"我还好。"我说，扭头问司机："你呢？"

"头晕，有点恶心。"司机把头靠在车窗上说。脑震荡？我最先想到的脑震荡反应。副驾这边是有安全带的，我过来的时候拉了几次，吃不上劲，就没再系上，司机也没系安全带，不料就出事儿了。听他说话的口气应该是撞得比较重。看见他额头有血渗出来，赶紧在手套箱里翻出卷纸准备给他擦血。一低头，眼睛被一股从上往下的暖暖的红血覆盖了。

"你眉毛在流血。"哈斯说。

"擦！"我骂了句脏话，一股热血啪嗒啪嗒滴在大腿上。

撕下一条卷纸叠成纱布的形状，压住伤口，把剩下的纸递给司机。

哈斯摸出手机跟乌海的朋友联系，等朋友过来的工夫，再给保险公司在当地的分理打了电话，救援车也正在赶来。

坑口还有若无其事的沙石继续往坑底淌，一些小石子落在车身上再弹起来再落下，弄出些单调的响动，像是在嘲弄鲁莽的我们。

"怎么回事啊？"哈斯问司机。我们从车里出来，爬到坑外，在路边拼凑事发前的情形。

刚才走的那条柏油路本来是笔直向前的，因为路下的涵洞施工，公路临时绕出一个 L 弯。夜晚视线不好，车速也快，司机没看清改道，笔直冲过去，车冲出弯道径直冲上了一堆砂石，再跃过砂石堆落进坑里，撞在一块巨大的石头上停住。当砂石暴雨一样砸向车顶的时候，我像出膛的炮弹射向挡风玻璃，0.1 秒，或者更快，车停住了，我的头撞在玻璃上。

哈斯的乌海朋友很快带车来到现场，我和头晕的司机被拉往乌海海南区医院。哈斯说他不用马上去医院，就留在现场等保险公司来查勘，完事儿以后去吃饭的地方会合。

海南区医院的大夫急人所难还尽心尽力。大夫说我头皮里扎进去不少细碎的玻璃碴，右眉骨表皮开裂，右前额头皮擦伤，左膝擦伤。把我推进 CT 机扫了扫，别处没发现啥大碍。检查完，医生用生理盐水洗净我头顶的创口，再用镊子小心翼翼捡了近半小时，从头皮里挑出一堆黄豆、米粒、芝麻般大小不等的玻璃碴子。

右眉上缝了五针。我说大夫这眉骨上不会留个疤吧？大夫问是不是没结婚啊怕找不着媳妇？我说没结婚就没事儿了就是因为结婚了才成了夫妻共有财产，未经夫人同意在千里之外把她的人磕残了回去不太好交代啊。大夫一把岁数了，这个见过世面的天使破例在手术台上对着我刚刚撞出火星子的脑袋笑了笑，温柔体贴地安慰我："你就放心吧，用的小针小线，小针小线。"他特意重复了一遍，"线一拆下来啥也看不见。"这么一说我忽然觉得这头撞得还挺完美。以至于大夫缝完伤口，垫上纱布，用绷带把头裹起来的时候，我居然从内心涌起了一股子秦皇兵俑般的充满神圣意味的自豪感来。

刚刚处理完伤口，妻从北京打电话过来问今天这一路上怎么样啊，我心里忽然一热，然后短暂失措，紧跟着鼻腔里爬进一缕细细长长的酸。

迟疑了一下，我选择了瞒她。

告诉她我很好，今天的行程都在计划之内。我跟她说沿途的戈壁没那么荒凉，大漠公路上没有一个人，也没什么车，我们旅行得兴高采烈。放下电话，我觉得有点对不起妻子，没有替她看管好我。如果告诉她刚刚跟车一起扎进大坑现在正头破血流，她大概会立刻飞赴戈壁。但是没有，我没有告诉她，我答应过努力给她幸福的生活，凡人的幸福生活是细碎和庸常的，能够睡一个踏实安稳的觉，能够让悬着的心有所着落，能够让冰凉小手栖落在温暖的大手里，就是幸福。

哈斯很快办完报案手续把车安顿好，也来到吃饭的蒙古包里。他说保险公司的两个人到现场看完，填了勘查报告就让他把车开到指定的修理厂。

"我？开到修理厂？！"哈斯觉得应该是保险公司的人接手后续的事。

"他不会开车。"两个人中的一个指着另一个说。

这时候哈斯不好再说自己也不会开车了。他是会开的，但是刚刚学会不长时间。那时候他的开车技术只够把车点着，再撞坏点什么。而且经过刚才那一折腾，乌哈斯也不确定那辆车还能打着火，动起来。

他说他拉开车门坐进撞坏的车里的时候，脑子里是黑的。钥匙一拧，马达居然响了，脑子里才有了一丝光亮。他尝试着进进退退左拧右掰把那车从坑里挪出来，又下车看了看车子破了相的样子。水箱瘪了，引擎盖子拱起来一块，哈斯狠狠两脚把挂在前轮上的保险杠踹开，双手抓着方向盘，跟着保险公司的车，吱吱呀呀地往乌海市区走，居然在散架之前把那辆撞得七拱八翘的车开到了修理厂。不得不说那辆进口的大型越野车还是挺抗造的。经过那么一撞，能碎的碎了，该瘪的瘪了，发动机依然完好，传动和制动系统没有致命损坏，虽然步履蹒跚，总算还能行动。更重要的是，哈斯在很多关键时刻确实会让人想起"超能力"这个东西，你觉得不可能甚至他自己也以为不可能的事，忽然就可能了。像一个受了伤的战士不仅跌跌撞撞冲到山头，插上了团队的旗帜，还坚持到了最后的胜利。让人在任何时候想起这些事来都愿意报以掌声。

未来的旅途中还有更加奇异的事情发生，那些绝处逢生的惊奇再三让我相信哈斯在麻烦缠身的时候真的会有神助。

有了排除万难赢取胜利的经历，哈斯一进蒙古包里就掩饰不住内心的兴奋，"吃吃吃！饿得不行了。"他完成了件不可能完成的任务，要和我们分享满怀的得意，更得奖励自己一些鲜美的羊肉。他挑出一块嫩而瘦的递给我,"吃,吃羊肉!喝奶茶!吃完喝完好好睡一觉,明天的事明天再说。"他知道我们都在担心明天还能不能继续往西。我接过肉,伸嘴去咬,再本能地往肚子里咽。天上地下跑了一天,又流了些血,从医院出来已经困倦得辨不出方向,到了蒙古包只想抱着腿先睡一觉。

车撞坏了,人也伤了,能不能继续往西确实成了很重要的问题。世上有很多原本轻松愉快的事儿是可以用来清澈人们生活的,这些事儿一旦染上血色就变成了问题,事情的走向也模糊不清。

乌哈斯现在要做一个重要的决定:往西?还是往东?往西是我们最初的目的,有长河落日,有大漠孤烟;往东是我们最后的归宿,有存放温暖,分享快乐的家园。关键是刚才那一撞把常态撞成了变态,不知道天亮之后我的脑袋会是什么状态。

我的意思是如果明天早晨起来头不晕、不恶心,没有脑震荡反应,斗志啊激情啊什么的都还在,咱就继续向西。乌哈斯同意明天早晨再做最后决定,看得出来,他刚才的兴奋里是埋着些忐忑的。

谁也没想到第一天的行程会这么结束。有关边塞的歌谣和诗篇里只顾赞美自然风光,描述自己的思乡之情,伸张将士们保家卫国的热忱,而我们西出第一天的夜晚读到另外一种壮烈,这种方式比较意外。

那天晚上我基本没怎么睡着,不是因为伤口疼,是因为脑子里乱,蒙古包、炖得烂熟的羊肉、银碗、哈达、越野车、砾石、流沙在脑子里闪回。我用了很长时间想弄明白是哪儿没弄对,让我们在离饭桌还有一步之遥的时候阴错阳差来了这么一下。

经历过意外的人们愿意花些时间反省，看看哪个环节有了偏差才酿成险象，可是亡羊补牢何如防患未然？君子不立于危墙之下，焉可等闲视之。

2 成吉思汗

次日 6 点，早早起来站在窗前晃了晃脑袋，没有异样，不晕不疼，居然也不困。举目西望，戈壁正在把阳光慢慢抬出地面，笔直的公路仍旧了无牵挂地伸向遥远的天边。

道路是对旅人强劲的召唤和性感的指引，它没有给我任何停下来的理由。到卫生间的镜子里看了看，除了头上的黑发之外多了一条雪白的绷带，我和昨天没什么两样。脸色还很红润，眼神还很明亮，对大漠的向往和向西的豪情都还写在脸上嘛——我这么评审了一番镜子里的我，转身拨通哈斯房间的电话，报告他我的状态良好，没啥忌惮，趁早起来吃肉喝茶，咱们继续向西。

"真的没事儿？"哈斯过来绕着我的脑袋转了一圈。他从没见过头上缠着绷带的我（其实到乌海以前我也没见过），昨晚上一通血洗水洗缝针包扎之后现在居然不疼不痒不萎靡，看着看着他就笑了，看不出那是苦笑还是欣慰。

我相信我那个伤兵扮相一定是有点儿滑稽的，尤其是对一支还要穿过沙漠向西，去更远的大漠里纵横一段时间的队伍，这种状态确实必须笑一笑才能释得了怀。

"肯定没问题。磕破点皮而已啦，咱们昨天看来是有点过虑了。"我尽量说得轻松点，这对我和哈期都是种宽慰。然后对着窗外扩了扩胸，再举起双臂伸了个大鹏展翅似的懒腰。那一夜之后我觉出我比自己想象得要强壮，也坚韧。

"那咱准备出发！"看我体力智力都还正常，老乌的脸色明亮了许多，他做了应该做的决定，扭头回到房间收拾东西去了。

昨晚那辆车是不能再开了，留在乌海修理。司机也跟车一起，修好了就直接开回呼和浩特。乌海的朋友提供了一辆别克并且陪着我们一起去额济纳。再从呼和浩特联系了一辆帕杰罗，直接去额济纳会合，替回乌海朋友的别克。老乌在离开我房间不到半小时里安排好了我们未来几天的交通工具。他是个凡事都有办法的人。

从乌海经银川，路过西夏王陵，翻越贺兰山，再次回到内蒙界。出阿拉善左旗，直指西北。900公里，9个小时，一望无垠的戈壁板着黑汉一样的面孔长久地注视着我们。毛乌素沙地和腾格里沙漠像两个巨大的阴谋埋伏在贺兰山东西两侧，贺兰山则如一群黑色的骏马，昂扬在宁夏平原西部与那两个无意妥协的阴谋做一场历经千年的殊死抗争。这一次，我终于看到浩瀚的戈壁和一望无际的沙漠，在宏大的天空下，人显得更加微不足道。

但是有些人的名字，即使藏在史书里也是烫手灼心的。

被一代伟人喻为"只识弯弓射大雕"的那个更伟大的人——成吉思汗就长眠在毛乌素沙地东北端，一个叫伊金霍洛旗的地方。一路上我用了不少时间向乌哈斯和他的朋友求证成吉思汗与贺兰山、与草原的故事。我希望知道这个英雄的更多琐事，更多家长里短、七姑八姨之类的事，以使我的呼吸和思维能够保持与他更多更紧密的联系。我甚至希望能拐上另外一条细路去拜谒他的陵墓，亲手抚摸一下这个英雄用过的马鞍、马鞭和大军西征时驾驭的勒勒车。

车从山脊飞快地掠过。即使翻穿了贺兰山也很难说清贺兰山到底是座什么样的山，我一直在想北方那个博大的灵魂安息的地方。成吉思汗像一个疲惫的骑手终于回到自己的汗帐里，在那里安睡了。天空站在他的汗帐对面，低着头长久地注视大地上这个所向披靡的灵魂。我从来没有看见过这么高大辽远的天空，游云从天空的脚下急急匆匆地浮起，像一群乘奔御风的武士，势不可挡地向贺兰山而来。

大汗在攻打西夏王都兴庆府时中箭，一个月后箭伤不治，死于甘肃清水县，攻城的元军在攻破兴庆府、灭了西夏王之后，将大汗的遗体装上灵车，翻过六盘山，穿过鄂尔多斯高原，运往故乡哈剌和林。但是在如今建成陵墓的地方，运送灵车的队伍与一支身份不明的庞大队伍相遇。他们抑或是辽，抑或是金，抑或是吐蕃或回鹘，不得而知，总之这些人给运送灵车的队伍带来了巨大的危险。这时候蒙古士兵决定把大汗的棺木先埋在地下，战事结束后再来搬迁。仗打赢了，而蒙古人却决定不再迁走大汗了，就地起陵，让这位手握上帝之鞭的骑手永远地躺在了鄂尔多斯高原和黄河母亲的怀抱。

不知道那些蒙古人为什么要把大汗留在这里，留在他西征的路上。或许他们期待着自己的王能够在某个早晨再次站起来，接过他的马刀和马鞭，重新踏上征服世界的征途。

但愿是这样，这个世界远离来自东方的马鞭和马刀已经很久了。

现在，成吉思汗躺在那里，他仰望天空，一言不发，汗国以他期待的方式开始，再以他不曾想过的方式结束。草原和草原之外的事再也不用他操心了。

天上的风踏响石头，跨过贺兰山奔驰而来，那风里有成吉思汗熟悉的味道。

3 额济纳

在吉兰泰到巴音诺尔公的公路上，偶尔可以看见戈壁深处有深灰色的影子独自行走。问乌海的朋友那是什么人，他说应该是采发菜的，一路从高原上穿行过来，饿了咬一口干粮，困了找个避风的沙窝躺下。

"渴了怎么办？"我问。

"他们不会渴死。"他回答说。

很难相信这就是这个问题的答案。

再次用目光在戈壁里搜寻采发菜的壮年，心里有些类似悲悯的东西泛滥，那个身影在大漠里变得单薄，飘忽，也如晒干的发菜一般细若丝，轻如尘。或许他更应该像个心怀不安的狩猎者，弓着腰在戈壁上警觉地行走，他需要面对的不仅是缺水少食，也不只是风沙和孤独，还有更多如他一样在戈壁上行走的生命也许就在他身后不远处等待这个侵入领地的活物倒下。他因此不敢回头张望，因为大漠深处那些伺机复仇的兽群不知道什么时候就会突然从四面八方围拢而来，他无处可逃。与那些常年生活在戈壁的其他族类相比，他没有什么优势可言，他只能一刻不停地往前走。

别克车以120公里以上的时速箭矢一样消失在戈壁公路尽头。

大约下午5点钟,一片绿洲跃入眼帘。渐渐地,看到绿树衬托下的金黄沙山。逶迤的沙峰,金色的胡杨林,在一派长河落日的余晖里,变幻着绚丽的色彩。

额济纳!

额济纳! ☞ 图 A1 下

仿佛所有金子一样的颜色里真的蕴藏着金子这种财富,金黄带给人炫目的视觉满足的同时,也给人富足丰饶的精神愉悦。秋天,胡杨林在戈壁里装点出一个金子一般美丽富饶的镇子,让历经荒凉戈壁之后来到这里的人久无慰藉的心灵顷刻得到巨大满足。额济纳就是这样的所在,她一直在大漠里等待重写人们的戈壁记忆。

额济纳古为居延地,史料大多称其为"瀚海"、"大幕(漠)"、"流沙"、"弱水流沙"。《元史·地理志》中称其为"亦集乃"。三百年前,土尔扈特蒙古族移居到此,始称额济纳。据说"额济纳"是古西夏党项族语,意思是"黑水"。事实上,黑水是源于祁连山脉的黑河水系,黑河进入下游分支成19条河流,孕育出额济纳绿洲,最后汇聚成大漠戈壁的奇观——居延海。而近几十年来,因为黑河中游地区无节制用水,额济纳地区干旱严重。这不仅直接导致了东居延海的干涸,还致使绿洲地下水位下降,引发林草植被严重退化,使本来就十分脆弱的绿洲环境趋向沙漠化。不管周边的环境如何变化，无论黑河水是断是流，额济纳这个名字里都一直饱含着三百多年来土尔扈特蒙古人对水的感恩、敬爱和无限向往。

来额济纳前读到一篇介绍土尔扈特人的文章说：在天山与阿拉套山的夹角，赛里木湖畔，有一块美丽的草原，叫博尔塔拉。"博尔塔拉"的蒙语是"青色的草原"。据说，那里是蒙古族土尔扈特部落东归以后落脚的地方。当年西征的一支队伍，在东欧平原停驻了几百年以后，突然思念起了家乡，于是他们一路打仗开辟了一条道路，又回到了故乡。清政府把他们安置在博尔塔拉这一块青色的草地上。

东归的另外一部分土尔扈特人，则安置在眼前的额济纳。

土尔扈特人是完成了对世界的改造才回到家乡的。几百年里，征服世界的快乐弥盖了对故乡和家园的向往。但是终于有一天，他们想起了故乡的牧场和奶茶里那些别处的快乐无法替代的味道，对故乡的思念让他们撕心裂肺，他乡的土地、财富、女人都没有能够留住他们。像西征的时候一样，他们再一次以血和生命为代价踏出了一条回家的路，义无反顾地回到故乡。

他们回到额济纳。这一年是公元1731年，清雍正九年，多罗贝勒丹忠率土尔扈特部迁至额济纳。难以想象那些重新回到家园的土尔扈特人会用什么方式庆祝自己和部族获得的重生。那一夜，他们一定杀了很多羊，喝了很多酒，唱了整整一晚上长调；那一夜他们的女人一定是天下最幸福的女人。

他们终于远离战乱，可以丢弃紧握了几个世纪的马刀，腾出双手来爱抚女人和孩子，收回双眼关注树林和河流。他们需要生息繁衍，他们的女人需要一个结实温暖的怀抱安放甜美的梦想。他们在胡杨林里在黑水河边放声高歌，直到夜深人静，草原上闪烁的星星如佛祖关切的眼神慈爱地注视着他们。

这个小镇给人太多梦想空间，如今镇子上已经看不见那些东归的英雄，甚至也无法辨认出活跃在镇子上的人中哪些是那些古代英雄的后裔。镇子里的往事都留在了额济纳人祖先的皱纹里。

4　贡嘎老人

我们没有马上把车开进镇子，先就近去额济纳河边看了看。

即使在戈壁，河岸周边的空气里也弥漫着可以觉察的湿润。在胡杨林里走走停停，很快就洗去了穿越戈壁的寂寞。树，或许是有某种可以感知的灵性的，人在树林里散步，是一种生命对另外一种生命的关照，彼此都会愉悦，互相都很轻松。

太阳快下山了。离开河边到镇子上找到额济纳旗宾馆放下行囊，再到街上闲逛。这个镇子叫达来呼布，是额济纳旗政府所在地。对于两个不太喜欢逛店的男人而言，逛街成了旅途上重要的寄托。到了陌生的集镇总会花点儿时间看看当地颜色，品品此处风味。街上流动着异彩纷呈的人文风情，对远道而来的眼睛是种莫大的诱惑。

在一家民族商店，我和乌哈斯一人买了双骆驼皮的马靴蹬在脚上，三百元武装了四条腿，物超所值。阿拉善是中国骆驼之乡，全国骆驼存栏最多的地区，驼产品加工也小有气候。在大漠深处的边关小镇，脚上有双马靴，人就有了底气，眼睛时不时警惕地往镇子外头巡视，看看有没有什么贼人来犯，仿佛那马靴是可以御敌荡寇的杀器，穿着它不去讨贼卫国都有点委屈。

那时候天色已经晚了，小镇渐渐没有了人影，镇子外巨大的戈壁被更加巨大的深蓝天幕遮盖，最后一缕紫红在天地相连的地方轻声说了些道别的话就落进了大漠深处。

我在达来呼布的夜色里紧了紧头上的绷带，做了个弯弓射雕的姿势。高原上饱含紫外线的阳光高效地弥合着伤口，它不再疼，也早已不再有血渗出，只是一时还不能去掉纱布，要防止感染，也要留心破伤风。再说，既然上苍或者是别的什么神力非要我以这种姿态进入荒漠，我就坚定地包扎着头吧。哈斯穿着新买的马靴在街上甩臂提臀踢了几个正步，我们像两个刚从边塞烽火里得胜回来的战士，头巾雪白，马靴铮亮，从达来呼布空寂无人的街头铿锵而过。

折腾了一天重又回到宾馆，浑身爬了满累。从早晨看见戈壁上的天际到现在站在戈壁里，天际还像梦一样远，需要积聚些力量才能再次奔跑。

把倦怠的身体放平在床上才体会得到人在旅途和人在床头的双重幸福。我想我蜷曲在床上的样子大概很像一只孤兽，一只在进入戈壁时受了伤的猎物，蛰伏着，默无声息地舔着黏液和血。

在达来呼布的第一夜从心灵到肉体都不需要作任何防御，睡得格外踏实。

第二天 6 点钟起来，从窗口向东方看去，深蓝的天空里不知道被谁刚刚描出一线玫瑰红。

戈壁的黎明不是从鸡鸣犬吠开始的，凉爽的风吹来，大地一起复苏。玫红的天际开始泛出一缕白，远处偶尔有薄雾飘飞，石子上的凝露越来越清晰。过一会，黑色砾石上反射出粼粼的光；很快，东方的白里射出耀眼的光亮，戈壁像一片浮光跃金的海，大漠最有生机的时刻到了。

驱车向东到八道桥，爬上沙山看沙漠里的日出。从沙山上回望额济纳，看到沙丘起伏，胡杨婀娜，额济纳河宛如飘落在达来呼布身边的哈达，白天焦躁灼热的大漠村庄现在安静得像个等候好戏的舞台。天色还早，胡杨林里的蒙古包里还有牧人们轻轻的鼾声。远方的远方，荒原上的居延海边，芦苇丛里微小的生命在黎明的惬意里窃窃私语。戈壁上有了村庄，视野里就有了温暖和安全感。有了人，有了家园，就有了爱，戈壁上就不止孤寂。

回镇里的路上，我们想穿过沙丘再去额济纳河边走走，不料下路刚走了二三十米，车就陷进了沙地里。好在附近就住着一户牧民。

敲了门，蒙古包里出来一位面色黝黑的老牧人。哈斯向他说明来意，老人很友好地从蒙古包里找出一把铁锹来，告诉我们怎么才能更快把车弄出沙地。铁锹是农耕工具，很少能在牧区看到这个东西，额济纳周边的生态变化使铁锹也进了蒙古包。老牧人显然不是个只会在周边放牧的老人，他乐于和陌生人交谈，对我们这些不速之客也招待得十分得体，举手投足的细节里看得到老人的自信和大方。乌哈斯用蒙语跟老人聊天，老人的脸色立刻温暖了许多，说说笑笑，手里的烟卷变幻出各种形状的青烟。

每每哈斯跟当地人用蒙语说什么的时候，如果必须留在现场，我只能很配合地把脸上弄出各种与谈话双方尽可能相似的表情，以示我并不是个乐于把自己埋在孤寂的人，正在积极参与和主动融合。其实他们说了什么我半句也听不懂。

哈斯告诉我，老人在跟他聊这些年额济纳的生态变化。他说因为酒泉的原因，额济纳已经多年不下雨了。最近一次下雨是在1969年，再早一次是在1965年。30多年，额济纳一滴雨没有下过。即使几百公里外的马鬃山、阿拉善、外蒙下雨，额济纳也不下雨。黑河中上游的甘肃、青海一些地方只顾自己用水方便，忘了下游还有个额济纳，忘了干旱可能会导致沙尘暴。国家有关部门早在1992年就有明确的分水方案了，但是直到去年（2002年），经朱总理亲自过问，黑河的水才流到额济纳。

"你别稀里马虎的，老人家里还接待过总书记呢！"哈斯很严肃地对我说。

听说我来自北京，老人便笑呵呵地用半生不熟的汉语对我说："回北京替我们额济纳人感谢朱总理，说我们非常非常感激他！"一边说着一边人热情撩起蒙古包门口的帘子，邀请我们到包里喝奶茶。

30多年不下雨？！我理解老人等待了三十年后重新看到额济纳河水时的感激，但是我不能跟他说我和朱总理不在一个院里住，捎话的事儿有点难；也不敢拍胸脯接受他的嘱托，说回北京一定跟总理捎去边疆人民的感激。只能跟老人说："总理要是知道黑河有了水让额济纳的人们这么高兴，他一定也特别开心。"老人满意地笑了。

018 　结束额济纳的行程回到阿拉善左旗的那天，与一个在阿左旗工作的额济纳土尔扈特族人聊天，得知这个老人叫"贡嘎"——

一个非常藏族的名字。他家里去过总书记，在当地知名度很高。阿左旗的朋友证实了贡嘎老人所言不虚。

5 怪树林

从呼和浩特市赶来增援的帕杰罗中午就到了达来呼布。开车的师傅姓孙，是把老手，也是把好手。车开得不仅利落，而且安全，是通常所说"车感好"的司机。呼和浩特到达来呼布超过1200公里，开车过来至少13小时，孙师傅中午就能到，意味着他星夜兼程，一宿没怎么睡觉。哈斯让他赶紧补补觉，我开着车，往怪树林方向去。

戈壁上没有路，或者说到处都是路。车一边走路，一边开路，没有车辙的地方是戈壁，有车辙的地方就是路了。戈壁上也用不上太清晰的距离概念。哈斯说沙漠里问路和草原上类似：如果听不懂语言就看指路的人手臂抬多高：平着往前指是百公里左右；抬起来四五十度斜着往上指，至少三百公里路程。指路的人嘴里也会告诉你距离，听不懂话就听音，越是长音说明要去的地方越远。我"举二反一"地问，如果指路的人扬起手臂直指蓝天，嘴里"哦——哦——"地说什么，那意思大概是"别去了，到那里难于上青天。"乌哈斯笑，不语。

就算看懂了手势也听懂了语言，想在戈壁上弄清距离也不是件容易的事。因为需要问路的时候，可能见不到人。

放眼望去，戈壁以外只有戈壁，和风。大漠里比距离更重要的是方向，只要方向不错，耐力和执着总可以赢回距离。

在戈壁里开车迷路是常态，尤其是去人迹罕至的地方，可能走了一上午，又发现方向错了，只能接受反反复复掉转方向的尴尬。能够在戈壁里找回方向已经是上天垂怜，最好不要走了一周、一个月才发现方向错了，那时候再回到正确的方向上来，需要重生的勇气、智慧和韧性。但是这种时候你很可能在这里留下人类的第一双足印，这对于纵横天下的人是种异常难得的荣誉。

怪树林离镇子并不很远，走对了，大约 30 公里。那时候额济纳还没有像今天这样名声大震，人流车流络绎于途。当年来额济纳的大多是两类人：越野爱好者和摄影爱好者。来的人少，也不以旅游为目的，对路的需求不像游客对旅游目的地的道路和设施需求那么具体。那些年从达来呼布去往周边各处的路只是车轱辘压出的浅浅的两道白。戈壁里也没有路牌、没有里程碑，可以参照的只有太阳和星空。风一直在努力抹去戈壁上的各种印迹，刚刚压出来的"路"风一吹或许就没了。离达来呼布越远，抵达的车辆越少，留下的印痕也越稀疏、越肤浅，不如骆驼粪和蹄印明显，不仔细辨认什么都看不见。

有一阵我们边走边聊不知不觉就到戈壁深处了，对照了解到的距离信息，如果方向正确，怪树林早就应该到了，但是现在放眼四周，只有黑戈壁。

按照杨镰先生的说法：

所谓黑戈壁，就是东起额济纳河，北抵中蒙界山—阿济山脉，南临河西走廊西段的祁连山（南山），西依天山东段，大约 16 万平方公里的区域。事实上，黑戈壁的面积比一些省份都大，长期却无人定居。可它正好位于丝绸之路从河西走廊进入新疆的咽喉部位，所以，自古以来对古道兴衰、文明聚散起着举足轻重的作用。黑戈壁勾连着四通八达的古道，从黑戈壁向南伸出一指，可以直捅河西走廊的软肋；挺直身躯，便使中蒙界山蒙上阴影。关于"被遗忘"的丝绸之路，最令人神往或者说是最令人费解的传说，就出自黑戈壁那个荒凉苦寂的地方。

更为巧合的是，后来读到杨镰先生的短文《走进黑戈壁》，他在文章里的第一句话是："我第一次走进黑戈壁，是 2003 年 10 月。"这正是我和乌哈斯在黑戈壁上寻找怪树林迷路的时候。不过杨先生在黑戈壁西端，我们在东端。

我们把车停在戈壁上商量：既来则安，既然已经走错路了，遛遛戈壁也是难得的经历。再往前走一段，在油表指针接近一半的时候无论有没有收获，都顺着来的车辙往回走。又走了二十多分钟，地貌没有半点变化，不能走了，我们再次小心翼翼地把车停在戈壁里，它看上去更像汪洋中的一叶舟，脆弱得不堪浪击。"无涯"这个被诗化了的意象一旦变成现实，带给人的除了震撼，恢宏，还有恐惧。周围没有任何生命迹象，史前一样死寂古朴，同伴说话的声音变得陌生，现代词汇在戈壁里听起来格格不入，仿佛只有咿呀嗯啊才是那里的语言。地面的热往上蒸，气流直直扑进鼻孔，满眼青黑的砾石反射着天空投下的光，即使戴着眼镜，看久了也近乎晕眩。云彩在眼前悠闲地飘飞，看似有爱，其实无情，她只是飘，只是在远处亘古不变地飘。那一刻让人顿时觉悟：

能够活着已经是非常了不起的事！再多的钱财，再大的名气，再多的荣誉，生命之外的一切和一切，都不如戈壁里的一滴水有用。我和老乌忽然意识到如果这个时候车坏了……

离开黑戈壁，找到来时的简易公路，走走停停又摸索了一阵才终于把车停在怪树林旁边。

刚下车，一股阴森的寒气扑面而来。

怪树林的怪，在于这片树林里的胡杨树大多数没有叶子。树叶是树借以完成光合作用的部位，没有叶子意味着树干已经停止光合作用，拒绝了生长，是一群死树。

与其说那是一座树林，不如说是一群站立着的死亡，一座鬼魅之城。越往树林深处走，越有种超越生命常态的惊恐。数以千计的胡杨树陈尸荒漠，整个树林里了无生机。流沙如血，沙地上的胡杨树横七竖八，有的像身首异处的兵勇倒卧在地上；有的残腿断臂，粗糙的树皮里露出森森白骨；有的魂魄已散尽躯干却未倒，斜倚在枪戟般的树干旁……沙地上散落的树枝或者黚黑，形同木炭；或者惨白，壮如枯骨。这些胡杨树依然保持着"临死"时的姿态，双眼空洞，面无血色，一动不动。在静寂的树林里停下脚步，似乎还能看到尚未散尽的硝烟，闻得到胡杨树梢的焦烟，让人疑心这里是不是刚刚有过一场惨绝人寰的杀戮。☞图A3上

人们说胡杨树"活着一千年不死，死了一千年不倒，倒了一千年不朽"，在怪树林里随便捡一块胡杨树枝、树皮，无论它在地上躺了多久，都很难从它的边缘看出风沙打磨过的痕迹。那些在与上天之战中亡故的胡杨已经粉身碎骨，却一直没有向上天妥

协。它们拒绝了生长，也拒绝了风化和圆融。几年过去，几十年，几百年也过去，时光已经老了，死去的胡杨树依然棱角无损，锐如刀剑。这群正在挥戈的武士，因为一个神秘的原因被凝固在时间里，成为时光包裹着的琥珀。几百年，几千年，几万年……在巴丹吉林沙漠的西边，在荒无人烟的大漠，他们面对故乡的方向，心里装着对亲人的思念，一直没有放弃遥望。

如果大漠黄沙里需要一尊指引众生的神，那必是胡杨无疑。

怪树林带给人们无数种猜想，它的前生也是一片多姿多彩的胡杨林，按季节的安排，夏天翠绿，秋天金黄，世代在这里安居。据说是一场大火改变了这一片胡杨树，把一群天生丽质的姑娘变成一群站立着的死亡，使胡杨林成为怪树林。这时候摄影师来了，画家来了，模特儿来了，他们来这里寻找悲寂之美，寻找眼泪作为水滴落入沙漠的一刹那因无力抗争而呈现的愁苦。或者说，他们来这里消费死亡。

置身怪树林中，无法拒绝怪树带给人的震惊，生存和死亡如此紧密地纠缠，往昔与如今之间如此深情地畅谈，让大漠天空下的现世有了来世的意味。胡杨被焚烧成了咒语，那些残躯白天进入了我的视线，夜晚又进入我的梦里。干涸的沙漠和黔黑的树干，扰乱了原有的情感秩序，那份凄美和壮烈让我一点点跌入绝望。

欣慰的是那些从未死过的胡杨——沙漠里与我一起伫立于流沙之巅的神，不仅没有在冲天的野火中与倔强的信念一起毁灭，相反，它们在烈焰中获得了无与伦比的壮丽。 图A3上

6 黑城

　　怪树林再向东约 25 公里，一座古城的残垣葡伏在戈壁上。

　　戈壁空旷，在远处很难确定那是座城，而不是沙丘。等到它在视野里越来越大，才能看清那里确实有一座庞大的古城遗址，只是古城的墙已经没有了"拔地而起"的气势。大漠的风吹来了沙，年复一年从城脚向城堞堆积，这些风沙像几个世纪以来始终没有放弃掠城梦想的马匪，一直在蹑手蹑脚地沿着城墙向上攀爬。

　　这就是丝绸之路上现存最完整的古城遗址——黑城。

　　前两天在阿拉善左旗与一个朋友聊天，她说进了黑城一定要低头盯着地慢慢地走，"不知道什么时候，沙子里就有文物撞到你脚上了。"我知道她在说笑，但是来了戈壁以后却真的期待能在黑城有一场邂逅，可以与某位古人相遇，握他温热的手，听他年轻时候的故事。

　　那时我头上还裹着雪白的绷带，身上穿着雪白的长衫，一条漆黑的长裤，再一双漆黑的马靴。哈斯在城外的戈壁里瞭望，我一个人翻越半遮半掩在荒漠戈壁上的古城往城墙里边走。走到城墙顶端，能看见一座巨大的、破败的城池。城里空无一物，除了流沙，只有风。那一刻，我的内心也被风掏空，我本来是想看见古城里的一些有温度的生命的，现在那里只有冰凉的沙，所有的往事都被沙掩埋得不见踪迹。这让我觉得我这样白衣黑裤地来黑城，仿佛是受了今人的托付向几百年前叱咤于此的英雄们凭吊来了……我在黑城的废墟上肃穆地走，虔诚地走。夕阳从西边平铺过来，黑城再一次浸泡在猩红的血色之中。一阵旋风从脚下卷来，撩起一团沙雾，转眼之间，沙沉风散，黑城重新归于幽深，冥寂。

举目北望，城墙下战马穿过的空洞，犹如一张永远无法闭合的嘴在不停诉说古城兴衰和戈壁沧桑。1038 年，党项人建立西夏政权，在居延地区设置了"黑山威福军司"，驻地就在黑城。1226 年，成吉思汗率兵攻破黑城。1286 年，元朝扩建黑城。到马可·波罗来黑城游历的时候，这座戈壁上的重镇已经一派繁荣景象了。虽然明代已经不再有人居住于此，但直到清乾隆年间，其遗存之规模仍然宏大，建筑依然精美。黑城真正的灭顶之灾始于 20 世纪初期。1908 年，科兹洛夫率领俄国探险队用几百峰骆驼运走在黑城盗掘的文物。消息传出，世界上那些贪婪的探险家们一起把颈项转向黑城，奥莱罗·斯坦因来了，兰登·华尔纳来了，斯文·赫定来了，贝格曼来了，他们以强盗特有的执着在黑城夜以继日地挖掘！挖掘！掠走了价值连城的文物，再把无法带走的艺术精湛的建筑毁灭性破坏。

这时候，成吉思汗安卧在黑城几百公里之外的鄂尔多斯草原，也许手里的马刀还在，但是他已经没法站起来。他躺在那里，悄无声息。

斯坦因们离开以后一百年，我来了。我来的时候，黑城只是一座黑暗的城，黑色的城，黄沙和长风驻守在这里，与城中长眠的面孔为伴。我白巾白衫地来，黑裤黑靴地来，特别想对这座曾经繁盛的戈壁之城说点什么，但是什么都说不出来。旷野的风不断重复着从城墙到城池再从城池到城墙的旅行，我很久都无法让满怀的伤感离开这座苦难的城。

或者黑城已经说了些什么，只是比戈壁更为无涯的时间溶解了它的声音，让我听不见它的表述。我确信它并非真的沉默，从登上城墙的那一刻起，我的耳朵里就装满了各种陌生的声音。

黑城一刻也没有停止发言。

7　北京的汉子们

乌哈斯在古城遗址外的车里按喇叭，催我早点出来。紧走了几步过来跳上车，看上去哈斯已经等着急了。

他说刚接到电话，阿拉善驻站同行的切诺基陷在达来呼布来黑城的路上了，正在等救援。我们立即往回赶。

那时候黑城周边很少有铺装路面，戈壁上可以走的路就是两道勉强能看见的车辙。这些车辙存在的意义不是通过车辆，而是提示方向，它和别处的戈壁没有本质区别，相反还会随地质情况和车辆辗压频度不同随时变成沙坑、土洼、碎石滩，稍不留神，车在那里就不能自拔了。

在我们到来以前，陷进沙地的车试图凭自己努力挣脱出来，但是那是辆两驱车，动力有限，试了几次，车轮呼呼空转，车不见起来，坑却越刨越深。我们到的时候，沙子已经托起了它的油箱和后桥，车像条搁浅在泥淖里的鱼，偶尔动动尾巴，却无法回到水里。两辆车上的五个人合力推了几次也没把车推出来，就准备让帕杰罗挂上拖车绳来拽切诺基。

正在套绳，又过来四辆挂北京车牌的切诺基。走近一看，是"切队"西行的队伍。

"切队"全称切诺基大队，国内最早的汽车越野爱好者俱乐部之一。"切队"有不少人是我朋友，我也知道他们有十几台车这几天在额济纳，正期待着哪一天能在大漠的某个角落与他们不期而遇，聊聊一路上的趣事，没想到会在这个时间、这种场合与他们见面。

过来的四辆车为首的是大熊和老黑。大熊收了油把头探出窗外，问我们要不要帮忙。我想拴上拖车绳不就是一脚油的事儿吗？扯了几句闲话，谢了大熊，让他们尽早去找露营地。

但是我错了。拖车绳容易拴上，车却没那么容易拖出来。先是从后面拉，不果。再从前面拉，未遂。直到闻到离合器片飘出焦煳味，才知道这事儿闹大了。内蒙古境内的大部分司机都有个不太好的习惯，他们跑多远的路车上都不带救援工具。除了随车的扳子钳子，能从车上翻出根拖车绳已经很不容易，再想找个千斤顶，找把铁锹、找块防沙板，基本不可能。没有挖沙工具，单凭帕杰罗也没什么能力把切诺基救出沙地了，继续强行拖车，结果只能是两台车谁也走不了。

解开拖车绳，准备把帕杰罗挪开，腾出地方准备等别的车来拖切诺基。挂一挡，加油，引擎发出粗野的吼叫，车却不走。我脑袋嗡了一下，这不祥啊？"谁也走不了"的神话这么快就应验了？稳了稳神，把刚才的动作重复一次，轻轻松开离合器，慢慢踩下油门，依然……只有引擎声，不见车往前。

可以确认帕杰罗离合器片烧了。

太阳开始往西边的天际下滑，戈壁上的风停了。旷野里有两辆车，一台车头向西，一台车头向东，像一个依依不舍的告别，谁也不愿意离开谁。

现在只能希望还有从黑城回达来呼布的车经过这里，能够停下来帮我们脱困。

我们不约而同站在路边，心里倒海翻江。五个人齐刷刷地扭头向东看着黑城方向，盼望那里早点有车过来。一只兴致盎然的沙蜥从车底下钻出来，抬头看了一眼列队东望的五个男人，它觉得这个队形太过工整，眼神太过急切，这不正常。

过了大概半个小时，过来四五台车，一色切诺基。

是"切队"的!

头车是"白魔"，他那辆加装了涉水器的白车老远就能被认出来。拦住他们，我简单说了情况，想从他们车上借些工具，铁锹、防沙板、拖车绳之类。白魔看见现场就在电台里向刚刚过去的老黑他们通报"有车寻求救援"。正说着话，后面车上已经跳下来一群精壮汉子，为首的是"切队浪人"李益斌，车友们也叫他"李大师""阿斌"，阿斌到陷进沙里的切诺基前看了看，问车上的人"还有锹没? 挖!"

"没锹了。"人群中有"切队"的车友答道。

"上手。"阿斌说着已经俯身沙地，伸手去刨轮胎周围的沙子。

大漠有荒漠、沙漠、戈壁之分。荒漠是气候干燥、降水稀少、植被稀疏地区；沙漠主要指沙质荒漠地区；而戈壁乃是粗砂或砾石覆盖在硬土层上的荒漠地形，一般比较平坦。可分为风化砾质戈壁、水成砾质戈壁和风蚀砂质戈壁，额济纳地区的戈壁主要为洪积而成的沙砾构成。这里的沙子远硬于沙漠和海滩的沙子，而且大量砾石混杂在沙子里，铁锹挖下去嚓嚓乱响，徒手去刨用不了一会还不就血肉模糊了？！

天色越来越晚，西边的天在变红。李益斌他们也顾不了那许多，叫上"切队"的几个弟兄围着陷进沙里的车轮伸手就刨。这边又有几个人提了手灯，拖了绳索来救。来自京城"切队"的兄弟一个打着车，一个打灯，一个套牵引绳，一个挖沙，一个指挥，再有四五个壮汉，在车身上找好位置准备发力。大伙准备停当，指挥一声吆喝，牵引车一加油，众人同时协力一推，发动机大吼一声，车轮下面卷起一阵沙尘，车身一震，冲出沙坑，安然落在硬路基上。

众人再将帕杰罗套了牵引绳，如法炮制，拖出沙地。

我们几个感激得语无伦次。握别这些北京的兄弟，目送他们融进黑色戈壁，心里也暖和多了。

情势有所好转，危机仍未解除。拖出沙地的两台车里，切诺基可以走了，帕杰罗离合器片烧了，挂不上挡，还不能自主行动。再用那根绝无仅有的拖车绳把两辆车拴在一起，这一次切诺基在前，拖着帕杰罗往达来呼布走。

拖行的两辆车相当于一个健康人扶着一个病人，两边都不能行动太快了。何况现在的"健康人"刚刚还是"病人"，它俩出了沙坑才互换的角色。所以我们五个人，两辆车只能慢慢悠悠地在夕阳里晃，这与平时在电影电视里见过的越野车在旷野里左冲右突、引擎轰鸣、浓烟滚滚的场景大相径庭。我在被拖的帕杰罗里一手捏着方向盘，一手叼着小烟卷，在前车牵引下亦步亦趋。

车被拖着总是不甘心，一边被牵着走一边在车上捣鼓，试着挂了几次挡，还是挂不上，不知不觉到了额济纳河边。

额济纳河常年水量不大，因而通过河道的简易公路在这里也没有建成桥梁，而是一段垂直于河道方向的过水路面，这种路面也叫"凹形桥"或者"漫水桥"，是专门修筑于平时无水或流水很少的宽而浅的河流上，涨水期间容许水流浸过的圆弧状路面。因为水流一般不大，即使涨水，汽车也能顺利通过。

这个傍晚可能上游放水，河道里的水多了，河面比下午过来时开阔了许多，水流也湍急些。有骑摩托车的牧人担心水深流急，摩托车自重太轻，不敢贸然涉水，停车在对岸等候时机。两岸的汽车排着队一辆一辆在谨慎过河。我们的车慢，到河边的时候除了一辆摩托车和两个暂时不能过河的牧人，再没有别的车了。

前车停在岸边，司机下来跟我们商量：现在过河还是等水小了再过？灭了车，我们也到河边看了看水情。水深大概 40 厘米，水面宽度 30 多米，水流较急，过水路面宽度差不多 6 米，路面与河床落差约 50 厘米。如果没有故障车，切诺基和帕杰罗各自通过都没有问题，但是现在一辆车拖着另一辆失去动力的车，过河难度增加了不少。

"过吧。"哈斯说。毕竟这是两辆 SUV，底盘不低，切诺基拖个车过河的动力和能力还是有的。河面上除了流水的横向冲力，过水路面看上去还算平直，再没有别的外力干扰；况且前面已经过去了不少车。再说我们也有点着急回到达来呼布修车。查看了拖车绳，打着火，测试了方向、刹车、油门，打开车灯，看准路面从对岸伸出水面的方位，我在后面轻轻按了下喇叭，切诺基就拖着帕杰罗慢慢向对岸驶去。

车一下河，立刻发现流水的水平冲力似乎比预想的要有力度些，上游来水裹挟着些树枝杂草持续冲击车门，发出沉闷的声音，恶狠狠的，像是不怀好意的狞笑，流水作用下车体轻微向水流方向晃动。过水桥宽度有限，如果这一小段距离不能把握住方向，车头偏离主路，轮子掉进路面与河道的落差里，车就有翻进河道的危险。想想这事儿我还真有点紧张，眼睛死死盯着车头，手掌开始潮湿，心里念叨着赶紧上岸吧您呐！哈斯在副驾座位上双手抓着扶手，看那架势也是心往嗓子眼里乱扑。

切诺基经过了圆弧顶点开始上坡，就在由下坡改上坡的一刹那，切诺基有一个极短时间的停顿，而这时它牵引的帕杰罗正在下坡，自动滑行中。它停顿，我向前，拖车绳失去牵引落进水里。切诺基也感觉到了这个不恰当的停顿，立即加油上坡，但是晚了，突然供油给发动提供的动力让切诺基往前一窜，落进水里的拖车绳被猛然拉直，只听见"啪！"的一声脆响，断了。

我和哈斯透过帕杰罗的大玻璃把拖车绳被拉断的瞬间看得真真切切，断掉的半截绳子在车前露了个头立刻遁入水里，再也没让我们看见。我们俩的心脏咔嚓咔嚓同时爆出碎裂的声响来！

没有了牵引，我的车只能借助惯性继续向对岸滑行，车体被河水冲击得阵阵震颤，一旦它停车不动，我和哈斯既没法开门下车徒步过河，切诺基上的人也没法下河再套一次拖车绳。

几乎是在看到拖车绳被拉断的同时，我的左脚狠狠踩下离合器，右手快速把挡把推进二挡，再轻踩右脚，慢抬左脚……油离配合的两只脚一上一下像两只多情的手抚弄心爱姑娘的脸庞……

苍天啊！

居然挂上了挡！

帕杰罗凭借自身不太充足的动力哼哼叽叽爬上对岸，稳稳停在路上。我和哈斯在车里相对无言，一股劫后余生的酸楚凶猛袭来，这种事也会发生？也会发生？！

切诺基上岸的时候似乎还不知道拖车绳断了，直到发现我们停车，才情知不妙，倒回来准备重新拖车。我再次上车踩下离合器挂挡，确实可以挂上挡了，但是动力损失严重，加速效率低下，只能凑合着缓慢行驶——这是正常的离合器片故障现象。

为什么呢？两车人都在疑问，为什么一直不能连接引擎动力的离合器，在我们最需要的时候就能准确离合了呢？

不知道。

或许有神相助。

可以自己慢慢行驶了，就没再让切诺基牵引（过河的时候它只是加油晚了那么 2 秒钟，如果到圆弧顶点前拖车绳还直着的时候就轻轻加油，它不会停，绳也不会断）。他们可以早点回镇上准备吃的，我和哈斯开着动力不足的帕杰罗在戈壁的月色里遛弯似地向达来呼布移动，那是种非常奇特和复杂的感受，美妙无以言表。

在车里，我俩声讨了进戈壁不带救援工具的司机，真真假假地痛斥这些人自恃有点戈壁行走经验，不重科学，不留后路。帕杰罗烧了离合器片也一定不是今天一时的结果，平时不重保养，不常检测，遇到麻烦，除了等待别无选择。怎么能这样呢？但愿他们下次再出状况还能遇见"切队"，遇见北京人。聊着聊着，我俩居然在荒野的月色里哈哈笑了起来。和许多世俗的调侃一样，这些责怪和笑骂里更多的还是侥幸脱险后的得意。

消遣完草率的司机，我在戈壁的夜色里尽我所知向哈斯介绍了"切队"：那是一群热爱生活热爱自然的人，他们受过很好的教育，有极强的专业精神；他们千里跋涉到戈壁也许只是为了自己的生命里能够多一道与大漠有关的印记。他们纯朴忠义，古道热肠，无论在什么地方，只要他人需要，都会竭尽全力施以援手。今天所见所闻，也让哈斯和切诺基上的蒙古兄弟们感触颇深，很多天以后，哈斯还在赞美那些活力四射的北京汉子。

"啧啧啧！那戴眼镜的小伙太能干了！"他对李益斌印象深刻。

直到写这些文字的时候，我还不能如数叫出那些帮助过我们的"切队"行者的名字——中间还有几个女士——能记住的是那个傍晚，那些汉子们有节奏地挥动的臂膀，和抚触他们壮美身体的金色落日。

8　却是旧时相识

戈壁上的人们对越野车其实是不陌生的，至少比对轿车更亲切，但是地处边关的达来呼布镇上的修车铺子里的技术储备和配件准备都不会如顾客期待的那么充足，也很难提供及时准确的技术服务。步步惊心回到镇上的帕杰罗在孙师傅现场督导下修了整整一晚上，换了离合器片和牙盘，检修保养了其他部位，大地醒来的时候，这台车也病愈。或许深知哀莫大于弃路，忙活了一晚上拾掇出来的帕杰罗出了修车铺就像个后生似的活蹦乱跳，动力充沛，响应及时，行动稳健，转向灵巧。孙师傅给它加满油，擦洗干净，曙光里看去，又是一条好汉。

和这辆几天来穿省过州疲于奔命的帕杰罗一样，我的头发也因为三天没敢洗澡已经脏得不成样子。很早起来，洗好脸，剃净胡须，伸手在头发里抓了一把……蓬乱里实在摸不出半点可以称为滑顺柔软的感觉了。抓着头发使了使劲，缝补过的伤口倒是不疼，就差一洗了。

这几天一直裹着在乌海的医院包扎的纱布，也没有在达来呼布找大夫换药。没有消炎药，没有清理伤口，没有医嘱，眉骨以上头发以下满是自生自灭的洒脱。胡杨、怪树、戈壁和大漠里古老的残城吸引了视线，如果不是宾馆的镜子提醒，我已经忘记了自己还是个伤兵，还顶着一脑袋脏乱的头发。一个爱自然爱生活的人没有理由带一头乱发修行。

管不了那许多，我决计洗头，还脑袋一个清白。

头发接触到水的那一刻，其实是有种"不惜冒着生命危险"的勇猛和忧患的。一个习惯了未雨绸缪的人，通常会带着若干个"如果"纵横天下。达来呼布那时候与城市间的交通十分不便，最近的机场离这里有5小时车程，从这里开车到阿拉善盟至少要10小时。如果，我是说如果身体不适，急需治疗，很难及时送到达来呼布以外的医院，而镇子上的医院……我还没有去找。鉴于上述，我努力只让清水洗濯伤口以外的头发，尽量不让眉骨见水，尽快洗完，尽快擦干，免得感染。

其实洗过了就洗过了，碧空湛蓝，白云悠闲，阳光灿烂得让人睁不开眼睛，时钟依然嘀嗒，宾馆服务员照样在楼道里肆无忌惮地放声大笑，除了疲惫和污垢被冲洗干净，一切都没有改变。
把纱布翻到干净的一面帖在眉骨伤口上，再把绷带压着伤口在头
上缠好，重回"伤兵"形象。收拾好了冲着镜子里的自己挤了挤
眼睛，叫上乌哈斯，从孙师傅手里接过车钥匙，开着那辆精神焕
发的帕杰罗径直往戈壁里去看朝霞。

出达来呼布往南去怪树林、黑城、红城等处，都必须经过额
济纳河。再次越过这条既不宽阔也不清澈的河流，耳边响起想起
泰戈尔的诗句：

> 如果把发生的事情都印在石头上，那么，你就可以在我
> 的每一个台阶上读到许多昔日的故事。你如果想听到过去的
> 故事，那就请你坐到我的台阶上来；只要你侧耳细听这潺潺
> 的流水，你就可以听到过去无数动人的故事。

额济纳河不是恒河，它的岸边没有台阶，只有大大小小的卵
石。额济纳河有自己与众不同的故事，它拯救过全流域近万平方
公里面积的生态，只是如今它自己也需要被拯救了。昨天到今天，
额济纳河水在达来呼布以同样的方式流淌了一夜，这一夜河道里
似乎什么都没有发生，也什么都没有改变过。昨天傍晚帕杰罗在
河道中间的惊心一刻早已与流沙一起远逝。有关人类的故事无论
如何惊心动魄，在大自然的笑靥里都微不足道。☜ 图 A3 下

从戈壁晨曦里返回镇子的路上，在额济纳河西岸的一处胡杨
林里发现了"切队"兄弟们昨晚的营地。大大小小的帐篷支在那
里，在胡杨林里"建成"一个微型街道。新鲜的阳光照进树林，

胡杨树叶子越发金黄透亮。那些熟悉的兄弟们经过一夜休整重新精神饱满地在晨光下的树林里活跃起来。他们烤肉煎蛋，点火煮茶，起得晚的正从车顶的水袋里接水洗漱，收拾完自己的把车开到河边在那里取水洗车；有随行的摄影爱好者举着相机记录周边风光和营地里千姿百态的越野人……沉寂了千百年的胡杨林在这个早晨热闹起来，营地旁边的额济纳河水也金光闪闪，一副兴高采烈的模样。我和哈斯在营地里找到老黑、李益斌、白魔他们，再次感谢他们昨晚施以援手，然后在天幕里坐了一会，聊些大地上的故事。

我们以不同的方式在时光里奔跑，在广袤的戈壁和沙海里驰骋，而后不期相聚于这片胡杨林。我们因为迷恋胡杨、沙丘而来，因为仰慕西夏那些湮灭已久和正在被风沙湮灭的独特文化而来。大漠的粗砂碎石以特有的方式接纳了我们，从乌海的沙坑到额济纳的沙海，它的粗粝本色反而让我们内心生出一种贴近感来；从采发菜的壮年独自行走的戈壁到几乎填满整座黑城的黄沙，它的浑然木讷让我们窥见大漠沉重的积淀；从牧人贡嘎的蒙古包到怪树林枯而不朽的枝柯，它的单调简陋也让我们联想起老去的时光里曾经有过的璀璨多彩。冷寂无语的大漠就像我们头上的胡杨树，在属于自己的季节它自会绚丽出自己的美丽来。

得益于千里跋涉和跋涉路上发生的那些或苦或甜的历经，我们可以以这样的方式欣赏戈壁的天空，可以坐在营地的天幕里让自己的灵魂随着大漠里的云和风尽量去往高处。雄居大漠深处的黑城，那个记载了近三百年历史、有过辉煌昔日的边关重镇，还在我们目之所及的地方等待一个真正懂他的人来解开他前世今生的谜团。从楼兰、焉耆、龟兹到古格、高昌、黑水国，再到黑城，每一个古代文明的废墟都是一部人类教科书，是高悬在现代人头顶的一滴垂露。在没有看清这些古文明究竟因何消失的时候，我们很难看清现在的自己，也很难品尝到那滴清露的甘甜。

额济纳河水在身边欢快地流淌，"切队"兄弟们野炊的炉火嗞嗞作响。上一次大漠里有成群结队的年轻男人安营扎寨已经是一千多年前的事了，那时候只能靠拣拾旷野里的枯树烧开铫子里的水，现在可以轻松地用罐装天然气在精巧的炉具上烧水。现代文明快捷、高效，却削弱了我们内心的庄重和孤独，不再采菊的我们再也难以体会到从东篱看南山的天真意趣了。或许正是因此，我们才对默然静坐在大漠深处的黑城、红城、绿城……乃至大地上所有曾经温暖如今荒凉的城，充满敬意和爱意，要翻山越岭不辞艰辛来看它。

"切队"的朋友沏了一杯清香的茶，那是杯很香的茶，我已经很多天没有喝茶了。那个早晨，面对荒原之美，我一口一口品啜。

9　路过巴丹吉林

回到宾馆，看见服务台里的服务员正在吃哈密瓜。两人吃着一个，服务台的另一头还放着一个。大漠里的瓜果是个很诱人的东西，看她们吃得那么香甜，我的嘴里顿时分泌出一些口水来。回房间放下手里的相机，转身去找哈斯商量：你看吧咱们出来也好几天了，一直没吃过什么蔬菜，水果更没见过。刚才楼下看见服务员吃瓜都想上去抢过来咬几口，咱能不能让她们把那哈密瓜分给咱一半？我看那瓜挺大的，反正她俩也吃不了，你用蒙语要，她肯定给你。

我一"哭诉",哈斯就动了恻隐之心："没问题，我去要两块。"说完就去了楼下。

在额济纳这几天基本上没吃什么绿叶子的菜，不仅快淡忘了蔬果，还学会了早晨起来就着奶茶吃凉的手扒肉，适应了顿顿享用各种做法的羊肉牛肉奶豆腐血豆腐肉包子面饼子。戈壁上见棵绿草都不容易，看见水果岂能不为所动，但是能让哈斯去找姑娘们讨要来吃，这是我也没想到的，而哈斯居然还真的下楼去找服务员了，这更是我没想到的。

很快，哈斯带着第三个没想到回来了：一个整瓜和一把水果刀。他说服务员听说北京来的客人找她们讨瓜吃，开心得不行，从服务台底下拖出一口袋瓜，让我随便拿，想吃多少拿多少！姑娘说额济纳人民欢迎您多吃几个！哈斯对我一通取笑，我好像还真脸红起来。

拿过瓜和刀，先将那瓜一分为二，再切成小块，上嘴就啃。吃了三五块，却吃不动了，甜得不行。

后来才知道到：额济纳干旱少雨，光热充足，昼夜温差大，这里的蜜瓜个大、形美、色艳，尤以含糖高、口味纯、果肉脆甜著称。怪不得吃几块就吃不动了。而且额济纳旗注册了"居延蜜瓜"商标，不能再叫这里的瓜是哈密瓜了。

感谢了赠我以蜜瓜的宾馆服务员，我们离开达来呼布，再一次穿过巴丹吉林沙漠去往阿拉善。

这一回由西向东，我自己开车。来额济纳路上的那一撞，让我有些忌惮坐车。人在车里，手上没有方向盘，心里很忐忑，脚下就出汗，这大概是大多数会开车的人经过事故以后再跑长途都会犯的通病。自己开着车，精力都在看路，不敢分心欣赏其他。一路上少了对戈壁的注意，也省却了许多不安。

从达来呼布到阿拉善左旗要走 600 多公里沙漠公路，这条公路刚刚铺上柏油，平整，顺畅，像一条在沙漠里自由穿行的河流。孙师傅说没铺油以前这是条碎石公路，来回一趟额济纳，用过的车就差不多要大修了。

感谢诸神，这一次我们虽然波澜起伏，总算平安走出沙漠，还碰巧赶上了刚刚通车的公路，白捡了个舒适。

阿左旗的朋友备好了晚饭。席间，他们又谈起额济纳几十年来的艰难变化，谈起让额济纳人引以为傲的德德玛，谈起聂荣臻元帅曾经深情地感谢：额济纳人民为国家建设做出了巨大的牺牲，有机会一定要回报——这是指额济纳旗为建设西昌航天城做出的贡献。同桌正好有个来自额济纳的土尔扈特朋友，拉着他聊了些土尔扈特部落的传说。

更多的时间是阿左旗的朋友再介绍巴丹吉林沙漠。

公开的资料显示：巴丹吉林沙漠面积 4.7 万平方公里，是我国第三、世界第四大沙漠，其西北部还有 1 万多平方公里的地域至今尚无人类的足迹。奇峰、鸣沙、湖泊、神泉、寺庙堪称巴丹吉林"五绝"。他们特别谈到沙漠中的湖泊，说巴丹吉林沙漠星罗棋布的湖泊 113 个之多，其中，常年有水的湖泊达 74 个，淡水湖 12 个，总水面 4.9 万亩，湖泊芦苇丛生，水鸟嬉戏，鱼翔浅底。最神奇的是沙漠中一些咸水湖紧邻的就是淡水湖，并且还有一个咸水湖中央有一支甜水柱冒出水面。

他们说：

沙漠里生活着二十多户人家；

1993 年以后每年都有德国考察队进入巴丹吉林大沙漠考察；

沙漠里发现了鸵鸟蛋和恐龙化石；

沙漠腹地的湖泊周围还发现了大量的新石器和旧石器；

考古分析，这里在 3000—5000 年前就有人类活动的遗迹；

巴丹吉林沙漠里不可能自己开车。

有些人走进巴丹吉林却没能再走出来；

巴丹吉林沙漠的骆驼如何走出去，一个放牧季后再回到主人身边；

巴丹吉林庙如何从鼎盛时期的 60 多个喇嘛到只剩一人。

……

我忽然很想留下来，掉头进入巴丹吉林沙漠腹地。我觉得那个看上去不声不响的沙漠里有许多我应该听到却不曾听到的声音；那 1 万多平方公里尚无人类足迹的地方应该有人涉足了。

然而我还是走了，继续向东，去往离戈壁和沙漠更远、人更多的地方。

额济纳、戈壁、荒原、沙漠，那里炽热的情感、苦难的经历、泣血的诗句，那里活跃了一千年的英雄、强盗、大汗、牧民、诗人、行者……让我久久不能平静。在阿拉善，在我即将离开戈壁的那一刻，这群人蜂拥挤进我心里，放肆地决杀，我既不能哀吟，也不能高歌。

10　我回来了

离开阿拉善再往东，道路通顺，视野开阔，车速快起来。即使如此，一路上走走停停，我们也很难在天黑前赶到呼和浩特了。我要在离开内蒙古以前拆掉伤口上的线，把头上的绷带去掉。"伤兵"造型在首都机场太吓人了，容易被围观。哈斯让我放心，他有很好的朋友在包钢医院，到不了呼和浩特就去包钢医院拆线。

让他说着了，我们无法在医生下班前回到呼和浩特。傍晚将至，只能离开高速公路驱车去包钢医院。

哈斯的医生朋友看见伤口的第一句话就问："哪里缝的？这么粗的线？"我眼前立刻闪现出乌海那个尽心尽力的大夫慈爱的面容，连同他安慰我的轻柔声音："小针小线，小针小线，放心吧，拆完什么都看不见。"

我完全理解乌海大夫的承诺，城区医院和旗县医院对手术针线粗细的理解是有差别的，乌海大夫眼里的"小线"在包头看来并不小，但是乌海大夫说得没有错，他用的就是他能找到的最小的针、最小的线。那些满怀善意缝补过我生命漏洞的人，值得我一生感激。

得益于高原紫外线持续不懈的消毒灭菌，伤口不仅没有任何感染症状，而且生长迅速，愈合良好，以至于肉已经长到线上了，看来拆线的时机稍晚了点。包钢医院的大夫在我眼眶上打了麻药，顺伤口方向剪断缝线，镊子夹紧线头，用力一拔，好疼！

钻心刻骨的疼痛重复了五次，疼得我兽性大发！

拆完线泪流满面，眉骨轻松了，牙咬歪了。

几天以后，如乌海大夫所说，眉骨上什么都看不见了。一个月以后，理发店洗头的姑娘从我头皮里抠出两粒芝麻大小的玻璃碎屑，她以为我在身体里藏了什么东西。我让她轻抠慢揉，稍后可能还会有重大发现。一个半月以后，早晨起来在脸上揉搓洗面奶的手触到额头有一处硌痛，仔细摸了摸，就知道了那是什么。让儿子找来一根缝衣针，打火机烧了烧针头，对着镜子划开额头的皮肤，一线血渗出来；针头轻轻一挑，翻出一粒比芝麻更小的玻璃屑，它居然在鲜红的血里晶莹闪烁。这是后话。

到呼和浩特已经夜晚了，哈斯找了间体面宽余的房间，让我好好休息，"收收心，梳理下情绪，准备回去干活。"

我在那里把浑身洗静。换上轻薄的衣服，窝在柔软的沙发里，打开房间里温暖得有些暧昧的灯光，呼吸急促起来，我确信是房间里的精致释放出了一些压抑，正在榨取大漠留在我灵魂里的自由和无垠的意象。

衣袖间阳光和风的味道越走越远。

一歪头，在沙发上睡着了。

离开北京那天，妻在机场的人流里肆无忌惮地吻我，她担心我被沙漠吞噬，担心没有她的日子我不会保重自己。而我却像个执意出走的孩子，松开她的手，隐入蓝天中。

每个男人都是带着浪人的梦想坠地的，为了这个梦想，他们一生都在"挣脱"，先从母亲的呵护里挣脱，再从爱人的牵挂里挣脱，还要从城市的禁锢和繁乱的嘈杂里挣脱，只为生命里能够有一段浪迹天涯的经历。他们视艰辛为锻造，拿苦痛当荣耀。相比于灯红酒绿，沧海桑田更容易被他们渴望自由的灵魂向往。长期生活在都市里的人，积累了太多忧虑、苦闷、悔恨、孤寂、失望，需要桃花扑面，需要朔风逼人，需要仰望苍穹，需要感受自然的酷烈和无情，唯如此才能清晰地认知人生的美妙和多情，城市的狭隘与无趣。

人或许只有在无垠的旷野才可以坚守生命的诺言，不逢迎，不阿附，不垢不净，不生不灭，顺应时事，兼容百态。

仅就对原野的执着这一点而言，男人骨子里潜藏着一股势不可挡的自私，没有什么可以阻拦他们去那遥远的地方，他们愿意不惜一切在荒原里品尝孤独，即使有一天倒在了旷野的夕阳里，永远无法再站起来，他也一定是面带微笑的。

巴尔蒙特说"为了看看阳光，我来到世上"，这大概是热爱自由的人乐于接受的生命的定义。

我喜欢透过阳光看原野上的鹰在没有阴谋的天空画自己优雅的弧线，它用一生所有享受旅途的孤独，享受天空和大地，在天地之间不屈不挠地按自己喜欢的方式翱翔。我怀念原野上新鲜的阳光，新鲜的故事，新鲜的发现，新鲜的血。

现在，我回到城市。

妻儿到机场接我。

为了不至于让他们老远就能看清我眉头的伤口，我拆了绷带，戴了帽子和墨镜从机场出来。这不是我喜欢的"扮相"，妻子看见我这副模样也很诧异。

　　我把她揽进怀里用力一拥，歉意地告诉她"一时没注意，把路跑丢了。"她的小拳头在我身上一通猛砸，眼泪掉下来。

　　重又栖落到妻儿身边，只想回到厨房为他们准备一顿晚餐，来点与长河落日和大漠孤烟完全不同味道的鱼香茄子和糖醋里脊什么的。

草原纪事

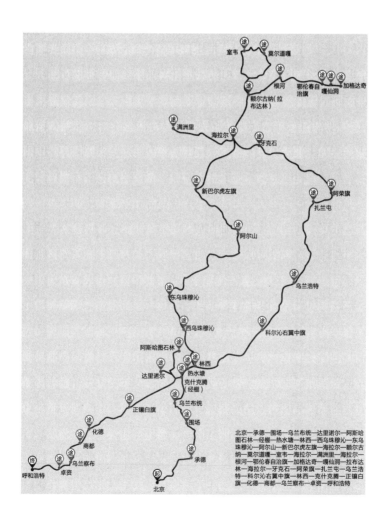

北京—承德—围场—乌兰布统—达里诺尔—阿斯哈图石林—经棚—热水塘—林西—西乌珠穆沁—东乌珠穆沁—阿尔山—新巴尔虎左旗—海拉尔—额尔古纳—莫尔道嘎—室韦—海拉尔—满洲里—海拉尔—根河—鄂伦春自治旗—加格达奇—嘎仙洞—拉布达林—海拉尔—牙克石—阿荣旗—扎兰屯—乌兰浩特—科尔沁右翼中旗—林西—克什克腾—正镶白旗—化德—商都—乌兰察布—卓资—呼和浩特

11月，乌哈斯到北京开会，临走前一天约我见个面。晚上我和妻子去美术馆大街的内蒙宾馆跟他话别。

乌哈斯是我同行，也有共同爱好。很多年来，我们俩结伴去各地疯跑兼拍点照片，一起沉醉山岭，一起起早摸黑，也一起出生入死。我在沙漠里搞得头破血流的时候，他就在那辆车的后座上。虽然他头没破，也没流血，但是有了那一次的"同车共撞"我俩也升级成"生死之交"。寻常日子各忙各的，什么时候想在日子里添点彩、增个色，就相约一起出去翻山蹚河，过一段同甘共苦的时光。

他是个直率得有点噎人的人，快人快语，不存心眼，好话坏话都憋不住，活法坦荡，带点野性。这种朋友踏实，快意，也是一剂可以宽心顺气的药。平日里谁惆怅了，相约见个面，扯扯闲篇儿，聊聊往事里的糗事，说说羊倌马倌牛倌，心里的块垒就云开雾散了。聊到酣畅处，彼此放肆狂浪点儿也没什么后顾之忧。虚幻和伪善盛行的时候，率真和野性显得越发珍贵。心为形役的人都梦想着让灵魂长驻在青山绿水里，有个意气相投的兄弟可以一起跃马扬鞭去看山外的山，是件挺美好的事儿。

这次跟乌哈斯一起来北京开会的还有二三十个他在电影译制中心的同事，这些人的主要工作是把汉语电影译制成蒙语电影，应该叫译制演职员。男男女女都挺漂亮，文艺范儿。有跳舞的、演戏的、配音的、配乐的，老有老的风采，少有少的魅力。蒙古人本来就能歌善舞，译制演员们更加能说会唱，张嘴一唱就能感心动耳，我觉得他们的DNA差不多就是按五线谱排列的。就着奶茶，啃着手扒肉，一阵一阵的歌声在屋子里飘来荡去。几碗酒下去，大家都成了情深义重的兄弟姐妹。

蒙古民歌是悠扬飘逸的神曲，草原上的人用它来赞美天空和大地，也用它怀念不屈的祖先、抒发内心的忧伤。歌声在哪里响起来，哪里就是他们的草原、毡房，哪里就有了白云、蓝天。他们歌唱的样子沉醉而虔诚，音韵细致又精准，我喜欢看他们沉浸在遥远的、深深的回忆里歌吟的样子，喜欢听他们用歌声向长天诉说内心的幸福，喜悦，孤独和眷念。

歌声越唱越深情，奶酒越喝越醇厚，那天我和妻子都喝醉了。来自草原的男人和女人们捧着银碗看着我和妻子说："回家看看吧，回到草原上的家，回到我们那里吧。"

这让我疑心自己的生命会不会真的与草原有某种关联？草原上会不会真的有个神一直在等待放牧我？

"会回来的。"我说。

1

冬天很快过去，转眼夏天到了。

那几天北京溽热，乌哈斯说他要开车到北京来办点儿事，"要不完事你跟我一起来趟草原吧？"

"行啊！"我答应了他。

即使躲在酒店的空调房间里，乌哈斯也在抱怨北京的桑拿天："什么鬼天气，热死了！连点云彩都看不见！快走快走，过了承德你再看看啥叫白云蓝天！"草原上的人对天空情有独钟，很在意天空的视觉美感，没有白云的天空对他而言如同没有羊群的草原，太过空洞和乏味。桑拿天带给人的不适不只在看不见云彩，更在于没有风。没有了风，就没有了地阔天长，自由和浪漫都失去了依傍。

"明天一早，出发！"我也终于等到这一天。

可以"出发"，可以在草原上独享整个天空，心里就有一只鹰在蓝天碧野之间纵情翱翔，翅膀撕裂空气，影子掠过大地。

像个初次遇见爱情的小伙子，想想马上可以回到原野，居然呼吸都不那么均匀了。

清晨6点，我们离开北京。一路向北。

没有在承德停留。

没有在塞罕坝停留。

没有在围场停留。

夕阳下山之前，来到乌兰布统。

从怀柔、密云、承德，这些饱蘸孔孟之道书卷气味的地名，到乌兰布统这么一个风格迥异的蒙古语地名，我们用了大约6个小时越过长城，穿过华北平原北端，驻足于北方游牧民族曾经金戈铁马、甲光向日的古战场。

现在，这里安静得像个襁褓，友善柔软的平和景象怀抱着已经沉睡的战争故事，好像什么也没发生过一样。

在汉文化圈子里长大的人到了草原可以先把唐诗宋词什么的放一放，去寻找马刀划破空气的声音，去聆听马头琴的吟唱。乌兰布统属于木兰围场，也是皇家的"北方秀场"，它与避暑山庄

（热河行宫）一张一弛，一德一威，文在承德，武在围场。围场是使刀动枪的地方，清廷之所以要在这里真砍实杀，一来免得八旗子弟们疏远弓马，沉溺酒色，二来也是给北方的准噶尔部看的。清时的皇家猎场还包括了今天围场以北赤峰地区的克什克腾、翁牛特、喀喇沁三个旗南部的蒙人游牧区域，比现在的围场县范围要大出很多。

很多著名战争都有意无意发生在风光秀丽的地方。从围场北部的塞罕坝去乌兰布统要经过红山军马场，这一带是坝上最漂亮的区域之一，湖泊河流，森林草甸，绿野蓝天，鸟语花香。当年蒙古噶尔丹十万叛军打到这里，康熙就势把猎场变成战场，叛军像鹿群一样被猎杀了。这一仗，康熙把自己的舅舅赔进去了。

现在，大围场区域的草场因为过度放牧，日益沙化。越野车一会在草地里行走，一会在沙地里行走。公主湖南岸是树林草场，北岸是沙丘荒漠，应该是这一地区的地貌缩影。

公主湖的岸边搭建了些小木屋供游人租住，我们在湖边等夕阳，与住在小木屋里的一家三口闲聊。这家人从秦皇岛来，父母带着一个男孩。男孩十六七岁，喜欢摄影，大概平时没少缠着父母给他买器材，看我们背着些长长短短的家伙羡慕不已，不断问些技术技巧。乌哈斯从来都以自己设备精良自傲的，看见有人垂涎，自然兴奋异常，大侃摄影心得，狂聊快门光圈。那孩子听得心旌荡漾，听说还要一路北上"摄"将下去，更是搓手蹬脚，恨不得抛下父母跟我们走了。我赶紧打圆场说"我们也是瞎玩，就图一乐，四外散散心，还是以锻炼身体为主。"他父亲淡淡一笑，母亲的眼睛却满是鼓励地亮起来，觉得儿子喜欢了摄影至少可以练出一副好腿脚不至于成天宅在家里懒出一堆肉来。孩子执着，真把我们当前辈，追过来要了电话，说回去要多交流多请教。我是不太愿意到处给人留电话，哈斯率性，当即写下，我再不写就显得小气，就也留了。

几天后那孩子分别给我和哈斯手机发来短信："我在公主湖边见到您，希望能跟您交流几幅作品。"孩子有点随意，也没跟我们介绍下自己，哪怕说说自己姓什么呢，我们俩真名真姓真电话都留给他了。乌哈斯有点不悦："这孩子这么不懂事，连个名字都舍不得说。"合上手机没再回应。好人歹人他做起来都那么得心应手。

其实吧，我也是这么想的。

2

我坚持要去达里诺尔，而达里诺尔却让我失望，想象中水草丰美的草原湖泊，看起来更像是个荒漠里的湖。

行前对沿途各主要目的地做了尽可能详细的了解，达里诺尔的中文意思是"像海一样宽阔美丽的湖"，湖中岛屿众多，是西伯利亚到中国东南沿海候鸟的重要繁殖地，享有我国第三大天鹅湖的美誉。但是还没走近就发现岸边并无水草，湖水浅去，留下的滩涂已经被阳光烤干，全无湿地的丰润蓬勃。我甚至不想再往湖边走了。

许是因为达里诺尔"像海一样"，我无法看清湖中的岛屿；至少我去的那时候，鸟停止了飞翔。水天一色本是很壮丽的景致，不过太阳当顶，天晕水眩，不能怡人。

倒是达里诺尔镇的全鱼宴挺馋人的。达里诺尔有过许多与鱼有关的名字，"鱼儿泺""捕鱼儿湖""答尔海子"之类，这些名字都在反复强调达里诺尔与鱼的特殊关系，据说每年清明至端午前后各类鱼种开始产卵，鱼群沿牧草返青的河道溯流蜂拥而上，竟会造成水流不畅！不过"人进一尺，鱼退一丈"，现在湖边盖了些房子，靠水吃水的除了鱼还有人，这种景象只能从传说中揣摩了。

店家端上冷热各样的鲫鱼、华子鱼，油炸、红烧、炖汤，各种做法。农家菜肴，风格粗放，烹制说不上精细，味道却极鲜美。

达里诺尔的鱼群在产卵期会"堵塞河渠，殆无空隙，人马皆不能过"（王国维语），与达里诺尔湖西草原上另一奇观"耗来河"有关，那是世上最窄的河。全长17公里，宽却只十几厘米，最窄处不过几厘米。乌哈斯双手虎口相对，卡着脖子说"耗来，蒙语是脖子的意思。"耗来河，该是言其细如咽喉。遗憾的是季节不对，耗来河在夏季容易被误认为只是一条"水线"，我们也很快就掉头北上了，没机会看到这条细极的河流。

从达里诺尔镇去阿斯哈图路过巴彦敖包和黄岗梁森林公园。乌哈斯一路在讲巴彦敖包的敖包如何了不得，每年会有雍和宫及塔尔寺的喇嘛前来做法事等等，弄得我满眼虔诚，险些纳头就拜。黄岗梁西的贡格尔草原有大大小小的牧场，草场往东到巴彦查干，有了连片的林木，那就是著名的沙地云杉。

到阿斯哈图，太阳依然很猛。司机把车停在山顶的停车场，我和哈斯往景区里晃。阿斯哈图花岗岩石林，于高山草甸之上突兀高耸，颇有拔山盖世的气概。这地方一年四季各有特色，只是我们来的时间不对，太阳当顶，游人摩肩，风景索然。草草看了看，就准备下山了。刚到停车场，司机苦着脸说他的证件被景区管理员扣了。

内蒙古各地的景区对持记者证的访客大多可以提供些方便，上山以前司机跟景区管票务的人咨询了，阿斯哈图对有记者证的客人也免门票。既然获得认可，捡着便宜的我们就美不颠儿的径直上山了。人在得意的时候容易忘形，老话总是在关键时候显示出它重大的历史意义和现实意义。我们从景区大门凶猛往里扑的时候，忽视了一个细节：景区门口一侧阳伞里应该有个人，专门检查散客车辆和人员的上山手续（景区车辆和团队客人另有通道），我们的车进门那会他正好在与别的车辆纠缠，没人理会我们，司机就往里干呗，越野车呼啸而过，检票的人扭头看见的时候我们已经出去三五十米了，他以为闯关呢，这还了得？驱车来追。阿斯哈图西门上山是条长而多弯的坡道，景区的车性能稍弱，追着追着就落远了。我们在前头跑得兴高采烈，完全没觉得后头还有个几个铁拳紧握的追兵。到了山顶停车场，我和哈斯下车散入景区，司机留守车上准备眯一觉，景区的车就上来了，哥几个气势汹汹，质问为啥逃票？为啥为啥为啥？！司机说了情况，铁拳们也不通融，称要么扣车，要么扣驾照，要么扣证件，等我们下山再补票还证，决无商量！车是肯定不能给他，驾照是司机职业标志，开车得带着，司机只好先把工作证给铁拳们拿下山去了。

听司机说完，乌哈斯脸就黑了。我在一边听了也觉得乡勇跋扈，言而无信，说好的免票怎么这么会工夫就反悔了呢？虽然敢怒，却不敢言。出门在外，最忌火里浇油。而哈斯到底是在蒙古高原东西纵横多年的人，虽然心里不太高兴，嘴上并无太多不敬。闷声上车，下得山来，直奔山门往景区办公室走去。

刚到大门，就有挂着胸牌的工作人员迎来问道："可是乌老师？"

"是，我是乌哈斯。"老乌彪形汉子，暗红脸堂，说这话的时候面无悦色，其实是很能透出些行不更名坐不改姓的嚣张的。

确认正是老乌，工作人员立即笑意盈盈，连称工作人员"跟门口没沟通好，扣了你们车上的证件，还给您。"

原来我们下山的工夫另一队哈斯同事上山采录节目，这位工作人员认识这队人马中的一位，跟他聊了我们擅自闯关的"恶行"，借以核实哈斯身份。哈斯同事笑曰：乌老师的证件你们也要啊！如此这般说了不少哈斯美德，于是化险为夷。工作人员守在门口，只为跟乌老师握手言好。那会儿我这边还在车里心有戚戚，想着上去帮个腔，作个势，必要时再怒斥下铁拳们员乱行虎狼之威什么的，眼看着两下里满面春风，摩肩抚臂，显然干戈已化玉帛了。虚惊过处，我手心这把汗算是白捏。

3

从阿斯哈图出来，天色还早。跟哈斯商量咱们要不要找个牧民家坐会？

我们去了乌尔塔布拉格附近牧场上的一个牧人居地。这里离阿斯哈图西门大约 10 公里路程。这片开阔的草场掌心一样被四面连绵的山梁簇拥着，木希嘎河在远处泛出幽蓝的光亮，草场里满是青草的香味，三五成群的牛羊在草地上悠闲吃草，间或有马匹举颈嘶鸣，那快乐的声音穿过青草香味散播到远处。几顶白色的蒙古包散落在波浪起伏的草原上，看见它们心里就涌起一股暖意。蒙古包像草地上的羊群，也像蓝天上的白云，是草原上最温暖的存在和尤其引人注目的美丽。如果说看见草原就看见了浩荡，那么看见草原上的蒙古包，浩荡才有了源头和活力。 图B1上

我们把车停在蒙古包外，一位上了年纪的妇人听见引擎的声音，从相邻的另外一个包里出来。乌哈斯用蒙语向妇人打过招呼，问能不能去她的毡房里坐坐，妇人热情地把我们领进自家蒙古包。我注意到大家进包的那一刻，老妇人侧身让我们先进，自己在门口掀起门帘，再卷好，扎在门口鬃绳里，等客人都进了包，她才进来。

毡房里比想象的要干净整洁得多。地面是在草场上先垫一层沙土，再铺上一层红砖，红砖上面铺了块地毯。正对蒙古包门的哈纳上挂着成吉思汗画像，画像两侧略低一点一边是儿子和儿媳的婚纱照，一边是印有草原风光的挂历；再往门口，两侧摆放了两件矮柜，柜上有水壶、茶壶、简单的炊具、油盐和装有家人照片的镜框。靠近门口的哈纳上挂着风干的蘑菇和正在酿制的奶酪。地上三只铁桶，分别装着水、干牛粪和别的什么，一只木凳上放着洗手的脸盆。北面，一铺炕占了大约半个包的位置，炕前垒了一膛灶，烟囱从包顶上伸出去。蒙古包里少有男人的物件，只有一顶类似警员佩带的大檐帽搁在炕头矮柜上。

善待来到毡房里的每一个客人是牧人的本能，这个逐水草而

居的民族在他们的生活习惯中凝结了与人为善、利人利己的朴素情感，处处体现出对他人的关爱。因为游牧，他们此时是主人，彼时就可能是客人，他们对远道而来的人从无戒心，陌生人到了毡房里如果客气见外，不吃不喝或者少吃少喝，主人反而会很不高兴。从妇人在门外掀开帘子让进我们的那一刻起，她像招待亲戚和家人一样款待路过的人，让我们像主人一样先于自己进到毡房里。随后，妇人进来为我们倒上奶茶，拿出炒米、黄油、奶片、奶豆腐、奶酪和盐、糖等等让我们随意享用。

奶茶滚烫醇厚，奶和茶的香味浓稠，让人不知不觉之间生出对游牧生活的热爱。乌哈斯盘腿坐在炕桌旁边，一边喝奶茶，一边用蒙语与妇人聊家常，再不时用汉语告诉我他们大概聊了些什么：这是她们的夏营盘，冬季到来之前，牧人会回到里面（北面山里）的巴彦查干苏木海勒斯太居地休整。牧场上现在的四个毡房除了她家，其他三个都是她的亲戚。她本来不用来牧场，儿媳妇要生孩子了，才从海勒斯太过来照顾她。儿媳妇挺着大肚子安静地坐在炕的一角，听婆婆这么一说脸上泛出些微微的红，羞赧地一笑，眼睛看着门外的草场不作声。

妇人听到我不住地赞叹牧区的奶茶好喝，转身打开矮柜，取出一块茶砖捣碎，往灶里添上几块干牛粪，水一冒汽，把纱布裹好的茶叶包放进锅里，不一会水就开了。没兑奶的茶与内地平时喝的茶并无二致，妇人怕我喝不惯奶茶，重又涮过一只碗，盛上茶水，茶香马上在毡房里扩散开来。我跟妇人说还是奶茶好喝，比平时喝的纯茶水味道更绵甜。妇人再从桶里舀出几勺奶来，倒进滚沸的茶里，搅匀，盛进我和哈斯碗里。

055

　　毡房于我是个陌生去处，也是牧人的私密空间，在妇人家里吃吃喝喝，还在她家炕上盘腿就座，我有点担心举止失据，礼仪有错，让主人不开心，便问妇人一些蒙古族的民俗。妇人笑笑说：现在不讲那些了嘛。普通话非常标准。她坐在炕下我身边的小杌凳上，和天下所有母亲一样，看上去那么宽容，慈爱，草原一般沉着，安静。

　　正闲聊着，她儿子回来，看见包里有客人，礼貌地冲我们一笑，坐在炕上，跟我们细雨春风地聊草场和牲口的事儿。

　　我突然爱上这种生活，这种恬淡自然，没有猜疑，没有戒备的生活。甚至希望能在牧民家里住上几天，做他们的另一个儿子，为他们牧马放羊。那样，我可以带着爱人，日复一日地看草场上缓缓落去的夕阳，我们会于晨曦里诞生一个属于草原的孩子，可以叫孩子巴特尔，或者其其格，或者别的什么好听的名字，这个孩子将作为一个梦想存于草原更宏大的梦想中。游牧生活是上天对生命美好的恩赐，它让人性的真实得以在自然的真实里生生不息。

　　草原上落了一阵雨，草场和空气立刻清新起来，牲口们也愈加兴奋，一只牧羊犬在河岸边的草地上追逐两只雪白的羊，说不准是在执行牧人的指令，还是在和羊游戏，狗和羊各得其所，身上脸上都是愉快和满足。

　　雨停了，我们也从蒙古包里出来准备往回走，妇人带着儿子、媳妇，和邻家的小孩子一起出来送我们上车。夕阳下，待产的少妇腹部突起，浑圆饱满，笑容里有掩饰不住的自豪。

4

从牧场出来回到经棚镇，天空的颜色渐渐变成了藏蓝，临街的门脸房陆续亮起了灯，镇子在夜幕降临之前慢慢温暖起来。翻山往东偏北约30公里到热水塘镇，天就完全黑了。在内燃机车基本取代蒸汽机以后的很长一段时间里，热水塘还保存着最后的蒸汽机车用于铁路运输，这一带山多，弯多，桥多，铁路盘旋其间，黑色铁龙，洁白蒸汽，成了热水塘难得的风景；一年四季里，或者青山嫩绿，或者峻岭雪白，或者层岭尽染，想来该是颇有画意。再加上机车在山里跑不了多快，山坡上还便于摄影师们架设各种设备器材，得益于此，热水塘一度成为国际蒸汽机车摄影协会的拍摄基地，经常有国外摄影机构或者个人专门为了拍蒸汽机的画面而来。听说有某国摄影队出价100万美元，让蒸汽机车在山里转几圈，这事儿确实挺美。我没在热水塘拍过蒸汽机车，只能回味下别人的故事，美美别人的美。

之所以不留在热闹的经棚而选择清静的热水塘过夜，是因为热水塘是全国第二大甲级温泉所在，据说这里的泉水富含40多种化学元素，水温48—83℃，对多种疾病有奇特疗效。当年康熙、九世班禅都在这里沐浴过。这些真真假假的传说鼓舞着我置若干年来不在酒店泡澡的原则于不顾，在热水塘某个酒店房间的浴缸里坚持了半小时。热气熏人，欲仙欲死，出来感觉浑身的肉都是半熟的。老乌老道，自有小招，晚餐之前就先把热水放好凉着，吃完饭人再进去，温度恰好，心情恰好，享用的还是没兑过自来水的纯粹温泉水。

泡完温泉，倦意顿生。埋头一觉，醒来天就亮了。

7点钟起床，太阳已经晃眼了。相对于东部的辽远和西部的苍劲，内蒙古中部的风景和风情都要打些折扣，我想早点离开克旗，尽快到阿尔山，在那里多待些时间。

从热水塘东北方向往林西去，要路过一个镇子叫"宇宙地"。这地名与热水塘北边另一小村"很黑"一样，不怎么像地名，一个太"大"，一个太"黑"，估计是谁喝多酒胡乱"赐"的名字。路过这些地方的时候，老乌在电话里神神秘秘地跟人说着什么事。到了林西，远远看见一个中等身高的汉子等在路边。老乌下车，汉子递给老乌一个旧报纸包好的物件，老乌小心接了，也不说谢。问那汉子去西乌的路修好没有？汉子说正修呢，你们越野车没事。老乌扭头对司机说声"走！"就把汉子甩在身后。

走了没多远，老乌举着废纸包，眼里闪闪放出光亮，神神秘秘问我："知道是啥不？"

"啥？"

"陶罐！"他忽然提高了调门，"辽——哒！"把"辽"字拖得很长，半天才到"哒"。

林西在克旗和巴林右旗之间，再往东是巴林左旗（即林东）。巴林是蒙语"要塞""哨所"的意思。巴林左旗是个很出故事的地方，历史可谓悠久，从新石器时代就有红山文化和富民文化先民在这里生息，也曾是山戎、东胡、乌桓、鲜卑、匈奴、契丹、女真等族繁衍的地方。契丹在林东建都，使这里成为辽代政治、经济、文化中心。当地还有不少辽代遗迹，辽上京遗址、辽太祖陵、辽庆州遗址、双塔之类。所以乌哈斯底气十足，把"辽"字拉得又长又重。我不懂装懂地看了看那罐，觉得跟胡同口卖咸菜的大爷用的罐子没有太大区别，甚至还要小些，只是少了些咸腥味，便随口敷衍道：好罐！好罐！然后哈哈乱笑。老乌不和我计较，斜了一眼，把罐包好，在车后找个地方放置稳妥，带着些知音难觅的不悦又上路了。

此后，老乌开始了他的"淘宝"之行，出手之大方每每使我心肝乱颤，担心他买些赝品废物。他一如既往地笑并鄙视我：嘿嘿！你不懂。仿佛我再多说一句就耽误了他的古玩投资和收藏大计，踌躇满志的样子让我好几回妒火中烧。

林西捧回的那只陶罐，在此后多日的跋涉颠簸里，也不知是否安好，反正没再听见老乌提起。或许某天找东西翻出来一看，发现已经颠碎，一阵心乱，就没再提。我这么小肚鸡肠地替他担着心，他却好像根本不在意那东西在车上的死活。

还没出林西县城，就开始修路，一路上时而进荞麦地，时而上土路基，为一辆施工机械占道绕出去十里八里再回到原路上是经常的事，林西到西乌珠穆沁130多公里路走了整整一上午。临上正道的前200米，因为断路，又返回草地从远处绕过来。就是这一绕，进入到草场深处一块巨大而金黄的油菜地里！我俩一兴奋，爬上车顶，看着8月底的油菜花地，各自在心里念了些汉语和蒙语的诗歌来赞美壮丽的自然。

在西乌吃午饭，点完菜等着上桌的这一会工夫，老乌又开上车去逛了趟旧货市场，他不放过任何"捡漏"的机会。

从西乌珠穆沁到东乌珠穆沁，路好走多了。老乌一路上又开始神神秘秘的蒙语电话，像是在议论什么，我只能听懂偶尔出现的若有所悟地"哦——"。果然,刚进乌里雅斯太镇口的环岛,又有一黑壮汉子骑着摩托车把我们径直带到一家"民族用品商店"。那汉子显然跟店老板很熟,江湖地位像是要略微占些上风,进门冲店主就喊:"好东西都拿出来,给我朋友看看。"

东乌离蒙古国边境不过六七十公里,这一带多有从外蒙倒腾进来的东西,友邦的日用品,骑射用品、军用品(当然不是枪炮弹药之类)很多见。那店里还真有些稀奇古怪的东西,镶珊瑚的手链,马鞍上用来避邪的饰物,银制的烟锅,玉扳指,锈迹斑斑的箭镞等等,老乌这回淘出不少东西,而且也学会杀价。因为熟人带来的,店老板听了老乌出的价,叫苦不迭,一副得不偿失的样子。20分钟后,老乌带着满脸得意出来。

刚坐车上,店里的女老板举着哈斯的相机出来,高叫:"哎——摄像机!摄像机!你的摄像机!"她以为挂着长长镜头的照相机是摄像机。

老乌紧张得差点没从车上跳出去,推开车门过去从老板手里一把夺过相机,抱在怀里左看右看。淘的那点东西不知道是真是假,相机可是货真价实的。

老乌极珍爱他的器材,有年在神农架山林里,相机失手掉地下把镜头上的遮光罩摔裂了,他捧着受伤的相机眼泪都快出来了。这回为了些似是而非的宝贝,兴奋之下竟然把相机忘在店里,要不是店主善良及时送还,损失就大了。所谓"机"不可失,失了不一定能再回来。

抱着失而复得的相机,哈斯临走还没忘记冲骑摩托的汉子叫道:"那套景泰蓝马鞍子给我留着,回头来取!"

"没问题！没问题！"黑壮汉子满口应着。什么样的马鞍子能用景泰蓝做？那得是多么华丽的一件器物啊。想着那马鞍子的样子，我心里竟然涌起一阵热来。

再次回到车上，他捏着一把宝贝，我捏着一把汗。

5

在东乌加好油，再往东去，换了我开车。

这几天天空一直不那么透亮，到了西乌珠穆沁，天一下子高阔起来，越往北走，天空越湛蓝。东、西乌珠穆沁属于锡林郭勒盟，锡盟有着与呼伦贝尔不分伯仲的草场，其中又以东乌珠穆沁草原为胜。

进入东乌珠穆沁，公路上很少能再看到内蒙古以外的车。道路安静，草原旷阔，梦想都纯粹了很多。奔驰在窄而平的边防公路上，仿佛漂泊于绿色的云彩中。在城市生活的日子里经常想着有一天能纵马草原，御风而行，忘掉自己，忘掉功名，忘掉一切，只与自然有关，只与草原、蓝天、白云有关。现在，这个梦想正在上演。

夕阳再一次从很远很远的山峦之外伸出手来，细致地装扮我和车和草原的轮廓，我觉得自己就要被它的金黄画笔描摹成一个青铜武士了，可以听得到浑身的血液呼啸奔突的声音。我开始在车里一首接一首地唱歌，不惜荒腔走板，不惜野腔无调，不惜声嘶力竭。这时候才觉得整个人真的属于草原了，不撒个野没办法逼走皮囊下的那个"市民"，做个完整纯粹的牧马人。

必须回到草原，才能看到地平线是一条平直的线，平坦辽阔的草原甚至让人无法相信地球是圆的，草原上没有路标，也没有坟墓，那些先我们而去的人，比风更快地消失，他们不需要路标，也不需要坟墓。我在风中追逐他们早已离去的影子。风淹没了草原，草原淹没了我，我变成草原上一滴不安分的血液，在蓝色的天空下不动声色地飞溅。

在一个叫朝不愣的地方，天边血红，山坡下一座蒙古包的顶端飘出隐约的炊烟，牧归的男人骑在马上领着牛羊回家。我和哈斯停车路边，各自分头记录夕阳牧场的每一点变化。

大概受到我们身上汗味的诱惑和刺激，草原上的蚊子如歼击机群一般扑来。裸露的胳臂上瞬间落下十几、二十只蚊子。那些肥硕凶猛的蚊子口器强劲，一口扎下来，胳臂生疼。不停移动位子，蚊子紧追不舍，步步紧逼。这是第一次被草原蚊子叮咬，那阵势和攻击力实在不是内地的蚊子可以效法得了的。

跳进车里，把钻进来的蚊子轰出去，再往前走。到夏日沟图，西边的天空燃烧出壮丽的云霞。

火烧云！

天上的云从西边一直烧到东边，红彤彤的，好像是天空着了火。

这地方的火烧云变化极多。天空中一会儿红彤彤的，一会儿金灿灿的，一会儿半紫半黄，一会儿半灰半百合色。葡萄灰，梨黄，茄子紫，这些颜色天空都有，还有些说也说不出来、见也没见过的颜色。

一时恍恍惚惚的，天空里又像这个，又像那个，其实什么也不像，什么也看不清了。必须低下头，揉一揉眼睛，沉静一会儿再看。可是天空偏偏不等待那些爱好它的孩子。一会儿工夫，火烧云下去了。

记得有篇课文里这样描述火烧云。

见到火烧云就顾不上原野上的蚊子了，又下车，在狂轰滥炸的蚊子堆里拍了些照片才逃回车上。

黄昏以后，草原公路上已经很少有车了，偶尔从宝格达山林场方向下来几辆大卡车朝我们过来的方向驶去，暮色里不免有些为司机担心：一路过来沿途都没有见到可以停车过夜的村镇，他们大概要天亮才能到有人烟的地方了。

夜深下来，车钻进大兴安岭南坡的密林，继续在细长曲折的公路上蛇行。一天下来，到晚上都有些不能自禁的倦意，一辆车在悄无声息的林区公路上默默潜行，身在其中颇有些神秘和神圣的意味，只是困劲上来了哈欠连天，有点希望森林里出来个狍子或者黑熊什么的，跟我们捣捣乱，也为孤寂的夜增添点猛料。我知道离阿尔山不远的地方有个小镇叫白狼镇，周边以野生动物种类繁多著称。

从五岔沟到白狼镇的路上，乌哈斯说到了秋天这一带的自然风光特别漂亮，各种各样的树，红橙黄绿各种各样的颜色，每年都有不少专程从外地来这里拍摄秋季森林风光的人。他说得一往情深，看来是被这儿的秋色感动过。我还在琢磨白狼的事儿，白色和狼都是蒙古人膜拜的，秋天的白狼镇如果真的能有一只白狼出没，这片深山密林就更加神秘美妙了。

<h1 style="text-align:center">6</h1>

整整一天跋涉，晚上 10 点半进入阿尔山市。

阿尔山在蒙语里意思是"热的圣水"，地名里的地理特征非常明确——地热丰富。阿尔山属于兴安盟。地处大兴安岭山脉中段，与蒙古国隔哈拉哈河相望。全市人口不足 5 万，应该是全国最小的城市了。

夜幕下的阿尔山市神秘宁静，有点欧洲小城的味道。街头空寂，霓虹闪烁，偶有二三路人，不声不响，急急前行。8 月底，内地的大部分地方必须在有冷气的房子里才能踏实睡觉，但是在阿尔山，夜风里已经有些凉意吹来。不敢流连街景，哈斯跟等待多时的当地朋友见上面，跟着他的车往预订好的住地走。夏季阿尔山人满为患，全国各地来开会、旅游、度假的人瞬间填满了所有宾馆客栈。多亏朋友提前预订，才得以在一处招待所过夜。说实话，车停在亮着"招待所"霓虹的平房前时，我有点担心今晚会住进一个什么样的房间，会有蟑螂？灰黑的被子？操着浓重东北口音吆三喝四的服务员？这跟想象里的桦木屋差距不小啊。

进门一看，顿时知足了。

房间不大，却很干净，得益于林区充足的木材资源，那小房间也铺着漆得锃亮的纯木地板，朱红色，一尘不染。每间屋子里两张床，卧具洁白，店家怕远来的客人夜来受凉，床上除了被子还特意预备了一条叠得整整齐齐的毛毯。打开被子，阳光的味道

凡人的幸福生活是细碎和庸常的，能够睡一个踏实安稳的觉，能够让悬着的心
有所着落，能够让冰凉小手栖落在温暖的大手里，就是幸福

仿佛所有金子一样的颜色里真的蕴藏着金子这种财富，金黄带给人炫目的视觉
满足的同时，也给人富足丰饶的精神愉悦

一个南方人对于西部的无知和求知是不容易掩藏的。人如果掉进自己梦想的生活里，骨头都是酥软的

如果大漠黄沙里需要一尊指引众生的神，那必是胡杨无疑

有关人类的故事无论如何惊心动魄，在大自然的笑靥里都微不足道

飘进鼻孔，雪白的被套上印着鲜红的大字"林区招待所"。房间备有两个暖壶，一壶是开水，另一只壶上用红漆写着"矿泉水"三个字。阿尔山有世界上最大的矿泉带，把矿泉水用暖壶盛进房间免费供应，恐怕也只有阿尔山做得到。只是房间里不能洗澡，阿尔山的另一重要资源——温泉，没法在招待所里方便地享受了。

还有一点与众不同，这家招待所卫生间里的瓷砖上烧制着一幅全裸的女人卧像，看了司机的房间，也是如此。不同的是他的裸女以另外一种姿势挑逗他。这似乎不是一种优美的暗示。果然，不等入睡，隔壁房间里传来女人锐利的声音。那声音来自一个陶醉的器官，声线很细，却有着死不足惜的慷慨。

白日劳顿，我没有太多精力欣赏夜晚的声音，几分钟后悄然入梦。大兴安岭搂着阿尔山，阿尔山搂着我，这一觉甜美得很。

7

北方的秋天来得早，8月底在阿尔山大概可以算夏秋之交了。4点多钟这里的天就亮了，7点起来，太阳已经有些炽人。老乌这几天一直在捕捉晨雾，5点多出门转了一圈，看我睡得天昏地暗，就没弄醒我。

吃完早饭，8点的样子，沿哈拉哈河北上，到伊尔施向东大约70公里，进了阿尔山森林公园，12万亩原始樟子松林，160多万亩人工林，在这里构成一眼看不到边的绿色净土。但是人一多，净土又成了闹市，我们想去森林里找些还没开发的风景。阿尔山的朋友说森林公园里有一处峡谷值得一看，还画了简图给我和哈斯。不知道是那简图草率还是我们方向感失灵，转了一上午都没能找到那条峡谷，好不容易在杜鹃湖迤北找到一条貌似峡谷的深壑，也不敢肯定那就是当地朋友推荐的目标。

整个阿尔山地区都是火山造就的奇迹，天池、温泉、森林、湿地、湖泊无一不与火山有关。找到的那条峡谷深深楔进地面，像是森林被火山刚刚撕开的一条新伤口。站在峡谷顶端往下看，谷底有丰富的熔岩地貌，几株粗大的过火松木横陈其间，小而浅的水洼如孤寂的眼睛仰望天穹，翠绿的野草在黑色的岩石缝隙中顽强地伸出头来。偶有飞鸟留下放肆的叫声，抬头看时，鸟已不知去向。

峡谷内空无一人，谷底小坑里的水一闪一闪反射天上的光，黑色火山岩在太阳照耀下更显得倔强和怪异，松树直挺挺的从谷底冒出来，还在努力窜得更高。大中午这条峡谷看上去幻如魔界，有点儿超现实。

附近转了转，在峡谷边上的树荫里聊了会儿天，掉头向西，去了杜鹃湖。

杜鹃湖是火山熔岩堵塞河道形成的堰塞湖。每年春天，湖畔杜鹃盛开，美不胜收，因此得名。夏天的杜鹃湖另是一番景象，湖水清澈，倒映蓝天，湖底青草茂盛，细如柔丝，微风拂来，飘逸婀娜。

离开杜鹃湖本来想去看看阿尔山天池，但在天池镇午餐时，计划改变了。

066　　　天池镇约莫十几户人家，简陋的砖房在一块空地北边排成一溜，镇子的模样就出来了。空地上有些锈迹斑斑、缺这少那的伐木机械，寂寞的狗躲在锈迹斑斑的荫凉里看远处的天空。这里刚下过雨，空地上的浅坑映出一汪天上的蓝。除了狗，镇子里只看到几个老人和孩童，年轻人大概出门打工挣钱去了。天池镇的人原来都是天池林场的工人，大兴安岭停伐以后林业工人大多数下了岗，这些工人们除了伐木再没有别的技术，不会游牧也不会农耕，日子过得有点儿紧。阿尔山的旅游资源给天池镇的人们带来了挣钱的机会，靠近旅游区的人家会开个小卖部，除了卖点针头线脑油盐茶糖，也给游客们准备了方便面矿泉水小蛋糕干蘑菇之类。买卖很小，摆在自己不大的屋子里，也就是挣点油盐钱。一块木板，一只柳条筐，甚至一条板凳，都可以成为货架。北方人做买卖也少有像南方人那么精心的，尤其对下了岗的林业工人，那和打牌、喝酒差不多，就是一个玩儿。所以林区的小买卖，重在"小"，不在"买卖"。

除了天池镇，百十里地内再没有别的镇子，我们几个人挤进兴安饭馆，要了些东北风味的炖菜和时下新鲜的野菜、蘑菇。吃完饭，有些困倦，问店家能不能有间房让我们打个盹。兴安饭馆的孙老板爽快地答应了，给了我们两间房，我钻进一间，脱了靴子倒头睡下。

好梦正酣，传来一阵急促的敲门声，司机传话说"老乌让过去商量下，听老孙说还有一没开发的天池，比这个天池好。"那还商量啥，就去呗。

出门上了车，回去头又看了一眼饭馆门口歪歪斜斜的白底红字招牌，那块不大点儿的涂白纤维板成为多年之后聊起大兴安岭林区就会想到的一块明晃晃的记忆。

告别兴安饭馆，往北边去找老孙说的天池。

走出去都挺远了，车窗里还能瞥见老孙在饭馆门口挥手，跟我们作别。

8

蒙古高原的冬季来得早，大概9月底，夏就裹着秋一起过完了。入冬前阿尔山森林公园多处修路，离开干道去往老伐木点的支线因为少有拉木头的车走，林区也不再劳神费力去平整，这使得森林里的土路泥泞异常。一路打听着方向，往山顶摸索。眼见着树林渐渐薄了，山顶依稀可见，越野车却再也走不了了。

翻浆路把一辆送原木的卡车陷得死死的，路窄林密，我们的车没法绕过那大家伙。留下司机和车，我和哈斯扛起三脚架和相机，徒步上山。走到被陷的卡车前，工人看见我们几个怪模怪样的外地人扛着些闪闪发亮的家伙，便问这是要去哪儿。得知去山顶的天池，工人爽声笑道："哈哈！那就是我要去的工地。等会吧，搭车去！"

和刚刚别过的兴安饭馆老孙一样，林区的人都是这么古道热肠。

我们这边正发愁负重艰难，就有好心人伸手相助，这让人觉得林间比人间还美好。老乌把相机脚架放进驾驶室，跳上车厢指着我说："你坐里面，我在上头吹风！"

那天工人又说："车陷了，正在找'爬山虎'来拖，一会就能走了。你们先下来，到硬道再上。"所谓"爬山虎"是我起的名字，那是林区广泛使用的一种履带式拖运机械，马力强劲，通过能力极强，工人说："别看旧了，这家伙没问题！大雪天爬三四十度的坡跟玩儿似的！"言语中满是"家有敝帚，价值千金"的骄傲。

"爬山虎"来了，拖着卡车在泥泞里缓慢扭动，往前移的速度比我们走着还慢。我有些担心到山顶天色晚了，就谢了工人，重新扛起三脚架和老乌往山里走去。

快到天池，十几个工人正在用水泥铺设从规划中的停车场去山顶天池的步行台阶。基础部分的活计已经完成，台阶上铺好了水磨石地砖，靠近山顶的一段还在施工。几个铺砖的工人以为我们来给拍电影选景的，玩笑着说："拍拍我们吧，让我们也出出名。"哈斯解释是来拍照片，不拍电影。他们又好心提醒说，"道不好走，悠着点儿。"作为当地人，他们看我俩气喘吁吁的狼狈样似乎有点过意不去，另一个工人安慰道："明年，明年再来，这地儿肯定好走了。"

这地方山不高，坡很陡。修路的物料要用大牲口驮上去。有四五个小伙子牵着马在山里的马道上往来运送。一匹马，背上横跨两水泥袋石子，每袋都不装满，大概20公斤，驮上山顶，10块钱。问小伙子一天能驮几趟，说有十几二十趟。如果一天能挣到200块，在林区应该是笔不小的数目了。到山顶，牵马的小伙子问："这疙美不美？"

"美！"我喘着粗气很认真地答道。

确实很美。从地图上看，我们所在的山极可能叫太平岭，地处阿尔山与鄂温克族自治旗和扎兰屯市交界处。从山顶向南眺望，

069

大兴安岭山峰峥嵘，层峦叠嶂，往来穿行于茂林之间的当是柴河和红花尔基河吧。远山朦胧，大地苍茫。天池像一粒璞玉镶嵌于绿野之中，成为森林里最动人的词语之一。

暮色中，森林里的蚊子再度猖獗起来，密密麻麻地落在胳膊上，吹不去，打不走。奇怪的是乌哈斯却什么事都没有，蚊子基本上不怎么袭击他。按理说，欺生不应该是内蒙古物种的个性啊。

9

回到阿尔山又是晚上 10 点多了，简单弄了些吃的，去"将军楼"洗温泉。阿尔山的温泉遐迩闻名，跑了一天路，背着家伙山上山下徒步十来公里，太需要一个温泉澡了。我们抱定"必须舒服死"的决心去了"将军楼"。那将军楼是当年日本关东军为慰劳休疗军官建造的温泉浴池，经过一些改建后现在仍在使用。但是去了将军楼却发现满不是那么回事，池子底居然看得见沉淀物，桑拿房里的木凳子可能年代久远，总觉得有股子不同于榆林香的异味，搓澡的师傅跟老乌说"刚学会一星期有啥不合适多担待"，一次性内衣隐约有点潮乎乎……

唉，这个温泉浴给人的感觉不太蓬松柔软。

不止一次听说过阿尔山的美名，也不止一次极力向喜欢越野和摄影的朋友们推荐阿尔山，甚至我还信誓旦旦地要携爱人同游阿尔山。不能置信地是这一回在阿尔山感到了一点无序和一点散漫。写这些文字的时候，手头保留着阿尔山的朋友送我的三本摄影目录，一本取名《阿尔山的秋季，一场宏大的色彩盛筵》，另一本取名《阿尔山——积木搭就的袖珍城市》，还有一本《阿尔山的冬天，傲雪凌霜玉树琼花》。这些来自阿尔山四季不同的美景确实不同凡响，阿尔山的朋友说，一些摄影人连续两三年坚守阿尔山，只为把这些美景通过他们的眼睛传送给世人，我相信这样的美丽绝无虚像，只是自然之美还得有人文之美来依托、驱动。卫生间里的裸女装饰画，温泉浴池里多余的杂物，这些东西的存在太过随意，满足的也只能是低端的需求；还有伊尔施去森林公园的路上因道路施工而绕行的路边，有一段长达几十米的垃圾山，如果一个小城能有几十米别出心裁的精致，对于远方的客人该是多大的享受啊。现在，这里还有些与自然之美不太谐和的人文瑕疵。

阿尔山建市不到十年，如果再早五六年在蒙东地区问阿尔山怎么走，大多数人都茫然不知在他们近前还有这样一个小城，见过些世面的人也只能告诉你：要坐火车去。到 2002 年 7 月，乌兰浩特到阿尔山的小油路建成通车；2003 年，从锡林浩特经阿尔山到海拉尔的小油路也全线通车，加上目前仍在建设的那些多次阻碍我行程通畅的道路，阿尔山已经不再是一个孤寂独处的边境小城。会有越来越多的人关注她，亲近她。

但是至少是当时，阿尔山还没有以合适的姿态展现这个森林小城的独异风采。有些时候我们太过陶醉于自己的山水，忽视了赋予山水以更加深厚的思想和灵魂。仅仅敞开怀抱还不足以温暖南来北往的客人，这个城市需要某种情怀才能安抚蓝天上的流云和大地上的行人。

071

这一次只在这个小城停留了不足 40 个小时，但愿我所见到的一切都是偶然。是我偶然住进了那家有着别样卫生间的招待所；偶尔走进了堆起垃圾山的便道；偶尔遇见了温泉浴池的不洁……

我愿意是我错。

10

再次从招待所的床上醒来，就到了离开阿尔山的时候。

顺哈拉哈河北上到伊尔施，把车停路边准备在小店里补充些给养。买了两箱阿尔山矿泉水和一些零食。小店柜台上有新炸的麻花，肥硕巨大，跟天津大麻花大小相仿。手指一捏，还是软的。天天牛羊肉加炒米奶茶，我忽然特别想吃那根麻花。问看店的小女孩：这麻花是甜的还是咸的？

女孩子璨然一笑，反问我："麻花哪有甜的？"我想解释中原的麻花少有咸的，多带甜味。又觉得那孩子好不容易见到一个"少见多怪"的叔叔，就让她得意下算了。谁让咱问的不是地方呢？

一块钱一根，酥软柔嫩，好吃得很。

出伊尔施丢开西去蒙古国的哈拉哈河，越过玫瑰峰，从新巴尔虎左旗进入呼伦贝尔市。

我一直喜欢称呼伦贝尔市是呼伦贝尔盟，它的建制沿革实在是比较复杂。从西汉到清朝的 2000 多年时间里，呼伦贝尔草原以其丰饶的自然资源孕育了中国北方诸多游牧民族，那些与中国乃至世界历史有关的游牧部落，如东胡、匈奴、鲜卑、室韦、契丹、女真、蒙古等，要么在呼伦贝尔厉兵秣马，要么在呼伦贝尔征战割据。美丽富饶的土地，通常都会因为美丽和富饶引来残酷的战争。从拓跋鲜卑由此入主中原建立中国历史上第一个少数民族政权北魏王朝，到蒙古诸部在呼伦贝尔悄然兴起，最后统一蒙古部落，史家们认为，成吉思汗也是得呼伦贝尔才得天下的。清以后，呼伦贝尔的归属几经变迁，时属黑龙江，时属兴安东、兴安北省，时属内蒙古自治区，其中一部分还划归吉林省管辖过，到 1979 年 7 月，呼伦贝尔盟才重归内蒙古自治区管辖，2001 年月 10 月 10 日，国务院批准撤销呼伦贝尔盟设立地级呼伦贝尔市。而我更愿意叫她呼盟，叫"呼市"一来容易与呼和浩特市的简称混淆，二来，"市"对于呼伦贝尔实在是个太过时尚的概念，市的喻义里"人"太多，叫起来少了游牧的美妙。

新巴尔虎左旗、右旗及其以东的陈巴尔虎旗，是呼伦贝尔最好的三大草原。三个巴尔虎旗的草原正好在大兴安岭以西的呼伦湖和贝尔湖左右。夏季，草场茁壮，一望无涯，让我多次想直接把车开进草场。呼伦贝尔草原像一个巨大而温柔的子宫，那或许是我的前世安卧的地方。

车里在放一支叫《呼伦贝尔大草原》的歌。听得人荡气回肠，唏嘘再三。

我的心爱在天边，天边有一片辽阔的大草原。草原茫茫天地间，洁白的蒙古包撒落在河边。

我的心爱在高山，高山深处是金色的大兴安，林海茫茫云雾间，矫健的雄鹰俯瞰着草原。

我的心爱在河湾，额尔古纳河穿过那大草原。草原母亲

073

我爱你，深深的河水深深的祝愿。

呼伦贝尔大草原，白云朵朵飘在我心间，呼伦贝尔大草原，我的亲爱，我的思念。

有些歌在平时听来仅仅是来自嗓子里的一个声音，身临其境时这些歌就成了发乎心灵的歌咏。

出发以前，拜托哈斯找点合适的音乐在路上听，他说"有！车上十几张，内蒙外蒙的都有。"以我对哈斯同志的了解，答应得越痛快的事儿，越容易走调。他对这些细节不会太在意，十几张唱片量是足够，却不一定有品质上乘悦耳慰心的。为防万一，就在北京找自以为合适的唱片，关于夕阳的，关于晨雾的；牧歌风的，史诗风的，林林总总，但是总觉得与草原不大贴切。准确地说，是不知道哪一种更适合在草原上听。临出发了把收集的唱片都留在了北京，心想爱谁谁吧。

一进围场就催老乌"上长调！上长调！"老乌懒懒地摇摇头："不，这种地方不能听长调。"他的汉话里多多少少带着点蒙东地区的味道，听上去有些外国人说中国话的欢乐。

到了呼盟，老乌特意让停好车，换掉一批唱片。按下播放键，马头琴凄隐的声音响起来，偌大一个草原瞬间凝固了。蓝天无言，白云驻足，苍鹰低回，羊群俯首。一匹黑色的骏马，在绿原的顶点举头冥想。牧人忧郁苍凉的歌声，高亢柔韧。那声音将草原的风，轻轻撕开，再轻轻抚合。

那是草原上该有的歌声。

那声音一直陪伴我到海拉尔。住进酒店，晚餐就开始了。蒙人好客，也好酒，千杯万盏整不醉。今夜的主人是个达斡尔朋友，出生音乐世家，母亲是中央民族大学最早的那批民族声乐老师之一。酒酣耳热之后，唱歌自然是不能缺少的内容。达斡尔朋友唱了很多歌，家传的原因，他歌唱起来十分强调技术。口型，节奏，音高，发声位置，都很讲究。

我记得他唱《父亲的草原母亲的河》的样子：全情投入，左手展开，右手在胸口与胸前优雅往返，眼睛时而微闭，时而远眺，时而沉迷，时而兴奋。但正是这样的讲究淹没了他的朴实，他的歌好听，但是不那么动人。

乌哈斯唱起来，一支蒙古族古老的情歌，纯正的蒙语，低婉的声音，缠绵的思念，火热的诉求。歌声把我带进深远的草原，让我看到骏马、雄鹰、毡房、牧人，炊烟升起的时候，年轻的蒙古少年走上山梁，向牧场远处的姑娘一遍又一遍地倾诉。

写这些文字的时候，乌哈斯如痴如醉的样子仍然历历在目。以后的很多年，再也没听到哈斯那么投入地歌唱过。

11

从海拉尔出发，向北约 30 公里的草原上有一条被誉为"天下第一曲水"的莫日格勒河。

在乌哈斯指引下，我们直接把车开到一个"最适合拍摄莫日格勒河"的坡上。下了车发现还是不够高，可能因为河水下降，看不到更多水面。好在莫日格勒并非以水为美，而是以曲引人。

　　登上车顶，俯视莫日格勒河，河道已经不止是弯弯曲曲，简直就像迷宫一样，忽东忽西，忽左忽右，弄不清它到底要流向哪里。河水在这一带连续拐了几十个弯，似乎只为尽可能多地滋润草原。而莫日格勒河沿岸的陈巴尔虎草原也的确是呼伦贝尔最好的天然牧场，每到水草丰美的季节，这里就会聚集很多牧民。茫茫草原上，牧草茵茵，河水弯弯，牛羊成群，毡房棋布，天堂一样的家园。

　　草原上很容易看到这种如善舞长袖的河流。乌兰布统的盘龙大峡谷里有个"九曲回肠"，也是这样一条曲曲折折的河流，不过规模比莫日格勒河小得多。以后在草原的日子时里，也多次发现不同规模的曲水。既是草原的自然环境所致，也是鬼斧神工使然。莫日格勒河畔有金帐汗旅游部落，远来的人们在这里可以欣赏和参与赛马、驯马、蒙古博克、祭敖包、篝火晚会等等蒙古民族特色的活动。

　　从海拉尔经额尔古纳北上，到莫尔道嘎。

　　莫尔道嘎是个让人听来颇为奇怪的地名，然而正是这个地方，成就了那个原本叫铁木真的蒙古男人旷世的伟业。传说成吉思汗统一蒙古各部落前曾经在这里猎获过一只黑熊，这次狩猎行为极大地鼓舞了他的雄心，次日，便邀集部落民众举马高呼"莫尔道嘎！"开始了他的成就霸业之路。蒙语"莫尔道嘎"的意思是"上马出征"。

　　现在的莫尔道嘎是我国最大面积的森林公园，位于大兴安岭西北麓，属于额尔古纳市。从额尔古纳进入莫尔道嘎，车在茫茫林海里穿行，如果说在呼伦贝伦空阔坦荡的草原上飞奔让人感受到飞鸟一样的自在的话，在莫尔道嘎的密林驰骋则让人体会到鱼儿在海洋深处自由畅游的惬意。

下午 2 点进入莫尔道嘎，住进龙岩山庄。山庄的南北墙上，挂着两幅巨大的照片，一幅是一座圆形孤岛，四面碧水，岛上秋叶斑斓，风光无限。另一幅是湖岸桦林，黄叶白干倒映在湛蓝的湖水里，煞是好看。问山庄服务员，知是百余公里外的白鹿岛。看时光尚早，弄清路线，又驱车返回森林去找白鹿岛。

3 点来钟，很少有人再进森林公园，上午进园的人也快出来了。到公园门口，出来一黑脸汉子，眼神怪怪地看我们，那意思好像是"这么晚了进老林子是要去喂熊瞎子？"哈斯说明来意，门口的汉子朗朗笑道："欢迎欢迎！多给我们这疙瘩宣传宣传。"说完抬杆放行，门票也不要了。

莫尔道嘎人热情，自信，在蒙东口碑挺好，据说这一带的火车上经常会听到"我们莫尔道嘎人如何如何"的说法。莫尔道嘎有独特的人文气质，他们对自己的地域声誉也比较自豪。这会不会跟铁木真那一声狂啸以及他后来成就的霸业有关？

进森林公园约两三公里，看见一棵松树上钉着两块指路木板，一左一右，一书"野生动物园"，一书"白鹿园"。不知道那野生动物园里的老虎黑熊都什么时候出来觅食，自知我们几个活物不一定符合猛兽的胃口，选准方向，逃也似的往白鹿园奔了。路越走越阴，树木高大，小路蛇行，路被两边的树丛深深掩埋起来，车行其间，如海底猎潜。一路上时有去往别处的岔路，却再无路牌指示。司机几年前去过白鹿岛，时过境迁，只能凭感觉摸索。走到密林深处实在没有把握了，便四下里找人找车问路。走

077

不多远，发现有护林员住的石屋，门扉大开，司机下车进屋问路，几分钟回来，一阵乱叫：

"吓死了吓死了！"

12

司机一阵乱叫，车上急问就里。原来，见屋子门开着，司机过去轻敲两下，没人应答。再敲，仍不应。探头望去，一汉子蜷在铺上抱被而眠，睡得正香。司机提高嗓门又叫"师傅问下路啊"，汉子不醒，司机上前推了推他臂膀，这一推不要紧，汉子霍然立起，大喝"啥人？！"

司机急忙后退，闪出那汉子的腿脚圈子，赔笑答道："问个路，问个路。"汉子长叹一口大气："嗨！差点没吓死我。"遂指前路。事毕，也一笑，回屋再睡。

车上的人听了笑成一团，都说那汉子肯定以为座山雕又回来拉杆子了。

想想那阵势确实吓人，深山野岭，往来观景的人都坐森林公园的旅游车，这个时间也只有出没有进了，谁会来问路？进屋发声的不是猛兽就是劫匪，不想却偏偏遇上我们。

惊了汉子好梦，不好意思。

很快找到白鹿岛。夕阳西沉，游人稀少。蓝色河湾里一条游艇划出的白色弧线柔如飘纱。登上30多米高的观景塔俯瞰河谷，一派美景尽收眼底。岸东白鹿岛，岸西苍狼岛，相依相衔，状如太极。只是秋色没来，满树皆绿，少了些色彩。假如绿林之中，真的有一只白鹿于日薄之时河边汲水，那该多美！正胡思乱想，有姑娘从远处林间小道姗姗走来，大概是坐车累了，一路走着，一路伸臂撑腰，俯仰活动，惬意陶醉。

回去的路上，天已经很黑了，走着走着猛然发现密林中的沙石路上立着一只狍子！那狍子被车灯强烈的光照迷眩了眼睛，站在路中间一动不动，司机停住车，关了大灯，狍子略一迟疑，散进林子里去了。当地人说，过去这样的景况多了，整个大兴安岭都是动物们的，它们想去哪去哪。车走着走着就撞见林子里出来的动物在路上溜达。现在人多了，动物出来的少，看见它们上路反而成了稀奇事。

在黑夜里穿行于大兴安岭深处，想到此刻林子里已经睡着和正在狩猎的豺狼虎豹们，车里也弥漫出些原始野性来。

回到莫尔道嘎，饥肠辘辘，着急要找个地方狂吃一顿。问街上的出租车司机镇上哪儿有涮羊肉的店，他一撇嘴："你后头不就是吗？"

在小镇不能按城市的逻辑行事，比如找吃饭的地方不能看哪儿有闪烁的霓虹或者华服的小姐，或许眼前就是一间可以酒足饭饱的农家。

这家小店肉厚量足，热情似火。在北京涮羊肉总会要点儿羊尾来吃，在这里也如法炮制，没想到莫尔道嘎的羊尾肥厚如酪，那叫一个软腻啊，别说吃，只看一眼肚子里就不缺油水了。几个人眼大肚子小，一边叫菜，一边涮肉；一边涮肉，一边退菜。

店是在自己住的房子里开的，老板一子一女，跑前忙后。女儿初长成，年约十二三。问过才知刚上小学三年级，应该在十岁上下，一行人感叹"穷人的孩子早当家"，十来岁就帮着家里忙前忙后，干这干那。男孩上高三，隔年就要高考，我和老乌都有孩子要高考，看那少年这时候还在帮家里招呼买卖，又生出些怜惜来。问他想考哪家大学，少年说：还没想好，学校今年还有一个考上清华的。老乌也不知道哪来的一鼓冲动，虎虎对那少年说：想上北大清华来找我！少年腼腆一笑，也不答话，他当然知道香自苦寒来，不是酒后戏言。

临走结了账，看见店家冰柜上有新切的西瓜，老乌捧起三块就要分与我们吃，我推说别太随便，人家家里的。老乌嚷道：你看你们北京人就这样，想吃吧又不动手，拿着拿着！就把西瓜往我手里揣。那一刻我像个孩子似的怯生生瞥了店主一眼。店主多慷慨，连称随便吃！谢了店家，抱瓜啃去，夜就凉爽了许多。

这一路上，老乌总在拿北京人说事。只因为他进京前在密云加了箱油，从那以后汽车怠速不稳，他认准了就是油品质量有问题，觉得北京人不厚道，凡有不悦，总不忘记找补一句"北京的吧？"弄得我哭笑不得。

出了涮肉店，三人懒懒散散往龙岩山庄溜达。拐过一街口，见路灯下一男人对卖水果的女贩指指点点，几欲动手，女贩先是只骂不动。男人步步紧逼，女贩怒不可遏，挺身趋前与那男人缠斗，老远看去似有推搡，幸被路人扯开。老乌看罢，摇头一叹："唉！啥男人啊！"见我也不吱声，只顾低头走路，又道："北京的吧？"然后坏笑。

13

离开莫尔道嘎前，绕到小镇对面的山上，那里可以看到镇子的全貌。

忘记那小山的名字，山顶有个小公园，公园正中有成吉思汗举刀跃马的塑像，塑像基座上的铭文记载了成吉思汗在这里的那一声高呼。

几个孩子在山顶叽叽喳喳。东北少年（莫尔道嘎的风土人情已经极端东北化）个个生得眉眼周正，虎头虎脑，干脆利落，一副嘎样儿。他们说快开学了，学校组织的暑假补课今天结束，老师带他们上山来玩。脚力好的孩子先跑到山顶，得意扬扬地等着正在上来的同学和老师。孩子们脸上挂着汗珠，头发也被汗水浸湿，红红的脸蛋健康而且活力。一个鼻梁上有些雀斑的姑娘小脸潮红，汗湿的头发一绺一绺粘在脸上。班里的男生大概很喜欢她，纷纷和她说些玩笑话，女孩子口齿伶俐，也不相让，在与男生们的话语攻防中略占优势。说到高兴处，她也捋一捋粘在脸上的头发，和男孩子一样，仰头望天，格格大笑。

同学们各自从家里带了干粮饮品，在雕像一侧的荫处分享。有生人过来，也不发怵。滔滔介绍班里、家里的情况。谁家的房子大些，谁家的房子小些；谁家住楼房，谁家住平房；谁家开旅馆，谁家做买卖。谁更调皮些，谁的成绩好。谁打起架来最玩命，谁被同学欺负了还不吱声……开心地跟我们说笑，我们几个大人居然一句话都插不上。北方辽阔，山川壮美，作为兴安岭的另一种风景，莫尔道嘎的孩子们洒脱率性，天机活泼，与浩荡的森林相得益彰。

又有车上山，不大的山顶上人多起来。我们告别孩子们离开了莫尔道嘎。

莫尔道嘎镇往西大约 90 公里到室韦俄罗斯民族乡。室韦与俄罗斯仅一河之隔，额尔古纳河对岸就是俄罗斯的赤塔州奥洛契。室韦乡居住着三百多户俄罗斯族人，虽然地处偏远，但它却是蒙古族祖先——蒙兀室韦部的发祥地。时隔千年，这里成了全国唯一的俄罗斯民族乡，居住的也多是俄罗斯族人。世事沧桑，可见一斑。

口岸现在已经是对外开放的旅游点，到室韦乡政府旅游办买张 10 块钱门票，就可以在连接两国横跨额尔古纳河的中俄友谊桥上看看界河和界线。额尔古纳河右岸有一支边防武警部队驻扎，负责这一线边境巡逻警卫事务。中俄友谊桥我方一侧桥头有个简单的哨所，两个战士在那里值勤，一个固定哨，一个流动哨。司机去买票的工夫，我走进哨所与放流动哨的战士聊天。哨所内两把椅子、一张桌子，都很旧了，桌子上放着件叠得整整齐齐的军大衣，该是夜间岗哨要用的。流动哨的战士 17 岁，一脸稚气，从河南安阳入伍。边境无战事，军中多悠闲。平日除了值勤站岗，没有更多的事可以做，边防站领导为了使完这些年轻小伙子们总也使不完的劲，安排了种菜，养猪，盖房子。

"那栋楼是你们自己盖的？"乌哈斯指着边境上那栋漂亮的白色楼房问那小战士。

"那是以前盖的，旁边那栋是我们盖的。"在那栋楼台旁边还有一栋略矮些的楼房，应该都是边防站的营区。

"在这边当兵好不好？跟老家生活习惯什么的都不一定吧。"

"什么好不好的，干两年就回家了。"那年轻战士还保留了少年般的无忧无虑。

"冬天受得了吗？"我知道这一带的冬天经常零下三十四度，而且冬季极长，约有六七个月，中原来的人大多不堪忍受。

"还没过过冬天呢，4月份刚分来的。"小战士对这里的冬天没有感觉，他轻描淡写地说完就蹲下身逗哨所的狗——狗对于边防军人，既是"装备"，也是兄弟，战士们跟它有说不完的情义。眼看秋风将起，这个17岁的战士会怎么度过他在极寒地区的第一个冬天呢？我很想为阳光下的哨兵和他的狗拍张照片，这对我和那战士似乎都很重要。战士制止了我，他说哨所不让拍照。我只好趁他不注意从哨所向外隔着纱窗拍了张执勤战士的背影。

很快，司机办好了参观票，我们也告别执勤的武警战士去参观国境线。额尔古纳河是中国近代史里一条重要的河流，只是室韦口岸通商能力有限，国境线两边中俄双方少有人员往来，游人也少，河水静流，波澜不惊。

中午在室韦吃饭，有些俄罗斯风味的饭菜。甜米饭（用"笃斯"果酱浇在饭上）极甜，吃了几口实在吃不动了，甜菜汤好像让厨师做成罗宋汤了，老乌另外要了他爱吃的乱炖，黄瓜蘸酱，这些只能算东北菜了。过往的服务员端着俄式肉饼、土豆牛排、酸黄瓜汤、面包之类在店堂穿梭，看来邻桌比我们会点菜。

从室韦出来，走了百十公里，天色尚早，把车扎进一处树林，铺开地席，拿出水果饮料，准备在森林里来一顿草地上的野餐，刚坐下，蚊子又嗡嗡过来，勉强吃了点东西，小寐一会，拔营走了。

傍晚，再次回到莫日格勒河畔，在那里看到一个蒙古骑手从河边策马而来，蒙古袍被迎面的风吹得鼓胀饱满，骑手弓腰伏在马背上，在追风逐电的奔驰中，马成为他身体的延伸。

一眨眼，脸膛黝黑的骑手已经在我们面前翻身下马，体态悠闲，神情从容。一匹好马只有遇到一个优秀的骑手才能心心相印，互相成全，幸福地奔跑。

14

那个晚上海拉尔的朋友带我们去吃狗肉。

一间不大的店面，食客如云。据说来晚了还订不到位。

说是吃狗肉，其实是狗肉火锅。狗肉下锅前已经煮熟，有带皮和不带皮的区别，带皮的筋道，有嚼头，比不带皮的好吃。店里的绝活是在加汤的过程中，不断添加调料，保证汤味不淡。肉汤越熬越黏稠，味道越来越醇厚。

狗身上的各种零件也被弄来煮熟了吃，比如"狗宝"。所谓"狗宝"是指狗的生殖器。这些东西凑在一起量也不大。主人对店家喝道："狗宝！三套！"以为会上来一大盘，等店家把三套狗宝真的像宝贝一样和盘托来，才知道不过一小盘。似乎不少人很热衷于吃这东西，店家不停鼓吹它如何的好，尤其对于男人。而且一直标榜这家伙如何珍贵，不好找。

"一条狗就这么一点啊！"他说着用筷子在小盘子里再划出三分之一块，"就这么一点。"我说我不太喜欢吃这类东西。在其他地方也有吃这鞭那鞭的，说是大补，受不了那刺激，实在不敢动嘴。

"外行！外行！"海拉尔的兄弟一脸不屑，"回去跟人说来我们这儿没吃过狗宝，那你这顿狗肉算白吃了。"说着就要往我盘子里夹。我还真不是假装威猛，那东西……反正我吃不下。赶紧挪开盘子，推说："你们先吃，我一会再说。"主人夹过一块球状物，放进嘴里狠狠一咬，我立即觉得身上有些地方隐隐地疼。

有人带头，其他的吃客也纷纷从盘里挑出喜欢的部分享用，很快三套狗宝已经残缺不全。主人再次敦促我："一定要吃！这几天跑路辛苦，吃点狗宝，回去蒙头睡一觉，啥都有了！"他说的有理有据，我就是下不了狠心。盘子里还有两根细细的管状物，被刀切成四半。半圆，白色，里面的纹理细致得触目惊心。下腹的隐痛越来越明显。我求他们快点把这些东西吃掉或者让服务员收走，实在不堪忍受。

主人看我真的不能受用，就推荐别的菜。几天以后，再次回到这个地方，而且又一次应邀来吃狗肉，主人遗憾地告诉我："上次不吃吧，这次狗宝还没有了。"

谢天谢地，今天下腹不会再有隐痛了。

内蒙古东部有些城市地区各族杂居，饮食结构复杂，整体上还是以牛羊肉和奶制品为主，奶制品是蒙古族世代的传统食品和饮品，制作和食用方式五花八门，各种味道应有尽有。而且内蒙古的牛羊肉较之于关内各地的要好吃得多。在北京，羊肉已经被广泛食用，但跟内蒙古比，新鲜程度、烹制方式、入口味道，都是另外一种风格。手扒肉是内蒙古地区的特色，从呼伦贝尔到阿

085

拉善，凡有蒙古人的地方都有手扒肉。从东到西手扒肉味道和吃法基本相同，肉质却有差异。一般来讲，西部因为沙化严重，土壤贫瘠，羊肉味道一般。中东部水肥草美，羊肉就好吃得多。在蒙东行走的日子，多次听到阿尔山及呼伦贝尔一带的蒙古人说，他们的羊"喝的是矿泉水，吃的是中草药，拉的是六味地黄丸，尿的是太太口服液"，仅呼伦贝尔草原，已经发现并证实的中草药就有一二百种之多，加上当地丰富的矿泉资源，以及矿泉水中多种有益的微量元素，无论对人对畜都是上苍难得的恩赐。吃喝都是高质量的，拉出来的东西太次不了。所以蒙东地区的人很是为他们的羊肉自豪。

水是草原和牧人的血脉，蒙古包逐水草而居，首先寻找的就是水，然后才是草。从鄂伦春去额尔古纳的路上，朋友告诉我：你看怪不怪，只有河流附近才有茂密的林木，离开河流就只有草场。蒙东地域少有工业和农业，那些发源于周边山中的水历经千百年，干干净净来，干干净净去，潺潺而过，生生不息。我在蒙东多次饮用山里自然流淌的溪水、泉水，不仅清凉，而且甘甜，当地人外出也是这样，走到哪里，喝到哪里。

相比于乌珠穆沁草原，呼伦贝尔草原的水系更加发达。呼伦贝尔草原地处大兴安岭、肯特山脉（外蒙）、涅尔琴斯科山脉（俄）之间，各山岭的水通过十多道河流向包括外蒙和俄罗斯地区的呼伦贝尔草原补水。仅从大兴安岭下来的河流就有辉河、伊敏河、海拉尔河、莫尔根河、根河、得布河、激流河。还有从外蒙东流的克鲁伦河、哈拉哈河、乌尔逊河等等，这些河流最终汇入额尔古纳河。

被吃掉的狗，也该喝额尔古纳河水长大的吧？

15

从海拉尔去满洲里要路过新巴尔虎左旗和右旗，这让我们再一次领略了巴尔虎草原的芬芳牧草和缠绵曲水。

"巴尔虎"是一个以游牧地区名称命名的部族名称。我一直以为"巴尔虎"是蒙古民族中一个古老的黄金家族，回北京后四处查找资料，相关证据并不充分，但巴尔虎蒙古部是蒙古族中最古老的一支是可以肯定的。他们最早在贝加尔湖东北部（也称内贝加尔湖）的巴尔虎真河（今俄罗斯境巴尔古津河）一带从事游牧和渔猎生产。按蒙古人以山河湖泉及游牧驻地名称命名部族的习惯，他们便被称为"巴尔虎"了。事实上，在一个时期内，呼伦贝尔地区也被叫作巴尔虎地区——专指大兴安岭以西的草原地区。足见巴尔虎蒙古人在蒙东地区的地位和影响。

巴尔虎蒙古人不断在草原上迁徙，从贝加尔湖东北部逐渐分散到贝加尔湖东部和南部。康熙年间，部分巴尔虎蒙古人被编入八旗，驻牧在大兴安岭以东布特哈广大地区，还有一部分成为喀尔喀蒙古（今蒙古）诸部的属部。1732 年，清政府为了加强呼伦贝尔地区的防守，将包括索伦（今鄂温克）、达斡尔、鄂伦春族和巴尔虎蒙古族士兵及家属 3796 人迁驻呼伦贝尔牧区，以防俄人侵扰。其中 275 名巴尔虎蒙古人便驻牧在今陈巴尔虎旗境内。1734 年，清政府又将在喀尔喀蒙古车臣汗部志愿加入八旗的 2400 多名巴尔虎蒙古人迁驻克鲁伦河下游和呼伦湖两岸即今新巴尔虎左右两旗境内。为区别这两部分巴尔虎蒙古人，便称1732年从布特哈地区迁来的为"陈巴尔虎"——"先来的巴尔虎蒙古人"之意；1734年从喀尔喀蒙古车臣汗部迁来的则相对被称为"新巴尔虎"——"新来的巴尔虎蒙古人"之意。新巴尔虎蒙古人居住在新巴尔虎左旗和新巴尔虎右旗。

第一次经过新巴尔虎的时候就"新"和"陈"的问题讨教乌哈斯，他倒简单，告诉我："一个先来一个后到。陈嘛，新嘛，咋学的汉语？"弄得我自觉弱智，没敢深究，回来发奋自学，才大概弄明白。

早晨出发以前，驻地的蒙古朋友说，你们路过新巴尔虎左旗，一定去看看甘珠尔庙。我对中原佛寺所知甚少，遑论蒙古高原。所以虽然有朋友极力推荐，我却并没有一定要去。但是乌哈斯比我执着，找找寻寻，一路打听，终于在新巴尔虎左旗政府所在地阿木古郎西北20公里处的草原上，找到甘珠尔庙。

进庙看了介绍，果然不同凡响：甘珠尔庙位于呼伦贝尔市始建于清乾隆四十六年（1781年）。乾隆皇帝御笔赐号授匾为"寿宁寺"，是呼伦贝尔市最大的喇嘛庙，在国内外曾产生过重要影响。由于寿宁寺曾收藏过藏文《甘珠尔经》，又得名为"甘珠尔庙"。此庙于清乾隆三十六年（1771年）御批并由清廷拨银建庙。乾隆三十八年（1773年）破土动工。该庙总建筑面积1万余平方米。建筑集蒙古、西藏、中原三种风格为一体，体现了三种文化的巧妙融合。

庙中喇嘛最多时达4000余名，其中常住庙者400余名。乾隆五十年（1785年）甘珠尔庙举办第一次庙会，此后180余年办有 160 余次庙会，并成为著名的"甘珠尔集市"。庙会日商贾云集，近者来自海拉尔、满洲里、齐齐哈尔、哈尔滨、天津、北京等地，远者来自蒙古、俄罗斯、日本及欧美商人。1948 年后，在此举办了 11 次全盟那达慕大会。2001 年 8 月，甘珠尔庙开始修复。2003 年 7 月，举行甘珠尔庙开光仪式暨全旗那达慕大会。甘珠尔庙成为呼伦贝尔草原又一新的人文景观和旅游胜地。

乌哈斯一进庙门就奔大殿叩首许愿，我在庙里走走看看。与中原古刹不同的是，甘珠尔庙无树少草，少了曲径通幽的神秘，多了光天化日的磊落。庙外日军留下的地堡引人注目，当年日本关东军为阻止苏联红军的进攻，在呼伦贝尔各地留下了大量的军事设施，指挥部、弹药库、细菌武器试验所等等。甘珠尔庙曾被关东军强征为战时指挥所，日军在西墙外的草原中修筑了十余座地堡，佛门净土，顿成杀场。

16

出甘珠尔庙不远有一条新路只指正西，沿路跨过乌尔逊河，由宝格德乌拉折向西北，越过克鲁伦河，就是新巴尔虎右旗政府所在地阿拉坦额莫勒镇。草原小镇远不似内地小镇那样人流如织，市声如潮。一个着蓝色蒙古袍的老人悠然走过，这是我在近一个月时间里看到的第一个也是唯一一个穿蒙古袍过寻常日子的牧人，其他再有看到，也是蒙古包里的歌手、琴师、服务员，因职业需要而穿蒙古袍。其他人皆着汉服。

出阿拉坦额莫勒镇约 5 公里，可见一巨大的广告牌在空旷的草原上特别醒目，广告所指即是呼伦湖（也称达赉湖）西岸方向。去呼伦湖西岸的油路正在建设中，现在还要走一两公里土路，乌哈斯在这段土路上把那辆越野车开得疯疯癫癫，中午吃的那点手扒肉一坨一坨撞得胃壁生疼。进入景区，眼前是一个海一样的湖。那就是呼伦湖了。

"呼伦贝尔"的一半就是"呼伦"，另一半"贝尔"也是个湖的名字，但一多半在蒙古国境内。呼伦贝尔的两个湖名源于一个民间爱情故事——和内地一样，许多知名山水都和这种套路差不多的似是而非的爱情故事勾连着。

呼伦湖和贝尔湖以及克鲁伦河下游的呼伦贝尔大草原，因其重要的地理位置和丰富的资源，在蒙古统治这里以前，是各游牧部落志在必得或者志在必守的宝地。草好，马就壮，牛羊就肥，生活在这里的各部落男人们，吃着肥美的牛羊肉，喝着香浓的牛羊奶，骑着膘肥体壮的马，不打仗杀人，不攻城略地，干什么去？何况中原的稻米那么香甜、绸缎那么华贵、女人那么风情……换了我，也决不甘心生在草原，再死在草原。即使在草原之外战死，他们的女人、孩子依然还有好草好马好牛羊，全无后顾之忧。

草原上的男人需要草原之外的世界，哪怕把那世界弄碎了重造。他们有得是精力！有得是好马好刀！他们缺少的是一个世界……

那些把中原汉人搞得颜面尽失的鲜卑人、契丹人、女真人和蒙古人，无一不是从这里出发，金戈铁马跨过长城。一通弯刀乱砍之后，鲜卑人建立了北魏，契丹人建立了辽，女真人建立了金，蒙古人建立了元。

北京，我现在居住的城市，最早也不过是女真人和蒙古人的都城。

想到这里有点不寒而栗，乌哈斯每每斜眼看着我从牙缝里挤出的那句话——"北京的吧？"——会不会有什么更深的背景？

呼伦湖边，我始终表现出以德服人的姿态与乌哈斯保持着一定的距离，担心呼伦湖的水波会再一次鼓荡起这个蒙古男人的霸气，让他重新燃起弄个世界玩玩的欲望，对我这个固守北京二十余年的汉人反戈一击。

好在波平如镜的呼伦湖水暂时沉静了他的杀伐之心，他在岸边的长凳上神情泰然地打量着戏水的游人，湖面上凉爽的风吹来，这个蒙古男人安详自在，满脸慈爱，我相信这片草原上曾经不断上演过的杀戮故事今天不会重新演绎了，便端起相机在长焦里搜索湖里的游泳客。

我看到一个小男孩，和他白胖的小腿中间柔软娇嫩的小鸡鸡。

我看到一个女人走向湖边，慢慢伏下身体，双手合拢，舀起一捧水，洒向湖中。

17

离开呼伦湖，很快就到满洲里。从呼伦湖开始一直是老乌在开车，草原上路平车少，我在车上呼呼大睡，直到一阵狂颠，才被震醒——这家伙又走错路了。内蒙古境内新建的东西大通道，从满洲里向东，经海拉尔到阿荣旗再由东北折向西南，直到阿拉善左旗，据说要一直修到额济纳（内蒙古最西边的旗）。进了满洲里地界后，乌哈斯上东西大通道走了一段，一直干到土路上才发现走错，也就是说，他已经驶出了大通道东端的终点。

满洲里地处中俄蒙三国交界地。1901年沙俄在中国境内修筑连接西伯利亚大铁路和乌苏里铁路的"东清铁路"（现在叫滨洲铁路），在这里建了车站。听人说俄语把"满洲"译成"满洲里亚"，去掉尾音就成满洲里了，反正意思就是说，到这儿开始就是清王朝的地界了。满洲里是中国最大的铁路口岸，第一欧亚大陆桥，这里连接西伯利亚大铁路及中国东北铁路网，货物运输可以直达新阿姆斯特丹港口，向东通过大连港可以到日、韩。是我国和东欧各国贸易往来的物资集散地。

20世纪初的满洲里差不多可以算红色根据地了，大批共产党人怀里揣着救国救民济世安邦的远大理想通过这里去苏联寻找并接受国际共产主义洗礼，有志向高脾气暴家境好的还要继续往西，连马克思主义也一起找到带回。满洲里国门旁边现在开辟出一块纪念地（露天的），标注那条道是"红色秘密通道"，纪念地上有块碑，碑旁边有辆已经破旧的马车（更像牛车）。碑文说，当年都有谁谁谁就是坐着这种马车，越过国境线去苏联找他们的布尔什维克兄弟的。差不多同一时代，另外一些重要的历史人物蒋介石、宋庆龄、日本海军大将山本、白俄将军谢苗诺夫也都到过满洲里。伟大领袖毛主席唯一的一次出国，就是从满洲里路过的。当年那辆火车头现在也停在国门附近。乌哈斯挤眉弄眼地撺掇我把那火车头买下，"多有意义的收藏啊，将来肯定价值连城"。这火车头太大，不像他收的那些古董顶多电视机大小，我家地方小，放不下大物件，便推辞说"以领悟意义为主，东西还是留在这儿吧。"

到满洲里这个城市跟到俄罗斯的某个小城没太大区别。所有商店一律中俄两种文字写店名，写广告，俄罗斯车、俄罗斯人往来如梭。街上一块接一块的内地服装广告，大概也都是给俄罗斯人看的。早年俄国人在满洲里居住留下不少房子，当地人叫它"木格楞"。城市小，过去只有三条街，分别叫一道街、二道街、三道街，现在有了四道街和一些别的街。街上到处都是单行线，一不小心就逆行了。乌哈斯开着车一次又一次往逆行道上干，吓得司机叫苦不迭，害怕回呼和浩特收到一叠罚单。

找到订好的酒店，把车停好，不敢再开了。叫了辆出租车，让师傅往卖俄罗斯工艺品的商店开。进店里一看，不过尔尔，无非望远镜、套娃、皮靴子之类。乌哈斯看古董的工夫，我去跟店里的伙计聊刀，他的柜台上放着各式各样的刀具，巴克虎牙、丛林王、兰博刀、伞兵刀、军刺，开价巨高，聊了没一会伙计说："看您也是爱刀的人，明说吧，这几把是仿的，便宜，想要您开个价。"我不收藏刀具，偶尔拿它，只为越野开荒。倒是这趟出门又把眼镜压碎了，正好他家有卖，阿迪达斯，开价600，100成交，假得杠杠的。

出店望去，马路对面一座新建的白色建筑引人注目，楼上赫然顶着"义乌小商品市场"几个大字，算是对此地60%以上小商品的产地说明。

我们的有些同志，一闻到资本主义的味道就抓耳挠腮。逛了

　　两个俄罗斯商场没找到中意的东西，就让出租车师傅找"赌场"。师傅一知半解，把我们拉到一游戏厅，某同志进门就叫："有老虎机没有？"老板娘不明就里，张口"没有。"该同志只好找个不知道是什么的游戏，买了 100 块钱的币，过他的"赌博"瘾。

　　再说"赌钱"的同志刚下车，这边跟出租师傅结账，居然要50块！出租车起步价 6 块钱，不打表。50 块够跑一趟马拉松的距离了，可是把满洲里拉直了也不够一趟马拉松啊！只听那同志临进"赌场"大门前恨恨地冲出租车喝了一声"哼！"这一声颇有铁木真当年大呼"莫尔道嘎"的遗风，效果也基本相当，出租师傅口软了："那就 40 吧。"这也没少黑我们。

　　100 块钱在游戏厅要玩好几个小时，我们先回酒店收拾自己，等他回来一起去吃了便饭，天色才黑下来。入夜，满洲里街头霓虹闪烁，灯红酒绿，很有些花花世界的感觉。与繁华的都市不同，满洲里的夜晚街头人少得多，仿佛城市某地有一个巨大的派对邀请了全城人民共舞，派对之外的城市只剩下空空荡荡的街。人少，风一吹，竟有些瑟瑟的冷。街上转着，哈斯的求战欲、求胜欲和一直未泯的童心再次涌起，转身猫进一家游戏厅要"再干一票"。

　　我回酒店睡觉，凌晨一点，"战士"回来。

　　"战果咋样啊？"

　　"本来赢了不少，玩着玩着又输了。"赌钱输了的人通常都这么安慰自己，那意思大概是"过程足够陶醉，输赢没啥所谓。"

18

在满洲里住友谊饭店，随行的司机小伙顾名思义觉得店里应该很多奔着中俄友谊远道而来的老毛子。他听说老毛子的夜大多狂酒滥色，所以看上去有点兴奋、雀跃，就等着看看这儿的各种好戏。住进店里才发现隔壁左右全是国人，都是来之礼仪之邦的文明之师。

早早起来，凭窗望去，路人多已穿上夹衣。阳光斜斜涂在街上，两个市民在街头空地上以不太标准的姿势打着羽毛球，往来挥拍，悠闲自得。城市安静得很温暖。

酒店的早餐说不出中式还是西式，也有点蒙餐味道，除了面包片、煎鸡蛋，还有馒头、包子、豆腐乳，也有奶茶、炒米、爆羊肉。以至于吃完出门都没记住到底吃了些什么。我对吃食素无苛求，只要能吃饱，味道性状无所谓好或者不好。热爱野外的人多少都有点野草情怀，涝也能成长，旱也渴不死。

去口岸很方便，10公里。中俄界内差别很大，中方这边高楼新厦很集中，还有大片的中俄边境互贸区，老远看去像是另外一个小城市。俄那边萧条得多，铁丝网一围，孤零零立起一间哨所，一个俄军士兵在哨所的瞭望塔上斜挎步枪高翘着一条腿，吊儿郎当地为伟大的俄罗斯人民站岗放哨。哨所之外，目之所及，只是荒草和荒原，俄境内的小城后贝加尔斯克在荒草远处若隐若现。

这一带边境没有高山大河之类的天然屏障，国境线就是双方拉出的铁丝网，中间有百米左右的空地，两国人民可以自由贸易。互市区我方的交易厅像模像样，商品琳琅。俄方只有几栋"烂尾楼"好像也没准备继续建设。大概是前些年国人的假货把俄人搞怕了，据去过俄方的人回来说，有一阵俄方紧邻中国边境地区的商店会挂牌申明：绝无中国货。

不知道是因为时间还早还是别的什么原因，口岸附近也确实少有俄人俄车，口岸这边多是来观光的国人。大概老毛子也知道旅游点的东西不能买，价高质次，玩的都是一刀鲜，不指望回头客。不像在满洲里市区那样，街边停的一多半都是俄国人的车，而且大部分车顶上都捆着巨大的布包，那显然是来中国境内倒腾东西的商贩。

互市区中国一方的市场嘈杂得很，卖的商品中俄混杂，基本上也是些望远镜皮帽子套娃内画鼻烟壶弹壳粘的飞机炮车坦克模型之类，拉客的叫声此起彼伏。

国门附近听见几个操着标准武汉口音的游人在感慨国境线一带浪费多少好地啊！万里之外得遇乡音本来是件很冲动的事，但是那时候心思在别处，没去聊乡情。

从口岸回市区，天气时阴时明，路过满洲里机场，白色建筑，小而简单。远远望去，像一滴眼泪落在巴尔虎草原上。

有飞机起来，在天空划出一道银色的伤痕。

19

从满洲里回海拉尔不用绕道新巴尔虎左、右旗了。可以走东

蒙古包像草地上的羊群，也像蓝天上的白云，是草原上最温暖的存在和尤其引
人注目的美丽

我突然爱上这种生活，这种恬淡自然，没有猜疑，没有戒备的生活。甚至希望
能在牧民家里住上几天，做他们的另一个儿子，为他们牧马放羊

我觉得草原上的人们的 DNA 差不多就是按五线谱排列的

他们受大地山川的慷慨浸润，没有那么多精神负累，不为道法约束，保持了啸
聚山林的豪气和取法自然的灵气，坦诚质朴，豁达张扬

家在哪里，在心归处

西大通道，经陈巴尔虎旗直接干到海拉尔。那时候大通道没全部完成，偶尔要走一截土路。

好长时间不在野地里驾车疯跑。当年为了体会没路找路的感觉，开着轿车穿树林，感受那种走一步退两步的快感。囿于城市的人们，需要一些时机发泄，除了说粗话，对于开车的人，更好的方式是走粗路。走粗路既可以规避说粗话的风险，还可以用文明的方式实现粗野的企图。同样的道理，柏油路对越野车实在不是一种善待。

夺过方向盘，下意识里希望多点未铺装路面，多点儿泥泞，多点儿沙石，多点儿不可完成的任务。途乐老了，仍然是件越野利器。小 40 度的陡坡，稍一加油不声不响就过去了，车头重重落在地上，坚韧的减震及时消解了碰撞，宽轮厚胎不由分说夺路而去，发动机在做完这一系列动作后发出一种得意的鸣响，仿佛一个运筹帷幄的统帅，只在战前皱紧眉头，战事开始，脸上始终挂着一切尽在掌握的微笑。

和一辆挂内蒙古牌子的现代 CRV 在草原上追逐，车轮过处，狼烟四起，CRV 只能选择草原路的时候，途乐爬上翻下，攀越自如，很快 CRV 淹没在途乐卷起的烟尘里。

把车停在坡顶，枣红色的车，像一匹志在千里的老马。

三年前也是在这辆车上，我和老乌差点一起在毛乌素沙漠里出不来了。现在它再一次抖擞精神，帮助我们完成蒙东之旅。通过每一公里路程，我能够越来越真切地体会到老途乐的生命律动，仔细地辨认它的每一点声音细节，观察它跨越和攀爬的姿态，我觉得我深深爱上这辆车了。

巴尔虎草原复归于静，我走进草原深处以极放肆的方式完成了一次小解，风从胯间穿过，从那一刻起，我想我再也不会忘记"风"情万种了。

草原人保持了极自然的生存方式，他们的代谢方式是生态的，取之草原的一切都会归还草原。一路上。乌哈斯都没有间断过鼓吹在草原上行方便之事的快感。

"办大事要找高坡，面朝风向，纳新吐故，清裆收潮，怡情养性。试试你就知道，那是当王爷才有的感觉啊！"我保持了一个城市人饱含伪善的矜持，拒绝做类似尝试。

"办小事也要找高坡，背朝风向，执鞭放歌，挥洒自如，天人合一。来一下，来一下！你们汉人总喜欢找个密不透风的地方一蹲半天，臭不臭啊？"我有些动摇，开始考虑在适当的时候，以适当的方式，让上帝看看他赐给我的器官几十年后的长势是否依然喜人。

现在，我做到了。

真的有一只手于旷野的风中抚弄我的小腹，那是一只让我心花怒放的上帝之手。

从严禁随地吐痰的世界来到欢迎随地大小便的土地，是进步还是倒退？没有答案。事毕，收回双手，时光的大门寂然关闭。

夜里，在住处的饭桌上吃到烹制鲜香的狼肉。张嘴的那一刻，鼻孔里飘进一缕前世的兄弟身上独有的味道。

20

这是第三次进海拉尔了。

我们以海拉尔为原点，西去满洲里，北上莫尔道嘎，今天再度北上，前往鄂伦春自治旗阿里河镇，探访那里的鄂伦春人。

出海拉尔西行不远车向北拐，四五十公里以后是陈巴尔虎旗的哈达图苏木，然后是哈达图牧场。这一带苏木以下的地名比较有特点，从南往北分别有"六一""七一""八一"，好像还有"三九""四六"之类，可能因为上山下乡时代这一带沿路布置的知青点比较多，那时候边境地区的知青是军事化管理，居住点按连队名称编号，"六一"极可能是"第61连"连部所在地，后来拿来当了地名，沿用到现在。也是因为知青点多，现在哈达图牧场周边汉人比较多。牧场地势起伏较大，牧草茂盛，牛羊马群随处可见。据说这边的牧民有些已经不放牧，雇了人来帮忙，自己去干别的。

一直往北，百余公里外就是额尔古纳市。

留意一下有关沙俄、苏联远东地区的书籍资料，会发现那里经常提到额尔古纳河这条黑龙江上游的重要支流，它也是中俄尼布楚条约以来的界河。位于呼盟西北，界出中俄边境700公里以上地区，其流域北部也是鄂温克人的传统渔猎地区之一，中部的室韦牧场曾是蒙古室韦部落发祥地。

进入额尔古纳市府所在地拉布达林以前的草场坡地上有个原木制作的标牌，上面用蒙、汉、俄文写着"额尔古纳"。20世纪60年代末，中苏关系紧张时，第一道防线是大兴安岭，这一带因无天然屏障，属于战争初期准备放弃的地区，大概也因为这个原因，这一带的草场得以生息而生长得越来越茂盛。现在，这里开始出现大片的麦地、油菜地。油菜花刚刚过，麦田有些已经收获，地里的麦茬依然金黄；未收割的麦穗鼓胀饱满，黄里透出浅浅的红；绿色的草场和金黄的庄稼之间，偶尔耕出一畦深黑色的田垄，准备播种别的什么。放眼望去，色块规则，色彩艳丽，黑色线条和红黄绿色块交织出的美妙世界，像极了荷兰画家蒙德里安的著名抽象画作《红黄蓝的构成》。

额尔古纳市所辖地区，基本是额尔古纳河的流域右岸，从南到北，狭长一溜，大约600公里。这也是我第二次途经拉布达林，前次路过时在路边的"杏花酒楼"吃了午饭，再去莫尔道嘎。这次没再吃饭，驶过根河桥沿S301往根河方向东去，穿过喀喇其，过甘河镇、吉文镇，到鄂伦春旗所在地——阿里河镇。

进阿里河以前路过"东风大桥"，桥西天空晴朗，一过桥哗啦啦劈头泼下一场雨，太阳照出，大雨照下，这大概就是太阳雨吧，雨落在草场上，牧草立刻变得翠绿，雨水的突然到来也使大地上多出许多细微的声音，像是快乐的吟唱，愉悦的浅笑。离桥头不远是7月份刚刚投入运行的广电发射台，一个小巧精致的园区。

园区原来是当地森林武警的营区，院中间一座步枪造型的雕塑直刺蓝天，院子的东西北三面各有一排平房，分别是食堂、接待房和办公房。房前武警战士们种下的樟子松已经碗口粗了。骤雨初歇，碧天青山，更显得小院幽雅清静。在那些房间里转了转，从食堂到办公室，窗明几净，一尘不染。发射台专为鄂伦春自治旗转播中央和内蒙古广播电视节目，呼伦贝尔市广电机构去年投资建设，今年就开始运行了。发射台台长原来在北京军区服役，转业到这里工作，把这么个小环境收拾得干净整洁，院里院外依然是那股利利索索的军营气氛。

收拾好东西离晚饭时间还早，去了趟 30 公里外的加格达奇。

21

加格达奇是个"奇怪"的地方。地图上属内蒙古，行政管理归黑龙江。这中间的关系非常复杂。把五六个人口述的版本归纳一下，大概可以这么表达：

60 年底内蒙古自治区在鄂伦春自治旗设加格达奇镇。1964 年初国务院批准林业部和铁道兵联合开发大兴安岭林区，开发会战指挥部设在加格达奇。当年 10 月呼伦贝尔盟把加格达奇镇移交给林业会战指挥部领导，鄂伦春自治旗与加格达奇的隶属关系正式脱钩。从此，凡四十余年，加格达奇虽在内蒙古区划，却没再被内蒙古管理过。

现在从阿里河去加格达奇的公路上有条十分明显的分界线，阿里河一边是柏油路，加格达奇一边是水泥路。加格达奇的车挂黑龙江牌，用阿里河人的话说：车牌号还挺好！机关门口也挂着"黑龙江省加格达奇市××××"的牌子。据说黑龙江"租用"加格达奇，每年会向内蒙古自治区支付"租金"（民间说法，不足为据）。此去加市，忘记找张当地居民的身份证看看，到底是内蒙古序号还是黑龙江序号。

不过也无所谓，人民能够安居乐业，地方经济文化不断进步，归属哪里并不重要。只要是咱中国的土地，门口挂什么牌子都是中国人。

倒是鄂伦春旗人对加格达奇去而不返有点耿耿于怀，那情绪，不明说咱也看得出来。

鄂伦春民族就是那个早年歌里唱的"一人一匹骏马一人一杆枪，保卫边疆打猎巡逻护呀护山林"的民族，在内蒙古众多的游牧民族中，他们叫"游猎民族"。目前，鄂伦春人不过2000左右，而且也不再"一人一匹骏马一人一杆枪"。1996年9月，大兴安岭禁猎，鄂伦春人放下猎枪，开始种植养殖。政府对鄂伦春人就业、教育、生育都有优惠政策。那天在海拉尔的饭桌上纵情歌唱的达斡尔（也是一个仅有几千人的少数民族）朋友说："过去在我们民族地区是朋友来了有美酒，豺狼来了有猎枪，现在呼伦贝尔人放下猎枪，化敌为友，无论朋友还是敌人，我们一概美酒好肉热情招待！"豪迈放达，感人至深。很多少数民族朋友都是这样，他们受大地山川的慷慨浸润，没有那么多精神负累，不为道法约束，保持了啸聚山林的豪气和取法自然的灵气，坦诚质朴，豁达张扬。☞图B3上

晚餐时，海拉尔的朋友请来了他在鄂伦春旗的两个女同学，一个鄂伦春族，一个鄂温克族，两个女人好酒量，好口才啊！女人在那片冰天雪地的边陲有着举足轻重的地位。过去都说东北有三宝：人参、貂皮、乌拉草，现在成四宝了：东北的女人不能少。

粗声大嗓是东北女人的基本特点，大眼睛一瞪，咄咄逼人！让东北女人玩细腻，不仅你受不了，她们自己也受不了。但东北

女人的"粗"中有许多"细"。有首东北民歌叫《大姑娘美大姑娘浪》，把东北女人的粗中之细解析得挺清晰：

"大姑娘美那个大姑娘浪，大姑娘走进那青纱帐。这边的苞米它已结穗，微风轻吹起热浪。我东瞅瞅西望望，咋就不见情哥我的郎，郎呀郎你在哪嘎嗒藏，找得我是好心慌。"后来，这姑娘发现她要找的人也在青纱帐里，"我东瞅瞅西望望，突见情哥他正把我望"，顿时有点心花怒放，但是嘴里还依然娇嗔："郎呀郎你瞧你那傻样，真真把我气够呛。"走进青纱帐，相约黄昏后的东北姑娘粗朴中有雅致，直爽、热情、纯真。南方称未婚女子为"小姑娘"，到了北方就叫"大姑娘"，敢标榜大姑娘不仅"美"而且"浪"的，非东北莫属。在呼伦贝尔，越接近大兴安岭地区，生活习惯里就有越浓厚的东北风俗。

跟东北姑娘在东北地区喝酒，要是不让她听见酒落在胃里"咣当"的声音，她们是不会罢休的。好在我和她们初次见面，也确实不胜酒力，来自鄂伦春和鄂温克的两个女士算是放了我一马。哈斯显然没这待遇，他在蒙东工作多年，地头熟悉，了解风俗，酒量比我高出几个量级，女士们自然不会善罢。

正喝得热闹，又一个鄂伦春朋友抱着一箱"都柿果酒"（在海拉尔叫"笃斯"的一种野生蓝莓在这里叫"都柿"）推门进来，为在座每人满满斟上一杯，仰脖先干了。他说："过去我们鄂伦春人去朋友家做客，如果晚到了，一定会去打只狍子搁马上扛来，现在不打猎，也不骑马了，只能买箱酒放在摩托车上扛来！"

话音没落，又给众人满上了。

在蒙古高原，一旦坐上酒桌，眼前就是一场"大碗喝酒，大口吃肉"的梁山英雄会,一桌子李逵鲁达武二郎,每人面前一桶酒,一盆肉,一腔豪情。

22

不知道喝到了几点,直到调门也高了,脸也红了,眼神也迷离了,腿有点晃了,大家才起身用不太利落的舌头向在同一个酒杯里映照过脸庞的兄弟姐妹们互道保重,各自散去。

鄂伦春的夜晚孤寂清冷,听得见天空之外星星的细语,大兴安岭如同暗夜里一块更深更厚的黑,那是种让人觉得一无所有的黑。即使如此,那些在密林深处长大的兄弟姐妹们还要骑着摩托车穿过黑夜回到自己森林里的家,所不同的是,他们来的时候带着酒肉和期待,回家的时候带快意与陶醉。

早晨5点起来,山谷里浓雾深重,不辨踪迹。雾太浓,人又在低处,看不见森林的缥缈梦幻。回屋再睡,6点又起,那叫一个冷啊,穿上长袖,套上毛背心还凉飕飕的,老乌干脆找出绒手套戴上了。那天北京35度。

驱车登上附近山头,三脚架往草窠一支,"嗡嗡嗡嗡"惊起一群大黑蚊子,手上、脖子上立即肿起一层小红包。在户外就是这样,防护再好,也难免有百密之外的某一疏里溜出一点小尴尬,好在这回溜出来的只是蚊子。

我们在河谷南岸架好机器,只等雾薄日出,可以拍到雾过森林的大好景致。左等右等,那雾只走高不走低,老远在山头游走,就是不肯飘进河谷。山森藏在浓雾后头,始终没有出现。

老乌急脾气，没一会就要换地方，可是日出时分的光线瞬息万变，等跑到新地方谁知道能赶上什么呢？他还是决意要走，留下三脚架，开着车飙别处去了，把我一汉人孤零零地留在那个鄂伦春河谷南岸。临走留下话：就在这儿等着，发现好景我摇红衣服，你赶紧过来。我还挺激动，他一走猛然想起：这家伙把车开走了，我过哪儿去呀？怎么过去呀？

不过从那以后直到早餐时间到了，连他的影子都看不见，别说他那红衣服了。

又过了一会，太阳出来了，拍雾的美梦就算宣告彻底破产。昨天阿里河的朋友约好7点半一起早餐，现在8点多了，老乌还在山里藏着出不来。就收拾好东西，扛着我和他的两个三脚架往回走。刚走到坡下油路上，这家伙不知从哪窜到刚才架机器的河岸上，狂按喇叭，乱叫"走了！吃饭了。"我这儿一通连比画带叫嚷，总算把他视线引来，两人才重又凑作一处。

问他怎么这么没时间概念？饭点过了一个多小时了，人都等着呢？他耳语："迟到点儿就没时间喝酒了！"

哈哈！这家伙见招拆招的套路倒是不少。

不过早晨还真没喝酒，薄皮大馅的蒙古馅饼我一人干掉了5个！

原来以为蒙古馅饼就是一块面包着一块肉而已，不然，这东西大有讲头：据说蒙古馅饼从明朝末年的蒙古族某部落开始做起，开始以荞麦面为皮，牛羊肉为馅，水煎而成。后来这种馅饼传入王府，水煎升级成奶油、牛羊油和大油煎。现在又改成白面擀皮，豆油煎制。煎得好的蒙古馅饼皮薄馅足，两面金黄，通体油亮，鲜香可口。

这家小店的门脸不大，位置也偏僻，蒙古馅饼却做得着实地道。半透明的薄皮包裹下，肉馅饱满，香气扑鼻，只一眼，就垂涎。吃着肉馅饼，喝着热奶茶，早晨这一通白忙乎的遗憾也忘记了。

23

吃完饭，跟着鄂伦春朋友去阿里河西北约 20 公里的一处拓跋鲜卑人遗址——嘎仙洞。

一到呼伦贝尔，特别是到海拉尔以后，天天搅在历史里。从古代到近代，几乎每个百年甚至十年，都在这一地区产生一些重要人物、重要事件。看到和听到的越来越多，脑子越来越不够使。刚从馅饼史里出来，又要感受鲜卑史，一时转不过弯来。

在海拉尔就有朋友极力推荐嘎仙洞，嘱咐到阿里河以后一定去看看。现在我就在嘎仙洞。

洞壁上一块碑文（现在已经用铁皮封上了），上面有北魏第一代皇帝拓跋焘派人来祭祖敕刻的铭文。拓跋焘入主中原，建立北魏，定都洛阳以后，令僧人在洛阳龙门、大同云岗凿窟造像，但中原礼佛不能代替故里祭祖，于是就有了嘎仙洞的铭文。

嘎仙洞的全部价值也在于这块石刻铭文。正是这块石刻告诉后人鲜卑遗址之谜，也提供给世人一个原始部落从森林到草原到农耕（嫩江流域）最终占据中原的历程和由猎到牧，由牧到农的进化线索。同时，石壁上的这些汉字还平息了周边国家有关大兴安岭归属的争议。大概也是出于上述原因，国务院确定嘎仙洞为"全国重点文物保护单位"。

有时会奇怪为什么直到今天还没有一个中原人有如此的雄心和韧性能够以个人或者部落的力量在草原和森林里建功立业，却只会垒城挖壕来阻拦蒙古人。汉长城一万五千里，金界壕一万里、明长城一万三千里……都只为阻止蒙古人涉足中原，却无一成功。

唉，这好像也不是一个凡人的脑子里应该考虑的问题。

洞里的一群年轻人显然比我要轻松得多，他们围着一对新人在嘎仙洞拍婚纱照。从祖先们居住过的石室开始自己的新婚生活，似乎有"从头做起，奋发图强"的喻义。从洞外向洞里看，眼睛一时不适应，新娘的样子一直没看清。等他们到洞外，新娘又背对着我，只看清新郎。那应该是典型的鄂伦春人了，眼型长而窄，高颧，内眦外露，身材不高，但是结实灵巧，适合做个"猎鹿的人"。

嘎仙洞外不远有条嘎仙河，"河水清且涟漪"，河床里的卵石清晰可辨。喝一口，甜津津的。一个二十来岁的阿里河姑娘讲解说："嘎仙河水生生不息，冬暖夏凉，是神水，男人喝了身强力壮，女人喝了青春不老。"我疑心那姑娘早已不是青春了，瞄她一眼，玩笑道："大娘，您可不许骗人啊。"

一行人在河畔的树林里开怀大笑，乐得嘎仙河清波乱颤。

24

从嘎仙洞出来，告别了阿里河的鄂伦春兄弟，驱车驶往根河、额尔古纳方向，从林区回到草原。

草原的天空不像林区的天空那么矜持，她更像个调皮任性的姑娘，翻手为云，覆手为雨。刚刚还是天空的一朵云，转眼就成了地上的一场雨，没有雨的天空照样阳光灿烂，热力灼人。太阳雨来得快，去得也快，天空没有灰暗，更无雷电，光天化日之下，只一闪现，就看不见影了。夏季草原上的雨风情万种，着实讨人喜欢。儿时在武汉老家也见到这样的太阳雨，乡人有谚说："出日头，落白雨，落去落来有得雨。"，话语里多少有点"来也匆匆去也匆匆恨不能相逢"的惋惜。

草原上的太阳雨急而骤，江南的太阳雨虽然来得也快，却是徐而不急的。于是这两种雨挥洒出两种不同的情调，在江南，雨来的时候，路人会立即找棵树，找家房檐避一会。草原上不用，雨只管来，如果没有车，就只管继续昂首走，无处找树，也无屋檐可以避雨。

草原上的雨下得无遮无拦，无拘无束。雨线斜斜地射向地面，银色的雨线穿过金色的阳光，让整个天空看上去像是一匹巨大的美丽苏绣。路上有骑自行车或走路的人，他们在夏雨里和在夏风里没什么两样，依旧不紧不慢地蹬车，或者行走，最多偶尔将一将被雨淋湿的头发，也不加快节奏，也不见心急，更不见仓皇。草原之上，天野苍茫，百十公里能看见人家就算是幸运了，下起雨来跑也没有用。何况夏天里，淋一回雨相当于蹭了老天爷一个免费的澡。

草场上的牛马更乐得在一边淋着雨，一边吃着草。凉快，而且舒服，蚊蝇和牛虻都被雨打风吹去了，牛羊骡马一应牲口们个个肌肉饱绽，身上水珠闪烁，健美漂亮，生动鲜活。

雨一停，天就放晴了，蔚蓝蔚蓝的，像什么事都没发生过。天干净了，地也干净。8月的草原上依然有这样那样的花儿三五成群地开着，雨水在花瓣和草叶上愉快地滚动，草原新鲜透亮，香气飘逸，那是可以摸得到的香气。我们再三停车，像那些正在告别故乡马上要远去天涯的游子，一步一停，频频回头。所不同的是我们脸上只有沉醉，没有惆怅。

看眼前茫无边际舒展翠绿的草原，像在看着自己的生活忽然自由惬意起来，浑身的血里都流着满足和得意。特别想伸手抓一抓湿润的空气，摸一摸青草的香味，留它们在手心里把玩一会，吟哦一会。或者就这么一直站在草原上，再等一场雨，等一场猝然降临的雨，像往事一样，在不经意的时候猛然涌上心头。

25

6点钟起来收拾行装。我知道这个早晨离开海拉尔以后，晚上不会再回来了。

朋友准备了丰盛的早餐，牛羊肉、奶茶、凉菜、粥，还要了酒。他也不劝，为我倒上一杯，放在面前。没有声音，送别就成了有些愁苦意味的事，如同秋风过处，落红成阵，不声不响，就说尽了一怀愁绪。

满满一杯血红的酒，我端过来，没有一饮而尽，我一口一口喝完它，说些告别的话。他又要了些饺子，说在草原上"上马饺子下马酒，你俩得吃点饺子再走。"

我和哈斯一个一个把那些饺子吃完。

海拉尔的早晨已经有些冷了，天也阴。吃完东西出来，居然有些发抖。扭头钻进车里跟朋友挥挥手，说了声"再联系"，就走了。

说实话，我没想到几个男人之间的送别也可以搞成缠绵悱恻青烟袅袅的风格，总之那时候大家脸上、眼里、心里都在释放某种因为别离而分泌出的伤感，气氛有点凝重。平时豪气干云嘻嘻哈哈的哈斯也像默片里的角色，满脸都是陈旧的灰色。

临驶出海拉尔市区，想起一直没有为这些天频繁出入的小城留张照片，在车里拿起相机信手拍了一张，居然把小城拍得歪歪斜斜。

沿海拉尔河东出，路又笔直起来，巴尔虎草原再一次辽阔苍茫。天气阴晦，从黎明开始一直在心里盘旋的那只叫离愁的鸟儿悄然醒来，在天空和胸膛里飞翔。哈斯开车，我说咱们来支草原上的歌听听？哈斯往 CD 仓里塞进一张碟片。

一个男人的声音在阴郁的草原上流淌，深沉浑厚，苍凉邈远；女人由远及近长调悠扬飘逸，响遏行云。《父亲的草原母亲的河》，为席慕蓉的诗作谱写的这支歌曲，成为一个时期蒙古人用来怀念和赞美蓝色蒙古高原的最重要的乐曲之一，无论身在故乡还是他乡，高原上的人们都会时时唱起这支歌，诉说自己的赤子情怀。

女人的声音像天空一样宽广，男人的声音里有一些怀念和惆怅。那是父亲和母亲的声音，是高原上漂泊无定的牧人内心，抑或是蒙古人归乡的梦。

> 父亲曾经形容草原的清香
> 让他在天涯海角也从不能相忘
> 母亲总爱描摹那大河浩荡
> 奔流在蒙古高原我遥远的家乡
> 如今终于见到辽阔大地
> 站在这芬芳草原上我泪落如雨
> 河水在传唱着祖先的祝福
> 保佑漂泊的孩子，找到回家的路

对于家，我们是永远的过客；对于我们，家总是暂时的驿站。几年前，朋友嘱我为他即将付梓的新著写几个字，我在那里表达了对原野的深深眷恋：

> 也许我的前生原本就是属于原野的，我曾经是那里安享度日的一头狮子或者一只兔子——我记不起来了——因为某个误会，迷失在都市。喧嚣的都市伤害了我的眼睛和心灵，我用了半生的时间回忆儿时的家园。候鸟在大地上留下绿色的路标，我沿着那绿色一点一点靠近家的方向。

这些年我不停行走，以一种无知的冲动，撩开城市浮华的面纱，在清冷和茂密的蒙古高原不停地走啊走，双脚在草原上留下鼓点般的足音，我用它叩响家门……

啊！父亲的草原

啊！母亲的河

虽然已经不能用母语来诉说

请接纳我的悲伤，我的欢乐

我也是高原的孩子啊，心里有一首歌

歌中有我父亲的草原母亲的河

两个男人，两个高大威猛的男人，两个纵横天涯、放浪形骸的男人，两个不同族裔却有同样情怀的男人，在离开草原的那一刻，同时泪如雨下。

我那么渴望自己有一段生命能够存活于草原时代，在那里立一顶毡房，牧几只羔羊，采几叶野菜，燃一缕炊烟，"随时撒种，随时开花。有泪可落，也不是悲哀。"每次回眸都可以从爱人清澈的眼眸看她内心飘荡的月光，每次抬头都可以从宁静高远的天庭看烈马弯刀的云彩滚滚而来。☞ 图B3下

家在哪里？

在心归处。

"如今终于见到辽阔大地，站在这芬芳的草原上，我泪落如雨。"这或许真的是一支只有长城之外的人才能听懂的歌。

26

出海拉尔，经牙克石、博克图，到阿荣旗驶入东西大通道，

一直向西。

走出兴安岭南坡进入草原与松嫩平原过渡区，草场上逐渐多了农作物。在扎兰屯市阿尔本格勒附近，被路边草地上往来的翳影吸引。云彩在天空奔走，马不停蹄。草地上变幻着各种形态的阴影，像一部情节丰富、悬念迭出的默片，不到最后一刻没法看出结果。停车驻足看了半小时云彩留在大地上的天真，心里轻松了许多。

公路另一边，一个少年正在看管牛群，乌哈斯让他把牛往草地中间赶赶，少年极配合地把牛赶过来让我们拍照，然后走来，打量相机。

哈斯问他是不是放假了？他说已经不上学了。我有些奇怪他这样的年纪怎么就不上学了，是家里负担不起吗？他说"不想上，成绩不好，上学也没什么用。初中上完就不上了。"

放牛比上学有用吗？

"可以不上学啊。"他说完就张开嘴看着远处笑，眼睛眯成一道线。我觉得我应该拍下这张笑脸，特别是张脸上因短暂的满足而几乎闭上的眼睛。

他又笑开了"拍我干吗呀。"嘴上拒绝着，却不躲闪，那笑大概是不好意思。

递他烟，他摇头说不会。

上车关好门，汽车启动的时候又放下车窗对少年说："能上学就去上学吧。"

那少年肯定听见了，我看到他再一次笑起来，眼睛眯成一条缝。

晚上 10 点，快到克什克腾了，哈斯给克旗的朋友打电话，让找个酒店睡觉，明天再走。克旗的朋友说："快来吧！哈达银碗等着呢！"

酒！

我俩决定不进经棚，星夜兼程，继续向西！

深夜里穿过近 200 公里浑善达克沙地，再由桑根达来穿过正镶白旗，经化德、商都、乌兰察布，于次日清晨 6 点 40 分到达呼和浩特白塔机场航空宾馆。从昨天早晨 7：30 的海拉尔出发到今天早晨 6：40 把车停在呼和浩特，我们用 23 小时跑完 2010 公里路程。

我可以从海拉尔飞回北京，但是没有。我觉得以拔地而起的方式离开呼伦贝尔既对不起草原也对不起兄弟。他把我从北京接到草原上，我得和他一起退出草原，把他送回呼和浩特，这才更像死党所为。

哈斯说这个季节在呼伦贝尔很委屈你，只有绿，没有别的颜色。是啊，一路走来，眼睛都快要变成绿色的了。但是只要有了马，整个草原就有了灵魂。

我怀念草原上那匹不动声色的马，它在草原的顶点一动不动。夕阳为它把天边涂出血红，它仍然一动不动。它在等待一个英雄，一个如铁木真一样可以改变世界的英雄。

鬃毛飘拂，满目依恋。

那匹马像个古希腊的美男子。

27

回到北京的很多天里，闭上眼睛，脑海里就浮现出草原上星星点点的牛羊，白云一样的蒙古包，哈达，银碗，酒，歌。火烧云的旗帜在天边猎猎作响，那匹白色的骏马像这个古老民族的标本，一直在山顶的夕阳里举头遥望。

从克什克腾到阿里河再回到呼和浩特，始终抹不去脑海深处那匹马的影子。或者更早一些，三年前，在蒙西黑水河下游、居延海之畔广袤的戈壁上，在土尔扈特人的毡房外我已经看到了它的影子。

从西到东，从额济纳到莫尔道嘎，用三年时间几乎穿越了内蒙古高原全境。这三年时间里，无论在荒漠还是在草原，我都没有尝试找匹马来骑。尽管马是值得亲爱也可以信赖的动物，尽管草原上几乎所有的战争与爱情都与马有关，但是因为蒙古草原的马已经成为高原和世界史中不可或缺的精灵，应该把它留给那些英雄的人们。

辽阔的草原比骏马柔软宽厚得多，即使如此，草原也常常让我失去固有的姿态，变成一枝可有可无的存在。生，或者死都由不得自己——当我们身处辽阔之中的时候，很容易轻视甚至忘记自己的存在。草原上，最好的选择是"跟着牧归的羊群回家"，理想和信念这些平日里听上去铿锵夺人的概念，在这里最多只能算一块质感不错的云，它可以构成美丽的风景，也可以瞬间变成雨。尽管草原上的雨也足以让人怀念。

我眼里的草原是风光秀丽的乐园，也是哺育过改变世界的男人的摇篮。但是现在草原上没有英雄了,英雄们长眠在时间之外。从城市出发的人更做不了草原英雄。城市人不懂草原、不懂马、不懂酒、不懂长调和长刀、不懂随地大小便的快意。城市人可以用餐刀切食狼肉却永远不可能理解狼。即使草原人,也正在失去草原……我本来不应该这么说的……但是我宁可听草原上的人说我听不懂的蒙语,也不愿意听他们讲流利的普通话。对蒙古历史和北方民族史颇有研究的张承志说:"蒙古草原由于它承载的文化的游牧性质,用一句考古学行话:草原上很难形成文化层堆积。连续两千多年的蒙古人和北亚游牧文化,并没有如数地留存至今。""英雄的时代结束,我只独自一人默默悼念英雄……英雄的道路如今荒芜了……如今你找不到大时代的那些骄子的遗迹了。"我还来不及深入草原腹地,我看到的仍然是草原"表层"。如果草原深处的蒙古人依然在世界的一隅忠贞地保持着游牧的禀性,我想那"一隅"会是我的下一个家园。

我的朋友在牧区挑选马鞭,一种是纯手工制作的,中间镶有一只羊蹄;一种是皮绳制作的,相对简单很多。后者被选中,带出草原,进入城市。我没有从草原上带回任何东西,把喜欢和不喜欢的都留在那里,我只愿意在记忆里找寻它。

2006-8-20
初稿
草原纪事
修改
2016-9-22

狼奔

♪ 风吹草浪

扫一扫 边听边读

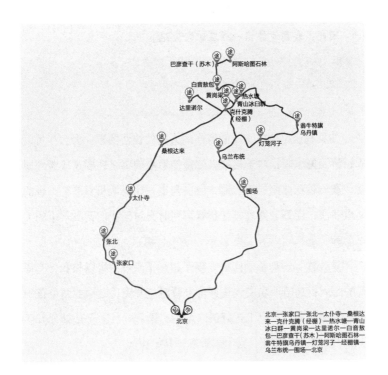

北京—张家口—张北—太仆寺—桑根达来—克什克腾（经棚）—热水塘—青山冰臼群—黄岗梁—达里诺尔—白音敖包—巴彦查干（苏木）—阿斯哈图石林—翁牛特旗乌丹镇—灯笼河子—经棚镇—乌兰布统—围场—北京

　　"狼奔"这个词儿呈现的场景看上去不那么美好。汉语里用"狼奔豕突"来形容成群的坏人横冲直撞，到处骚扰；像狼那么奔跑，像猪一样胡撞。但是如果撇开其中的鲁莽，打量这个词语里的勇往直前、无所畏惧，其实还是能看到许多雄性、智慧、不

117

屈和威猛的光泽的。

古突厥人认为"盖本狼生，志不忘怀"，他们相信苍狼与自己的祖先存在某种血缘联系，关键时刻他们会受到苍狼佑护。

多次出没草原之后，我越来越不能无视这个"不美"的乱撞带给内心的震撼。尽管不知道狼是否会在紧要关头施恩于我，但是对这个物种具备的暴力和智慧之美，我深信不疑。

因此，我愿意像狼一样在旷野奔跑。

1

如果有假可休对于辛勤劳作的人是件快活的事，那么，可以挈妇将雏去休假，对于一家人就是件幸福的事了；要是能邀约朋友一家一起到彼此神往的地方自由奔走，让快活和幸福在旷野的风里荡漾、旋舞，那大概就是沐浴到时光对于我们无微不至的关爱了。

这一次，一切都刚刚好。妻子和儿子刚好有可以和我一起挥霍的时间；乌哈斯和夫人正好可以暂时离开岗位，他的两个孩子正好放假回来；草原上正好风吹草浪，羊肥马壮。于是处理好手头的事儿，带上妻儿，换上越野车，开始休假。

假期的活动区域在克什克腾周边。出发那天赶上北京测试汽车尾气对城市空气质量的影响，车辆分号行驶。我找的越野车是单号，出发的日子是 8 月 18 号，这天单号车必须在早晨 6 点前驶出北京市行政区域。也就是说，我必须在天亮前奔出延庆，进入河北界内，否则算违章。

4点起床的时候天还没亮，4点半出发东方已经鲫白。人类对于清晨有种与生俱来的亲切，夏天早晨的薄雾里充满婴儿体香般的芬芳，有生命和生活最初的味道。

轻手轻脚地着了车摸出城，像个见不得光亮的贼人竭力往西疾走。刚出昌平进延庆界，道路就沉重起来，车队在京北山区举步维艰，像条筋疲力尽的长龙盘山而卧，缓缓蠕动。有两年G6上的车堵得骇人听闻，短则一天半天动不得，长的时候十天半个月走不了。暗暗在心里烧了炷香，祈求老天别让我在延庆一直这么堵下去。

那支香争分夺秒地烧着，在它即将燃尽的那一刻，车停了。

6点30分，京张公路全面堵车，挂着各地牌子的大大小小高高低低的车一律像做错事的孩子趴在原地一声不响等着挨训。如果不能马上离开北京界，还有不到半小时就算违章了，但是这会我也不担心被开罚单了：这赖不得我啊，本来6点钟以前完全可以进入河北界的，但是堵车。晨风吹过来，我异常清醒，一副爱谁谁的凛然。

趴了一小时多一点，车流活跃起来，太阳却沉下了脸，天空上有躁眉搭眼的阴。风比清晨有力了些，吹得路边的白桦树叶片乱翻，露出叶子背面的灰白，哗啦啦啦地碎响。那是我很不喜欢的颜色和声响，它让人视野里一遍凌乱，精神也随之凌乱。戴上太阳镜，凌乱的思维在凌乱的颜色和声音里疾行。

从京张转到京呼高速，天又空阔起来。阳光温柔，蓝天寥远。这些年里蒙冀两地新修了不少公路，原来去张北离开高速得上一条窄小的省道，现在也改成宽阔的高等级公路了，恍惚之间没认出那就是昔日的岔路口，昂首冲过，猛然醒悟，再悻悻退回。幸好路边有值班的交通协理，问桑根达来，说"没错，一直走，见国道右拐，再左拐"心里才踏实。道了声谢，给足了油，再往北去。

刚到张北，乌哈斯打来电话说"手扒肉炖上了！"听说有肉，胃就兴奋起来，脚底下也添了劲儿，踝骨一沉，越野车挺身直向前冲。中午时分，还有什么比一锅炖得烂熟的手扒羊肉更值得开车的人狠踩油门的呢。

从张北到桑根达来走 207 国道，路有点老，车特别少。太阳不知道什么时候明亮得有些晃眼。越野车被晒得颇烦躁，一路只顾甩开膀子疯跑。到桑根达来见到老乌一家，孩子们拥抱喧闹，大呼小叫，俨然亲人。

哈斯的两个孩子已经上了大学，女儿大二，儿子大一，一个在西北，一个在江南。按理说在西北生活远比江南粗粝，但在江南读书的儿子却怨声载道，抱怨水土不服，浑身都是蚊子叮的疤痕；没有肉吃，只能靠妈妈时时寄些牛肉干解馋。回到内蒙古了，脸上还挂着委屈。姑娘不一样，春风满面，眉目之间流露出温暖的姐姐情怀。女孩子懂事早，这给了敦实强悍的弟弟更多不肯长大的理由，回到家就有点懒散，继续撒他少年时没撒完的娇。我们这一代汉族家庭大多只有一个孩子，没有哥哥姐姐的少年跟有兄长的同龄人比，心里虽然也凉爽快意，但吹的不是一样的风。很多时候儿子会放声叫我："Hi! Man."大概中想找回些兄弟的感觉。

现在他也这么叫蒙古兄弟，Hi! Man! 两个男孩子喜不自胜地抱在一起疯，蒙古姑娘在一边美滋滋地笑。少年和少年在一起，脸上和内心都是鲜艳的。

2

我们比约定的时候迟到了一个半小时，那大约就是在延庆堵车夺去的一个半小时，不过这段时间正好用来把那只羊炖得更烂乎。

刚坐好，哈斯就招呼老板娘赶紧上肉。蒙人吃猪肉的不多，猪排显然是给我家三口准备的。但是老乌不知道我家不吃猪肉已经很久了，这使那一大盘子猪排多了些无辜的意味。内蒙古地区羊肥、肉香、刀子快，一会工夫，两盆手扒肉全部干掉。吃饭的全过程我大概加起来没说够三句话，困得不行。4 点到 13 点 9 个小时了，全神贯注地在路上奔跑。平时上班到第 7 个小时的时候，一天的工资基本就挣到了，可以心满意足地琢磨琢磨晚饭的色香味形之类，但是今天到中午了全天要走的路才刚刚开始。

乌太看我一脸倦意，随时都能睡着的架势，赶紧嘱咐女儿冲杯咖啡。她不知道我对引擎有多依恋，不管困成什么样儿，发动机一响，立即倦意全消。战马听见战鼓，想睡都睡不着。

旅人闻到路的味道，总有远行的冲动。咖啡喝完，别过小店的老板回到车上，脚下的路猛然开阔了很多。横贯内蒙古全境的东西大通道可以看作蒙区地域阔大的注脚，双向四车道，很宽的紧急停车带，除了没有全封闭，别的设施跟高速路没区别。

大通道在绵延的浑善达克沙地穿行，从桑根达来向东至克什克腾大约有 200 公里路程，200 公里沙地左右相夹，放眼望去，沙外有沙，漫无边际。在沙地夹峙下奔跑的车像大海里航行的扁舟，满怀都是对岸的向往，内心再三燃起对尽头的期待。

与科尔沁沙地、毛乌素沙地和呼伦贝尔沙地相比，浑善达克是内蒙古四大沙地中治理得最好的，至少比我想象的要好得多，公路两侧的沙地黄绿相间，植被算不上丰厚，榆、柳、杨树及一些灌木和沙生植物在竭力盖住裸露的沙丘。沙地里经常可以看到栽种成四方格子的蜂窝状防沙草，那是内蒙人和京冀人治理风沙的印迹。浑善达克沙地离北京直线距离 180 公里，这里的任何一点风吹沙动对首都的环境都有立竿见影的影响。一些生活在北京的人一度认为京城所有的风沙都来自浑善达克，因此前些年政府部门和大量的企业、个人不断出钱出力在浑善达克治沙。天不负人，这些年京城风沙少多了，春秋两季姑娘们不用裹着纱巾出门了。浑善达克也安静了很多，沙地上除了植被，也有风和时光路过留下的笑意。

很快到了克什克腾旗政府所在地经棚镇，两台车穿过镇子径直开往 30 公里外的热水塘，那里有乌哈斯事先订好的宾馆。G16 和 G303 在经棚交汇，有东、南两路往西、北方向去乌兰察布或者锡林浩特周边的车辆多会选择在经棚停留。这一带也是内蒙古高原东部边缘与大兴安岭和华北山地的交汇处，地貌丰富，但是热水塘比经棚少一分喧闹，多一分幽静；还有两样是热水塘独有，一是温泉，晚上可以美美地洗个温泉澡；二是蒸汽机车遗存，国际蒸汽机机车摄影组织把集通铁路克旗热水路段作为一大景观，每年 11 月到次年 3 月，国际游客络绎不绝，其中还有专门来录蒸汽火车运行声音的老外。2005 年 12 月 9 日，在内蒙古境内集通铁路线服役的 27 台蒸汽机车全部退出运营，随着全球最后的蒸汽机车即将走进博物馆，蒸汽机车上的零件、铭牌、工人用过的笔记本等等物件都成了来自欧美的旅行者和摄影家高价收买的对象。我同事在这些机车退役之前的那个冬天，专门带一个摄制组来热水塘拍了部纪录片，留下了最后的蒸汽机车最后的日子。而我分别在 2006 和 2007 年两次来热水塘，都无缘目睹它最后的风采。

找到宾馆，小睡一觉。5 点多起来跑到铁路附近，拍了两张照片。那一段曾经风光无限的铁路桥，现在像一个过气明星，颓伤，郁闷，乏善可陈。晚上 7 点，一列火车轰隆开过，电气机车，沉寂得很。再好的舞台如果没有表演都会显得荒芜和多余。

3

经棚镇以及热水塘这一带还是半农半牧区，没有成片的草场，却有整畦的耕地。昨天晚上回热水塘的路上在看到山腰对面河谷的一片麦地里，落霞西去，田园宁静，约了哈斯明天早点起来看热水镇的伊甸园。

清晨 5 点多，我起来，哈斯迟迟不见动静，夜不算长，梦也挺多。没再叫他，独自开了车去山谷。

空寂的田野里居住着农人的期待，它们和庄稼一样，春天播种，秋天收获。临近秋天，大地像隆起的腹部，让人想到孕育和

123

诞生，渐渐长成的庄稼里释放出哺育的香气。

太阳一露出头，山谷就苏醒过来，晨光里的北方田野还来不及显露出浩荡的霸气，可以很容易从这里看到南方田园的风韵，读出几分娇羞。麦穗反射着金色天光，一棵孤树在垄上呼唤一片树林，成熟的庄稼静静等待即将成熟的庄稼一起去往秋天。

远处的山里薄雾缭绕，农人在天不亮的时候就起来，伸了伸懒腰把身上的疲乏抖下来，把灶上的粥喝下去，就来到地里，他们赶在太阳出山前尽可能多做些事情。朝霞已经描画出田野柔和的轮廓，比梦想稍微小一点的热水塘的这个山腰对面的河谷里的庄稼地在晨光里悄然变得异常精致。金色的山野，田畴，农人，孤树，以各自的方式在晨雾里生动出古朴的画意，一弯河水从山谷的底处静静流过，把整个画卷连缀得美妙平和。我在对面山腰的坡地上极力分辨镰刀割断麦秸的声音。

太阳出来越过山顶，我也掉头回到酒店。乌哈斯正在低头擦车，过去说那麦田的风情给他听，他冷冷道：去冰臼。

我就喜欢看他妒火中烧的冷和被晨光遗弃在床上的落寞。

克什克腾世界地质公园青山景区以世界罕见的大规模第四纪冰川地貌遗迹岩臼群闻名遐迩，通常被人称作青山岩臼群或者冰臼——这是比较准确的官方表达，太过专业，不太容易读懂，更适用的叫法是"大冰臼"。

从经棚上东西大通道，往东大约20公里有一个岔路口去往青山岩臼群，路口竖着一张巨大的宣传牌，上面有"欢迎您到青山岩臼群"几个大字。大通道跑起来很痛快，只看风景不看路，忽然发现刚被我们超过的一辆军车左拐上了那条岔路，是不是要从那个岔口去冰臼？有些拿不准，停车去打听。

路边有埋头打草的妇人，我下车跑过去问她："大妈去冰臼还要往前走吗？还是从那条岔道就进山了？"

大妈显然是知道"冰臼"这个读和写都比较拗的字眼指的是什么，"那不是吗？从大牌子底下那条路，捡直进山就到了。"赤峰人话里的"捡直"就是"笔直"。

"谢谢噢。"转身正要往回走，大妈又开腔了："不识字啊？牌子上写着字呢。我不识字，看不懂。"她倒是平淡得像枝山菊，我却觉得脑门被人挠了一下，脸上有点儿灼痛。应该跟她说我识字还是不识字呢？一时居然结舌。

大妈最多不过 50 来岁（在东北和西北部旅行经常会有这种尴尬——对这个年龄段的人不太好称呼——以我的年龄叫声大姐大哥就好使了，但是东北和西北地区风粗雨豪，加上长年户外劳作的人们不像城里人那么在意自己的形容，到了 50 来岁已经有些面容沧桑，叫人家大哥大姐真下不了嘴，尊重起见，一律大爷大妈地叫，自己也从中"偷取"点儿装嫩的快乐），这个年纪的人应该是扫过盲的，不至于连家门口的字都不认识，而且听"大妈"的口气，好像终于发现"城里也有不识字的小伙"，言语里有一丝"同是大字不识人，相逢何必曾相识"的得意和自在。我忽然觉得应该拿出相机了抓拍下"大妈"当时的神情，再回来杜撰篇小文记录下这件小事儿。那时候急于找到去往大冰臼的路，仓促之下，少带了一只"新闻眼"。

山路修得挺好，虽然不宽，却还平顺，哈斯在前我在后，两辆车吼叫着往山上爬，坡陡一点，他的车会明显慢下来。山路平顺，开车的感觉里就多出些写意，爬坡、拐弯都尽可能顺畅圆滑，让车在山岭间多些韵律和节奏。人在群山之间，可以回报美丽自然的，也只有美好心情。一发现哈斯在前头慢慢爬坡，我就减速，让两辆车离开一段距离，有耍起来的空间，好在山路上画优雅的曲线。

青山岩臼群地质公园门口的停车场正在施工，现在只能把车停在一片裸露的土地上。停车不要钱，门票120，相当于东方不那啥西方那啥。

岩臼在山顶，上去只能坐索道。这种移动方式对我和哈斯这种号称"摄郎"的人来说算是委屈，它固定了我们的视角，发现和表达都变得毫无新意。往缆车里一坐，瞌睡就来了。

但是睡不踏实，怕睡实了失去警觉从缆车上一头栽下来。睁只眼闭只眼，迷迷糊糊索道到头了，好在剩下的路得自己来走。

青山自然保护区属大兴安岭山脉余脉，山体较高，平均海拔高度在1000米以上，最高峰1574米。山上植物种类较杂，阴坡有白桦林、山杨林、蒙古栎林或者混交林，山脚有大片山荆子林和河边湿地；阳坡有些虎榛子、大果榆、蒙古栎等植被。从山脚去往索道起点的路边荆丛里，有提示牌上写着"请勿采摘食用，当心药物中毒"，但是看不出山地里有什么东西可以摘来食用，花？果？草？或许是岩蒿、铁杆蒿之类？不得而知。

索道终点离冰臼还有很远一段距离，坡陡路窄，走一阵歇一阵，往来的游人三五成群，络绎不绝，天气也接近中午，阳光已经升起老高，想拍点什么基本上没指望了。

　　上到山顶，沿峡谷方向可以看到青山南边的西拉木伦河由西向东从蒙古高原向辽河平原蜿蜒流去。从古到今，蒙古高原上有大量官方或者民间的诗歌和音乐作品里谈到西拉木伦河，汉地也有大量权威史料里提及这条著名的河流。我特别喜欢"西拉木伦"这几个音节，念诵它的时候会从内心油然升起一种神秘美妙的感觉。直到有一天知道了西拉木伦的蒙古语意思是"黄色的河"以后，心里其实是有点困惑甚至嗒然的。这条被称为祖母河的河流和那条被称为母亲河的河流——黄河，几乎用了相同的名字，这是巧合还是刻意？而这个名字，正是你和我的肤色，这是传承还是隐喻？

　　山顶有棵树从石缝里长出来，树荫里有放暑假的孩子从山下背了西瓜山梨之类的蔬果到山顶来卖，一个三五斤的西瓜可以卖20元，如果能卖出一两个，家里的生活费和自己的学费都有了。问姑娘离冰臼还有多远，姑娘说早着呢，"来回要5个小时，还没到牧人窝棚呢。"牧人窝棚大概是去冰臼路上的重要标志或者拐点，到那儿走了一半或者再拐个弯就不远了。但是无论如何，5个小时都有点长，而且这一路上天南地北的人往来络绎，也不太是我们喜欢的氛围，更要命的是从索道站到现在这几里山路已经把我们这一行弄得筋疲力尽了，如果再走几个小时估计今天就没什么快乐可言了，跟哈斯商量了下，就往山下走了。

　　正午回热水塘的路上异常闷热，空调口出来的凉风和透过挡风玻璃射进车里的烈日在胸口互搏，说不清是凉快了还是晒烫了。

　　匆匆回到宾馆眯了一觉，下午3点，起来去黄岗梁。

4

出热水镇向东 1 公里有一条北去的土路，那是通往黄岗梁的。起先以为那么知名的国家级森林公园怎么也得有条像样的柏油路抵达，就自告奋勇当头车，顺着油路往东走，没出一里地，后视镜里看不见老乌了，情知走错，掉头追他。原来出镇子没一会儿就得上那条土路，一脚没搂住就撩过了。回头再追，把领跑资格就拱手让给了哈斯，土路上尘土飞扬，坑洼莫辨。只好减下速度甩开一段距离，勉强能看清道路了，再重新跑起来。

到底是草原上的人，乌哈斯的车几乎被他开得飘起来了，像一只受了惊吓的野兽，几次逃出我视线。从小生活在柏油路上的人们对崎岖的土路异常敏感，我这儿稍快一点，后座上的妻子和儿子就被颠得左倾右倒，叫苦不迭。马背上长大的人在前头兴高采烈地奔跑，马路上长大的人在后头无可奈何地追随。我在中间一边透过尘灰盯着前车不要跟丢了方向，一边还得尽量躲避坑洼不让车上的妻儿太颠簸。跑着跑着脚下的油门渐渐松懈了。速度一下来，乌哈斯又跑没影了。

到了黄岗梁山脚下才看见他的车，但是他停在那里，停车的地方离我们要去的山顶还有很远一段距离。我感觉不太妙，以哈斯的那一怀火急火燎的激情，不到万不得已他不可能中途停车。

果然，引擎盖已经打开了，那意味着车里有某个部件歇了。我知道修理汽车发动机并非哈斯强项，但是他以对发动机的一知半解把那台有些油腻的机器上的软线硬管拔拔插插，他看上去心情凝重，满脸百思不解的惆怅。他说他发现车不太有劲了，加油不怎么走，就停下来在发动机上弄来弄去。我在大学里学过内燃机课程，但是那些知识出校门不久也大多还给老师了，留在脑子里的跟哈斯知道的也差不太多，我们分析给油不走车要么是有一缸不工作，要么是化油器脏了（嗯，那是一辆化油器发动机）。他猛扯了两下油门线，发动机受虐似的发出绝望的吼叫。

"走！"哐当合上引擎盖，乌哈斯说，"你上前头！"

我像个听话的战士坚决贯彻了首长的指示，绕到他前头，不无得意地疾跑。这条路车很少，前车基本上吃不着多少尘土，老乌大发慈悲，也是在尽地主之谊，把头车位置还给我，免得我弄得满面尘灰烟火色。我让车稍快点往前跑了一段，离他远点，也尽量不让太多尘土往他车里飘。拐过几个胳膊肘弯，快要到黄岗梁顶峰的土坡上妻叫道：等会等会！乌哈斯又停那儿了！

从坡上往下看，黄土路上哈斯的那辆车像只落单的羊。

赶紧再掉头回到哈斯的车旁边。

显然是突然熄火，车停得不当不正，几乎就是路中间了。他再一次掀起引擎盖子，在发动机上弄来弄去，听见我回来，抱怨道："还是没劲，这回还熄火了。"

"着不了？"

"着不了。"他埋头在发动机上左捅一下右拧一下。

我说咱把车挪到路边去，看看火花塞、化油器什么的，不行就掉头回去找修理工吧，别自己弄了，越弄越出毛病更不好收拾。

哈斯比我有信心得多，他头也不抬，继续在发动机上找他有兴趣的线啊管啊试探着拔拔插插，"先看看再说"，说完再去卸发动机上能卸的零件。

129

以我对老乌的了解，从来没听说过他有什么内燃机知识或者与汽车相关的机械常识，和大部分只会开车不会修车的人一样，车抛了锚，能做的就是找救援。他越卸我心里越没底。我劝他"不行打电话到经棚找个救援来把车拖回去修吧，咱们自己这么东一下西一下的弄，既找不出原因也修不出结果，不是办法。"哈斯似乎并不着急，继续摆弄着车里那一堆大大小小的螺丝、电线和油乎乎的零件，"不着急，不着急，现在还早。"

在发动机上捣鼓着，心里还没忘记黄岗梁。揩了揩手上的油污，他说："不用都在这儿等着，这样，你带孩子们去梁上拍两张照片，四处看看，我就在这等你们。"

乌夫人不愿意哈斯独自地山下，"孤山野洼的你可别一个人在这儿"，坚持陪老乌留下。儿子当仁不让，让妈妈去梁上看看，自己陪爸爸继续修车。

最后的结果是我带着妻儿和哈斯的两个孩子上了黄岗梁。

土路在山坡上转了几个弯就到了山顶，那时正值傍晚，斜阳把梁上的绿草镀上金光，一棵白桦树像年轻的牧马人在草场举目眺望。我们在草地上拍了几张照片，没有心思再走更远，就原路下山了。

再一次回到老乌车前，他已经脱下了雪白衬衣，光着膀子套一件摄影背心，趴在发动机上顽强地捣鼓着。看见我们围上来，他下意识地把摄影背心扣子系好遮住胸腹的肉，有些不好意思地笑道："有十字头改锥没有？"

他光着膀子穿摄影背心那身打扮实在是有趣得很。我在车上翻出工具箱，没找到他需要的改锥，凑过来一看：发动机上能拆的基本上全拆了。一根缸线被拉出来。"断里头了,找个十字改锥捅捅",他顺着我的目光解释说。

那缸线应该是用力过猛拔断的。取缸线要握紧火花塞的绝缘套才能用力,哈斯估计是抓着缸线生往外拔,结果火花塞套留在火花塞上,缸线从端头被拽断了。紧固缸线的端子是一个不锈钢制的卡子,非常硬,而且是一次冲压成型,或者用缸线钳压紧箍牢。哈斯的缸线从端子紧固的地方断开,留下了约 1 厘米长的线头在端子里。现在要做的就是把端子撬开,取出断头,再修剪缸线,插入、紧固后,接入火花塞裙部。这些说来简单的工序,如果没有专业工具,至少是基础工具,几乎是不能完成的任务。而不把缸线装上,车不可能再打着火,发动机没法正常运转,我们也无法下山。

"拦个车吧,"我说:"看过路的车上有什么能用的工具借来使使。"

十多分钟后,一辆大吊车从山下上来。大车上坡最不愿意做的事就是停车,我觉得拦住这辆车的希望不太大,但是这辆过去,说不准多长时间才有第二辆,没准一晚上也不会再有了。就硬着头皮伸手,大吊车喘着粗气停在我跟前,哈斯举着弄坏的缸线说了情况,吊车副驾上的蒙古大哥从手套箱里翻出一把十字改锥递给哈斯,看了一眼,一句话也没说。没等我们把改锥还他,司机一脚油,大吊车继续上坡了。大概是看一堆人在野地里抓耳挠腮心里不落忍,抑或蒙古汉子本身就是如此慷慨大方,乐善好施。

有了工具,哈斯比刚才兴奋多了。改锥加上他车上的小刀,敲敲打打,挑挑拨拨,几番折腾几番叫嚷几番怨怒几番笑骂之后,终于把缸线端子接上。可是忽然发现应该先穿进火花塞绝缘套里再装端子！现在再拆是不可能的了，老乌只好把端子使劲往绝缘套里硬塞。说时容易，那时却难，每塞进一毫米，老乌头上就沁出一片汗珠。总算功夫不负苦心人，缸线"组装"成功。

一连串心力交瘁也没掩盖住一个急不可耐，哈斯扑进驾驶室，掏出钥匙，车外六个人屏住呼吸，目不转睛地盯着发动机，如同面对一个神圣的仪式。

钥匙一拧，电机单调的声音响起来，却没有随之而来的发动机轰鸣。

再试，再没有。

车还是打不着。七个人心里那点希望的火苗只一闪，又熄灭。

天就要黑了，必须尽快找修理工了。

我让老乌原地等着，趁天还有点亮开着另一台车带孩子们回热水塘，找个修车师傅带着工具到梁上来修车。这回哈斯的儿子一定要留下来，让姐姐和妈妈随我下山。我带走了所有的女人和我儿子，哈斯留下了儿子、刀子和不知从哪翻出来的高压手电。

下山的路上我和太太、乌夫人商量着是直接从热水塘叫修理工还是打电话给经棚找救援。热水塘小镇，有几个不大的修理铺，不知道能不能弄好老乌的车，经棚比热水远30公里，而且晚上救援车行动迟缓，即使等答应来也不知道什么时候才能到黄岗梁。最后商定：先到热水塘找个修理工说说情况，如果修不了再从经棚找救援。我把车开得尽可能快，希望赶到热水塘的时候那个小修理铺的师傅还没回家。

尘土在车后卷起长长的黄烟，我的车像一匹狼在荒原上竭力奔跑。

就在这条土路还有大概200米就要走到终点接入热水塘的油路的时候，我从后视镜里看见身后一辆越野车以比我们更快的速度强行超过，通过车头的一刹那，我看清了它和车牌号！

乌哈斯！

他居然打着了车，而且飞奔回来，还超过了我们。乌夫人在车上长叹一声："天——啊——！"

我太太在车上高叫："乌哈斯！乌哈斯！"孩子们乐成一片。

不敢相信真的是他回来了。一匹狼追着另外一匹狼跑完最后200米，把车停在修理铺门口，掀开车门，跳下去，照着他的屁股狠狠给了一拳"好你个臭小子！吓唬人玩呢！"

老乌得意地露出雪白的牙齿看着我们惊呆的眼睛笑。他说我们离开10分钟后，再次试着打火，车居然啥事儿没有似的噌就启动了，一路开回。他抬起右手指了指机器盖子，"嘛事儿没有。"

谢天谢地。

我们担心乌哈斯会在黄岗梁的黑夜里饥饿地等待，担心会四处敲门寻找已经回家的修理工，担心会用一个晚上的时间去修那辆打不着火的车，现在一切都过去了……而且过去得那么悄无声息，那么波澜不惊，那么令人难以置信。

可以相信的是，对于忠诚厚道的人，老天一直在默默关照。

修理工让把车子留下来明天一大早再仔细检修，我们只顾分享劫后余生一般的快乐，仿佛那车已经没什么问题了。

晚餐的时候老乌拿出一瓶"河套王"，我们原来都不喝酒的，今天这点突如其来的幸运把我们内心鼓舞得天高云淡，大家一齐满上，一齐饮尽。这个晚上正好是我儿子生日，他在蒙古包里以一手羊肉一手白酒的方式度过，也是种幸运。

乌哈斯送给儿子一枚纯银镶裹的狼踝骨，那是他从蒙古国带回的。此前我在呼市的日子里，他曾经把挂在车钥匙上的一枚狼踝骨送给了我，也是来自外蒙。所不同的是，给儿子的那枚是崭新的，镶边的纯银发出耀眼的光亮。儿子如获至宝，连声称谢。几天前跟儿子聊起我那枚狼踝骨，他就双眸闪亮，他知道我喜欢有关狼的一切，没好意思让我转赠给他，但是也没掩饰住他的垂涎。现在好了，他也有一颗全新的了。他把它紧紧握在手里，歪着头警惕地看我。那是怕我抢。

5

最早一次到赤峰是 1985 年初夏，去一个工程兵连队。那时候还在上学，脑子里还没有内蒙古高原的轮廓印象，对赤峰也所知甚少，印象最深刻的是缺水。连队驻地在特别荒寂的一小村子旁边，那个村子仿佛是突然出现上荒原上的，它的存在让人觉得突兀。但是那里确实有人口居住，五户或者七户，我已经记不清了。

据说村子里有一口井，我没看到过，也没去找。只听说连队为了战士们的生活，要用一车煤去乡亲们那里换回一车水。日常用水有严苛的要求：早晨洗完脸的水要留到中午饭前洗手，再留到晚上回来洗衣服。生活用水不足，做饭的米和菜也不能充分淘洗，做好的饭菜里似乎有永远也捡不尽的沙粒，经常看见战士们吃着饭突然嘴一咧，露出痛苦不堪的表情，那表情要僵硬一会，等到硌牙的酸疼劲儿过去了，脸上的肌肉才能缓和下来，再吃，吃了没几口，又一咧嘴，脸又僵硬了。那段经历让我特别担心战士们的胃有一天会变成沙袋。

在那个连队生活了大概两周时间，离开那天要从驻地所在的村子出发徒步穿过望不到边的沙地去往赤峰火车站。有种视觉叫无垠，它作为阔大美好的意象长期存在于诗篇和人们的愿景里，但是当我置身于无垠之中的时候，最初的感觉却是害怕。这跟我是初生牛犊还是识途老马没有关系，恐惧感很多时候是童叟无欺的。没有车，我怀疑我是不是有能力从这个村子出发去搭乘去往城市的火车。

为了安全，连队派出一个战士送我，特别早起来，背上包就出发，天刚亮我们就成了荒原上的晨曦里年轻的剪影了。很快，无遮无拦的沙地戈壁里有热浪涌上来，然后太阳开始毫无悬念地烘烤大地。1985年的中国，大部分年轻人还没有户外运动的概念，更没有渠道获得任何哪怕是初级的户外装备。解放鞋是有着优秀基因和光荣家族史的军用品，它成为那个年代理所当然的徒步选择。事实上那种浅腰解放鞋并不适合沙地行走，它的底很薄，很快就把戈壁上的热传递到脚底；因为腰浅，难免会有沙子进到鞋里，就算是铁脚板，也不堪细沙久磨。

头顶暴晒，脚底滚烫，骄阳似火终于没能挡过归心似箭，我们在沙地里暴走了一个长长的上午之后于午后到达赤峰城区。我去往火车站，送我的战士没有时间在城区逛逛，他要马上原路返回连队。我忽然从自己的艰辛里读出一行狼毒来……我为什么答应连队让他送我呢？告别的时候我无论如何要留给那个脸色黑红性情朴实的战士一本《雪莱诗选》——那是我当时为数不多的重要私人产财之一，然后逃进火车，在拥挤的人群和奔涌的汗味里结束了赤峰之行。

几天之后辗转回到南京时正好是个雨天，根本没有想要脱去外衣，便扑进宿舍前的泥水里，任雨水浇我，泥水泡我，从沙地回来，对水有种近乎疯狂的膜拜。很多年以后，偶然读到某个诗人在沙漠里无限怅惘地感慨"每一粒砂子都是渴死的水"，那天我做了一个特别奢侈的梦，梦见赤峰有一个巨大的、一望无涯的湖。

那该是达里诺尔了。

达里诺尔留给我最初的印象没有多么美好（去年在《草原纪事》里记录了这一段），所以我和哈斯临睡前用了一点时间商量这次是不是还要再去达里诺尔，最后为尊重多数人的游览体验计，还是决定再去一趟，因为除了我们俩，两家的其他人还都没去过享有国内第三大天鹅湖美誉的达里诺尔。

第二天早晨，女人和孩子们早餐的工夫我和哈斯去修理铺把车取回，清洗了化油器，换了火花塞，做了些其他的例行检查，它好了。像一轮阳光，落下去，又回来。

两辆车向西奔去，仍然由哈斯带路。

很快发现去达里诺尔的路跟去年不一样了，变宽了，旁边也美了很多。随303国道进入贡格尔草原，在临近达里诺尔镇的罕达罕沿小油路向西深入草原腹地，这个季节贡格尔的水草依然丰美，牛羊背依蓝天在路边的小淖里饮水，湛蓝的天空倒映在幽蓝的水面上，一路上的风光颇能入画。因为辽阔，草原上的细节变得特别耐看，浅草嫩叶，只鸟飞虫，都显得灵性、圣洁。这样的草原路上大约走 30 公里，经过曼陀山庄，就是达里诺尔了。

与上次不一样，这次居然在达里诺尔岸边看见一人多高的芦苇，湖岸到水面之间有蜿蜒的桦木栈道，栈道该有一公里长吧，曲曲折折，领着我们在没过头顶的芦苇丛中穿过，颇有些湖岸青纱帐的意境。湖边没有一个人，几只叫不出名字的水鸟翩跹飞来，落在湿地上，我和老乌立即架好相机。☞ 图 C1 下

鸟儿飞走，哈斯脱了鞋袜带着儿子光脚向湿地深处找寻远走的鸟儿，我留在原地，等待飞去的鸟儿回来。

在湖边等待鸟儿，或者和鸟儿一起去湿地深处，都是十分有意思的事情，是自然对平凡人生忙碌生活的一次奖赏。很多时候我们控制不了自己的脚步，我们习惯于不停地追赶点什么，比如时间，比如金钱，比如爱情。有能够赤足在被阳光晒得温热的水里找寻水鸟的足迹，和这些的自由灵动的生命以一样的方式走一样的路，以同样闲散的心情栖落在同一块温暖的湿地上，并不是随时可以享受到的惬意。

8 月不是候鸟繁殖的季节，离北方的鸟向南迁徙也还有一个来月时间，尽管阳光很好，湖里的鸟儿却不多。几只在草地和湖水之间穿梭往来的大概是常年在达里诺尔生活的鸟，它们扑棱棱、扑棱棱地在自己的家园追逐世代绵延的快乐。一只鸟停在我脚前不足两米远的湿地里，低头敛翅在地上找什么东西，这一下弄得我大气不敢出，一动不动地脑子都快凝固了，毕竟是在它家的地盘上。水鸟找了半天似无所获，开始抬起头来单独为我上演一部

动作电影：这个身形不大的猎手抬头望了一眼前方，身体一沉，脚爪往地上一使劲，翅膀一亮，迅疾地飞了起来。它用了比较多的时间在湖面上滑翔，踌躇满志地上下翻飞，湖水映出它娇美的样子，它看上去像个赢得赞美的孩子一样开心。忽然它俯冲下来，敛翅入水，歪头一截，衔出一条小鱼来。紧走几步回到湿地上，水鸟一扬脖子把小鱼吞进肚子，重又在它得胜的水面搜索了一遍，确认再无可捕的猎物和捕食的兴趣之后，它的眼光不似刚才那么锐利了，变得温和陶醉，洋溢出些对家园的满足与自得。它在浅水里溜溜达达，水面被弄出些柔和的涟漪，很快这些细密的水纹融进湖面闪耀的波光，像亿万片金箔发出耀眼的亮。那只鸟儿神情自若，似乎要在这亮光里吹上一段赞美悠闲生活的口哨来。

岸上的凉棚里，妻子、儿子、乌太和女儿，四个人像约好了似的，以同样的姿态在湖面吹来的风里侧目远望，女人们的长发飘荡出湖水一样的波浪，但是她们的身体一动不动，四张脸在碧光粼粼的湖水映衬下泛出温暖的光泽，所谓陶醉大概就是这个样子。

半个多小时后有第二队客人来访，鸟儿们飞起来散了，遁入苇草和沼泽深处。那只刚刚在我眼前表演完捕杀猎物的鸟儿纵身一跃，像个果敢的浪人头也不回远走他乡了。

我们起身，把湖岸的美丽留给后来的人。这时候我好像弄清楚了：从曼陀山庄过来是达里诺尔西岸，从达里诺尔镇过去是达里诺尔东岸。与东岸相比，西岸的细节要丰富很多。一年之后我才知道很多人魂牵梦绕的达里诺尔湖在我的《草原纪事》里之所以那么不堪，是因为一年前我走错了路。这事儿值一个道歉了。

在湖边听风观鸟这段时间，白音敖包那边给老乌打了几通电话催我们过去吃午饭。哈斯和儿子上岸洗了脚，一边穿鞋一边叮嘱我：

"正式点儿啊，有马队夹道欢迎你携家人来美丽的贡格尔草原做客。"脸上露出一贯的坏笑。

"好好好！"我答应着，用手胡噜了一把眉眼算是让自己"正式"起来，心里并不敢当真。

6

白音敖包以沙地云杉闻名，但是我们去那里不是因为云杉，乌哈斯要去找他的朋友巴特尔。

草原上的巴特尔比天空上的鹰还多，有英雄崇拜情结的草原父母们不惜再三重名，也要表达让儿子成为草原英雄的期待。但是他们总有办法把不同的巴特尔区别开，即使汉人也不用担心会把这个巴特尔和以前见过的许许多多巴特尔混淆，除了粗犷放达的共性，每个蒙古男人都有自己的独特个性，足够分清谁是谁。

车在正午的贡格尔草原上风驰，阳光和暖，远处吹来的风很快就把人爱抚出一阵睡意，一望无际的草原清空了脑袋里的杂七杂八的欲念，只剩一片混沌的困倦，中午真的不太适合跑路。走了没多久，风里传来悠扬热情的蒙古歌声，甩甩脑袋瞪眼一看，两队蒙古小伙打扮成皇室亲兵的模样端坐马背，周围一群姑娘身着鲜艳的蒙古袍，手捧银碗，臂搭哈达，且歌且舞，阵势不小。

这是真的有马队欢迎啊！

乌哈斯放慢车速等我上来，隔着车窗挤眼说："马队来了！前头走，进大营。"

在城区的马路上停车说话是违规的，草原上就算没人开罚单，也不好叽叽歪歪没完没了的霸着道耽误后车，话说完就得赶紧走开。老乌把我"推"到前头尽的是地主之谊，但是我这么稀里糊涂做了头车还真有点不知所措。好在倦意顿时全消，顺着歌声往前开，早有骑马的亲兵们来到车前带路，拐弯进高悬"亲兵大营"牌匾的营门，把车停在大帐前。喝了下马酒，谢了马队诸勇，哈斯把我介绍给蒙古朋友巴特尔和他的亲家。互相热情地握过手，就往桌边准备落座。

蒙古族有在毡房悬挂成吉思汗画像的习惯，按蒙古族的规矩进屋后不能随意乱坐，主人通常会让客人坐成吉思汗的挂像下，客人得先请毡房里的老人先坐，等老人正面坐好，再男人西侧、女人东侧分别坐定。我被让到画像下的座位，久辞未遂，只好坐下。说实话，我还不会做一个"尊贵"的客人，坐在那里很不自在。刚一坐下，酒就满上。酒一满上，桌子上就有热情被点燃，嗓门渐渐变大，脸色慢慢变红，空瓶子很快成了一堆。我不擅饮，在蒙古高原这是个很丢人的"短板"，一味地回避或者申明不能喝酒都没有用，反而会让人误读出"见外""不实诚"。我通常的办法是说明自己酒量不怎么样，但是愿意表达对蒙古兄弟的敬意，先喝。不胜酒力的人有两杯脸就红了，再从心里生理各方面做点诚恳的解释，好心的蒙古同胞通常都会谅解。知道确实不能喝酒，下次再见一般不会强人所难。有了这样的基础，就可以在饭桌上以肉代酒，任好汉们一碗一碗豪饮，我只顾一刀一刀割了羊

140

肉往嘴里喂。只是时间一长，喝酒的本事没长进，吃肉的功夫强了不少。

看得出来巴特尔是做了精心准备的，宰了一只羊，餐桌上有不同方法烹制的羊头到羊蹄的所有部位。草原上的羊肉烹制简单、味道鲜美，佐以奶茶、炒米、黄油和各种奶制品，瞬间颠覆城市人对羊肉的偏见，即使平时不吃，到了草原也会朵颐大快。

这一顿吃得饱满着实，加上喝了几口酒，困劲儿又上来了。钻进蒙古包倒在毡垫上，四周就安静了。夏日白天，牧人会把毡房木栅（蒙语叫"哈纳"）外的围毡襟卷起一块用压绳捆好，让风从哈纳的网眼里钻进来，这样毡房就变成了一个遮阳透风的帐篷，凉快得很。我和哈斯一人霸了一间毡房小睡，孩子们在草原上骑马疯跑。

听着外面女人和孩子们兴高采烈地笑闹，也或许是觉得这样的日子用来睡觉实在是有点浪费，不一会哈斯蹑脚进来说："找个地方转转，别睡觉了。4点钟回来，去牧场看看牧民挤奶。"我愿不愿意都不行了。

弯腰钻出蒙古包门，在明晃晃的太阳底下伸了个懒腰，开上车去了《无极》剧组留在白音敖包的一处拍摄基地。剧组在河边搭过一幢小楼，哈斯说这楼上谁跟谁怎样怎样，我没看过《无极》，完全不知道谁和谁能怎样怎样。倒是河边风清气正，绿水长流，小楼上凭窗一立，一不留神就能涌出些诗情画意。我这边刚准备点上烟，酝酿情绪，搞搞情调，就听小楼那头哈斯叫道："到点了！到点了！牧场上的姑娘们要挤奶了啊！"

这家伙很少一本正经，总是自得其乐，看不到愁烦沮丧，吃饱喝足了就犯坏作乱。昨天在黄岗梁叫天不应叫地不灵的窘态完全被风散尽，现在风和日丽，他又姹紫嫣红。我拿他也不太有办法，跟他在一起，才会觉得平凡人生四季花开，全程无忧。

拍摄基地离"亲兵大营"不远，不到半小时车程。巴特尔在大营门口的路边等着，一招手上了哈斯的车，带我们去白音敖包深处的一个牧场。

草原上没有路，如果要深入草原腹地，除了准备一台越野车，还要为这台越野车找条路。牧人在草原上的家每年可以在不同的牧场，所以有人居住的地方未必有路，尤其是可供汽车通行的路不是随时都有。运气好的，可以找到老旧的车辙，无论机动车还是勒勒车留下，至少有所依循。我们就是在巴特尔指引下，沿着这样两道老旧的车辙往草原深处去。

作为优良的夏季牧场，白音敖包区域内有不少浅而窄的水道，但是因为地处浑善达克沙地边缘，草场地表土很浅，土层以下大约 20 厘米就是沙化层，生态十分脆弱。所在草场上开车有个约定俗成的规矩：尽量跟着车辙走，不要再去辗压新的草地，以保留更多绿色。

我们顺着这条依稀可辨的车辙，一会蹚过小河，一会冲进沙地，一会扑进草场，越野车在不同路面颠簸摇晃，虽然颠簸，却也刺激，那种强烈的动感和穿山越水的快意带给驾车人的快感是长年在柏油路上的人无法体会的。

傍晚的草场上经常有牧归的牛群到河边饮水，我们停车在河边耐心等待它们饮饱，慢慢悠悠走出河沟，偶尔有好奇心重的牛还会扭头与我们友好对视。目送它们踏上回家的路，我们再驱车下河，加油涉水。一些河沟看上去有50—60度的坡了，只是不高，一米左右，而且对面的河岸都是平坦的草原，换上低档，狼踩一脚油，越野车猛然扬头，轮上挂着飞溅的水雾跃过坡顶站在对岸了，只差一个甩头亮相，就是京剧里帅气的武生了。

每有这种冲坡，儿子就在车里大呼：嚯！嚯！来劲！来劲！这个小男人结束了炼狱般的高考，来到无拘无束的草原上，越野车的每一次跃起都恰到好处地宣泄出他内心长期以来的"积怨"。他恨不得让我跟他换个位子，亲自感受在草场上纵横驰骋的畅快。

暮色降临之前，把车停在了蒙古包外。

这就是要找的牧场了，四周一望无际的绿草，近处是牛羊，远处是斜阳，大地平坦得让人内心充满了温暖。和辽阔的水面不一样，辽阔的草场带给人的是暖意，只要脚踏实地，就会有足够的安全感，何况草场上有取不尽用不绝的食物、水、阳光，还有壮阔的风景和细腻的风情，就是这样的草场里诞生了构建世界秩序，改写世界历史的英雄。现在，草原上没有冲突，没有不测，她安静，祥和，柔软得像母亲的身体。夕阳西下的时候草原上每一点突兀的东西都具有了朴素的原始美感，一个毡房、一架勒勒车、一个草垛、一匹马、一群羊，乃至一棵孤兀的树、一根依靠在蒙古包上的马鞭，都无一例外地具有了史诗的意味。大草原宏大的交响里，每一颗音符都具有不可替代的情绪。我在草原深处用全部的知觉寻找这里曾经有过的声音，奔腾的马蹄，敏捷的狼群，狂乱的厮拼，血腥的杀戮……☞图C3上

143

但是没有，那些声音永远过去了，留在今天草原上的只有牧

人挤奶的声音，花儿开放的声音，太阳落下的声音和往事路过的声音。

我们在蒙古包里小坐，喝着奶茶和主人聊天，也给主人带了些"草原白"酒、砖茶和点心来。留下三个女人在这里和女主人闲谈，我和哈斯带了各自的儿子，兵分两路去往草原深处的深处。

落日下的草原是一个复杂而温馨的童话，儿子在这里比他父亲兴奋得多，自己端了架相机拉开架式拍照，开始还只是蹲着、跪着拍，后来干脆趴在草地上拍远去的车辙。他把自己完全融入了无边的草原暮色里，地下折腾够了，又翻身上车，极目眺望，把自己弄成一匹志在千里的骏马，或者武士的模样。

"站在一片荒芜的草原上……那时我自由而贫穷"。

儿子此刻完全是另外一种状态，他 18 年里无暇完成的梦想完全外化，他对草原的虔诚与膜拜出乎意料地炽人，他幸福的眼神告诉我远方有他期待的一切。我说儿子"你不想把眼前的这些告诉你的同学和朋友？"儿子笑了笑，不语。我不知道他在想什么，也没有再打扰他以自己的方式触摸梦想。

那一夜，我们全家寄住在天地之间的蒙古包里。

几天来一直陪着我们跋山涉水的车停在蒙古包外，它看上去像一匹可以托付前路的好马。

7

凌晨 4 点，手机里的闹钟响了。

草原上还漆黑一片，弓着身子往蒙古包外钻，刚迈出一条腿，脖子一缩打了个寒战，又把腿缩回了。牧区温差大，即使盛夏，天亮前那段时间也很凉。搓了把脸再出来，把车打着，那"马儿"甩了甩头，扬蹄就要出发。

但是找不到带路的巴特尔了。

昨夜从白音敖包回来，巴特尔又喝了很多酒。为了不辜负远道而来的我们，巴特尔诡秘地放出话来："明天4点起来，带你们去个没去过的地方，绝对值！别起晚了。"他说的"值"，指的是不枉早起一回、不白来克什克腾一趟。现在我们起来了，他却不知在哪个包里酣睡。乌哈斯开车围着大营里的六个毡房绕圈。凌晨4点，草原上安静得能听见小草的哈欠，发动机的声音够大够烦人，哈斯用的是"敌驻我扰"战术。果然，这种从伍子胥到毛泽东都十分推崇的招数，对找到巴特尔也非常奏效。乌哈斯还没绕完第四顶毡房，巴特尔揉着眼睛抱着摄像机包从草场深处的那间包里出来，迷迷糊糊上了哈斯的车，往40公里以外的巴彦查干吉日河谷。

出了大营就是名声在外的达达线，达达线那时候还是条小油路。草原上说的"小油路"是比县乡级公路更窄小些的柏油路，路幅大约三米宽，遇有会车必须双方各让半米，借用路肩才能通过。好在天还没亮，路上很少再有早起的车，跑起来还算畅快。我还可以忙里偷闲在开车的间隙看东方一点点露出的曙光。那是个细腻而且丰富的过程，每分钟甚至每秒钟都有不一样的色彩，从黛青到浅灰到鱼白到玫红到橘红到橙黄，精细极了。达达线向东北方向走了大约40公里，两台车离开公路，进入草场。

平坦柔软的草原是对牧人和牛羊、马匹的恩赐，对越野车却

145

是种考验。没有路，只有剧烈颠簸。走了有20公里吧，困，加上动荡，妻子和儿子在车上没有一句话，他们把身上和手上的劲都用来平衡车身的摇摆。两台车像结伴夜游的公狼从黎明前的黑暗里穿过，顺着两道灯光在草原上左冲右突，越过一道又一道梁，跃过一条又一条沟，终于在东方露出蒙蒙亮的时候来到河谷南侧的坡顶。

立马高岗，浑身一颤。

天堂般的牧场啊！ 🐾 图C1上

仿佛千百年来从未被惊扰过，这里静谧得让人不忍思考。

逐水草而居的牧人把毕生的精力用来遍访草原的每一个角落，只为选择合适的牧场，让自己的牛羊可以自由而浪漫地成长。他们因此把家设计得十分简单，一架勒勒车就足以带到任何一个地方；但是他们把自己的家园规划得特别辽阔，勒勒车停在哪里，哪里就是家园。

草场从对面的坡上缓缓延伸下来，铺满整个河谷，过了河又慢慢爬上脚下的山坡。河道在谷地的草地上连续变向后画出一段长长的弧线向东，像一只情深舞动的袍袖落入优雅的音乐里。五顶蒙古包散落在河岸北侧，排列有致的样子看上更像是某种阵型。我相信牧人有这种潜意识或者说有这种需要，他们要让自己的居地具有某种程度的防卫功能，无论是为了保护牲畜还是自己，游牧的人都需要从祖先那里遗传下警觉的基因，以应对突如其来的外扰。炊烟带着奶茶的浓香从毡顶的烟囱飘出来，羊群不知哪里去了，几匹马在毡房周围懒散地游走，它们需要一点时间回味凉夜美梦。太阳从东边的云层里露出细细的一线橙红色光辉，似乎有些担心惊醒蒙古包里还在酣睡的孩子，它小心翼翼地变换颜色，直到静止了整个夜晚的河水反射出耀眼的光亮，牧场的早晨就真的来了。

天一亮，草场上鲜活起来。马群回归，牛群走远，河水动起来，鸟从天空经过，朝霞明媚，炊烟淡去，迁流变幻，天衣无缝，如同某部交响序曲，宁谧，幽静，富有张力。

越野车像两只忠实的狗在山梁上一动不动，车里出来的人谁都不说话，河谷里的画卷让我们大气不敢出，想惊呼点什么，又怕惊醒了什么。来自城市的生命初次面对壮丽辽阔的原野，心里波涛汹涌，嘴上却哑口无言。☞图C3下

牛羊、马群、勒勒车、蒙古包、河水、飞鸟、山梁、天光、云霞、我们，都没有声音。草原以这种方式存在了一万年，从来没有改变过。作为过客，我们正在被草原改变。来自唐宋的诗词无论多么传神都无法用来表达你在草原上看到的一切，只有长调、马头琴和牧歌才是草原上最动人的歌谣。

8

从吉日河谷出来北上大约 30 公里是阿斯哈图石林地质公园的西门，西门附近没有村庄和宾馆，但是从这边进公园的人不少。于是进入阿斯哈图石林地质公园以前还有一些小规模的度假村在公路南侧，有可以租住的蒙古包和简单的游玩项目，大概是从巴彦查干过来的牧人开办的，这些度假村即可以给想一大早就进地质公园的人就近提供住宿，也可以给牧人们增加些收入。

我们到阿斯哈图西门的时候天已经大亮了，巴特尔在路上联系好了这边度假村里的早餐，他把我们带到一顶蒙古包前，从包里弄些水出来倒进门口的脸盆里。有机会尝试下在清晨的草原上洗脸刷牙是件挺有意思的事，牛羊在附近吃草，鸟儿在身边一边啾啾叫着一边来回来去飞，脸上滑落的水和草地上的露珠汇合在一起回到了大地，新鲜的朝阳明明亮亮地照在脸上，对着蒙古包打开的门上仅有的那块玻璃上的反光把胡子剃净，满满一桌子蒙古风味的早餐就端上来了。

牧区的三餐一般两稀一干，早晨和中午都是喝奶茶、泡炒米、奶食和手扒肉，晚上用羊肉汤下面条、吃包子。除了鲜美的牛羊肉，蒙餐里我最爱的是奶茶，无论早中晚，只要能坐下，都在不停地喝。奶茶也是蒙古人的主食之一，草原上行走的人不管认识不认识，只要走进蒙古包，主人都会捧上奶茶，端上炒米奶食。去年，也是在克什克腾，从阿斯哈图出来造访一户蒙古包，从来不曾谋面的蒙古大妈热情地招呼我们坐下，转身去毡房外头拿回几块干牛粪扔进灶里熬制奶茶的情景历历在目：先把砖茶砍碎，取出一两二两装进一纱布袋子里，放进水烧。水开了把茶袋取出来，加奶，放盐，再烧到滚沸就是奶茶了。大妈听说我是汉人，怕我喝不惯奶茶，还特意在放奶和盐之前盛出一碗"清茶"，足见蒙古女人热忱之中的心细如发。

这个早晨又就着炒米手扒肉一碗一碗喝奶茶。毡房里挂着一张黄底黑色的装饰画，一块泛黄的动物皮子上画着一匹仰天长啸的狼。对于蒙人，狼的印迹无处不在。不仅他们的居室里、路途上、服饰中，他的眉宇间、血液里到处都有狼的影子。

吃完东西又去了阿斯哈图石林，游人多的景点我一直不太有兴趣。就独自留在车里补觉，劳烦哈斯带"团"去石林里逛。逛完返回"亲兵大营"再一次吃饱羊肉喝足奶茶之后，握别巴特尔去翁牛特寻找布日敦沙漠。

这些天早晚在不同的地方看风景拍照片，大部分中午都在路上。

原野的中午相比于早晚要平淡和乏味得多，阳光直射下来，高原的脸膛、胸脯袒露在光天之下，没有树，草原上连蝉鸣都听不到，一派松散慵懒，沉闷燥热。偶有壮实的男人顶着烈日在无遮无拦的草场上抡着钐刀打草，腰一扭一闪，双臂一退一挥，钐刀过处，牧草伏地。草原上已经很难看到人力打草了，大概只有小面积的不适合打草机作业的区块才有牧人来挥刀打草，这也成为闷热寂寞的正午难得一见的动态。劳作的牧人让人觉得被太阳照得有点恍惚的大地上任何一点活动的景象都特别像某部似曾相识的电影，虽然一下子说不出电影的名字，但是那画面、情节、色彩，整个劳作的过程都潜藏了某种隐喻，好像只有等到午后故事结束了，它才会告诉我们某些真相。

从巴彦查干回到经棚上东西大通道一路向东狂奔，路况非常好，大路两侧的浑善达克沙地始终表情严峻，以至于离开沙地看见连绵青山的时候心里竟然有些温暖起来。山，对草原上的旅人算得上是难得的奖赏了。或许是大通道太过放任我们，过林东收费站向收费的小伙子打听翁牛特，人家说走过了。又绕道从巴林左旗走305国道到翁牛特旗乌丹镇，这一错多走200公里路。

前100公里是规整的国道，后100公里几乎全部是施工路段。越野车在柏油路和沙土路之间攀上爬下，无数次问路、倒车、掉头，经过三个小时"摸着石头走路"之后终于走完那100公里进入翁牛特旗界。但是还没完，进入旗府乌丹镇之前大约3公里的国道与高速路连接处，因为在建一个类似收费站的建筑而关闭了东去的道路，我们不得不再次掉头，穿过几个村庄，在农舍之间一通追狗撵羊躲鸡闪鸭之后进了乌丹镇。

镇子上弥漫着烤羊肉的香气，这种香气把脑子里被崎岖和坎坷颠乱了的头绪整理清晰，放回原处，让我回到可以正常思维的状态想想晚上应该吃点什么。平心而论，肉食的香味是尘世里最让人垂涎的味道，和乳香对于婴儿一样，是对人性最原始、最强劲的鼓舞。

乌丹的街道上满是晚间出来闲逛的市民，稍大一点的空地上有廉价的服装在日落前最后半个时辰的手持扩音器里"狂甩"，街上的分道线基本丧失了上下分行的功能，汽车、摩托车、人力三轮车、自行车和行人交织在一起，人们脸上写着傍晚特有松弛，在同样松弛的街上忽左忽右，时停时走，说不清是来还是往。几间商铺的霓虹灯为镇子点亮不太夺目的时尚之光。街上没有一个女人穿裙子。

作为一个问题，我问妻子"乌丹的女人为什么不穿裙子？"妻最先想到的是本地姑娘们可能腿长得不好看，然后又解释说可能晚上凉吧。这显然都不是很合理的解释，8月的夜晚即使在蒙区也远远没有凉到不能穿裙子，腿不好看装在裤子里也不是办法。我就这么胡思乱想有一搭无一搭地闯过几个红绿灯超过几辆警车，尾随乌哈斯鳌进一条逼仄的胡同，把车停在了乌丹宾馆门前。

　　这家宾馆前台的世界时区墙上贴着三颗星，这对于两天没洗澡的我来说是种可以看见的温暖，进入房间之后觉得那三颗星有一颗似乎是勉强贴上的。尽管房间不大，卧具没有期待的洁白，红色地毯也掺进了些黑，浴室的水温却是正好38度。我在喷头下用仅剩的一点气力放声高唱了一支那波利民歌《重归苏莲托》，夜就来了。

　　饥饿容易夺去人的理性，这使得晚餐的数量数倍于我们的胃容量。服务员忙前忙后端来的吃食又忙前忙后端回去。这一顿的直接后果是让我们有了逛街的冲动，乌哈斯跃跃欲试地问我"要不要桑一下？"我谢绝了，"桑一下"需要缎子一般柔滑的心情，但是到现在为止我们还不知道明天要去的布日敦沙漠应该怎么走。

　　在蒙汉双语反复求证宾馆服务员和地图之后，我们为明天的行程草拟了一条路线。

　　这条路线让我们很容易就进入了布日敦沙漠，经过一个简易的门票站（它简易得只有一个类似早年军事禁区外的哨兵岗亭，再加上亭子里面的一个人和外面的一辆摩托车）之后，我觉得这地方更应该叫玉龙沙湖（——这是布日敦沙漠的另一个名字，也有说"布日敦"的汉语意思是"沙湖"或者"草木齐全"），因为大块的水面出现了。

　　玉龙沙湖是草原与科尔沁沙地的过渡区域，沙漠里的湖水幽蓝圣洁，可以用很多柔美的字眼形容，比较贴切的是"玉"，从黛玉、宝玉、妙玉随意挑出一个来给这些沙漠之湖作名字都不失准确。湖水与沙漠的反差强化了水的温润、柔和，清白。少有游人惊扰的沙湖显得清畅，睿智，如同清癯风雅的学者。车往里走，星罗棋布的沙湖渐次映入眼帘，其中的一部分（会不会是一大部分呢？）已经干涸，尚未干涸的也存水不多。宾馆有宣传材料介绍说沙漠中"有一面积达1.4万亩的湖泊。湖中又有十多座沙岛"，那应该是很久以前的事了。沙湖北侧背山一面有一块巨大的异石，装置了简易铁梯供人攀缘，我们登上石顶，从高处看玉龙沙湖，满目都是少水的遗憾。

布日敦被叫作玉龙沙湖更重要的原因是因这里1971年发掘出了一件玉制团龙形佩饰，那件器物实在太美了，凝聚了东方美学理念里最精粹的部分，简约得让最前卫的现代艺术家们也无地自容。这件红山文化遗物，被称为中华第一龙，其价值大约媲美和氏璧，可以用来交换十五座城池了。往来玉龙沙湖的路上，能看到一尊巨大的雕塑，那就是放大了的红山玉龙。

回乌丹的路上老乌突发奇想，停下车招呼我们进路边的瓜地买些西瓜解暑。瓜农是个憨直的老汉，看见车上下来一群人立刻满脸堆着笑把我们往瓜棚里迎。瓜地里有三个孩子，两个男孩一个十一二岁，另一个四五岁；还有个约十岁的女孩。大点的男孩子正光着屁股在瓜地旁边的小湖里玩水抓鱼，我们进了瓜地，他也穿好衣裤，两只手里一手抓着一条刚从湖里抓来的鱼兴高采烈地回来。有朋自远方来对瓜棚的主人是件快乐的事，老汉高兴地掏出一片裁好了的报纸，大小和城里人常用的名片差不多，在腿上搓出一根烟卷放在嘴里点着，呛人的烟草顶疼了老汉的肺叶，他干咳了几声招呼我们进瓜棚到他的床铺上坐，转身去摘瓜。现摘的西瓜留存着植物生命尚存的味道，鲜美甜爽，汁水也多。瓜不大，我们一气儿吃了三四个，再买下五六个。哈斯给了老汉50

块钱，老汉也不管多少，接过来塞进身上的口袋只顾跟我们聊些
瓜地里的琐事，他脸上一直堆着笑，看不出这笔买卖是否能有少
许赚头。

<h1 style="text-align:center">9</h1>

告别了瓜棚的老汉和孩子们，我们离开翁牛特去乌兰布统，
准备在那里停留一个晚上后，乌哈斯西去呼市，我南下北京，结
束这次出行。

快到乌丹了，乌哈斯说"咱们走走灯笼河？"

灯笼河是他昨天在地图上看到的一个地名，凭直觉他觉得那
个地方的 8 月应该是很美的，如果我们不走大通道从经棚去乌兰
布统，而改走县道，就可以经过灯笼河。问了几个乌丹街头的出
租车司机，几乎所有人都说走大通道再从经棚南下，几个小时就
到了。乌哈斯跟出租车司机说"我们不赶路，只是想去拍点照片，
那地方漂亮不？"

"灯笼河有啥漂亮的？"司机对我们这群闲人表示出极大的
不解，"从乌丹出去百十公里就开始修路，脸盆大的石头，再走
百十公里！"他扭头看了看我们的车，"不过你们要去也能过，不
是越野车吗？乌兰布统二三百公里吧！造呗！"这句话恰到好处
地鼓舞了乌哈斯的野性，他像一只嗅到猎物踪迹的狼，兴奋得浑
身燥热。

"走！"他坚定地说，"灯笼河滴干活！"

我坚决反对他从灯笼河去乌兰布统，主要是因为他的车。从

黄岗梁下来后虽然换了些零件也清洗了化油器，但百余公里越野路面对一辆老车而言是个极大的挑战，从达里诺尔开始，每次问车况怎么样他总在神采飞扬地表示"没问题啦！"他太相信那个修车小伙子的技术，或者说他太不相信江湖险恶。走大通道即使抛锚了，找救援也方便。两台车跑进从没深入过的灯笼河，万一再出点什么问题，那就真是叫天天不应，叫地地不灵了。

我知道乌哈斯已经在心里把上述理由归纳成两个字"怯懦"！他坚持一定要去，而且看上去有点生气了。话很少，脸也黑了，一副"你看着办"的样子。对这样一个倔犟的兄弟除了宽容别无选择。我屈服了。

我只能提醒他无论缺不缺油，都在上路前把油箱加满，并且清点车上的水、食物，固定好车上所有可能移动的东西。看到我妥协，乌哈斯孩子一样笑起来。这个家伙简单得让人受不了，他想做的事必须不计代价去做成。我相信如果不是妻子和孩子在一起，他会说很多更难听的话，比如痛骂我胆小如鼠、瞻前顾后、优柔寡断、不够爷们之类。能够得意地笑起来，已经很给我面子了。

这条县道又叫乌灯线，一上路我就数着路边的里程碑，10、12、14、20……，一是怕走错路，二是盼着恶劣路段早点来，早点过。100公里不算个小数，不知道什么时候就数累了，数忘了，"乌灯线"里程碑消失了，取而代之的是筑路的载重车和乱石铺就的临时道路。

卵大的石子从车轮下弹出，子弹一样重重地击中裸露的山壁，弹出一股烟尘。路越来越不堪行走，维持越野车的平衡成了件很困难的事。很多时候路突然没了，车必须越过松散的土堆进入草场。无穷无尽的单边、双边路段。一些乱石丛里，车轮侧切在岩壁上歪着身子通过。妻子伸开双臂死死抓住两边的拉手，几乎在求我"慢点，慢点……"儿子扎上安全带一言不发，他似乎在瞭望一场鼙鼓动地、炮石俱下的鏖战，完全沉醉于这种马跃沟壑、车驰山岗的野性穿越，坎坷颠簸、跌宕曲折成了他的激情体验。

乌哈斯如得大乐，如饮狂药，自顾在前面奋力奔跑，引擎雷动，车轮下黄尘滚滚。那烟尘为我标定了猎物行踪，也慢慢刺激起我的"杀欲"。我在半里之外乱石之中穿插跳跃，全力突进，追赶那个不要命的兄弟，那匹近乎癫狂的狼。

在一次冲坡失败后，慢慢倒车回到河谷，拉开助跑距离，再一次劈开水雾，冲上 40 度的坡顶，车在山岗之巅斜去三尺，横行一步，方才停稳。

鸟瞰草原，坡坡相连，岗岗相拥，唯独不见乌哈斯。

他会去哪儿呢？或许绕到山坡的另一面走了。看了下仪表盘，油还有，水温不高，方向、刹车都还正常。深吸了一口气，顺着坡顶颠下山去。在山脚重新看到身后山顶上耀武扬威的乌哈斯。

草原的山不像内地的山有那么多绝壁，连绵、和缓，更有"坡"的味道，本质上都还是草场。一般来讲山顶、山腰、山脚越野车都可以跑起来。为了避开卷起的尘土，我们一个在山上一个在山下，分道行进，交替领先，时而他在前，时而我打头。两个男人都沉浸在辘车突进、天马飞驰的追逐中，谁也没有说话。一个来小时后，停车问路边的行人"灯笼河"在哪儿？

"你刚过来的就是。"

那是我冲坡失败的河谷，远远看去，山野与草场连成一片，山顶高大的风车武士般虎视我们。阳光照着一路上的坎坎坷坷，草原没有留下一丁点儿狂奔过的印记，烟尘尽处，青山依旧绿，碧水照常流。而让哈斯再三惦念的灯笼河被我们抛却在了七上八下的流窜之路上，一个曾经特别清晰的目标不觉之中成了烟尘之下的过程而不为人知，这是件很有意味的事情。

继续在崎岖的山坡上找路，通过一个村庄时向村民确认了方向，绕过村庄，车又上了山上的碎石路。不出十分钟，在一个长坡中间，乌哈斯的车粗喘了几口气明显无力爬坡了。刹车灯亮，车停住；灯灭，车往后溜。再亮，再停，再灭，再溜。

"乱挡了。"我跟妻子说，"哈斯的车肯定是挂不上挡了。"

妻子和儿子同时探起身盯着哈斯的车，期待它能走起来。

没有奇迹发生。哈斯千般努力，万般祈求，车还是只往后溜不往前行。我退出一段距离，停在路边，下车来问哈斯："是不是乱挡了？"

"妈的！一挡二挡都挂不上了。"哈斯有点奇怪怎么会这样。

我也上去试了试，无力回天，仍然挂不上挡。他这一路开得太快了，这种乱石路，除了自主换挡，石头也在通过车轮往变速箱里传递各种能量"别挡"，无节制地加速加剧了路面对车轮和变速箱的冲击，对于一台老车，除了乱挡没什么其他的事可以做了。哈斯的孩子们面色凝重地下了车，乌太气咻咻地下了车。我太太和儿子一起过来和他们站在一起。

一匹战马扑倒了，浑身插满箭矢。

发动机一停，原野里安静得出奇。日白风悲，河水呜咽的氛围。

"现在十字改锥恐怕是救不了咱俩了，要是真乱挡了得打开变速箱才能弄好，找人拖车吧。"

哈斯这时候不再浑身燥热了，他乖了许多，眼神里多多少少有点小孩子做错事情的羞愧。我们几乎同时掏出手机，又同时叫道：

"没信号？！"

10

天空高悬着一只鹰，它双翅展开，滑翔的样子伤感而寂默。

尽管我们现在还不能确定是不是真的乱挡了，但是额头上那一层细密的汗是显而易见的。在这样的山里，没有信号，仅有的一条山路被翻修得面目全非，前方的路能不能通过还不知道。甚至离经棚有多远，离乌兰布统有多远也不知道。翻开地图，查到刚刚路过的村庄，它叫南店镇，也知道了我们刚刚离开翁牛特，这是进入克什克腾的第一个村庄。

现在必须立即打通电话与山外的人取得联系，争取尽早联系到救援。

又是救援。

我们在四天里两次被那辆老车扔在野岭上，不得不从百里之外寻找救援来收拾残局。说实话，这时候我有点憎恨哈斯选择灯笼河，明明知道帕杰罗刚刚出过问题，还要拼死进入一条完全没走过的野路，而且得意忘形，肆意狂奔，再一次粉碎了当天的行程。但是这事儿开始之前我也没拼死反对，现在再来事后诸葛那一套就显得矫情了。所以现在除了想办法尽快脱困，别的什么都不用。

留下哈斯的儿子和他妈妈看车，我和哈斯和其他人开车往山顶走，一边走，一边盯着电话看是否有信号。五六公里之后望见山顶高矗一座机站铁塔，加油冲去，信号很好。

乌哈斯一个接着一个往山外打电话。先找呼市的朋友，问他在克旗的小舅子是不是还在经棚。再找朋友的小舅子问能不能找到救援车。再向救援车说清楚方位，地点。一个多小时后，救援车终于答应过来，但是只能把车拖到经棚不能去乌兰布统，收费3000元。对于百十公里山路之外的我们来说，就算30000元也不会还价了。去经棚就经棚吧，原来想着去乌兰布统与我们剩下的行程更贴近，现在看只要车能弄好也不怕多跑百十公里。我把自己的手机号也告诉救援车，以免哈斯手机断电或者没信号失去联系。沟通停当之后，一行人稍微踏实了点，有种外界知道了荒岛上还有我们的心安。

但是马上脑子里又嗡了一下，问题又来了：车抛锚的地方手机没信号，如果我们都回车上等，救援车过来了联系不上我们找不到具体地点怎么办？

必须让车或者人到有电话信号的地方等待。

从有机站的山顶下来把他们放下，我继续开车往山下寻找有信号的空地。不远处有一个小型石料加工场，从工人那里获悉

"移动在这一带都没信号，只有联通好使。"我和哈斯都是移动用户。

但是意外发现石料场有个值班室，值班室里有台有线电话，经过请求我们可以用它跟救援车保持必要的联络。所谓关门留窗，天不绝人，大概就是这个意思了。于是上山让哈斯把他那只退不进的车倒到山下的石料场里来。

眼看天空的蓝色开始向橙黄褪变，考虑到救援车不知什么时候能到，哈斯说没必要所有人都留在这里等，让我带着大家去经棚住下等他回来。的确，对于女人和孩子，孤寂是件十分可怕的事，这回我毫不犹豫支持了哈斯的主张。让他和儿子留下来等候救援车，再把我车上的食品、水、烟、刀、衣服都留下来，再准备给哈斯些钱。关于钱的问题又扯了半天，我觉得多留点钱，万一遇到坏人可以买个平安。哈斯反对，说坏人一看见钱想法就多了，不如少带点，要钱没有，就剩命了。这是个没有唯一答案的问题。

留下哈斯父子的时候心里觉得有点难受。这些年无论走多远，无论多艰难，我们还从来没在野外放下过谁。

哈斯倒是不改他没心没肺的样子："放心走吧，一会我去跟石料厂的弟兄们讲讲当前的形势和我们的任务，等他们听明白了我再拿这三个西瓜到山下村里跟老乡换只鸡炖了，吃完借老乡的炕睡一觉，拖车就来了。嘿嘿。"他就是这种心态，就算踩了两脚牛粪也决不会怀疑前程似锦。听着他把等待救援这段时间设计得风生水起，我也踏实多了，仿佛已经看见他像老财主一样叼个烟卷横躺在炕上剔牙的骄奢。

159

于是我带着儿子和所有女人往西去经棚。

离开哈斯不久乌太太长叹一声："唉——这个哈斯啊！"开始讲车抛锚前她如何跟他吵架。让他慢点开，他就是不听，中间有一段我们互相看不见，乌太也跟哈斯急了："你带朋友到克旗来，现在把朋友丢在山里影子都看不见，你这算什么呀？！"姑娘也在一旁帮腔，说他爸爸就是这样"你越说他越疯，让他慢点开他偏开得飞快。让他走好路他偏往坏路上冲。"

"这个哈斯啊！"我也长叹道，"真是个孩子！"

正声讨间，哈斯忽然打来电话："给小伙子们讲完形势和任务了，现在到了村子里的修理铺，正跟师傅聊呢，一会准备回车那儿看看能不能搞好了它。你们咋样了？"

原来我们走后，哈斯跟石料场的工人们聊了会，知道山下村子里有个修车铺，里面只有一个修理工，平日道路施工的车辆有点什么问题都是到那儿解决的。

一线亮光，岂容错过！

哈斯一溜小跑去山下跟那修理工说起他的车。正好修车铺也有部电话。我说赶紧把修车铺的电话号码告诉救援车，就在那边聊边等，让救援车快到了告诉你，再回车上。

"早告诉他们了，救援车他妈的还没出来！"聊完形势和任务的哈斯跟修车铺里的修理工也把能聊的都聊得差不多了，仍然没有救援车的消息，他有点着急。

从答应出车到现在一小时过去了，救援车怎么还没出来呢？放下哈斯电话，再给救援车打电话，电话那头支支吾吾半天。一

仿佛千百年来从未被惊扰过，这里静谧得让人不忍思考

在湖边等待鸟儿，或者和鸟儿一起去湿地深处，都是十分有意思的事情，是自然对平凡人生忙碌生活的一次奖赏

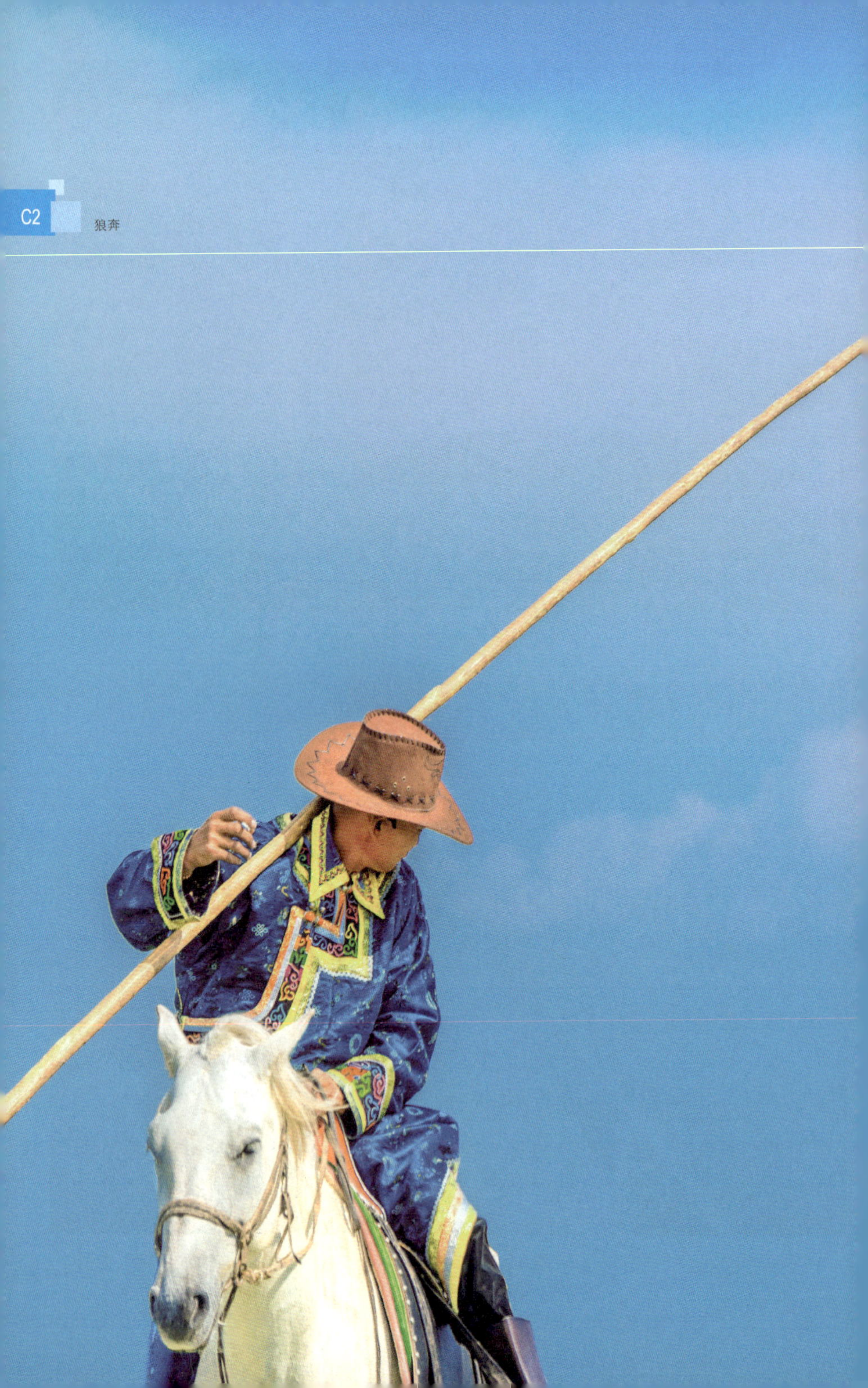

C2

只要有了马，整个草原就有了灵魂

我在草原深处用全部的知觉寻找这里曾经有过的声音，奔腾的马蹄，敏捷的狼群，狂乱的厮拼，血腥的杀戮

来自城市的生命初次面对壮丽辽阔的原野，心里波涛汹涌，嘴上却哑口无言

会说道太远，要准备下；一会说全克旗就他们一辆救援车，忙不过来。我明白他们有点不太想来了。便在电话里软硬兼施，拜托他们务必尽快出来，一是趁天还有亮赶路方便，二是车上的两人吃的喝的都有限，坚持不了太长时间。他们总算答应马上出发。

花钱看人脸色的事干起来实在憋屈。半个小时之后，出于对救援车的极不信任，再次打电话过去，电话里说"走了走了"。没什么办法，只能信他。

沿途一直在修路，很多时候还要翻越草场或村庄，原有的县道多处改线绕行，我们必须不停问路，才能尽量保持方向不错。终于在经过广兴源镇之后驶进正常路段，这里离经棚应该不足60公里了，一路上依然没看见有救援车往东。又打电话，那边也很诧异的回答："早就出去了啊？"电话里信誓旦旦地说："一个蓝白相间的拖车，头上顶着警灯的。没看到？"

那么大个拖车能看不到吗？但愿是绕来绕去我们错过了救援车。满腹狐疑之下赶在太阳落山前我们进入了克什克腾经棚镇，一路上的美景和艰险即随风散。现在我们决计在镇外的加油站死等，半小时内见不到救援车，再打电话。同时把到达经棚的消息告诉了哈斯。正电话间，那辆传说中的"蓝白相间的拖车，头上顶着警灯的"救援车驶进加油站停下，上去一问，果然是他。

怨恨，庆幸，厌恶，踏实……这辆救援车带给我们的感受太复杂了。耐着性子跟司机说了下方位，副驾上领头模样的似乎还在犹豫要不要去，"刚在电话里问了，他在南店找了个修理工弄去了，要是能弄好我们就不去了。"他说。

"就算他弄好了你也去给他拖回来！"那家伙见我们语气坚定，再说也有 3000 块钱垫底，硬着头皮走了。

从接到通知到现在，至少 3 个小时了，他们才出发。这效率实在是有点让人着急。等他们离开，我把看见救援车的事跟哈斯通报了下，哈斯说："我们等着。"

进入经棚已经晚上 7 点多，颠了一天，浑身也要散架了。早晨从乌丹出来一直没吃东西，困、饿、乏、紧张、担心，五味杂糅，七上八下。打起精神涮了些羊肉，硬撑着眼皮回到酒店洗了个热水澡就倒在床上，瞪着眼看天花板。

9 点多，电话响了，乌哈斯打来的。

他在电话里一字一顿地告诉我："我将在 10 点半以前到达经棚镇，开着咱自己的车。"

"什么？！"我从床上腾起高声叫道，"修好了？！"

"修好了。"乌哈斯像个浪漫的诗人那样对我说，"我和儿子在山下的老乡家用十块钱吃了一顿红烧肉和土豆焖茄子之后闲得无聊，拉着修理工蔡师傅上山了。我提着他的锈铁桶，装上扳手和撬棍。上去把变速箱打开，拿撬棍一撬齿轮，再试车，能走了！哈哈哈哈！"他狂笑着，绝处逢生的幸运让他的脸上开满了美妙的花朵，"蔡师傅只要 20 块钱，我给了他 50。怎么样？不算贵吧？"

"太不贵了！看到救援车了吗？"

162　　"没有啊？去他妈的救援车！有我在还要什么救援车？！哈哈哈哈！"他在夜空下放肆地狂笑，率真、快乐，山野里的狼群被这样一个异类惊讶得目瞪口呆。

11

　　复杂的事情有时候会突然变得无比简单，简单得让人猝不及防。正如哈斯所言：蔡师傅用锈迹斑斑的铁桶装着两把扳手和一根撬棍，去山上打开变速箱，一撬齿轮组，车就能走了。我不知道这中间有多少是偶然，有多少是必然？有多少是人为，有多少是神助？

　　那辆老车在黄岗梁熄火，在南店镇乱挡，两度无力回天，两度天不绝人。不知道乌哈斯施了什么魔法，也不知道他还有什么魔法要施。我看见的是本原的乌哈斯还是重生的乌哈斯？只有天知道。

　　一个夜晚都在努力想弄清楚：乌哈斯这家伙到底是凡人还是神人还是别的什么？他为什么会那么幸运？

　　早晨起来，和救援车结了账（虽然它连哈斯的车都没见着，我们还是相信他连夜往返了 300 公里，给了他 2000 块钱），出发由乌经线去乌兰布统。一路上也走走停停，随意拍些照片，但是我的逻辑意识已经被乌哈斯的神奇颠覆了，眼前的一切都不再美丽，我有些无精打采，我觉得不会再有更大的奇迹发生了。

　　因为时间的原因我们来不及为这六天的旅行做出详尽的准备，一切都是随机的。乌哈斯的新车晚到了几天就把旧车开出来，临出发前我还在想要不要开辆轿车以免单双号的麻烦。出发后我们走多远算多远，看见什么算什么。不为明天的路途划定目标，也不为今晚的旅程选择归属。困了就睡，醒了就走。遇见坦途就疾奔，路过坎坷就跨越。没有精心策划，只有顺其自然。像动物那样在草原随性奔跑。

回想这六天发生的一切，我想到狼——那个草原上不羁的霸主。

在搜索栏里键入"狼"，弹出这样一些内容——

合作：狼过着群居生活，一般七匹为一群，每一匹都要为群体的繁荣与发展承担一份责任。

团结：狼与狼之间的默契配合成为狼成功的决定性因素。不管做任何事情，它们总能依靠团体的力量去完成。

耐力：敏锐的观察力、专一的目标、默契的配合、好奇心、注意细节以及锲而不舍的耐心使狼总能获得成功。

执着：狼的态度很单纯，那就是对成功坚定不移地向往。

拼搏：在狼的生命中，没有什么可以替代锲而不舍的精神，正因为它才使得狼得以千辛万苦地生存下来，狼驾驭变化的能力使它们成为地球上生命力最顽强的动物之一。

和谐共生：为了生存，狼一直保持与自然环境和谐共生的关系，不参与无谓的纷争与冲突。对内倡导团结互助，对外强调协同合作、和谐共生。

忠诚：狼对于对自己有过恩惠的动物很有感情，可以以命来报答。

曾经日复一日地用我的生命阅读草原，阅读狼，我觉得我永远难以进入狼的境界，像它那么坚忍执着，那么敏捷骁勇，而乌哈斯尽管从未让我看见过他的悲愤苍凉，尽管他总是一副波平如镜的样子，但是他比我离狼更近。

秋天的探戈

东泉

扫一扫 边听边读

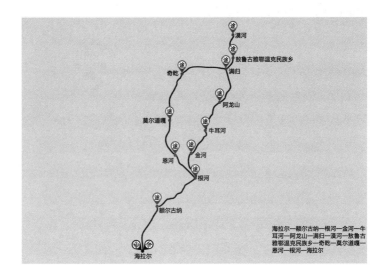

海拉尔—额尔古纳—根河—金河—牛
耳河—阿龙山—满归—漠河—敖鲁古
雅鄂温克民族乡—奇乾—莫尔道嘎—
恩河—根河—海拉尔

1

　　那些天有点儿忙乱，以至于稀里糊涂地把 11 点多的航班记成了 10 点多的，加上十多年没从南苑机场出发过了，担心城区过去会堵车，就起了大早收拾，8 点从家出发，拜星期六的休闲时光所赐，20 分钟就到了南苑。看机场的航班信息公告栏才知道早到了两小时，机场小，登机流程简捷，两小时空闲对于还没有完全脱离工作氛围的人是个不小的实惠，我甚至想过要不要杀回去再睡会。

栖身军营里的南苑机场像个正在等待头班车的车站，于清寂的早晨蜷缩于城市一隅默数着过往的行人。9月的白杨树叶在晨风里轻轻一晃就抖搂了航站楼里多余的匆忙，让机场保持着一份难得的从容和淡定。不多的旅人，简单的行囊，偶尔响起的飞机引擎声，从这里出发的人仿佛并不需要赶时间，大家不过是去赴某个早有准备的约。

时间还早，在航站楼对面的小店里要了三杯咖啡，和妻子儿子围坐对饮，说些家长里短的话。儿子在最后一刻放弃了与我同行，他说他对旷野还很陌生，他需要城市，"爸爸我和你不一样，我在这个城市从小长到大已经习惯了这里的生活，对我来说把时间交给城市和荒原没有太大区别"。我无意强迫他做什么，在他这样的年龄我也没有那么痴狂地爱上原野，留下来和妈妈在一起也是很好的选择。

聊到正在临近的中秋，也给远在南方的妈妈打了电话。每个周末如果我不给南方打电话，妈妈就会打来，这成了妈妈上了年纪以后特别执着的寄托。我告诉她要离开北京几天，妈妈问我是"旅行还是休假？"我说"娘啊旅行不就是休假吗？"在我看来旅行和休假没有太大区别，或者说我把所有的休假都安排成旅行了。而在母亲看来，休假大概是躺在自家的床铺上翻翻闲书或者窝在海滩边的白椅子里望着天空发呆，而旅行则是背着双肩包挂着登山杖在山上或者去往山上的路上狂喘。正如我不能理解儿子轻视原野，我过日子的方式已经不能完全被母亲理解，她嘱咐我出门在外，多加小心，和妻子的叮嘱一样：注意安全，不要冒险，自己多留神，好好回来。妻子已经习惯了我鄙视城市，每次出行前

167

她都淡然得很，像目视一只悠闲的鹰，看它飞去，再等它飞回。

初秋早晨的凉爽在太阳出来之后就消失了，天气渐渐热起来，机场的客人也多了些，相比于那些更加忙碌的机场，南苑的候机楼依然算是安静的。登机的队伍默默往前移，一个年轻母亲再三让怀里的孩子跟安检姑娘说"谢谢阿姨，再见。"孩子认生，扭捏不语，年轻母亲一边晃着孩子的小手作"再见"状，一边引导孩子再说，排在她身后的人也被母子间的温情所染，等那孩子怯怯地说完"阿姨再见"，大家温暖一笑，才不紧不慢进入安检通道。

飞机降落在海拉尔机场，从南苑上来的那些人再一次排好队伍默默往机外走。海拉尔机场比南苑更小，刚出飞机往外走了没几步就看见乌哈斯，我们相视一笑，轻轻一拥，算是打了招呼——我的大部分旅行笔记与乌哈斯有关，这个人在我的生命里有十分重要的位置——和他一起来机场的还有两个同事和几个海拉尔的朋友，殿宏、俊卿和毛毛。一一握手，分乘两辆车去天骄宾馆。

哈斯说天骄宾馆不错，订了两个套间，"我一个，你一个。住一宿还是马上就走？"

"走。"我说，"不用在海拉尔停留太久。"

"是这意思。"老乌立即给殿宏打电话说"只吃饭，不喝酒，吃完就走，去根河。"

来的都是老友，午餐也很简单。两年不见，再见的时候仍然用不着起立坐下谢谢不客气之类的虚套，津津乐道的都是彼此日子里的鸡零狗碎。过去了的时光，苦也好甜也好、坎坷也好坦途也好，拿出来在饭桌上和知根知底的兄弟唠一唠，笑一笑，喜和悲就都随风去了。可以见到远方的兄弟，而且彼此都还算是平安，一切就是美好的。

笑闹了一阵，午餐就结束了。

别了殿宏他们，再次上车向北驶去。除了乌哈斯和我，车上另外两位一个叫青格勒，一个叫巴特尔，两个蒙古族同胞。我对汉语之外的所有语言和词汇都很麻木，很长时间以为青格勒叫"辛德勒"或者"希特勒"，直到弄明白这个名字与"河流"的某种关系。巴特尔开着车，这是草原上的人最爱用的名字，这个民族有挥之不去的英雄情结。

2

车开上去往根河的公路，两旁都是熟悉的风景，有关内蒙古东部的记忆也在正午的阳光下一点点复苏，金帐汗、莫日格勒河、杏花村饭馆……有一段时间我在那些记忆里不能自拔，如同那个夏天再生，桦树的叶子重新绿起来，那些人，那些声音，那些温暖，在额尔古纳河岸势不可挡地延伸，擦亮三年前的往事。

但是绿色的叶子在秋天里显得有点冒失和冲动。向北走了百余公里，路边的桦树仍然有不屈不挠的绿，这让我有点儿不安，怀疑情报是不是出了问题，大兴安岭的秋天还没真的开始吗？绿叶还没有妥协？是不是来早了？

16 点 37 分，车被乌哈斯指引到额尔古纳西郊几公里外的"亚洲第一湿地"。下午了，高原的阳光还很强烈。推开车门，正好与山顶的风撞在一起，有关额尔古纳的回忆呼呼啦啦被风卷走，我们在高地上第一次举起相机，湿地中马蹄湖清晰的轮廓成为我们拜访大兴安岭秋天"开机仪式"的主角。

继续往北。这一道上困得很，因为起得早或者回忆得心累，我觉得自己目光呆泄，就那么一直望着远方，希望有熟悉的人或者风景按时出现。绿色的叶子哗啦啦乱响，把天空的蓝色摇得支离破碎。没有一种回忆能够真的缝合从前，回忆能做的充其量不过从破碎的裂隙里寻找余温尚存的故事。但是在秋天，这并不是件容易的事。

很久以后终于看见一抹黄，很明亮的黄。那一抹黄色给了我们远比翠绿多得多的兴奋，它告诉我们秋天真的在这里等待着。看见叶子的金黄，我觉得自己脸上立刻有了温暖。天空暗下来，在苍穹从浅蓝向深蓝过渡的几分钟里，又看到很多很多的黄被染上温暖的红，如同山峦神秘的微笑，这微笑让森林的夜晚风情万种。

根河方面不断电话来问"到哪里了？"

青格勒报出些不太肯定的地名——他对海拉尔一带也不太熟。最后一次接到电话是在根河机场附近，那是个森林机场，每个防火季用来起降当地林业局或者森林武警的防火直升机。青格勒重复了宾馆的名字："金融宾馆对吧？好好好！记住了记住了，金融宾馆。"

刚到宾馆门口我接到一个电话，办公室的一些事情。这个电话挤占了我心里本来不是很宽裕的愉悦空间，刚刚被夕阳温暖的内心又差点变凉。我的大多数同胞分不清楚时间的公私属性，不用任何理由就可以在属于他人的私人时间里撒泼打滚，用权力和伪道逼迫别人在假期处理公务。耐着性子打了几个电话把事情处理好，中间没有忘记努力向等候多时的根河朋友拼凑出尽可能友善的笑脸。他们肯定觉得我的电话非常不是时候，但是没办法，人在江湖，身不由己。如果正好身在一个不太有规矩的江湖，情况就更糟。

晚餐后哈斯一个早年的好朋友来宾馆看他，这个朋友在地头上是个有呼必应的人物，得知我们来拜访大兴安岭的秋天，他表示得安排个向导协助，"要不然没戏，老林子里一进去就给你们整晕了。"

3

第二天凌晨 4 点，急促的敲门声把我惊醒，门外一个清清亮亮的声音问："是×××的朋友吗？"

"是，来了来了"。乌哈斯在这个套间的外间，他也醒了。打开门，一个戴着眼镜、中等个头、穿着厚夹克的男人进来。

"走吧走吧，晚了雾没了！"仿佛为了抵消从屋外带来的寒气，这个人进来的第一句话就让人觉得热气腾腾的。"昨晚上×××说你们来了，要拍点片子，根河就那儿了，别的地方也拍不了啥，早点去，有雾，日出。地方不错，根河的制高点，一般人到根河来了我都带他们去那儿。挺好的。咱抓点紧，今天没准能赶上日出。"他一通火急火燎地介绍，把大梦初觉的我俩整得有点儿懵圈。我们穿了几个月的 T 恤，还没适应早晨一开门他进

171

来一穿棉夹克的，揉着眼睛问："您贵姓？"

"我姓张。弓长张。"

"哦张老师好！马上穿好，这就出发。"

即使现在他的脸上也没有多出些温和，一手抓着相机，一手抓着三脚架，脚上一双高腰登山鞋。一副职业摄影师的打扮。这让我很自然很敬仰地非叫他"张老师"不可。

张老师没有客气，也没有理我。他鼻梁上的眼镜很为他贴上了知识渊博的符号，我历来对戴眼镜的人心存敬意。而且他那鼻腔里应该是对我们这些太阳都快出来了还在被窝里经营自己秋日小梦的伪摄影人的不屑。所以我叫他老师的时候，张老师根本不带搭理我的。

他的不理又导致了我对他的更多的敬重，我一下子不知道这个人到底什么来头，或许他真的是个大家呢——我这么想。一大早没起床就捡这么大个便宜我还有什么理由挑三拣四呢？不理就不理吧。

4

那个凌晨为了让巴特尔和青格勒多睡会，是乌哈斯开的车。乌哈斯显然已经很多年没有被人从梦中砸醒过，人虽然起来了，脑子还在睡着。那天他把车开得鬼鬼祟祟的。根河本来不是个很大的地方，要去的高地也没多远，张老师的口齿也十分清晰伶俐，但是一离开宾馆，只要张老师说："左转。"老乌肯定会往右打方向。张老师说"右转。"乌哈斯一定往左打方向。我实在忍不住在凌晨混沌的雾里的边陲小镇的越野车上笑得嗥嗥的，狼嚎一样，我说："老乌你不要这样好不好，拜托你把左右搞搞清楚，要不咱靠边停会车先醒醒觉吧。"

老乌不动声色，连眼皮都没多抬一下——我猜这跟他还没睡醒有直接关系——嘴里嗫嚅道："我看见有个女同志起来卖早点了。"

这个人即使睡着了也会保持与自己性别极度吻合的幽默感。他一贫，觉也彻底醒了，剩下来的路上每次张老师说完方向，我都不厌其烦地重复几遍"左，左"、"右，右右"，但是老乌再也没弄错过方向。

那高地果然有不错的风景，晨曦不紧不慢地变化，我们半梦半醒操家伙。内蒙古东部的深秋天亮以前有点儿冷，我翻出巴特尔留在车上的外衣给自己裹上，傻傻地站在三脚架前，身体有些僵，目光有些呆。一滴很清的鼻涕"吧嗒"一声落在碳纤维脚架上，沿着轻质金属缓缓地往下滑去，在不太明亮的早晨里把东北地区的秋凉演绎得委婉凄切。这个秋天疲于奔命，心为形役，差不多就是一无所获了，能够面对的，只有那一抹朝霞。我揉了揉眼睛，期望那里能闪烁出一星半点跟艺术有关的光亮。

张老师手脚不停地摆弄自己的家伙，嘴也没停。全面系统深入地给我和老乌介绍根河地区可供摄影的人挑选机位的地点，哪个地方什么季节最适合拍日出还是日落，哪个地方离大路多远有处不错的小景，哪条路去哪个林子沿途有不少可拍的……他说了很多，我在想要不要收拾脚架干脆听他介绍呼伦贝尔人文景观算了。但是他边说边拍，我也不好直眉瞪眼地缠着他——不过我确

173

实一直追着他，紧随其侧，生怕漏掉什么细节。老乌看上去比我有主见，他自己拍自己的，不一会我们在高地上分成两拨：我和张老师，老乌和他自己。

太阳趁我听老师说话的工夫腾腾地往山上爬，我觉得再不按两下快门，这个早晨就白起来了。于是张开耳朵听晨光细细的话音，在高地四周找些合适的景致入画。就在太阳的左腿跨过对面山峦的那一刹，我萌生出一个主意。

但是我没有说。

乌哈斯在另外一个山头搞他自己的创作，我刚想到的那个主意与他未来几天的行程质量有关，要等到与他集合之后再说。

5

我说"张老师，"——这时候离起床大概有一个多小时了，我已经开始心悦诚服地叫张老师为张老师——"有个不情之请，不知道合不合适说。"我看了哈斯一眼，他脸上总会在关键时候闪现出我期待的鼓励，"明天就中秋节了，我觉得现在跟您提这要求有点操蛋，但是您不知道我这个人不太会装，也憋不住什么话。那什么您要是家里没有太着急的事，就出去几天陪我们去趟满归得了。我们俩去那里吧谁也不认识，别说找景点，找路都困难。刚才听您说了半天这一路的事儿，我俩觉着没有比您更适合给我们当向导的人了。您又干这个，懂摄影。要不……要不您跟我们走一趟得了。"说完又看了一眼乌哈斯，他对张老师能不能答应做我们向导不太有底，他目视前方，装出一副非常牵挂那点晨曦的样子，脸上啥表情也没有，只有鼻尖上挂着一滴意犹未尽的清涕。

张老师几乎是用鼻子在答复我："嗯，嗯，那什么，去吧倒不是不可以，中秋家里也没啥事儿。可是今日单位有点事儿。我得去办个交接。"

他说的单位那点事儿刚才闲聊的时候已经跟我们说过了。那确实是个事儿。

"您单位那事儿最晚几点钟能完？"

"怎么也得 10 点吧？10 点，你们要是愿意等，我就一起去，要是等不及我就不去了。肯定得跟人交接一下啊，我就这么拍屁股走了不合适。"张老师还是很厚道的。

乌哈斯显然已经从张老师的话音里尝出些甜味来，他的脸色开始支持我的请求，"要不就陪我们去一趟？"

"等得了我就去。等不了你们就走。"张老师撂出一地干脆利落的东北话。

"OK！"

早餐是在金融宾馆的餐厅里展开的。所谓"展开"无非是想强调一下这顿早晨的规模和复杂性——那已经不太像是早餐了，它完全脱离了油条豆浆模式而颇具"宴"风。

我用眼角那点余光指引着手去桌上白糊糊一片碟子里捡食，脸始终朝向张老师，他在跟我们阐述呼伦贝尔秋季拍摄之役的进攻态势和可供借鉴的制敌方案：

"你们可以沿根河、金河、牛耳河一线向北挺进，牛耳河属

175

激流河流域，在它附近有两个景点是必去的，一个是森林，另一个是河流，就在路边。牛耳河一线远山叠嶂，山下是一条河，运气好的话可以碰到火烧云，就算没有火烧云你们至少也可以拍到蓝天下无所拘束的河流。大场景。值得深入。再往前东北方向可在直扑阿龙山镇，出阿龙山 20 分钟车程，路边美景不断，河流一直在路右侧追你们，不用紧张慢慢走，可以一直拍到满归！"

"满归的活动我看这样安排比较好。第一天，拿下依克莎玛日出，要早，一定要早出来，依克莎玛离满归约 50 公里，满归这个纬度秋季日出时间大概凌晨 4 点多不到 5 点，要早。3 点半起床怎么样？3 点半？"

"没问题！"我和乌哈斯腾出嚼鸡蛋和馒头的嘴艰难而急切地表达了各自的决心。

"那好，依克莎玛附近有个月牙湾，月牙湾连着脚印湖。这个季节，有日出、有云雾。绝对超值。"

"是吗？"我被蛊惑得有点急不可耐了，"别的呢？周边还有啥地方可以搞搞的？"

"敖乡旧址。"张老师说。

"啥？敖乡啥？"

"以前敖鲁古雅鄂温克民族乡驻地。"这是全称，我听明白了。"离公路 17 公里，大景小景都有。满归完事儿以后，可以取道金河直插莫日道嘎。有一条路，对的，有条路从金河去莫尔道嘎。"

"快记！记！笔！笔！有吗？"乌哈斯现在已经完全醒过来了，这个反应令我大加景仰，老乌把剩下的半块馒头扔在桌上，不知道从哪摸出一支笔来，在地图背面刷刷刷，一行一行，行草加狂草，一通强记。

事后我收藏了老乌记录秋季攻势的那张地图，上面找出了一行比较容易辨认的字迹，居然写的是"雾里云里的，感觉很美！"

6

张老师阐述完之后，去单位交接。我跟老乌决定等他回来。理由很简单：先走可以赢得两小时，但是没有合适的向导会损失更多个两小时。

等张老师的工夫，我、老乌、青格勒和巴特尔开始沿着宾馆对面的那条街在根河闲逛。在一家军品店发现一顶外蒙军帽不赖，碎银买下。再要第二顶，老板娘说没了，就这一顶。

老乌的眼角眉梢立刻写满失望。他喜欢这顶帽子，但是我要了。我要了他就没了，而且我又特别不愿意让给他。他以前很鄙视绿军帽，好不容易找着雪恨的机会，我得留着继续报复他历史上对绿帽子不屑的问题。但是老乌这种人血管里流的都是成吉思汗似的刚强，他当即决定翻遍根河市场也要再找一顶同样的帽子，气我，满足他。但是，正在逐步繁荣的根河市场充分呵护了我的自豪感——确实翻遍了街面上的能进去的小店，帽子还是没找着。

这时候我改主意了，决定把帽子送给他。一方面他费了那么大周折还是找不到，我这顶帽子就愈显其珍贵，如果说刚买的时候是只鸡的话现在它已经摇身一变成为凤凰了，送人凤凰当然是件很排场很体面的事儿，这种事儿谁不乐意干？另一方面老乌是我兄弟，我不能看着兄弟急出泪珠儿来。

没有任何仪式，我把那只凤凰送给了老乌。嘱咐他什么时候有了鸡记得把凤凰还给我。他坏笑，很坏的那种笑。

干完这件事儿以后，这个上午落入百无聊赖的圈套。操着手在街上闲逛的情景让我想起幸福的少年，那时候也是这样努力装出一副玩世不恭的嘴脸，在南方那个小镇里用幼稚的脚踢着马路上的石子，用清亮的眼瞪路过的姑娘。转眼秋天到了，我老了。阳光把我的影子投在地上，无聊而且无趣。我想应该做点有意义的事，脱离低级趣味的事。

于是回到宾馆的床上睡了。

古往今来，睡觉都是件很有成就感的事。有关这一点的论述无法从历史书上看到，我也是通过事实证明的。比如说当我第二次翻身的时候，楼下传来巴特尔高亢嘹亮的声音：

"出发啦——"

那声音听上去至少是个连长气概，仿佛有百十号人需要召集才会有那么大的动静。而且那声音让我以紧急集合的速度蹬上鞋背上包扛起三脚架风一样把屁股扔进越野车的后排座。

乌哈斯姗姗走来："肖老师，你要坐前排，领航员位子。"他对我说。

巴特尔开车，我、老乌、青格勒，对了现在要加上张老师。我们一共五个人，嗯，是五个人。正好是这台越野车的合法容量，所以必须有三个人挤在后排，另外一个人去副驾舒舒服服地领航，老乌把这个活交给了我。我不太习惯自己兄弟把自在享乐的事都让我一个人干了，理论上讲该是张老师坐那儿。

"这样合适吗？"嘴上问老乌，心里飞快地盘算。老张？老乌？主？客？礼？非礼？妥？不妥？

"去吧。"老乌赐给我有限的两个字和一脸正义感。

我很没劲地去了副驾位置，整理了一下情绪，尽量搞出些领航员的架势来。不就是个座吗？我想。

汽车很不服气地往北开去。刚走两分钟张老师突然叫道：

"电话！电话！快给 ××× 打电话，沿途都在修路，要路条！"

7

"第二天一早，白玉山到农会来起了路条，回双城去了。"

这就是路条小时候的故事，故事里的人当然也不是我们，我们已经找不到农会了。白玉山之所以要去农会起路条是周立波在《暴风骤雨》里让他干的事儿。现在，路条已经很老了。

我们没有等到第二天，当时老乌就在车上给 ××× 打电话（你不用瞪着眼睛问我为什么不告诉你 ××× 的名字，我担心在这里不负责任地写上名字会给 ××× 添麻烦）。

"行了。"老乌啪地合上电话，"××× 会在半小时内电告沿途各筑路施工队长，看见我们的车请予放行，以便大家到林区采风、观光、嘚瑟。"

不知道从什么时候开始，蒙东地区很多地方展开夏秋筑路攻势，几乎所有的乡际公路上都在平土方，垫路基，打灰土，铺柏油，为来年开春人们的生产生活更加便利铺路架桥。各施工区段

179

大概都想赶在上冻前把手头的活干利索，不冷不热的秋季就成了工程队抢工期的绝好时期，正在铺装的路段多了起来。加上每年9月15日左右开始，大兴安岭林区开始封山防火，限制车辆通行，防火期内只有持各级政府防火办开具路条的车才能使用林区公路，一是为了不干扰施工，二是为了防火控制人员进入林区。这么一来施工的路段就更多了。

有点像"石油换食品"，老乌办成了"口条换路条"这件事，上路的问题就解决了，热爱自然的鸟儿们可以撩起翅膀随便翱翔。但是除了老乌合上电话那"啪"的一声，车里好像再没有别的声音了。我是说这时候大家应该得意地笑笑，即使不弹冠也应该击掌相庆，欢呼一下，有个仪式，但是没有。可能大家都觉得这事儿没那么复杂，只有我把它上升到了绝处逢生的高度。另外一种可能是车里这些熟悉林区情况的人对处处修路不便通行的状况还是有点担心。

很快，大兴安岭林区秋天极富挑逗意味的色彩转移了我们的注意力，路上的颜色愈来愈丰富，红的绿的黄的，不红不黄的，不黄不绿的，如同一部宏大而庄严的交响。交响乐在第一乐章都会有个呈示部，这个呈示部有两个主题：第一主题叫"红"，第二主题叫"黄"。一二主题会以奏鸣曲方式在这两个主题一开始就弄出强烈的对比。比如说"红"是冲突的、戏剧的，"黄"是抒情的、歌唱的。还有时候这两个主题相辅相成，都是歌唱性的。如同我第一眼看见大兴安岭秋天的感觉。

车往前开，这一段路基已经完工，路面铺上了秋天亲赐的黄土，那黄土细腻新鲜，随便抓一把都能煮出黏稠滚烫的玉米面粥。

车在这样的路上走，引擎发出的通常都是音乐。这种音乐可以理解成大兴安岭秋天交响曲第一乐章的第二部分，这部分不妨叫它"展开部"，把呈示部的主题——"黄"或者"红"——不断地分裂、模进，在配器、节奏、力度和调性各个方面进行对比和展开。黄色的主题里"绿"和"不黄不绿"的动机片断被秋天进行了变化处理，改变了夏季的和声结构，一层一层递进展开，由夏及秋，很快秋叶如同浪潮一样将眼睛能看到的谱线上填满了自由平和、饱满活力、音色鲜明的音符。

继续走，山峦飘逸的乐音正在演奏大兴安岭秋天奏鸣曲的再现部。"黄"和"红"两个主题再次出现，但是位置有了些变化，我"听"到山顶上一棵独立的树黄了，又"听"山谷里一棵孤兀的树红了。山腰间黄啊红啊，红啊黄啊，连绵起伏，蜿蜒远去，结束于一抹似曾相识的绿？黄？红？我不能保证一定听清了更远处的乐音是什么颜色，只能说远去的那个颜色仿佛下一乐章的某个更加宏大的构思，以哲理的方式潜藏在眼前的秋林里，再不动声色地往远处洇开……那颜色飘飘渺渺的声音把大兴安岭温柔的躯体描写得清新妩媚，如同一粒隽永的词语融化在一篇悠扬柔媚的文章里。

8

牛耳河到阿龙山之间的路段正在铺油，一台沥青摊铺机占据了整个马路幅宽。我们要等它结束工作或者铺到"紧急停车带"才能过去，所谓"紧急停车带"是铲车扔在路边的几铲土堆成的临时小岛，勉强容下一辆小车，供沥青摊铺过程中有车来了可以避让。

张老师说："下车，路边溜达溜达。"

我跟他一跃跳进一米多深的路基下，那就是森林了。好香啊！那种来自植物的天然香味，是让人闻过之后有可能从此不屑Bijan、Chanel的味道。

"这是鹿涎草。"张老师指着一种绿色的圆叶子草说，"补肾的。"

我俯下身去闻了闻，来自森林植物的活力的芳香飘进鼻孔。

"这是杜香。"张老师认识的奇花异草不少，"红豆，你看你看，这就是红豆，北国红豆。"

"哦，红豆。"我看她，她也看我，似曾相见，不曾相识。

"狼毒花，黄连……"

张老师在十分钟里指认了十余种森林植物。我用十天时间把它们全部忘记。原谅我，林子里的香气太迷人了，那种迷幻的味道并不来自某一种植物，它是森林的味道。森林里厚厚的落叶母腹一样温暖柔软，特别想躺上去，打个滚。如果年龄还允许，在这里撒个奇奇怪怪的娇也不难理解。

激流河深藏在森林的尽头，从森林里迷漫的香气里穿过，我看见了水。抒情的、低吟浅唱的流水。很多时候我觉得文字多余，也很乏力。我真的不知道应该怎么写尽森林里的那一点点美，那只是一点点啊……

当我穿过大兴安岭森林落满树叶和松枝的地毯，绕过长满绿苔的树根看见温良的激流河静静地流淌在眼前时，我像一只上蹿下跳的猴子，不太知道手应该放在哪里，我想去水里，那水是清亮的，柔情的。我想回去草地里，那草地是绵软的，蓬松的。我想坐在那树根上，那树根是沉着的，含蓄的。我不知道我想做什么，我语无伦次。我没见过那么安静的自然，没见过那么幽静的河流，没见过那么幽深的森林，没见过那么幽远的芳草。我想落泪，我觉应该哭一下才好，坐在河边哭一下。☞图D1下

激流河像大兴安岭秋天交响里的另外一个乐章，优雅的情绪缓缓流淌。仿佛有一个席慕蓉在河边徐步行走，嘴里轻声吟诵着刚刚写成的诗歌：

一定有些什么是我所不能了解的

不然草木怎么都会循序生长

而候鸟都能飞回故乡

一定有些什么是我所无能为力的

不然日与夜怎么交替得那样快

所有的时刻都已错过

忧伤蚀我心怀

一定有些什么

在落叶之后是我所必须放弃的

是十六岁时的那本日记还是

我藏了一生的

那些美丽的如山百合般的秘密

183

9

天空阴郁得像诗人的面容。

离开激流河，穿过森林去往路边停车的地方。一米多高的路基，下来容易上去有点困难，到底是森林附近长大的人，张老师腿一弓再一蹬很快就站到了路基上。我手里拿着相机抓不着可以借力的东西，张老师抓着我手腕拉了一把，我的脚跟与腿与伸直的右臂绷得笔直，像一支可供几个世纪前的武士们血拼的长矛，张老师握着这根长矛的顶端往天空的方向用力一抖，我顺势一跃，算是上到了路面上。

那台巨大的沥青摊铺机还在路上慢慢移动，估算了一下它的进度和我们的忍受限度，五个人全票同意先去吃饭，于是掉转车头返回牛耳河。

那是个非常简陋的小镇，电线杆子上密布着粗粗细细不同用途的电线，电灯的、电话的、电视的、电磨的、电炉子的，你可以想象到的有关电的线那上面可能都有。一盏路灯挂在上面，像这个夏天的最后一只蜻蜓。大部分民房屋顶不是瓦，是木条压着的油毡。路是车辆碾轧过的泥土，车停在路的端头。我忘记那家饭馆的名字，也可能那家饭压根儿没有名字。我们以为轰走了所有苍蝇，刚刚把临街的大门关上，第二批苍蝇又不知道从哪儿反扑回来，我们再一次手舞足蹈地轰了一遍苍蝇，把另外一道通往后院菜地有门也关上了。这样饭馆里只剩下穿着衬裤的老板娘和五个刚从老林子里出来的男人。

对了，一直没有抽出空来说说这五个男人的形象，现在有必要说一下：巴特尔壮硕豪勇，小嘴不大嗓门不小。眼睛，他的眼睛特别特别小，据说被自治区一个颇权威的人士授予"小眼协会主席"称号。无论什么时候，他看见女同志都会异常兴奋，这一点和李逵不完全一样。老乌，高大威猛，话不怎么多，面部表情不怎么丰富，他不说话的时候让人觉得这个人是不是陷进了某个深深的思念或者某桩三角债，但是一开腔就知道其实他心里开满了各种各样的花儿。青格勒，高子不很高，形态也说不上威猛，但是他长得帅，帅到让人觉得危险。而且他蒙语说得极其标准，汉语水平马马虎虎，跟汉人说话的时候经常会找补几句蒙语才能过关。张老师，张老师是五个人里最有安全感的了——我是指他的外在形象。他有眼镜可以伪装所有叵测的居心，身材和青格勒相仿，声音比青格勒圆润很多，频率相对高一点，如同不小心落进一滴油的水，这种嗓音是专门为话语热情高涨的人而生的。张老师真的当过老师。剩下的就是我了，我是这五个人里的影子，属于可以忽略不计的。我自己诊断自己有点儿自闭症，我不太爱说话，爱吹口哨，爱感动，尤其在没有阳光的日子，完全可以认为我不在现场。

那老板娘见前后店门被五个人渐次以拒绝苍蝇的名义关上，心里肯定是不太有底的。她脸上的笑容很艰难，我猜她在努力地把握分寸，多笑一点担心我们以为是轻佻，少笑一点害怕我们觉得太冷漠，甚至笑还是不笑在她看来都是个关乎前途命运的问题。屋子里的空气有那么两三秒钟出奇地诡秘，像胡传魁和刁德一刚进春来茶馆，阿庆嫂和这俩忠义救国军军官司之间的智力对峙。最后她选择了出声。很多尴尬的时候需要弄出个话题来转移注意力。何况"阿庆去常熟了"，孑然一身的老板娘最好的防守方式就是通过对话来打探这五个人的内心，然后从三十六计里挑出一两计应付这五个人，如果运气不错还能做成一桩午饭的买卖。

"吃点什么？"她没有用"您"，也没有用"你们"。"您"起来太客气，容易给人示弱的误会，"你们"起来又太生硬，容易拒人于小店之外。

"有什么？"巴特尔扬了扬脸说，"弄点好吃的，饿了。先来口水喝。"

"有茶水。"老板娘一手拧起一只铝壶，另一只手操起一叠茶杯撂在桌上，"猪肉、牛肉、狗肉，鱼，河里刚捞的鱼。再就是小菜，自家菜园子里长的。"她用眼角瞟了瞟巴特尔。她觉得这个男人荷尔蒙相对比较旺盛，需要警惕。

"随便整点啥，快就行，我们还赶路。"张老师那边开腔了。脸上挂着些不悦。

"粥吧，熬点粥，弄点——"巴特尔突然伸开巴掌在空中猛力一抓"你这儿苍蝇个儿还挺大——弄点青菜。再整点儿鱼。"

老板娘本能地往后一让，"不是我家养的，那苍蝇，嘿嘿。鱼咋吃呢？炸还是炖？"她不知道什么时候已经套上了外裤，可以不卑不亢地站在五个男人面前了。

我们用了大概十分钟点菜，老板娘用了十分钟准备，随后我们跟一盆油炸小鱼纠缠了十分钟，正在等粥熬好。这时候张老师的电话响了。

"嘿！"张老师放下电话，尖尖地"嘿"了一声，"刚才停我们前头那辆白车上的人打电话来，说现在可以过了，正好铺到那土堆，他把土堆占着呢。说我们走他就搁那儿等着我们，不走他就先过了，等工程队收工至少还得两小时。吃不吃？"

"不吃了！走。"老乌到这个饭馆以后一共说了大概三句话，这是第四话，可以算个重大决定。

"老板娘！结账！"青格勒。

"打包！鱼打包！"巴特尔。

"他咋知道我电话呢？我再来条鱼！"张老师。

老乌已经穿过蝇阵挺着小腹站在门外，胸前的闪闪放光的相机在这个简陋得看不出一点金属光泽的小镇上格外扎眼。一个男人手里拧着一袋烙饼往饭馆走，老板娘出来送我们正好看见："人家都走了你才回。"那男人应该是"阿庆"，他在被"阿庆嫂"埋怨。

我们走了，在野芹菜刚刚炒好的时候。在这个秋天的小镇上，那盘野芹菜做了一次无意义的献身，而我们只看了一眼袅袅的热气却要为它的全部付出买单。痛惜之余，除了巴特尔，剩下的四个人一人嘴里都含着一块自己中意的吃食，快速地咀嚼。像刚刚抢到骨头就被路人追打的狗一样，我们叼着嘴里的东西，玩命地往公路方向奔跑。

每个平凡的人生都注定会有许多个滑稽尴尬的时刻。

"我知道了！"临走塞进嘴里的半条含有脑白金的鱼强化了张老师的分析能力，他恍然大悟："一定是×××把我电话告诉那人了，刚才他好像嘟噜了一句说是阿龙山的。估计×××让他准备中午饭的！这小子，刚才见着我们也没吱一声。"咽下嘴里的东西，张老师觉得那人不太仗义，连个招呼都不打，也没张罗请大伙吃个午饭啥的，现在发现不对劲了就打电话提供路况消息，"补过"来了。"回去得跟×××说说，收拾收拾这家伙！啊？"张老师又花了些时间谈到"收拾这家伙"的必要性和可行性。

我觉得那人还是不错的，相比于食物，我们更需要的是时间。收拾啥呢，大伙都不容易，阿龙山有阿龙山的难处。这么想着，我觉得自己有时候挺有仁爱之心。不曾谋面的"那家伙"后来又打来电话邀请我们从满归回来一定在阿龙山歇个脚，张老师的鼻子又哼哼了几下，算是回答了"那家伙"。

10

林区秋天的色彩绚丽妖娆，公路简洁流畅。车辆少，开车就是件极享受的事，密林里的公路大多是沙土夯实，轮胎驶过潮湿的沙土路面发出亲切悦耳的私语声，越野车在浩瀚的彩色森林里无拘无束地飘荡，如同一只活力四射的东北虎在大兴安岭丰腴肥美的森林里纵情奔走，找寻滋养生命的猎物。

乌云和太阳还在做那个已经非常古老的游戏，一会太阳躲起来乌云满天去找，一会乌云躲起来天空上只有太阳狂乱的笑。这种没有性格的天气，不温不火，如同没脾气的男人，看不见血性。但是我们没法逃避日子，也没法选择构成日子的时光。

激流河有一条支流在牛耳河附近从由北向南的方向猛然拐出一个直角，由西向东流向三十二林场和萨河林场方向。我们看上了这条支流，在阳光不灿烂的日子里于河边的密林里钻进钻出，

188

林子里始终隐藏着某种神秘感，人在密林中出于亢奋或者警惕，通常都会异常活跃，精力高度集中，天上是不是有阳光也不那么重要了。

雨终于落下来。太阳在这个回合的游戏里没占到什么便宜。雨丝轻易扯出了内心的闲散，无所事事的时候想起牛耳河的小镇里失之交臂的午饭，肚子里又有了饿，就怀念起野芹菜和炸小鱼儿的香来。车上有牛肉干，一人拿了一块在激流河支流的岸边嚼。传说肉干和它磨成的肉干粉是古代蒙古军队征服世界时的主要食物之一，不仅营养丰富还便于携带、便于保存、便于食用，堪称军粮中的上品。时至今日，在蒙古高原还保存着各种制作肉干的传统，不同地区的肉干口味不尽相同，风格小有差别，营养都十分丰富。我和哈斯每次出来都会在牧区买些牛肉干放在车上，以备不时之需，也供闲来磨牙。

雨像是某朵云彩搞的恶作剧，还没怎么下就停了。三脚架立在腿边，脖子上挂着这样那样的相机，几个男人正在犹豫要不要上车躲会雨，天空就放出晴色。阴天的男人们脸色铁青，咬肌强有力地撕扯着肉干，看上去仿佛还有什么神秘使命没有完成，聚集在河岸上琢磨是泅渡还是找个筏子过河。

闲得无聊的时光总是被张老师装扮得生动活泼，他是当地人，多次带领不同派头不同实力的摄影队出入大兴安岭地区，有很多可供打发闲暇的谈资。我们一边往车上走，一边肆无忌惮地说些荤荤素素的笑话。五个男人和一辆雄性的越野车，是个很闷骚的组合，这个组合所汇合的集体智慧差不多可以把天南地北的著名荤笑话一个不落说一遍。天气不好，世界变得简单。除了女人，性，只有哈哈大笑。如果有一个女性随行，男人们通常会矜持点，多受罪也得榨出些绅士风度来，但是现在不用，大家变着法地讲自己知道的笑话，不惜添油加醋，喷得天花乱坠。我对所有的风流笑话报以狂浪的笑，除了笑声，我没有别的什么可以参与和配合这场"肉搏"，我知道的荤段子太少，而且习惯了正统的表达，这种生长经历特别不适于野外粗糙的时光，仿佛一条没有水草的河流，看上去鲜亮清澈，其实缺少生机。

这个世界总有些圣人的光辉照不到的角落，不深入其间我们永远不知道它为什么不需要接纳圣洁的光亮。夜有夜的质感，伸手不见五指的时候，也不见差别和疼痛。夜里的灵魂习惯了以黑的方式存在，很多时候，我们需要让平生的快乐从黑色的丝绸上滑过，来体会瞬间离地展翅飞翔的快感。夜带来的平等是绝对意义的平等，应该得到珍惜。

不等天黑就到了满归，青格勒通过当地熟人订好了旅馆，巴特尔径直把车开到旅馆门前。

11

一排平房。不，是两排平房，像一把角尺放在街口。一排由东伸向西，一排由北伸向南，通过拐点两排平房连成一个直角。

直角的内部是旅馆的公共空间，那里摆了张吃饭的桌子，应该也是旅馆的服务台。桌子上有已经切开的半拉西瓜，一把刀不动声色地蹲在旁边守着它。桌子对面有一件半新不旧的三人沙发，沙发上有灰蒙蒙的被子，想必是值夜店员睡觉的"床"。一辆自行车，一辆摩托车，几把椅子，在这个空间布置出一种凌乱的、有浓郁的乡下情怀的随意，这种随意流露出某种亲和力，暗示住店的客人：这是个不需要太守规矩的地方，可以随地吐痰，乱扔果皮纸屑，饭前便后不一定洗手，高兴或者不高兴了都可以扯着嗓子说点脏话。

进到店里我有过两分钟的新鲜感，从第三分钟开始，开始有点厌恶，还有些愤懑。青格勒用了点时间跟哈斯解释为什么挑了这家旅馆而不是别的招待所或者酒店：满归冷了，如果屋子里没暖气晚上会挨冻，现在没到市政集中供暖时间，招待所和宾馆的房间晚上还是凉的，只有私人旅馆开始自己烧土暖气了。咱们住的就是家私人旅馆。

"怎么样肖老师？"哈斯心情不错的时候喜欢叫我"老师"，而且把"师"的尾音挑得高高的，临了再拐个浓重的蒙古音的弯。

"没问题，能睡觉就成！"我高声对哈斯说。

"我这个骗子！"然后小声对自己说。

有两间房，每间三张床。我和老乌一间，张老师和青格勒、巴特尔一间。

"明天几点起？"我问张老师。

"如果你们定了去依克莎玛，3点半就得起。"张老师。

"去！"老乌。

"那3点半起。"我。

屋子里的床单白得与旅馆的环境格格不入。服务员说我们是政府介绍的客人，被子床单都是新换的，指定干净。房间里果然很暖和。只是没有厕所没有毛巾没有浴具没有牙具没有吹风机没有穿衣镜没有住店的感觉，有那么一会我甚至怀疑是不是走错了。

枕头上有不知道什么东西辛辛苦苦咬破的小洞，一挪动它，洞里会往床上漏荞麦皮。把枕头翻过来让小洞朝上，用枕巾一盖，把头压上去，摆出一副睡觉的样子。窗口挂了一块猩红的化纤布，外面的柴火垛堆得像小山，一截一截胳膊粗的树干已经锯好，准备在冬季的炉膛里发光发热。月亮很圆，在柴火垛的剪影里幽幽地亮着。

"今天还是明天中秋？"

"搞侇不清。想过十五啊？"老乌说。

"没有。随便问问，月亮挺圆的。"

没有"朱阁"可转的月光，低完大兴安岭的"绮户"，直接照在"无眠"上，我眼里泛出星星点点的酸，"不应有恨，何事长向别时圆。"念叨着水调歌头，昏昏睡了。

从城市出发的人对乡居生活充满向往，但是真的置身乡间的各种意料之外的时候，又会流露出被城市文明抛弃的忧患。如同那个古老故事里的叶公，口口声声喜欢龙，却在看见真龙的时候吓得魂飞，玩玩蛇还行。

3点钟醒了，迷迷糊糊坐在床沿伸出腿用脚趾把地上的鞋勾过来，套上衣裤到柴火垛旁边的厕所转了一圈。严格地讲那只能算个茅房，土坑上立着几块木板，再横了几根木杆，钉子把木杆和木板钉在一起，中间再用几块木板一隔，男女分区，大小混淆。我幼年在江南的乡下见过这种茅房，满归离江南有三千公里了吧，时光恍惚回到千年以前，让我忽然想起穿开裆裤的时候无遮无拦的样子。

窗外有稀疏的雨，我去敲张老师的门。

"两点我就醒了，下雨了吧？半夜就下了。"张老师边把眼镜往鼻梁上按，边说他的星夜故事。

"嗯，下雨了，准备走吧。"我尝试着用鼻子回答一些问题，"依克莎玛离这儿多远？"

"50公里吧，老乌起来了吗？你们把能穿的夜服全穿上。这地方早晚冷。"

巴特尔和青格勒眯着眼睛什么话都不说。从被窝里伸出头，光着膀子坐在床上等待神志清醒语言能力恢复。

"我去叫老乌。"趿拉着鞋回到我和哈斯住的那间房，老乌已经坐在床沿，低着头像个哲学家在沉思着什么。

"醒醒，依克莎玛滴干活。"

"唔"老乌肚子里发出一个声音，随后举起胳膊亮开胳肢窝打了个惊世骇俗的呵欠。"叫巴特尔和青格勒不用去了，我开车。"

又趿拉着鞋去张老师那间房，"巴特尔，老乌让你和青格勒接着睡，他开车去。"

巴特尔抖了抖手里的仔裤，弯起膝盖把脚往裤管里伸，"还是我去吧。不睡了。"青格勒也开始穿衣服。

五个男人身上挂着相机肩上扛着三脚架鬼鬼祟祟从两个房间里集合到一辆车上。车灯穿过满归小镇黎明前的黑，拉着这群男人向更黑的森林驶去。引擎声像一段合理适用的催眠曲，把小镇的睡眠安抚在黑夜里，而越野车自己却偷偷溜进镇子之外的夜。

12

到依克莎玛了天地还是一片混沌，雨下得比起床的时候大了，山上不时有经不住雨水冲刷的石块滚下来，落在林区公路上，那情势很容易让人想起汶川地震。巴特尔把车停在一块巨大的山石后面，山石前面的崖下是一条河流，河流往南不远是月牙湾和脚印湖。老乌跳下车找了件雨披把自己和相机裹在一起，急急忙忙地拍起来。没有别的雨具，天也还黑着，我和另外三个人在车里等。

东方露出一点若有若无的白，我也下车，张老师也下车，果然冷。雨一直下，巴特尔找出件军大衣给我。穿上大衣把相机脚架塞进怀里，心不甘情不愿地走进雨里。那个早晨我们肯定不像来拍照片的，每个人都拉着肃穆愁怨的脸，那神情更像是来招魂的。

月牙湾北边的崖壁上三个飘飘忽忽的影子渐渐被雨浇湿。5点过了，天亮起来。6点过了，天大亮。需要不停走动才能保持基本体温。

"收队！"我嚷道。

老乌和张老师很听话地回到车里，脱下淋湿的衣服坐在车上发呆。

"回？"巴特尔问。

"回！"乌哈斯说。

与晨曦的约会蓄谋已久，结果不欢而散。回来的路上五个人似乎有点扫兴或者有点困，没有谁想主动说点早起的感言，笑话也懒得讲。雨是摄客的仇敌——就算雨天也可以拍到很好的照片，它也不能算是的朋友，从天而降的雨丝像亿万箭矢，乱箭穿心，焦虑难宁。

时钟若无其事地算计着我们的时间，不停不歇。

"吃点啥？"老乌一直把我当客人看，尽管他心情也不爽，但仍然像个蒙古绅士那样关注我的温饱。而我已经被雨摧残得斗志全无了。只想拍点照，又实在拍不了。作为一个游客在满归晃荡有什么用呢？那对我是件毫无意义的事，吃喝玩乐也不过是些纯动物性需求，况且精神没法兴奋起来，吃什么都不重要，吃什么都差不多的味道。

不过饥饿是件很现实的事。"面条吧，或者别的什么稀的。"说实在的我也没有太明确的早餐需求。

"面条……"巴特尔在马路两边的店铺中寻找写有"面"的招牌。满归在地理位置上算是东北地区了，东北人秋季开始就不起那么早，再冷一点就该"猫冬"了。8点多，店门紧闭，街上还没有生机。"面……"巴特尔这么念叨着。

"面条米饭粥！"青格勒最先发现了这家店。

"走！开着门呢。"巴特尔把车停车店前。

老板娘出来——东北地区的饭馆里最先看到的总是女主人，男人通常在某个角落跷着二郎腿抽烟或者还躺在床上酣睡也未可知——她把我们迎进店里，眼光有点儿生硬。几乎所有女人看见这五个虎彪男人都会本能地警觉起来。我们3点多起来折腾到现在不仅一无所获还冻得哆嗦，脸上确实不容易看见多少人性的光辉。

"吃饭呢？"她明知故问。

青格勒和巴特尔也不答她，低头在菜单上搜索，用最快的速度点好了早饭：奶茶，羊肉，馅饼，棒渣粥，面条。这些东西大概相当于喂饱五头猪的量了，用了不到半小时我们就将上述种种全部塞进胃里。看不见理想的日子堕落起来异常迅速，如同缺乏思想的秤砣穿过水面迅速落进泥淖。回到那家旅馆，我注意到它有个什么什么"红"（比如"晓红"之类）的名字，那名字和旅馆本身一样简单，朴实。没有手纸，不能洗澡，电源是临时拉来的插座，在这样一间屋子里除了睡觉，不会有别的情绪。我已经两天没洗澡了，也没有洗过脚。雨还在下，老乌一定要坚持到天晴拍了月牙湾再走，我没有反对。尽管内心非常不愿意但是又不能放弃。我想洗澡，洗脚，洗所有能洗的地方。需要水，大量的可以涤尽内心不悦的水。但是满归连个像样的浴室都没有（我当时是这么认为的）。

睡觉。

脚上的袜子里开始传过来某种不太清爽的味道，老乌习惯了在旅途食用生蒜，怕肠胃不适。我跟他说"你要是少吃点蒜我或许可以忍受到天晴，蒜味儿很冲的兄弟。"他反唇相讥："你要是少抽点烟那样我可能能活到天晴，烟味很臭的兄弟。"这个房间有四只正在发酵的脚、不断补充的蒜和烟、正在被使用的被子，暖气的烘烤催化着各种味道之间有效中和，房间里即使开着门也浸润在某种特殊的怪味里。这种味道伴随着我们在满归的岁月。

我再次选择了闭上眼睛。睡着了，嗅觉不那么敏感，芳香和清爽就有了，随之而来的是面包也有了，澡也有了。

"要不去漠河吧？！"这是我用浸泡了怪味的脑细胞勤奋思索之后的建议。

"走！"老乌像支持解放大军进城一样支持我。

但是张老师反对。他的理由是"天随时可能转晴，什么时候晴什么去依克莎玛。"言外之意是离开满归可能错过依克莎玛的骄阳。我觉得这不是个太好的理由。我们那么缺少时间吗？不，不过缺少洗澡水而已。

又睡。

13

"去漠河！"40分钟后我觉得说什么也不能听张老师的死守满归坐等天晴了。

"你去跟张老师说。"但是老乌很在意向导的意见。

"去漠河，张老师。"我说。

"？"张老师歪头看着我。

"现在出发。"我说这话的时候表情和语气应该是很果决的。

"万一修路过不去呢？早晨天气预报说了，漠河今天中到大雨，比满归下得大。"

"走到哪算哪吧。"我把刚才的果决放大了一下。

张老师不说话了。他知道如果一个人决心已定，到了不想"等死"非要"找死"的时候，再多说什么也不一定拦得住了，继续劝就是浪费时间。

还没走出满归镇就被一根木杆做成的路障阻断。五个人齐刷刷地亮了下防火证和记者证，森林防火队员嘱咐"别带香烟别带火"，木杆就抬起来了。那条路是寂寞的日子里一道亮丽的闪电，虽然短暂但是把内心的郁闷照得雪亮。

顺着老槽河边的森林公路一直北上，森林里一辆车也没有，只有风景。其实我很想开一会车，懒散的日子里迫切需要集中精力做点什么，好让神经紧张起来，也让早晨塞进胃里的奶茶、羊肉、馅饼、棒磕粥、面条尽快发挥综合效用来滋养肌肉。巴特尔不这么想，他觉得下雨天走这么泥泞的山间公路，车只有在他手里才是安全的。我试探说"巴特尔，要是累了就睡会。"他知道这是个诡计，"不累不累"，然后就势戳穿我的小伎俩："山里的泥路不好开，一下雨车也不好控制，这车刹车还软。你看，踩一脚好远才能站住。我走过这条路，都这样，没一块平地。"那路确实不好走，窄而湿滑，山里的雨水冲毁了多处路面。一路走来基本上和越野训练差不多。可是这对我的车技而言是问题吗？根本不是嘛。巴特尔不信任我，这种不信任一直持续到半个月后去巴丹吉林的路上才彻底平反——这是后话。已经翻过内蒙古自治区和黑龙江省的界山了，巴特尔也没有把车交给我过瘾的意思。

一只山鸡从车前扑棱扑棱飞过。密林是山鸡的宿命，它的今生和来世都寄托在森林里了。在雨天的森林里这种迅疾低飞的姿势里潜藏了食或者色的本能冲动，具有奋不顾身的凛然，它从一片林子飞向另一片林子，觅食，或者求偶（不知道山鸡在秋天有没有类似于发情那么旺盛的情感需求）。山鸡飞走，我也想闭上眼睛在森林里听雨，养神。刚刚合上眼睛，又于心不甘，原始森林的秋天风情万种，满山遍野的画卷就算不能用相机记录，也不忍无视。大兴安岭如同一本美好的书册，读来养眼，思来养心。

这么想来，内心就屈服了阴雨天，不自不觉改变了最初的企图，把"摄客"身份妥妥变成了"游客"身份，不再那么多纠结。相机躺在一边先睡，我用眼睛仔仔细细扫描大兴安岭的每个角落。雨水洗濯过的密林里树叶簇新，林木芬芳，不同颜色的树干和树叶看上去都一样的性感。"水"这个东西在中国古典文化体系里被赋予了丰富的哲学和审美内涵，水的意象通常被用来设喻，表达处柔、守雌、虚静等等传统理念，柔、雌、静又更多用来赞颂女性之美，雨后的秋林，让人最先想到的也是"性感"，这是种很撩人的美丽。

这种美丽也会以其他的方式呈现，比如走着走着波涛跌宕的黄中突然惊现一片夺目的红，鬼斧？神工？都不是。天成。不同树种在森林深处以最和谐的方式互相响应，互为守望。秋天，欲念淳厚，季节成熟，叶子终于可以说出森林内心的秘密。

然而雨一直不停，森林的秋意掩藏起热烈，流露了整整一天阴郁。倒是北极村那顿饭让我在以后的日子里时常念起东北人民的好，那饺子包的！薄薄一层皮裹着小孩拳头大小的馅儿！香极了！老板娘——我说过东北地方差不多所有饭馆都是老板娘在张罗——从头到尾没露过一点笑意，可是怎么琢磨怎么觉得那女人像个干练果敢的姐，那饺子包的！

到漠河了不上街逛逛肯定显不出阴雨天的无聊。"军品店！"不知道谁喊了一声，大伙顺着手指的方向涌向店里。

"绿帽子！"这回能听出是老乌的声音。跟我给他的那顶一模一样。但是贵。市场经济有这种特点：凡是谁都说得出名字的旅游点售卖的商品一定都是谁都说不出道理的贵。老乌认了，交钱拿下。随即在漠河那家小店里搞了个很正式的交接仪式，把"凤凰"还给我，戴上他的"鸡"和把"鸡"焐成"凤凰"的美好愿景。

14

在漠河镇闲逛了个把小时，再调头往满归撤。南下百公里左右到了敖鲁古雅鄂温克民族乡住地，张老师（也许当地人都这样）叫它"敖乡"。敖鲁古雅鄂温克族是中国最后一个狩猎部落，唯一饲养驯鹿的少数民族。50年代以前，鄂温克族猎民还保持了原始社会末期的生产和生活方式，吃兽肉、穿兽皮，住的是冬不防寒夏不避雨的"撮罗子"，驯养驯鹿为生。

天色不早，拐下主路去敖乡瞄了一眼。这里已经看不见"撮罗子"了，老房用砖墙衬砌起来，和别处的乡居没啥异样。一道河沟把村里与村外隔开。张老师对这条河沟很是不屑，说这是谁谁谁干的，"有俩糟钱儿不知道咋嘚瑟。河一改道风水就变了！"他愤愤地说。又列举了谁谁谁的许多"罪状"。在我看来，水对于乡居是道不错的风景，又柔情，又体贴，又灵性，比直不楞登的村子秀丽多了。当然我是外乡人，又不懂风水，张老师的话我们都不敢否定。那个傍晚我有点怀念敖鲁古雅鄂温克族曾经的原始状态，吃兽肉，穿兽皮，猎鹿，放鹰，这种原色的日子想来要比我现在灰色的日子滋润得多。

我一直搞不清灰色为什么会成为这些年的城市经典，那种用来形喻颓废、失望、暧昧的颜色在某一天摇身一变，成了都市的时尚主张。好像它是多么不动声色，多么包容大度，是经历了多少时间和经验才磨炼成的颜色。我不喜欢灰色，灰色是季节的渣滓。大兴安岭秋天的绚丽之后立即会有雪来掩埋死去的红和黄，造物以雷霆手段清除了秋叶逝去之后天地之间的哀叹，以完整干净的"白"启动下一个轮回。春天，雪还没有完全消融，绿色就冒出头来，希望也伸出小手。从这个意义上看，北方最是旷达豁如的象征，省去了诸多细节，一切都来得干脆利落，豪迈霸气。季节如此，人亦如此。黑格尔说："历史的演进有一个重要的基础，这个基础就是地理，民族精神的许多可能性从中滋生、蔓延出来。"他说人类历史的真正舞台在温带，而且是北温带，中国的北方正处于世界的北温带之中。考古人类学一代宗师李济说"中国人应该多多注意北方，忽略了历史的北方，我们的民族及文化的原始，仍然沉浸在漆黑一团的混沌境界。"……每年在北方、在草原我都能获得内心的安宁，如同婴儿依偎在母亲身边怡然自得，这种心理会不会有什么历史渊源呢？搞不懂。能说清的就是抵触灰色，这种毫无个性、毫无方向感的色彩——很多时候势力的方向就是它的方向，所有的颜色混合在一起得到的就是灰色，从本质上讲，灰色就是脏色，什么包容、低调，自欺而已——城市人为什么会钟情于它呢？这个问题太宽泛，深究起来会把自己也搞得很灰。

在敖乡很是为我的城市兄弟姐妹们悲哀了一下。

趁着灰不溜秋的天色往满归赶。敖乡是内蒙古（根河）最北端的乡，距满归大概50公里，离那家旅馆越近，身上越不自在。

脚和蒜和烟的味道隐约都能闻到了。我拧了拧身体，很严肃地对老乌说："求求你，让我洗个澡。"

<h1 style="text-align:center">15</h1>

老乌是何其厚道的人啊！张老师是何其热心的人啊！青格勒是何其尽心的人啊！巴特尔是何其解人的人啊！我们是何其渴望洗澡的人啊！立即，车上所有的电话开始拨给自己在满归以及周边的熟人、朋友。

有了！真有一个洗浴中心！在满归的三天里发廊都很少看见，怎么还隐藏着一个洗浴中心？

"碧海银沙"，怎么样？很诗意很浪漫很清爽很洗浴的城吧？

其实很小，现在不能肯定那家澡房的墙面是贴了瓷砖的，就像不能肯定我的记忆是准确无误的一样。门口一个收银的姑娘，门票5元，搓澡5元。送一小袋"附品"，里面有一条小毛巾、一袋旅行装的洗头膏、一袋也是旅行装的浴液、一支牙刷。门里一个光膀子的服务员，一个也光膀子的搓澡工，一个客人正在搓澡。一间窄小瘦高坐下就会下意识挺直腰杆的桑拿房。先来的几个人加上我和张老师、青格勒就把碧海银沙洗浴城的空间基本填满了。

以刨地一样的勤奋在头发里、皮肤上任劳任怨地耕作了两个时辰，再把自己连同浑身的幸福感袒裎在搓澡工眼前。"今由俎上肉，任人脍戴耳。"——那一刻我发誓在有生之年要写一首题为《我为鱼肉》的长诗，用来舞弄这个秋天在满归的碧海银沙洗浴中心被人搓澡时欲仙欲死的美妙感觉。

搓澡工跟先来的客人很熟悉，在我整理誓词的工夫他俩你一句我一句聊天，他问客人这几天收了多少山货，价钱卖得咋样。他们聊自己的婚姻，聊喜欢的姑娘，聊邻村的同学，聊家里的DVD机和功放。后来客人说想借搓澡工的手机用两天，搓澡工说他原来确实是有俩手机，但是前天坏了一个，就剩手里用的这个了。客人笑他小气。一来二去两边的话语里渐渐有了力度，开始往对方的软处使劲。再往后，虽然还在说笑，但是轻视已经比较明显了。听那意思搓澡工觉得客人游手好闲，客人觉得搓澡工的这份差事不咋地。

"好赖我有个工作，哪像你这么有活干两天没活玩一年？"搓澡工这样回敬他的客人。而这句话也挑逗了我的好奇心，我以为他不会这么公然地"炫耀"自己的搓澡生涯，但是不，他很在意这份工作。自己光着膀子挥汗卖力，换来老婆孩子衣着光鲜，这让他非常满足，而且自豪。

"人民，只有人民才是创造世界历史的动力。"脑子里居然冒出这句著名语录。

那个夜晚，睡得很香。

16

满归的鸡还没打鸣，我已经睡不着了。那是第四个凌晨，照样3点半起来。

雨停了！像那些从春季一直等到秋季的农人终于看见稻谷金

黄，他们拿起镰刀，往手心吐了些唾沫，腰里攒满了劲儿，一溜烟跑到田边。收获是件异常辛苦的事，但是面对明眸皓齿炫丽妖娆的秋山，我们脸上泛出的却是意味深长的笑。

5点钟，晨光熹微，依克莎玛幽静如梦，激流河在这里优雅地弯成一枚月牙，连续几天的雨让河流疲倦了，它静卧山下，绸缎一样舒展开，山崖上看下去，不见一点涟漪。东山在一点点变亮，河水也从深蓝变成浅蓝，月牙一侧的脚印湖里升起雾气来。很快，河岸的森林里也弥散出一团一团雾，这些雾一会儿两团合作一团，一会儿一团分作两团，聚聚散散，分分合合，仿佛孩子们的丢手绢游戏。远山和森林的轮廓慢慢清晰，可以朦胧看见雾里叶的黄和树的绿了。眼睛在真实与虚幻之间挣扎，好容易离开梦境，俯身从相机的取景窗往外看去，又落进幽蓝的梦里。那时候我觉得相机是个负累，没有它我可以傻傻地用眼睛和脑子去看、去想。如果够癫狂还可以在悬崖之上搞个玉树临风的造型；看累了，想不动了，随便找块石头一坐，胳膊往下巴和膝盖中间一支，就会是一尊颇有名望的雕塑。人类有种可怜的欲望，凡是美的总想占有，而且不要"群占"，最好"独占"。我在依克莎玛就可怜到不想拍照，只想欣赏，把大兴安岭的美丽"占有"成内心的一份感叹。

太阳出来，秋雨洗过的树叶干净透亮，鲜艳得让人想甩出点够力度的狠话。我坚持认为树林里有一种躁动的情绪，如同压抑已久的青春情愫远远看见洞房的窗口，作为新郎，几乎所有树都在哼唱着些什么，那是种很幸福的音色，歌唱的内容我听不懂。

昨天的澡没白洗，现在关节活润，身手灵巧，可以敏捷老道地在复杂的地形里时选择合适的机位。水气弥漫在雨后的森林里，近处的树叶和水面有耀眼的反光，远处的山岚被雾霭裹住，没用多久，初升的太阳就跃出山脊，照得人睁不开眼睛。

张老师最了解地形，月牙湾这点地方他来过很多次了，什么样的地点适合摄取什么样的画面他清清楚楚。每两分钟张老师会像突击队长那样准时召唤自己的队员们撤出当前阵地，扑往下一个目标。这使我和老乌每次按下快门都十分仓促和草率，经常在刚刚屏住呼吸就要按下快门的一刹那，张老师亮起嗓门叫道："快点快点，太阳起来了，赶快上那边山坡！""过来过来，侧逆光！侧逆光！"

起初的几次还能招之即来、挥之即去，张老师一叫，立刻收起脚架转移阵地，后来发现忙乱和贪心可能导致更加不堪的人生，就开始消极抵抗张老师的好意，不响应，或者不马上响应，按自己的意愿看够了，拍完了，再起身。慢慢地，像所有在调皮中学会调皮的坏孩子一样，我从跟老师作对的快乐里尝到些老实孩子尝不到的滋味，就去放大这种快乐，想让那滋味反复甜美自己的生命。我甚至吊儿郎当地换下广角装上微距镜头插上快门线旁若无人地拍那粒枝头的水滴，再换上广角对准头顶上的桦树拍下蓝天映衬下金黄的叶子才晃晃悠悠地撤离。习惯了低头牢骚的日子，偶尔抬抬头会别有洞天，金黄的桦树叶子在湛蓝的天空背景下干净得让人盼望那叶子最好能够随风落下，砸进嘴里，让我咀嚼一下秋天的滋味。而且枝头那些水滴像同伴们欣赏赞叹的眼光一样鼓舞着恶作剧的孩子，我越发有点变本加厉了，结果是张老师把音量调到最大，我把动作放到最慢。

这种自由散漫的作风事后被张老师誉为"专业精神"，这
"赞美"轻易搞红了我的脸。鬼晓得"专业精神"是种什么精神；
老实说，我都不知道应该把它理解成批评还是表扬。只知道来一
次并非易事，这么好的秋天也不是年年都可以遇到的（以后的很
多年里，张老师经常在秋天给乌哈斯和我打电话说起他眼前的大
兴安岭，要么叶子不黄，要么雨水猖狂，要么霜来得太早，要么
天气不好。叶子好了天气也好了，我们却不一定有时间。总之，
再次踏进大兴安岭秋天成了我和乌哈斯此后多年未能达成的梦
想），何况连续几天的雨把满山满坡的树和叶洗得干净透亮。我必
须认真做点什么才对得起大兴安岭，对得起老乌，对得起连续几
天来忍受各种怪味的艰难等待。我确实这么做了。回到车上腰疼
腿疼眼睛疼，只有心底一直在傻乐。

17

那个早晨看到美丽"本人"的样子。

那是我从未见过的森林之美，大兴安岭的群山在雨后越发清
香怡人，林区深处安静极了。兔子，狍子，野鹿，还有各种叫不
出名字的鸟兽，对我们这些来自森林之外的异族毫无戒备，它们
以自己的节奏不疾不徐地从小路上走过，好奇心重的还会停下来
扭头看我一眼，上下打量一番。我很想跟它们说点什么，哪怕像
在北京街头见到熟人那样随口问问您吃了吗？——我觉得应该跟
他们打个招呼，在两个物种之间建立某种联系。但是毫无疑问在
森林里对动物们伸手致意会让它们误会出敌意，那不是动物们愿

意理解的亲昵，我能做的，就是尽可能长时间地与它们对视，读它们眼睛里的善和美。如果眼睛真是心灵的窗户，它们也应该已经从那窗户里看出我还算是个挺友善的异类。

太阳从山后升起来，仿佛来自史前的薄雾和晨光一起飘散，撩起面纱的大兴安岭露出娇柔面容。只一眼，我已经不可救药地爱上她。我在森林里非常非常雄性地长嚎了一声，树叶子扑簌簌地落下来，躺在地面上还没忘记扭头怯怯地看我粗鄙的嘴脸，它们大概不知道那是我今生唱过的最动听的赞歌。

离开月牙湾，再次把选择方向和路线的权力拱手让给了张老师，他带我们由满归西北的月牙湾抄近路从一条林区防火道绕到满归南边。防火路不宽，路面落满了厚厚一层黄灿灿的桦树叶，树叶里散发出秋草素淡的气味，那是种有别于人间烟火的味道，那种味道引诱了老乌和张老师像卧射的战士一样整个人趴在地上拍树叶和它的经络，人到中年了还能够与土地保持如此亲密的接触不是件容易的事，那姿势看上去颇执着，也颇滑稽。我说"老乌别动给你来张工作照！"他却忽然像被马蜂蜇了似的"腾"地跳起来，留给我一个鬼脸和晃动的背影。

往前再走不大一会，路边又能看到激流河。森林里的河流温顺而平澄，看一眼，骨骸都清澈了。几天来雨一直没有停歇，每次出旅馆都会换上及膝的雨靴，老乌从呼和浩特买来放在车上的。雨靴在激流河边成为跋涉利器，穿上它就可以淌那些百十年没人淌过的河水。原始森林里的河流长年沉寂，水流安静得像个看惯春风秋月的老人，无论谁来谁走都是一副事不关己的淡定。站在北方的河流里，脑海里忆起少年时在南方的雨季嬉闹的画面，一些有关江南的故事再一次横七竖八长满内心。拍了些河里水草和倒伏在水中的松树，回到岸上，各自在车里找些爱吃的东西当午饭，我吃了些面包和一只松花蛋。正是这只松花蛋，让我在两小时后腹痛难忍，饱受折腾。

18

整个下午都无精打采，松花蛋完全打乱了肠胃的正常工作节奏，它掩护某些细菌偷袭了我的身体，并且在那里毫无忌惮地横行。一边和细菌角力一边再次离开满归往北边的林子里钻，在那里认识了一种叫"草爬子"的昆虫。进林子以前张老师提醒说"小心草爬子啊！别让它叮着。"他说草爬子会把尖嘴扎进人的皮肤里吸血，使人感染，严重的还会致命。不过他也申明秋季草爬子已经不怎么厉害了，夏季才可能致命。这个提醒让我紧张起来，这是种什么虫子？这么厉害？乌哈斯比我了解草爬子，又在漠河新买的帽子，看上去并不怎么担心被袭击。他的泰然多少也给了我一些勇气。秋天午后老林子里有那么多更值得关注的色彩和景致，走着走着就把草爬子的事忘记了，无所顾忌地在林子里以任何需要的姿势跟树林和草地接触，一会蹲着，一会坐下，一会斜躺，一会俯卧。

"听！流水的声音，"张老师听到哗啦啦的声响，"激流河就在林子里边，走！找找看。"难道上午在满归南边淌过的那条河和我们一样绕到满归北边？河流走水路，我们走陆路，现在殊途同归也是情理中事。巴特尔、青格勒留在路边的车里休息，老乌和我跟着张老师听着稀里哗啦的声音往森林腹地里摸索。起先三个人还能保持基本的前三角战斗队形，我这儿停下脚步按了几次快门的工夫，他们居然走远了，看不见背影，也听不见脚步声。在密不透风的林子里怯怯叫了一声"老乌"，没人应声。

一阵凉意袭来。

过了 20 分钟，还没有老乌和张老师找到激流河的消息，也不见两人返回。再往前走了一会，立在原地静心一听，那个稀里哗啦的声音根本不是流水哗啦啦，是风过树梢的声音！不得不惊叹，森林里的风吹动树叶互相拥挤摩擦的声音和河水流过浅滩冲击石块的声音老远听着确实太像了。他俩没发现？还在一如既往地走？站在原地扯着嗓子又高叫了几声，没有反响。风吹过森林的声音轻易淹没了我的声音，那声音听上去不仅不那么安详温柔，而且忽然之间还多了些阴森和恐怖的意味。我在苍茫无际的大兴安岭深处生出些不得不承认的畏惧，那种畏惧一直隐藏在身体的某个角落，只等到孤独一出现，它也准时出现。它一出现，就能看到人在苍茫的大自然里有多渺小和无助。

继续向前找他们？还是掉头回去？或者原地等待？胃疼的时候打小算盘实在不是件痛快的事：原路返回吧一时半会是找不到巴特尔、青格勒和车的；原地等待吧万一有条狼不打招呼就扑过来我的二头肌三头肌加一起正好够它一顿午点；往前走吧老乌和张老师已经看不见人影，鬼知道往哪个方向能找到他俩。怎么办？风还在森林的树梢上哗啦哗啦地编织关于河流的谎言。下午的阳光时隐时现，鬼魅得让人疑心森林里藏着某个秘而不宣的阴谋。

既然进来了还是往前走吧。

我开始准备措辞，以防万一绿林里出来几个好汉好跟他们打招呼。如果他们需要我做些点贡献应该给钱还是给相机？也不知道满归这一带的好汉脾气怎么样，他们会直接横刀来抢还是先礼再兵。想到这些有点后悔出来前没背上几句东北好汉们惯使的黑话防身保命。"脸怎么红了"之类的暗号肯定已经过时，我的长相和口音都与杨子荣相差太远，没法震慑谁；腰上除了那条皮带也没别上个"王八盒子"什么的。唉，要是李勇奇和小常宝他们一家还住在附近就好了，这一家都是老实人，比老乌和张老师应该能好点，起码不会把我一个人扔在老林子里自己先跑没影了。

"狼啊，咱们俩是一条心啊——"哼了句天涯歌女的歌，顺着密林里一条似有似无的路壮着胆子继续往前走，去找老乌和张老师。

19

生命在大自然的舞台上轮番上演，你方唱罢我登场。森林深处偶尔还能看到昔日林场的工人们居住过的木板房，阳光和风雨夺去了木房表面所有关于人类活动的表征，曾住围拢过某个家庭快乐的木栅栏现在惨白得像绝望的枯骨，让人欣慰的是废弃的房子面前依然有盛开的鲜花。那鲜花在了无生机的木房之外有种期待的喻义，她或许在等曾经的主人再次垂爱。木房之外，草木葳蕤。阳光照在松针上，金丝翠缕，刚柔相依。千姿百态的森林生命赛美争胜，互不相让，高松摩蓝天，低草依绿地，失去高度的花儿们也在用绚丽的颜色表达自己弱小的存在。稍微空阔点儿的地方就能看到风度翩翩、神采飞扬的树木，这些树不是我想象里原始森林粗干大枝的样子，一棵棵都生得俊朗飘逸，像天穹下行吟的诗人。大自然通常会"逼迫"出许多诗人来，如巴蜀之于李杜，如边塞之于高岑，大兴安岭不应该是缺少诗歌和诗人的地方吧？这又是哪个诗人临风的样子呢？

青竹丹枫，南北不同，看惯了柳婵莺娇的南人在北方的森林里跟初进大观园的刘姥姥一样，内心挺激荡，眼睛不够用。

壮阔！深厚！绚丽！神秘！我敢打赌，没有一枝画笔能描摹出如此活力美艳的秋天。

在老林子里信步走起来，狼不狼匪不匪的也不在意了。美丽给人的安抚远胜孤独带来的恐惧。

终于在一汪浅水边看到万恶的老乌和张老师，那是河流经过弯道时留下的一块冲积区，河床上横七竖八躺着些倒伏的树木和河水冲来的茅草、树枝，单从冲积区已经看不出河水走向，那一汪水更像森林里的一个池塘。他俩在水边指指点点像是在评说大兴安岭的是是非非，我走过来，他俩不闻不问，仿佛我只是去干了点理所应当的事而不是走失在森林里遭到了孤独和恐惧的精神勒索。如果不是一时腾不出手来，我肯定脱下雨靴扔他们脸上了！不过既然不能泄愤，不如装出无所谓的样子。我用了两秒钟把自己脸上写满平静，也站在水边，跟他俩侃了一会大兴安岭的恩恩怨怨，然后往回走。

我们在森林里走了多长时间呢？两小时？三小时？鬼知道。总之回头的路似乎越走越远，三个人开始怀恨巴特尔：这家伙居

211

然不知道把车开到林子里来找我们。

走不动了。

实在走不动了。

"巴特尔——"老乌最先开始呼叫。

没有回应。森林死寂。树梢上原来的那点"谎言"也没有了。

"巴特尔——"我也调整了下调门鬼嚎妖叫般地求救。

没有回应。森林吞噬了很多东西，人声对它来说毫无新鲜感。

再走。再叫。

在我们仨即将崩溃的前十分钟，巴特尔笑得看不见眼睛的脸庞终于出现了。

但是这时候我突然觉得头皮里奇痒难耐。

20

草爬子！

这个发现让人畏惧，紧随畏惧而来的是吸血、红肿、死亡等等恐怖的字眼。今天这是怎么了？从松花蛋开始，不爽它就一直围绕在我身边，这会了难道还要"我以我血荐草爬子"？

我从头皮里抠出两个比绿豆大不了多少的顶着个硬壳的小虫子，那就是草爬子了，学名叫蜱虫，草原上的叫草原革蜱。蜱虫主要生长在树林和腐烂的枯叶堆，硬壳蜱虫把整个头部埋在人或者动物的肉里吸血，吸饱了也不会自己离开。可怕的是就算发现了蜱虫，想拔出它来扔掉也不容易。捏着硬壳拔，蜱虫的身体可能一分为二，上半截出来了，钻进肉里的依然在肉里，而肉里的那一段正是引发各种血案的根源。

　　我头上的草爬子是找着了两个，也抠下来了，但是浑身不舒服，不自信，也不自在了。仿佛身体里已经被那该死的小虫感染了什么病毒，或者某个不知道的角落里还有另外一只草爬子仍然在吮吸我的血液。

　　"看看还有没有。"把头伸给张老师。是他把草爬子介绍给我，又带我们闯进草爬子的家，现在该他来收拾下残局了。张老师极细心地一层一层翻我的头发，"这有一个。"那黑黑的小小的调戏了我生命尊严的背着个又黑又丑的硬壳的昆虫让我的神经高度紧张。不知道它对我做了什么，不知道在我要它的命之前它是否已经在我的血液里留下了某个咒语。

　　"如果中毒会是啥症状？"我问张老师。

　　"痒，肿，发炎。就怕它扎进你汗毛孔没完没了地吸血，看见了揪出来就没事。"张老师一脸严肃的神情搞得我很担心，那家伙是不是还在别处潜伏着呢。一直觉得我不是个怕死的人，这时候才知道人生有些结论真的不能太早就做。

　　他妈的！躲了四天雨，早晨好不容易看见月牙湾的羞涩和妩媚，看见大兴安岭艳丽的壮美，下午就被草爬子凌辱了。万一……我觉得我仍然可以算不怕死，现在害怕的是冤死。

　　"再找找，一定得在血被吸干以前把所有草爬子全抠出来。"如果带上一个回旅馆睡上一晚，草爬子爽了，明天一早我就不一定还能起来了。

"没事的，现在的草爬子没那么大毒性。"张老师的这句话相当于一剂药，也是森林里唯一一剂可以仰仗的药，服下去身上暖和了一些。哈斯坐在车上看着我慌乱的神情不知道说什么好。车上的兄弟们内心在打鼓，谁也不知道头皮里抠出草爬子以后身体里会不会有什么别的事发生。他们从最初的惊恐里回过神来，能做的也只是说些让我宽心的话。

"没事没事，我也被咬过。"巴特尔说。

既然被草爬子咬过的巴特尔如今照样生龙活虎地满世界奔跑着，我也没必要再担心啥了。草爬子不会单恋我，我的人品和长相都不是最出色的。况且如果真有事，担心也没用，不用泰然面对，爱咋地咋地。我这么安慰着自己，心里稍微豁亮了些。

我跟草爬子的纠结缓和了，太阳也开始往树梢后躲。路边的水面上有了范仲淹说的那种"浮光跃金"，我们停下车在湖边拍了些桦树投下的倒影，再上车，往满归走。

刚走没多远，张老师又高叫一声"草爬子！"

他的头也痒起来。

经过地震的人对余震有了很强的心理承受力。一车人看张老师把草爬子从头发里抠出来，再看他脱了帽子吹吹打打，没有更多的声音。张老师比我们更了解草爬子，刚才给我的解释和安慰对张老师仍然有效。大家不出声估计也是想让张老师能静下心来细细回忆刚才跟我唠过的那套嗑，把我服过的药尽快也服下去。

张老师很快结束了惊讶，扔掉抠出的草爬子尸体，没事人一样欣赏车窗外渐渐露出的暮色。

所幸那几只草爬子除了制造短暂的慌乱之外没再给我们留下

别的隐患。天黑下来以后，大家似乎都忘记了它曾经潜藏在我和张老师的头皮里，喝过我们的血，挑衅过我的神经。

这一天经过一番与天斗、与地斗、与大森林斗、与草爬子斗的历练，回到旅馆，大家脸上都咧着一朵朵豪迈的笑容。

看见一群人挂着长长短短的家伙踌躇满志有说有笑地回来，歪在旧沙发上抽烟的男人（终于有个男老板出现了）主动搭讪，问我们哪里来？摄像还是摄影？要在满归待多长时间？在旅馆住着还方便不？在搞清我们五个人的大概意图之后，老板推荐了一个地方：

"1409！那才是拍照的地方，山顶往下一瞅，蓝天白云，一眼望不到边的老林子，漂亮！"说到激动处老板从沙发上站起来，"我这儿还有照片呢，等我找找。"他从另外一间屋的某个抽屉里翻出三四张照片拿在手上抖，仿佛抓着一把与他非凡的人生经历密切相关的奖状。

过去看了一眼，那照片着实一般，没啥震撼处。见我们没有预期的亢奋，老板继续推荐道："这照片自己瞎拍的，到那儿就知道实际比这漂亮，那家伙！蓝天白云，一眼望不到边的林子。"他把刚才那段重播了一遍。跟他一起倚在沙发上的还有个温州客人，大概是来满归收大兴安岭山货的，在旅馆住了些时日了，和老板熟。老板说起1409他也过来帮腔："是漂亮是漂亮，这一块最高的地方了，去吧，肯定不白跑。"

老乌说我们要从满归去莫日道嘎，恐怕没那么多时间去别处了。

"嗨！下1409就有条道去莫日道嘎。"老板拿脚尖在地上比比画画告诉我们怎么去 1409，又怎么从 1409 去莫日道嘎。这下老乌和张老师有点动心了，觉得这"买卖"值得一做，绕道百十公里对越野车不是什么问题，还能看看小店老板力荐的 1409，万一撞上个意外收获呢？

我没意见，去不去都行。

"那就去。"老乌说。

21

第二天一早，我们五个人离开了这家每晚 15 块钱的私人旅馆，离开了这个不能洗澡的驿站。那个木板隔出的茅房让我在以后的几天里还会偶尔想起，它在我个人成长历程的远端散发出某种特殊的味道。那个沉寂的封闭的有着多年不变的固定生活节奏、很少被外面世界干扰的小镇子很快淡出视线。有一刻，忽然想起何平的电影作品《双旗镇刀客》，那是部很著名的中国西部片，我觉得应该有更多作品来说说北部故事。

东北地区秋天到冬天是一溜小跑过来的，我从北京穿着 T 恤到海拉尔，在海拉尔穿着衬衣到根河，在根河加上夹衣到满归，到满归以后衬裤、抓绒衣、帽子、围巾全裹上了。离开旅馆的那天一起床就明显感觉比前一天冷了许多。去往 1409 要路过月牙湾，这个跟我们纠缠了四天的河湾也不如前两天美艳了，天上的风吹落了树梢的黄叶，森林正在用萧瑟替代茂密。季节残忍，时不我待。

过了月牙湾就找不着路了，来来回回，走走停停，摸到去

1409 的路口已经 10 点多了。森林里人少车少，问路都找不到人，只能凭感觉，靠的是经验和蒙。这个路口？不对，那就上那个。在 GPS 误差已经可以精确到米的时代，内蒙古兄弟们开车仍然在凭感觉，靠经验，这不能不说是件挺让人担心的事。而且这些兄弟们即使跑长途、过无人区，也很少带自救工具，车坏了或者陷了，只能拼体力、靠手劲。成吉思汗的后裔们潜意识里根本就没把在内蒙开车当成长途，普天之下，莫非"汗"土，内蒙古高原上跑多远都不过是在自己家里转，不过是从这个毡房到那个毡房喝杯奶茶，没啥大不了。所以走错路了也只有我一个人惴惴不安，车上的其他人没觉得与走对路有什么不同，笑话照讲，呼噜照响。

有必要用点时间介绍下 1409。

1409 是一座山峰的海拔高程，是满归及奇乾、乌玛、永安山等北部原始林区中最高的山峰。山峰之外百十公里之内应该没有其他村镇了，加上山峰本身没有特殊形势，所以也没法起个"白马山""黑熊岭"之类的名字。为什么旁边别的那些山峰海拔高度都不为人知，仅仅这一座这么知名呢？因为 1409 高地上建了座通讯公司的网络基站。

1409 高地离满归镇约 80 公里，进山以后只有一条简易公路通往山顶，大概是给基站值守人员送给养的路。从山脚开始，越往山上，坡越陡峭，道路越奇险，悬崖峭壁加胳膊肘弯，接近山顶百十米，路才平坦些。下了车马上能感觉到寒流滚滚，冷风飕飕，吹得人嘴脸生硬，说话以前先要把腮帮子活动开。大家再把能穿的衣服全部穿上，我又钻进了军大衣里。高地上可以俯瞰大兴安岭北部原始林区。由于气温和湿度的关系，山下的树木还是一片翠绿，这里已经有点玉树琼花了。

万历二十六年（1598 年），有个叫袁宏道的湖北人被他哥哥袁宗道一封家书叫到北京，在顺天府（第二年去了国子监）当老师，这个人不爱做官，就爱玩，酷爱自然山水。他在北京的某个中秋写过一首诗，里面有两句说："秋树伶伶白，添衣也觉寒。"说的正好是我在 1409 的所见，所感。那天是 2008 年 9 月 17号，这年的中秋节刚过三天，山顶上已经有了霜冻，满目秋树，伶伶瘦白。

挂上相机，扛起三脚架，深一脚浅一脚地在山顶大大小小的火山岩块里找地方。历经周折登顶到海拔 1409 米，许是气温低、风力大的原因，高地上的野草低矮，松树也低矮。从山顶眺望远处，看到的仍旧是山顶。几片游云，一缕阳光。大地静默，清冷无语。齐腰的孤松与山下静穆深沉的森林遥相守望，有些不怒自威的凛凛风范。除此之外高地上空空荡荡，举目所见有点让我失望，如果仅仅只能看到连绵的山峦根本不用来大兴安岭。

1409 的经历告诉我：如果选择摄影点，不一定轻信没有相同爱好的热心人的推荐。彼此的需求差别太大，别人一番好心，未必能成就自己的一番好事。当然，所有的出行都不会一无所获，我在 1409 山顶的灌木丛中上蹿下跳时发现一具酷似牛头骨的树根；又在下山的路上，再一次有机会与野鹿对视。那只野鹿似乎是白鹿岛遣来的信使呢，我想。

掉转车头，我们往莫日道嘎方向驶去。

22

在原始森林穿行最幸运的事莫过于迷路，迷路的日子会有异乎寻常的发现，迷路的时候可以体会"刀尖上舞蹈"的残忍和刺激。如果有一天我会整理森林旅行的心得，这一条不应该被忘记。

大约 10 点钟，我们离开 1409。这几天我在车上像个极爱自炫的学生不断跟巴特尔狂侃驾车心得，估计巴特尔老师听了感觉还像那么回事，慢慢也认可了我，觉得我也是可以开开车的。其实我只是想替换巴特尔开会车，让他有时间休息下。一天一天盯着车，一星期下来超人也受不了；何况开车对于我还是个极大的乐趣。现在巴特尔想通了，下了高地不久，到奇乾森林防火检查站，他把车交给了我，我开始了在巴特尔老师手下的实习考试。

"从这边过去先到白鹿岛，再到莫尔道嘎。就这一条道，一直开就行了。"

我是个实在人，巴特尔这么吩咐了，就算看见歧途我也不会上去。不过事后看来，这么说有点推卸责任的意思，因为三个小时以后我们真的迷路了，而且这回的路迷得五迷三道。

在森林里看森林有种探隐摘微的享受，按说大兴安岭也是足可诞生伟大诗人和伟大作品的地方，只是天高地远，历朝历代的迁客骚人不会也不能前往游历，所以前贤留下的诗词歌赋里鲜有谈及大兴安岭的内容。我所知道的有关秋天的名篇里"层林尽染，万山红遍"之类的语汇不足以说清大兴安岭美好秋色的十分之一二。"秋景有时飞独鸟，夕阳无事起寒烟"之类的诗词拿来说大兴安岭又极单薄苍白；就算"晴空一鹤排云上，便引诗情到碧霄"

219

这类看上去颇多豪气的诗句对于大兴安岭的秋天也显得小气局促。于是麻烦来了，凭我的笔力要说清大兴安岭秋天的意象意境意蕴意趣实在是不容易。不妨留个话头在这里，哪天梦见圣人得了真传再说。

除了林木茂盛，大兴安岭的水系也极发达，整个呼伦贝尔水系以大兴安岭以东的嫩江水系和以西的额尔古纳水系为主，汇聚了大小3000多条河流，这些河流的分支沿着不同方向在大兴安岭林区自由出入，在林区公路上很容易就能看到深深浅浅的河水唱着跳着在森林里往来穿梭。

森林公路上除了偶尔遇到一辆正在工作的"管护队"（全称应该是"森林防火管理防护队"）的车再也见不到别的车了。我的四个乘客一个一个渐次睡着，包括老乌。这让我很有些"鄙夷"——身为摄客怎么能在瞬息万变的美景面前闭目养神呢？我大概用了40%的精力开车，剩下的60%在看车外的风景。平心而论，金色的大兴安岭秋天，这个阳光恬静到清澄，秋风和煦到轻柔，蓝天辽远到温馨，白云悠扬到飘逸的午后，把车开上迷途真的错不在我。是大兴安岭的秋天首先挑起事端，她迷住了我的双眼和内心。☞ 图D3上

拐过山脚，来到一条小河边。秋风轻拂，暖阳初照。实在忍不住停了车要下去拍点什么，哪怕只在森林里休息一会呢。嗯是的，我需要一个杜牧似的"停车坐爱"。引擎的声音一停，车上的人像听不见催眠曲的孩子，纷纷揉着眼睛醒来，下车舒臂伸腰，活动筋骨。我和老乌、张老师到河边去拍了几张照片，回来看见巴特尔眉头纠结，一脸疑惑。

23

"走错了。这方向不对。"

巴特尔把拿着地图左拧右转调整方位。"错远了。来的路上看见个路口没有？应该从那儿进去才对。"

人迹罕至的森林公路上，路口是屈指可数的，走上百十公里也未必能见到一个岔路。过来的路上确实有个路口，还立了个又高又小的路牌，那路牌锈迹斑斑，我们的车一啸而过，看不出牌子上写了什么。我如实跟巴特尔说。

"就应该从那个路口去莫尔道嘎，现在错远了。"巴特尔的结论让空气稠密起来。

将错就错继续走还是回头再去找那个路口？作为我们这群人里最了解大兴安岭的人，张老师的意见是回头太远，继续往前，这条路肯定能绕到莫尔道嘎。"林子里一共就那么几条路，都连着的"张老师说。

那个声名远播的战地记者罗伯特·卡帕说过一句很多人愿意背诵的话："如果你的照片拍得不够好，那是因为离炮火不够近。"所有喜欢摄影的人都被这句话蛊惑得双目尽赤，血脉偾张。没有困难创造困难也要拼死接近目标，走回头路显然不能被他们接受。也是因为这个逻辑，我和老乌再次挺身拥护了张老师的意见。

"油怎么样？"我问巴特尔。这是关键问题。

"不到两格，还能跑 150—160 公里吧。"

"现在离白鹿岛多远？"

"差不多120公里。"

"回头从那个路口去白鹿岛多远？"

"应该在100公里左右。"

"回满归加油呢？"

"140公里。"巴特尔像在接受一次面试，应答如流。

"继续向前！"那时候我肯定是一副志满意得的表情。无论向前还是后退距离都差不多，油料也够，那为什么不走"离炮火"更近点的那条中心路呢？

我再次上车发动引擎，越野车画出一道优美的弧线，钻进森林深处。

然而，重新上路以前我们都忘了白鹿岛是没有加油站的，最近的加油站在离白鹿岛100公里外的莫日道嘎。也就是说继续向前，车里的油注定不能坚持到最近的加油站！这个看上去如画船箫鼓、飞龙鹢首、络绎于鲸波怒浪间的潇洒选择其实选的是条"绝路"，它从开始就潜藏着巨大的危机。

> 自由像风一样，那是我伸手可及的天堂；
>
> 人心洁净安详，那是我早已回不去的故乡。

森林一如既往地震颤内心，森林公路一如既往地缺少标牌指示。我们需要找个当地人问下路，但是周围只有树。一棵一棵，一片一片，一望无际的树像凝固的波浪。在森林里等到一个人、一辆车需要多长时间呢？一小时？一天？一年？说不好，要看运气。无法问路的时候只能凭感觉前行。越野车驶进遮天蔽日的树林，那个午后或许本来也没有太阳，或许太阳躲在森林旁边的森林里。幽深静僻，神秘刺激，岑寂从高大的樟子松顶向公路中间压下来，把头上的天空挤成一道细缝，那缝里只能漏出有限的空气，我觉得呼吸急促。公路在山脚下的树林里分出两条岔路，一条向西，一条向东。

"怎么走？"

"向西。"

左打方向。

"向东？"

紧急刹车。

"向东。"

倒车，右打方向。

小溪把森林公路中间洗出一道水沟，曲曲折折向山下流去，车轮在溪水里溅起剔透的水花洒向森林。路边的草、树根上的青苔、不知名的鸟和溪水冲刷山石的声音、秋叶唏嘘的声音在车窗外一闪而过。灌木里大概有很多动物停住脚步用陌生的眼看着陌生的车，路边有木杆举起的铁牌，牌上有字，"伊木河—拉布达林"

"伊木河是哪里？"

没有人回答。

"拉布达林？不是在额尔古纳吗？"

没有人回答。

我不再问了。心底水泡一样冒出一阵祷告。

223

"北过一小坪，复上岭，共一里，转而西行岭脊上。连度三脊。或循岭北，或循岭南，共三里而复上岭。"——这是《徐霞客游记·楚游日记》中的一段话，记录他 1637 年正月 27 日去观音峰找观音庵的线路，复杂程度和我们离开铁牌子以后的路线差不多。不同的是徐霞客清楚地记得自己先是"西行"，然后"岭北"，再是"岭南"，最后"上岭"，而我们这时候已经分不清东南西北。阴天森林里极难辨请方向，按理说，没有太阳，可以通过树木枝叶茂盛情况、表皮光滑程度、青苔附着情况判断方位，但是现在即使弄清了南北东西也没大用，森林里只有一条路，要么往前，要么往后，想去别的方向也不可能，我们五个人里没有一个能立即说出车头朝向，那条看似温婉多情的森林公路不知道会带我们去哪里。车在森林里转来转去，车上的简易罗盘也在转来转去，它标定的方向从来都不是精准的。仅有的那块路牌上提供的参照方位"伊木河"和"拉布达林"又没人知道在哪个方位，只能说我们的车在"前行"，转圈也是种"前行"。

再到一小坪，前方传来引擎声音。把车停在路边，五个人下车等对面的车过来。一辆菱帅停下来，我们问去白鹿岛的路。

"走反了！"

开车的小伙子脸上有种类似"鄙视"的表情，"往前走是零公里。再走几十公里就进俄罗斯了！"

零公里，应该是指脚下这条森林公路在国境线一端的起点。

巴特尔接过方向盘，掉转车头。原路返回铁牌子附近的岔路口，往西驶向"拉布达林"方向。10 公里后，路被挖开了，裸露的路基上密密隆起坟茔大小的土堆，一辆铲车停车路边的取土点，工人不知去哪休息了。

没有一种回忆能够真的缝合从前，回忆能做的充其量不过从破碎的裂隙里寻找余温尚存的故事

我没见过那么安静的自然，没见过那么幽深的森林，没见过那么幽远的芳草。我想落泪，我觉应该哭一下才好

我"听"到山顶上一棵独立的树黄了，又"听"山谷里一棵孤兀的树红了。那颜色飘飘渺渺的声音把大兴安岭温柔的躯体描写得清新妩媚，如同一粒隽永的词语融化在宋词悠扬柔媚的段落里

这里，阳光恬静到清澄，秋风和煦到轻柔，蓝天辽远到温馨，白云悠扬到飘逸

我一直在逃，逃离城市，逃避人群，选择大众不愿涉足的去处放逐自己的灵魂

向东越走越远，向西路被挖开。无论向西还是向东，油箱里
的油都在一点点减少。如果160公里是极限，现在这个极限缩短
到了100公里。我觉得脖子被什么东西缠住，呼吸急促，心跳加
快。五个人一起沉默，集体恐惧是种最具杀伤力的情绪，大家都
知道发动机每一次做功消耗的除了燃油还有本来就很渺茫的希望，
但是都无能为力。

"不能再走了，必须先弄清方向。停车停车，拿地图。"我
说。

巴特尔停下车。像很多战争电影里出现过的场面，地图在引
擎盖上铺开，巴特尔、老乌、张老师像肩负司令任务的长官们一
样把头凑一起围着地图指指点点，讨论方向和路线问题。我和青
格勒像忠于职守的参谋长立在旁边，准备随时把司令官们的决定
传达到各个战斗位置。但是他们的对话有些分歧，一个声音说他
最早就说要往西走，结果白白往东走了二三十公里，现在必须往
西，从修路的那段过去。另一个声音说林区的路怎么绕都能绕过
去，反正是围着山转，就这一条路，左转右转不都一个样（——
这显然是个误判，刚才的"右转"已经证明只能绕到邻国俄罗
斯）？指挥官们的决策思路不统一，某些不愉快的火星在森林里
闪闪烁烁，这很危险。

"返回吧，找到第一个出错的路口！"这个声音高一些，应
该是凝聚了某种权威意志的。"第一个出错的路口"是指被贪恋美
景的我错过的那个路口。

收起地图，车往回开。车里的空气有点沉闷，发动机的声响
里多少带着点嘲讽的意味。习惯和经验是情人也是仇人，有时帮

225

人走上捷径，有时把人推上绝路，完全看它心情。我这种号称北山除过妖、南山打过狼的老户外，犯下在森林里把车开上迷途的错是件比较丢人现眼的事；五个男人眼睁睁看着车驶向迷途而无计可施，更是件骇人听闻的糗事。

车窗外森林里黄黄白白红红绿绿各种颜色被速度搅拌成一幅谁也看不懂的抽象画，如同我们凌乱而惆怅的内心，混杂着期待、侥幸、忧虑，还有一点愧疚、一点恐惧。林区天黑得早，我们不得不开始一边算计车上的饮水和食物还能够五个人坚持多长时间，一边观察路边有没有适合扎营的地势。同时也在心里偷偷地责怪老乌和巴特尔，老乌带了大大小小三大包摄影包器材，却不愿意带一只GPS；巴特尔作为职业司机居然也没有类似准备，哪怕再有个备用油箱呢，也不至于这么快就被林妖逼上绝路。很多时候轻敌就是轻身啊。

南下约10公里，对面再次出现"救命车"的影子！我们集体下车站在路边，那辆车还有百十米远，我们这边就齐刷刷地伸出去十只祈求的手。

车停了。是森林管护队的。两个人。车的后座上居然装了部电话。

巴特尔上前说了说我们的情况，问他去白鹿岛的路咋走。

臂上戴着红袖标的管护队员说："必须往西走那段施工的路，过去百十公里就到白鹿岛。"

油呢？

我从管护队员下巴下看了一眼那辆车的油表，满满的！

"能不能抽给我们点油？我们的车最多还能跑 80 公里，到不了白鹿岛了。"说这话的时候我几乎是带着哭腔的。

管护队员看了我一眼，"哎呀……"很为难的样子。

"你们去哪里？"我问他。

"零公里那边。"

"今日还回来？"

"对呀。那边也没个加油站。"

"离这儿最近的加油站在哪？"

"满归镇上。"

我没法再说啥了。如果因为帮助我们让管护队的车回不去满归，别说他们不愿意，我们也不想这么干。

"对了，翻过山去有个森警大队，他们那儿车多，找他们借点油，肯定好使。"开车的管护队员忽然想起这么一档子事儿。

这就是有救啊！

"有多远？"

"60 公里。"

顷刻间森林里有十只眼睛齐刷刷地闪出亮来。

24

五个男人的脸顿时活泛起来。希望，不仅仅可以是根稻草，有时候也可以是根还没看见的稻草。60 公里外驻扎着一支森警大队，这是这个下午最让人振奋的消息。此外，管护队那两人也确认必须通过那条开膛破肚的路才能去到森警大队营地，我们要做的就是越野，不用疑惑，不用争论，不用再作别的选择。如此一来，事情就变简单了。

但是能不能从森警那里顺利得到汽油呢？60公里外的救命稻草飘啊飘啊，如断梗飘萍，还杳无影迹。

再次掉头向北，到那个岔路口的时候有点悲喜交加。悲的是这个下午，开着一辆燃油将尽的车围着这个岔路口来回四次，往返近百公里，把油箱不多的油料一点点耗掉，把内心的恐慌一次次引爆。这个路口仿佛一个魔咒，那溪水该是不动声色的咒语了吧？让我们围着它的影子旋转，甘于被它钳制。喜的是在这条人迹罕至、没有通讯讯号、无法呼救求援的森林公路上我们两次及时遇见护林人的车辆，虽然没有得到直接求助，却得到了脱困信息，这也该是神助了……巴特尔在岔路口猛然往左打了把方向，越野车愤懑地轰鸣着把路口甩在身后。

重新回到坟茔般的土堆面前。土堆高约一米，每两米左右一堆，是用来铺垫路基的土石混合物，密密麻麻。没有别的路可以走，我们必须穿过"坟茔阵"去捞取那根未曾见过的"稻草"。巴特尔竭尽所能也未能避免乱石托底，每次车底传来石头划过的声响，都会让他恶毒地咒骂这条该死的破路，他心疼自己的车。车在高差一米左右的土堆里翻上跃下，虽然土堆松软，摇晃起来也是颠三倒四的，车里的人如饮狂药，不由自主地被迫参与到疯狂的舞蹈中。这段路持续了约3公里，再经过十几公里泥泞路，车才稍平稳了些。筋疲力尽的五个人刚获得喘息机会就被身边的风景左右了视线，那条不知名的小河不知道什么时候又回到了身边，继续为我们演奏时间流逝、世事沧桑的主题。小河远去不久，终于见到"传说"中的森警大队营区。

营区建在山脚下的一片开阔地上，规整而严谨。一幢三层小楼粉刷得洁白如新，楼后的山上两块没有植被的坡地里官兵们面石头码砌了两个巨大有汉字："尖兵"，相邻的另一面山坡上码的是一句誓言："永远做党和人民的忠诚卫士"。把车停在营区的岗哨之外，车上四个人同时指着我说："你去借油。"——看来这帮家伙对我错过第一个路口的事一直怀恨在心。

"没问题。"义不容辞啊我。

扶正了那顶说不清属于哪个部队的蒙古军帽，整理好抓绒衣，跳下车向哨兵走去。不等靠近，笔挺的哨兵有力地抬起右臂，咔嚓停在 45 度位置。

"有什么事？"他厉声问道。

"借点汽油。"我朗声答到。

"找我们领导。"

"请帮我叫下。"

"指导员——他们想借汽油。"哨兵扭脸冲着院里大声叫道，身体依然站得笔直。

"什么？"营区里应声走出一个身型魁伟的军官，"借汽油？"他显然很奇怪有这种事发生，好像看见一群丢了武器的战士。

我挺了挺腰杆往前走了几步迎向那军官，"您好，是这样的。"把沿途经历和今天的目的地大致说了下，"可是现在汽油没了，来您这儿寻求支援，您看能不能卖给我们点儿？"我尽量在言语中流露出无可奈何的愁苦和急切，事实上除了求助于森警也确实没有别的办法，如果森警不能帮忙，我们只能坐以待毙，原始森林里就算想打劫都找不着对象。

"要多少？"

"50升。"

军官很痛快，立即叫来一个战士"给他们抽50升油！"

战士飞奔而去。

加好油，巴特尔掏出300块钱给军官，军官坚辞不受。

"不用钱，慢点开，没多远就出林子了。"

我给他留了名片，拜托他无论什么时候到北京一定一起聚聚。

江湖温馨，惊而无险。记得我当时都准备声泪俱下地跟武警军官上一道"臣以险衅，夙遭闵凶……外无期功强近之亲，内无应门五尺之僮，茕茕孑立，形影相吊"的狠菜。再加一勺"日薄西山，气息奄奄，人命危浅，朝不虑夕"的辣汤，结果全没用上。武警军官豁达大度，急人民群众之所急，不假思索地施以援手，而且不计回报，不留姓名，让我们这些来自商品社会的丑陋灵魂无地自容，有点不知道怎么面对。有几秒钟我傻呆呆地站在那里，不知道说什么好。那三张百元大钞捏在巴特尔手里没着没落地，想必也很烫很烫。与军官聊了几句他的家乡妻儿和森林警察的日常工作，他就去带兵训练了。

微风轻拂，浮云淡薄，军营之外，我们目送军官走远，感慨万端，颇多思量。

多么美丽的橄榄色稻草啊！

有了汽油，车上的人们再一次心花怒放，说不尽感谢人民军队的话，个个摩拳擦掌，手舞足蹈，仿佛出了大兴安岭就要报名从军，为国效力。只有巴特尔一言不发，瞪着小眼睛紧盯路面，继续在密林间的泥路上往莫尔道嘎狂奔。

25

忘记那个森林防火检查站叫什么名字，从地图上看应该是"西牛尔河"或者再往南一点，检查站紧挨国境线，西去几分钟就是俄罗斯。它是驶上柏油路前的最后一个防火检查站，根河开具的路条到这里完成了使命，检查站的值班员收走了它。张老师去办相关手续，回来告诉我："你不是要拍张路条照片的吗？他们收走了，要不去检查站拍？"

"算了吧。"我不想再拿回路条了，能够幸运地借到汽油走出森林已经非常知足了，该留下的就留下吧。休息的工夫，我蹲在地上看检查站那条灰狗。不知道为什么，从我一下车它就围着我，任我抚弄它的头和背，它也不恼，痴痴地摇尾看着我。举起相机拍它，也不急，一往情深地盯着我的脸。我疑心那是前世走失的兄弟，如今转世认我来了。对它说了些亲昵的话，让它好好活着，等我再来，就起身上了车。灰狗不舍，耷拉尾巴默然走开。

很快，再次看见激流河。过河不远，翻过一道山梁，白鹿岛突然闯入眼帘。

那一刻我有点激动，这一天从 1409 到白鹿岛有了太多周折，太多巧合，几百公里林区公路仿佛浓缩了长长的一段人生。钻进熟悉的白桦林，找到那家森林客栈，进到房间，看见床，眼睛都有点湿了。

然后很疲惫地睡去。

231

早晨醒来眼睛还湿。

白鹿岛是个有故事的地方，有些故事我们也许永远都难以讲清，即使亲历，仍旧朦胧。事过之后，更是雾绡缥缈，亦真亦幻，没法重拾。次日很早起来去白鹿岛西侧的土台上看日出，但是那个早晨的日出那么牵强扭捏，云里雾里半个小时过去了，"日"也没有像模像样地出来。更为不堪的是白鹿岛的一夜之间竟冒出很多人来（他们昨天夜里潜伏得真好），大大小小的相机怕是有二三十部了。上土台一侧30多米高的铁架时上面已经有三五个人了，没等上到顶端的平台，脚下又跟上来三五个。越往高处攀，越明显地觉出那铁架在晃动，仿佛坍塌随时可能发生。勉强按了两下快门，匆匆收拾脚架下了铁架子。

"世界是你们的，也是我们的。"我和"我们"无法阻止"你们"做些什么，何况"你们"还和"我们"有相同的爱好，应该尊重和支持"你们"才好。但是我实在不喜欢人多，很多年来，我一直在逃，逃离城市，逃避人群，选择大众不愿涉足的去处放逐自己的灵魂。我在商场、在剧院、在大街上，总会像只恍若隔世的狼，面对城市文明会有种不知所措的笨拙；唯有走出城市，放情丘壑，才会任达不拘，肆意横行。但是世界太小，"我们"加上"你们"很快就占领了它，一些过去鲜有人迹的地方，现在也如八九十度的热水，"鼎沸"只是眨眼之间的事。

三年前的夏天也曾逃来白鹿岛，那时候林间的小路还没有铺上柏油，砂石路面平整柔韧。那个下午，白鹿岛只有我和哈斯在拍照，一个姑娘在林间的砂石路上姗姗走来，平和静好，清虚恬淡，美不胜收。现在，不闻天籁，止有人声，我不想再待下去，在河边的树林里走了走，转了转，感受了静谧安宁的大兴安岭早晨，就准备走了。

离开白鹿岛的时候，又感觉到依恋是真的存在的，红与黄，夏与秋，合与分，人与自然……割舍是件苦痛的事，秋天是白鹿岛最美的日子，我甚至还来不及静下心来感受就要离开它，真的是此事古难全？

秋季，人们走出家门带着各不相同的期待下地收获，从白鹿岛去往莫尔道嘎的路上还在不断遇见扛着长长短短相机的人。在莫尔道嘎加满了油，那个三年前曾经路过的加油站如今依然孤独蜷缩在山脚，不知道为什么，这一趟"故地重游"搞得我心情沉重，怅然若失。午饭的小馆里遇见三个北京摄客，他们第一次来莫尔道嘎，问我们沿线景致、沿途须知等等，不巧张老师在另外一间屋，我和哈斯以"过来人"身份当了半小时老师，直到他们的土豆炖豆角上了桌才悻悻"下课"。

那小饭馆给我们留下了一段在此后很长时间时常讲起的小故事：吃完饭接过服务员拿来的账单一看，所有的菜都是38块钱一份，包括一碟叫不上名字的山野菜。这让巴特尔和青格勒很是愤怒了一下，问服务员，说就是这个价。

"老板呢？"

"出去了。"

让服务员找来老板娘再问，老板娘说新来的服务员没记住菜价："这就改，这就改，我再给你们算算账。"——老板娘和服务员一个红脸一个黑脸配合得挺好。斗争结果是老板娘退还多收的50余元。人生地疏，我们只能把心里的不爽往胃里挤一挤，消化

233

掉。此后，巴特尔把那些没来由就卖 30 多块一份菜的饭馆统称"三八店"，这也成了莫尔道嘎留给我们的一份别样记忆。

我觉得我是爱莫尔道嘎的，喜欢这个边陲小镇稀疏的星光，精致的建筑，悠闲的人民。喜欢风一吹，桦树叶自由地摇响；喜欢伙伴一叫，孩子们呼啦啦地奔跑。喜欢推开任何一扇窗口都可以看到肌肉一样结实有力的林木，即使砍来堆在后院的柴垛也让人看得见它们前世骁勇的样子。传说中成吉思汗在莫日道嘎龙岩山高喊过一声："弟兄们，上马！"然后弟兄们跟他一起征西辽，攻西夏，灭畏兀，然后蒙古国统一了，然后龙岩山上有了一尊大汗跃马扬刀的雕像，然后莫尔道嘎就叫莫尔道嘎（蒙语"上马出征"的意思）了。再然后，我来到莫日道嘎，在镇上那家乳黄色宾馆的房间里做了很甜美的梦，梦见白鹿在大兴安岭的日月里姗姗而行。我向那白鹿走去，白鹿向更远的远方走去……这一次我没有再进那个小镇，没有去看那间乳黄色的宾馆和稀疏的星光。

有时候人对一座房子或者一个房间记忆深刻，是因为它真实地承载了你的某一段生活。尽管莫尔道嘎把 8 块钱的野菜卖给我们 38 块钱，我仍然觉得我是爱它的。

离开小镇向南，路直车少，看见莫尔道嘎森林公园大门时，想起三年前进这个大门的情景，看门的年轻人慷慨招呼我们"请进！欢迎来莫尔道嘎！以后常来，多给我们宣传宣传！"落落大方的样子恍如昨日。

现在真的再来，虽然立刻就要离开。

一生中就算会无数次路过同一个地方，刻骨铭心的永远只有一次。

26

照着大汗的姿势做了个跃马扬鞭的样子，越野车向额尔古纳河奔去。我们要去恩和。

这是条蜿蜒得优雅率性的林间公路，像某个舞者灵动炫目的脚步。连续奔袭的巴特尔有点累了，路况不错的时候也愿意把他的车再交给我来开。我尽可能把车开得平和顺畅，在山脊的高潮与山谷的静寂之间平缓柔情地过渡，努力让车上的人在弯道里有依靠怀抱的舒适。如果正好直道，也会趁机在森林公路写成的黑色谱线上燃烧激情，喷发心底的原始欲望。安静曲折的森林公路让驾驶多出些愉悦和快感，那时候我吹了一段口哨，轻快、幽默、典雅和风趣的哈巴涅拉。森林与草原的过渡区域，双方都有点淡淡的忧伤，森林低垂着头，草场紧皱着眉，哈巴涅拉显得更加亢奋。这段舞曲不长，一遍一遍地吹，不知不觉就把大兴安岭留在了身后。

"如今终于来到这辽阔大地"像席慕蓉诗歌里描写的一样，巴特尔长出一口气："哎呀！可算走出树林了，这几天都快憋死了。树林里哪像草原这么敞亮，一会一群牛，一会一群羊，看着心里就舒坦！"

我才明白在草原上长大的人，在森林里多少是有点"憋屈"的，看不见辽远的天空，他们会觉得压抑，纠结。

一会一群牛，一会一群羊。蓝天在头顶简单直接地向天边展开，白云漫不经心地飘在天上，任你读得懂也行，读不懂也行。

牧歌总在最柔软的时光里被人唱起来，河流顺理成章地弯成出人意料的曲线。

谁不向往草原呢。

张老师提醒我们回海拉尔以前去看看鄂温克草原上的莫日格勒河，"一定要去，你们以前在金帐汗拍的莫日格勒根本不是那么回事儿，这一段还没到金帐汗，从哪儿哪儿往里拐，20多公里草原路往右拐，顺着道往里走就是了。晚上在河东岸拍夕阳。那儿有三个山头，一个一个拍，每个山头上的河道都不一样，一个比一个漂亮，最高的山头能拍出最漂亮河道。下午三四点钟到那儿，侧逆光打过来，河水泛着一层金光，那感觉！"张老师跃跃欲试，"如果车上有帐篷建议你们最好住在河边，第二天早点起来，蹚水过河，去对岸山头上拍日出。河没多宽，车能过，人也能过。就是你们得辛苦点，这天在那儿过夜肯定有点冷。"三年前在金帐汗旁边的山头上老乌就说那是拍莫日格勒河最好的位置，当时我兴奋得爬上车顶，以为拍下的就是传说中的"天下第一曲水"，张老师说"你们看见的是那个不能说不美又不能说太美的河弯。"

最美的那一段在哪里呢？

"今天先去恩和看看桦树林，那是额尔古纳最大的桦树林了，又高又粗，就在路边上，然后回根河，明天早起沿根河边走边看，像这天没准有雾，可着下午三四点钟去莫日格勒，指定收获不小。"热心的张老师为我们设计好了今明两天的行程。老乌在蒙东工作过一段时间，张老师说的地名他都有印象。现在要做的是去恩和，看看桦树林。

27

与中原的秋天不同，北疆的秋天是一匹五彩的骏马，在萧瑟的秋风里昂首奔腾，整个大兴安岭撒满它踏落的色彩，这些天一直与这匹奔马相偕驰骋，目睹了太多太绚丽的颜色，美妙的色彩盛宴使我的视觉濒临麻木。从莫尔道嘎出发沿莫尔道嘎河西去，到额尔古纳上S201再不多远恩和就到了。与森林的氛围完全不同，五彩的秋天在这里变成金黄"单彩"，金山的山峦、金黄的草场、金黄的桦林，金黄的感叹！大森林转眼之间变成了小树林，树干像蓝天投下的雪白闪电，笔直插进肥美的土地里。天气好极了，牧人在午后的原野里尽情伸懒腰，吃草的牛羊好像从来不会抬起头，这个秋天也让它们完全沉醉了。

3点钟，草场上的万物都伫立在张老师念念不忘的"侧逆光"里，人和车像是掉进童话里的道具，照相机咔嚓咔嚓地响成一片，仿佛不争分夺秒大口呼吸就会在美景里窒息而亡的嘴。在这样的秋色里很容易陷入两难之境：欣赏还是拍摄？如果不记录，只是看，幸福感或许更强烈。坐在原野上点燃一支烟，把心跳和呼吸调整到比较懒散的频率上，呆呆看着蓝天，白云，近水，远山，牛羊，牧人，一片叶，一株草……体会醉生梦死的快乐。待了一会，再和老乌、张老师按自己的意图散开在金黄的草地里，去找自己关注的目标。这回没有人再喊"两分钟！快！"三个人各自埋头，弄自己的相机。

4点钟，草原上出现一块阔大的油菜花地。远树已经深秋

237

了，中间的开阔地上依然夏天着。油菜花应该是收割时撒落的菜籽，经过一番阳光雨水之后再度发芽、出苗、开花？还是直到秋天才开出花来的油菜？看见油菜花欣欣向荣的样子不能不感叹大地实在是个很好的娘……在她怀里什么样的轮回都理所当然。牧归的牛群眼眼睛睛里流露出满足和自在，牧人手里的鞭子轻轻地摇晃，嘴里吹出短短长长的哨音，说不清是唱给情人的歌谣还是招呼牲口的口令，他们安时处顺的神态让人一眼就能看见草原和游牧的美好来。

5点钟，找到张老师垂青已久的白桦林，它大约在S201的120公里处，一块桦木板上刻有"白桦林"三个字，还有个"P"——那是个可以容纳五六辆车的"P"。日落时分，桦林里落满了树叶，很暖，很柔，除了枯荣、酸甜，还有欣然、恬淡。在这里可以感受斜阳打在身上的细微的柔默的疼痛；可以作进入草原之前最后的省悟。可以在林间轻松踱步，也可以随时坐下。秋天的枝枝叶叶一言不发，庄严，或者凄美，但是坐拥满地落叶却有种被疼爱、被爱抚暖意。无论在风中还是在雨里，树叶都在为季节竭诚尽力，大自然的一草一木，枯枯荣荣都应该得到理解和敬重。

28

从恩和把张老师送回根河，一起吃了一顿狗肉，然后握别。

平心而论，得益于张老师全心帮助，东区故事变得丰满而动感。有了他的加入，我们少走了很多弯路；有了他的指引，我们没有错过最美的风景；有了他的提醒，我们时刻默念着"侧逆光"。他带给我东部草原上闻所未闻的故事，也带给我与众不同的真实体验。谢谢张老师，如果有一天您能看到这些文字，别介意我一直在用如此不恭的口吻谈及您留给我们的美好，没有您或许就没有了《秋天的探戈》，至少我不会叫它"探戈"。

又是一个早晨，仍然 4 点钟起来，这是我和乌哈斯、巴特尔、青格勒返回海拉尔的日子了。按照张老师的嘱咐，我们在天亮以前把车停在了根河附近的一段河谷边，那里的雾霭让人目乱睛迷。5:30 以前我和哈斯已经攀上了大约 50 度的山坡，这件现在说起来无比容易的事在当时干起来无比费劲。你可以想象一下一个人怎么背着三脚架，抱着精密光学仪器，踩着满是露水的草往陡峭的山上爬行，或者细细打量下"爬"这个汉字就知道我和哈斯在山坡上的样子，从那种心甘情愿匍伏在地的姿态里看得到宗教般的虔诚。

但是当我们站在期待的高度上回头往下看，又觉得"爬"上来还是值得的，醍醐灌顶、甘露洒心般的满足。

雾霭准时出现。像一个重复了一千年的约会，时间、地点、主角都没有改变。阳光不那么安分，她以某种情愫撩拨大地和山岭的冲动，河谷的雾像白色的血液一样涌动，仿佛一场关于生命的演出正在开启序幕——那是个关于"满腔热血酬知己，千杯美酒向天祭"的故事。很荣幸，作为为数不多的观众，我和哈斯在对面的山顶目睹了这一切。浓雾在津润的树丛扮演着精或者卵，呼应那场即将发生的感天动地的交媾。牛群从流动的雾霭里知趣地走开，它们无意干扰上天赐予大自然的欢娱。

一个小时后，我们也走开，告别那条中国历史上非常知名的

239

河流顺 S201 一直南下。

是的，那是额尔古纳河。1689 年 8 月 22 日，清朝（那也是曾是个伟大的帝国啊）使团索额图等与俄罗斯使团戈洛文等在尼布楚开始会谈，于当年 9 月 7 日在尼布楚与俄罗斯大臣柯罗文举行了签约换文仪式。这天签订的《尼布楚条约》规定："流入黑龙江之额尔古纳亦为两国之界，河南诸地尽属中国，河北诸地尽属俄国。"作为草原民族发祥地之一的额尔西纳河从此告别了内河概念，成为两个帝国的界河。我两次看见额尔古纳河时她都风平浪静，安静得让我隐隐觉出河水里流淌着某种哀怨，某种痛楚。

如果呼伦贝尔草原里有某种悲情气质的话，或者正是从额尔古纳河弥散开来的吧。我不了解更多的历史细节，有关民族和文化的变异、湮灭也不是我们这几次肤浅的接触就能感受得到、可以说得清楚的事情，但是不知道为什么，每次置身北方草原，内心就陡然沉重起来。即使现在，在北京的斗室里回忆秋天在蒙东的日子，一想到草原，想到额尔古纳，思绪就迟泄缓怠起来。我要说什么呢？一段往事？一种悲伤？一份哀愁？都不是，我不过想起那条河，和河水流过的一望无际的草原。

秋天的草原已经没有那么多花儿了，没有了清馨、芬芳和湿润，牧人迁走了，牛羊已经远去，转场的蒙古包在草场上留下一个浅黄的印迹，圆圆的，像一枚写满相思的月亮。那是家的样子。"天下第一曲水"莫日格勒河从很远的地方流过来，再向很远的地方流去，一如蒙人心中生生不息的长调，字少腔长，细腻温柔，河水里饱含了绿草的低语，骏马的嘶鸣，诸神的祝福。有时候，她又像条静极思动的绸带在草原上奋力弯出急促的曲线，每一个弯曲的河道里都充满了可想而知的张力。

莫尔格勒河两岸的草原上落满闻所未闻的故事。

一些风从脸颊经过，我站在河道对面的山岗上，一根接一根抽烟，手不停地颤抖。

夕阳敛起最后的光辉，一只鹰从北方飞来。莫日格勒河微微一颤，消逝在紫红的天幕下。

山高月小，长河冷寂。

29

离开莫日格勒河天色已经很晚了，巴特尔想早点回到海拉尔，于是选择了一条草路小路。不幸的是我们在夜幕下的草原再次迷路。漆黑的草原上，车和灯显得异常孤独，因为汽油足够，相比与 1409 去往白鹿岛途中的迷路，这一次要乏味得多。和这次旅行中经历的所有有惊无险的故事一样，这个晚上我们在驶离莫尔格勒河之后 30 公里左右，遇见一个骑摩托的牧人，巴特尔和青格勒下车向他求证路线，两下里蒙语说得短促铿锵，黑夜里在看不懂的路上遭遇听不懂的语言，我的感觉和误入天堂类似。结果证实，我们向西偏离了大约 35 度。掉头回去，在一个很不起眼的岔路口回到正确方位。

不久，我们看到了闪烁的灯光。

"那是金帐汗。"巴特尔说。

然后就是海拉尔。我对这个小城在多少有些歉意，每次到呼伦贝尔都会在海拉尔停留，与这里的朋友热闹一番，畅述一番，

241

几个小时之后离开海拉尔，去往人烟稀少的别处。一段时间后，再带着从森林或者草原里淘取的各种故事回到海拉尔，停留几个小时，再次离开，去往我生活的城市。来回6次途经海拉尔，停留的时间加在一起恐怕不会超过50小时，其中还有约40小时在睡觉。海拉尔是我北方之旅的一个重要驿站，忠实，温和，而我却屡屡冷落它。这种无意间的冷落大概缘于我对城市的忿疾，城市太复杂、太细致，甚至太艳俗，像一篇逻辑混乱、辞藻诡杂的文章，读不出道理，看不到美感。

原野不一样，那里行云流水，个性张扬。

我在原野上想起探戈，想起哈巴涅拉。在森林缤纷绚丽的色彩里一次又一次吹响这支曲子，如果比才健在，估计也会被那口哨弄烦；作为"原唱"的吉卜赛姑娘卡门如果听到，就算没倒在唐·豪塞的剑下，也会倒在我一遍又一遍的口哨声里。可是我就是想吹，想弄出那种声响，尤其驾车的时候，稍微有个弯道，嘴一鼓，口哨就响起来，那个旋律太适合热情、奔放、富于魅力的秋天了。"爱情像一只自由鸟"，多好听的曲子啊！秋天的大兴安岭，人就是一只自由鸟，不仅仅"像"。

而张老师应该是这支哈巴涅拉里最活跃的音符了，他的声音，他的反应，他的举止，以及他的所有表达（张老师非常善于不动声色地讲当地好玩的段子，把我们逗得狂笑不止，他只象征地放松一下面部肌肉，表示出他在这一段快乐时光的霸主地位），以我和老乌的孤僻寡言，如果我们和巴特尔、青格勒四个人完成这趟旅行，是注定不会有张老师加盟之后的乐趣和活力的。"距离"制造了一路的快感和美感，张老师与我们素昧平生，得益于

242

根河的一面之缘，在我的恳求下放弃了中秋假期，挤在车后座上当了我们的向导，一起北上。五个人中，他的身份是"自由人"，这种自由是探戈能够产生并且迸发激情的前提。

北方森林美梦一般的秋色节奏明快、变化无穷，让人眼花缭乱，而北方大地固有的深厚辽远使她骨子里有种华丽高雅的气质，如泣如诉的河流、愤世嫉俗的白桦，跳跃旋转的森林公路，这些元素时而激越奔放，时而感时伤怀，构成了一支舞曲韵律所需要的全部内容，生发了旅途的全部快乐。

据说刚刚兴起探戈的年代，某个水手与他的情人跳起它的时候，偶然发现情人的眼睛在往他身后看，他机警地回头，发现情人正在与情人的情人眉目传情。这个残酷的故事使探戈舞者在以后的舞蹈里保持了不停快速扭头的动作，以示警惕，也使探戈成了唯一要绷着脸跳的舞蹈。后人认为"探戈是绝望里喷发出的奔放，男人和女人风度翩翩，上身保持距离，脚下却是无比激烈的欲望。它快步向前，却又左顾右盼，眼神优美，表情严峻。"《暗算》里更说探戈是"在刀尖上的舞蹈，最残酷，也最浪漫。"现在，大兴安岭已经不太容易看到刀尖了，只有草爬子、迷路、不能洗澡和没有厕所的旅店，这些插曲远远够不上残酷，说它们浪漫也有点牵强，最多只能算"刺激"，或许正是这一点刺激触发了我有关探戈的联想。

30

如果时间和情绪允许，应该可以记得再详细些。但是离开大兴安岭之后很快远赴巴丹吉林，沙漠印象覆盖了对大兴安岭的记忆；回到北京就又回到了工作和生活状态，即使能够坐下来记点儿什么，城市的人和事也都无时不在影响情绪，干扰表达。我一直听着哈巴涅拉才可以勉强保持这些文字不至于太不连贯，但是一定会有更具美感的细节被我忽视了。仿佛探戈里的"断音"——随着音乐突然停止，舞者在快速移动中急停脚步献给看客一个完美定格——于我而言，脚步早已零乱，你"看"到的可能仅仅是断断续续的音乐，甚至音符。

如今，当我眺望北方之外的天空时，内心扬起的仍然是那种神秘、个性的声音，那个声音不知什么时候已经影响了我血液流动的节奏，我在这样的节奏里等待着下一次出行。

2008-12-3 初稿
秋天的探戈
修改 2017-1-3

西区故事

草原蒙古人家

扫一扫 边听边读

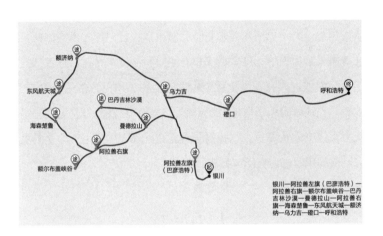

银川—阿拉善左旗（巴彦浩特）—阿拉善右旗—额尔布盖峡谷—巴丹吉林沙漠—曼德拉山—阿拉善右旗—海森楚鲁—东风航天城—额济纳—乌力吉—磴口—呼和浩特

　　回北京以后有很长一段时间不知道应该从哪儿开始说起巴丹吉林，那些天一空下来就忍不住要去翻沿途拍的图片，翻阅沙漠里纵横驰骋的日子，看到巴丹吉林重新在眼前活跃，内心也再次翻滚。脑子被往事占据的时候，容易仰天长歌，或者低头苦叹，巴丹吉林这四个字连同浩瀚的沙漠悄无声息地刻在了脑子里，唤起的也是这种俯仰冲动。那些日子想的念的谈的说的都是巴丹吉林，仿佛刚刚离开故乡的游子要不停与人念叨自己在家园经历的每一点琐事，才可以说尽内心的幸福和满足。尽管如此，大漠还会在每个夜晚准时入梦，有时候梦见自己持一柄弯刀在月光下的

245

沙海里狂奔，有时候梦见与生命中最重要的那些人在沙漠里相逢，有时候梦见大漠的长风将我风干在沙山之巅……十多个日日夜夜，像浪人一样，不问来路，也不问归途，水、粮食都不再重要，只关心时间。早晨或者晚上，当巴丹吉林露出天堂的颜色时，我在偌大的天堂里行走，膜拜，沉醉而安宁。除了阳光在沙山之上冉冉升起的声响，天堂里再没有别的声音。沙漠里的海子闪烁出细密的粼光，海子里的水鸟眼睛明亮而圣洁，它们作为忠实的配角在沙海里乖巧无语，默默地应和着朝阳和落日，衬托巴丹吉林的华丽和内敛。人在沙漠里是个陌生的物种，和见到骆驼、兔子、沙蜥、狼或者野鸭子时的亲切自然不一样，在沙漠里看见人心里就会想这个人从哪里来？我们居然能在巴丹吉林遇见，即使看见自己的脚印，也会自问：我从那里来？

1　过银川

北京飞往银川的航班准时降落在河东机场，但是乌哈斯没有像预期的那样在机场出口挥着大手等我。

在我的很多旅行笔记里，他都会在开篇不到五百个字的时候准时出场，这一次他晚了。他说早晨起来去了沙坡头，现在正在往机场这边赶，"已经看见机场了，马上进来！马上进来！"在城市之外，尤其是戈壁上的约见让两个男人都有点兴奋。

出了机场把背囊扔在地上，摸出烟，找旁边正在抽烟的男子借了个火。打火机的火光一闪，点着了烟，也把有关城市的记忆和牵挂顷刻点着，燃尽，消散，我觉得顿时只剩下个空的壳子了，脑子空空荡荡的等待着大漠狂沙来充填。狠狠吐出一口烟，把陆战靴上的带子系紧，从背囊里翻出蒙古军帽戴上。这样，潜意识里从形式到内容就换成了另外一个人，一个为巴丹吉林沙漠而来的人，一个把城市文明叠好了放进屁兜把旷野风情掏出来捧在胸口的人。

"看见你了！哈哈！绿帽子！"

乌哈斯习惯了调侃那顶蒙古军帽。帽子是和他一起在中蒙边境小城根河买的，那时候他有点忌讳帽子的颜色，但是后来发现帽子在户外带来的实惠和方便远比它的色彩属性更加动人。也是巧合，9月的某个雨天，我们闲极无聊在北疆漠河镇闲逛的时候发现了一顶相似的帽子，哈斯立即拿下，然而那顶让我们在后来的很长时间都无法确认属于什么部队的帽子显然不如我的这顶经得起炫耀，造型不如我这顶周正，颜色也稍浅一点，似乎绿得不够狂野，因此这俩帽子也成了我们在旅途抬杠的话题之一。说实话，我俩也不知道哪一款才是正宗的蒙古军帽。

相视一笑，我们拥抱。

每次出行前总会这么拥抱，仿佛这么一抱就有了同舟共济的默契。

把背囊扔在后备厢，车在停车场仅仅转了个圈，掉头向西驶去。出银川市区上银巴公路，收费站正好建在西夏王陵南侧。孤苦的王陵沉寂无语。阳光炽热，无遮无拦地投射下来，在地面的石子上反射出一粒粒晃眼的光泽，戈壁到了。这时候我离开北京不足3个小时，这个速度比想象得要快很多。贺兰山以一种完全不知情的惊愕看着我和哈斯从她的怀里穿过。

翻越贺兰山大概用了半小时左右。贺兰山以西进入内蒙古界,属阿拉善左旗。我们将和另外一辆车在巴彦浩特镇(阿拉左旗和阿拉善盟府所在地)会合,一起前往阿拉善右旗,从右旗进入巴丹吉林沙漠。我已经不是第一次到阿拉善左旗了,5年前也是从这里去额济纳。现在,去往巴彦浩特的路比5年前要好走得多。下午3点40分,司机领大家到一家专做羊肉泡馍的馆子,要了今天的午餐。这时候哈斯的电话响了。

2 他走了

接完电话,他忽然神情严肃起来。

"让我回呼和浩特",他说。

我狐疑地看乌哈斯,怀疑他在搞什么怪。为了今天上午赶到银川机场会合,他昨天中午就离开呼和浩特赶到乌海住了一夜,今天从乌海驱车到银川,现在我们会合不超过3小时。

"为什么?"

他说了理由——那是个让他和我不仅无法拒绝,而且找不出变通办法的理由。

"回吧,是大事。"我尽量使自己的脸色看起来淡然平和些,不让他因为这点变故心生不安。

乌哈斯却满脸百思不解的狐疑:"你看看,太不会挑时候了,这事儿闹的!"

"没事,一会巴特尔就到了,都是熟人。再说沿途都有接应,出不了什么纰漏,放心回你的呼市让我们疯去吧!"我只能用些并不高妙的笑话缓释突发的变故在各自心里掀起的波澜。巴特尔是另一辆车的司机，十几天前一起去了呼伦贝尔，那是个开朗放达、不甘寂寞的蒙古汉子。他早晨6点开着车从呼市奔巴彦浩特而来。

"你看看，你看看。"乌哈斯一时不知道做点些什么才能让事情有所转机，他不断重复这句话，除此只能不住摇头。我再一次拥抱他，像安慰已经失去竞赛资格却要执意留在赛场的选手那样拍拍他的后背："没事的，江湖，就这样。"我觉得自己是想装出一副善解人意的样子，让老乌可以踏踏实实回呼市去办自己的事。以我和老乌的交情，这种时候完全可以骂几句脏话，发点牢骚，表达一下对万恶的时局的不满和不屑，不过要是那样老乌就更不好掉头回去了。但是所有的装都难免露出破绽，我扮演的"豁达"和故作解人让乌哈斯怪异地看我，仿佛被一个不怎么出色的把戏惹出了忧郁，那眼光是在问我"你到底行不行？"

还没啥不行的。我想。

从17岁开始在临出发前几小时被同伴"抛弃"，我已经不是第一次一个人满世界浪了。独旅的时候担心的往往不是死在哪里，而是没有人告诉那些希望我活着的人我已经死在哪里了。好在现在有无线电话，有越野车，有巴特尔，还有沿途不曾谋面的接应，能有啥不行呢？忽然觉得两个大老爷们有点过于叽歪了。

"怎么回呼市？"

"找不着车就打车，先去乌海，那儿有火车去呼和浩特。一会让乌海买好票，争取到那儿就走。"哈斯在乌海有很好的朋友，五年前救援过我们遇险的车。

"那就没事了，我们向西，你向东。随时联络。"

一碗羊肉泡馍之后巴特尔还没来，再要一碗。

新要的泡馍刚端上桌，饭馆门口传来一阵爽朗的豪笑，哈哈哈哈，一听就是巴特尔的调号。起身打了招呼，哈斯说了说情况，随巴特尔来的另外一个蒙古族朋友哈斯（为了跟乌哈斯区别，大家叫他小哈斯）立即找车送乌哈斯去乌海乘当晚的火车返回呼和浩特。

他就这么走了，把昨天刚整理好的三箱设备和衣物搬到找来的车上。我钻进越野车向西驶离巴彦浩特。

说实话，两辆车交错而去的那一刹那心里很有些落寞。十年来几乎所有的外拍都是我们俩结伴而行，他为了这次西区之行，去年还专程先到沙漠里体验了一趟。现在，到了重返巴丹吉林的门槛跟前他却不能前行了。

向这个高大沉默的蒙古兄弟挥了挥手，两辆各怀心事的车相背离去。

落日渐西，夕照给戈壁镀上金色的别意，敏感而脆弱，稍不留意就能触动内心的伤感。

3 一块凉肉

从阿拉善左旗去往阿拉善右旗差不多一直都在几个沙漠边缘的缝隙里穿行。S218 在贺兰山西侧紧贴着腾格里沙漠笔直向北，路过巴彦浩特后沿腾格里沙漠和乌兰布和沙漠边沿继续向北，过锡林郭勒镇北在达吉岔路分成两股，支线继续北去通往吉兰太，干线在乌兰布和沙漠与亚玛雷克沙漠的交汇部向西拐去，进入阿拉善右旗后昂首北去，经乌力吉绕巴丹吉林北侧到额济纳。我们在巴彦诺尔公折向西北，取道 S307、S317，向西，再向南，顺雅布赖山阴坡直抵阿拉善右旗首府额肯呼都格镇。

入夜，路上不时有打着远光灯的大型货车占去多半幅路面呼啸而来，两车交错时，大灯一晃，照得双眼空洞，不辨前路，就这一会工夫至少二三十米"盲驾"出去了，开车看不见路的阵势挺要命的。好在旷野里晚上没人，野生动物们也不往灯光里跑，就这么懵着开过来，总算侥幸没事。

到额肯呼都格都晚上 12 点（应该说是次日零点）47 分了，小镇熟睡得连个翻身的声音都没有。一行人进入酒店，小哈斯叫醒值班的服务员，黑灯瞎火迷迷糊糊办好入住手续。开了一整天车的巴特尔张罗着帮我拿设备背行李找房间——老乌在的时候他是老乌的摄影助理，现在成我的了。

小哈斯说来的路上一直在联系天亮以后进巴丹吉林的车，暂时还没有着落。都凌晨了，也实在困得不行，就嘱咐巴特尔"车的事明天再说。早晨起来也不用叫我吃饭了，得狠狠睡一个。"从北京到额肯呼都格马不停蹄，着实有点累。囫囵洗了个热水澡，无言睡下。

这天大概下午四五点钟起我们就为明天进入巴丹吉林的车发愁，内蒙古西部几个沙漠里，巴丹吉林的穿越难度是最大的，自己开车基本不可能。出发前通过曲曲折折的关系跟右旗联系的越野车，因为环节琐碎，过程复杂，到额肯呼都格前被告知不能在明天一早把我们送进沙漠。

251

怎么办呢？来阿拉善就是要进巴丹吉林的，而巴丹吉林显然不是徒步可以穿越的，没有越野车只能坐等。那个夜晚得到的最准确的消息是等待。被迫等待。

尽管睡得很晚，第二天还是早早醒来了。推开房间窗户，戈壁的阳光干净利索，直愣愣地射向大地，额肯呼都格不多的几栋楼在阳光下格外夺目。昨天晚上一起过来的人已经在楼下活动着，看样子是要找吃的。

我在阳台上往下叫道："小哈斯，还有吃的吗？"

"有。起来了？"

"餐厅在一楼？"

"这儿的不好吃，咱们外面找个地方吧。"

抓上相机下楼窜上车，拐了两个弯到一家蒙餐馆。奶茶，炒米，奶皮，羊肉。我喜欢的。

一坐下，巴特尔道："昨晚你不是说不起了吗？早晨也没叫你。"

"呵呵，出门兴奋。昨天那么累，还以为早晨睁不开眼呢，没想到准时起床了。"

巴特尔哈哈一笑，往嘴里扔进一块羊肉："你也来点？"

羊肉凉，我把它泡进滚烫的奶茶里。

时间一点点过去，我心里还有另外一块"凉肉"——进巴丹吉林的车还没着落。小哈斯那里没有找着车的消息传来，就肯定还在努力争取中。明知道问不问都于事无补，还是忍不住想知道结果，心里纠着一个结，早饭也吃得有一搭没一搭的。吃完早饭后在街上闲逛，买了些沙漠里可能用得上的黄瓜西红柿方便面榨菜，再溜回酒店静候佳音。

说是"静候"，凭我那点耐心还真静不下来，在房间里坐卧难宁，一会翻翻店里赠阅的杂志，一会看看店外浩荡的天空。想着自己用最快的速度从千里之外赶到巴丹吉林边缘，却不得不把挤出来的时间用来等待进巴丹吉林的车，一觉得时光虚度了，心里就有小手抓挠，等待就百无聊赖，就成了熬，"静候"就成了"躁候"。房间里待不住，下楼在酒店大堂里东张西望，希望能找到点可以转移注意力的东西。

大堂南墙上挂着一幅不知道什么人写的书法，内容是毛泽东词《沁园春·雪》，读到"一代天骄，成吉思汗，只识弯弓射大雕……"的时候下意识地环顾了一下四周，内蒙古地区无论公众空间还是私人空间悬挂的即使不是成吉思汗画像，也是他的君王子孙的画像，除此以外就是描写草原、大漠风光的画卷，悬挂以毛主席诗词为内容的巨幅书法作品在内地经常见到，在蒙古高原本是不多见的，何况中间还不无"藐视"地聊起了他们的汗。

正东扯西拉地胡思乱想着，巴特尔出现了。

4　大峡谷

确切地说是巴特尔不知道什么时候出现在了大堂里。昨天没联系好进沙漠的越野车，早餐后巴特尔继续联络他的右旗朋友们想办法，现在终于有了结果。见在我大堂闲逛，他兴冲冲地跑过来嚷道："行了！车有了！"紧随其后又是一串得意得小眼迷离地哈哈大笑。他一笑，我脸上顿时松弛了，心里也飘出一道天空蓝，干净极了。

巴特尔找到在旗政府工作的朋友联系了一台能进沙漠的车，他朋友马上来酒店，带我们一起去找那台车。

10 点钟的样子，一辆桑塔纳向酒店大门疾驰而来，车还没停稳，副驾的门就开了，下来一位中等身材的年轻男人。巴特尔连忙起身紧走了几步去打招呼，互相用蒙语说笑着。看得出巴特尔和来人很熟，说了什么我一句也听不懂。

好像突然想起旁边还有尴尬的我，巴特尔把那男人拉到我面前，介绍了彼此：哈斯巴根（又一个哈斯！），巴特尔的朋友。

巴特尔通过哈斯巴根找到在巴丹吉林沙漠经营越野车租赁的公司经理，确认最晚下午 2 点有辆车可以带我们进沙漠。这大概是他们刚才用蒙语聊的主要内容，当然也是我最关心的。现在离下午 2 点还有 4 个小时。

"去额日布盖峡谷？"哈斯巴根建议。

"行啊。"在阿拉善我对沙漠之外的地方没有太大兴趣，而且时近正午，太阳直射下来，这时候拿个照相机四处晃多少有点无奈，完全为了打发时间才支持了去峡谷的建议。

临近额日布盖峡谷发现应该为刚才的消极后悔。苍劲的戈壁公路让人心生感叹，那公路像一支锐不可当的箭镞在褐色的戈壁上笔直射向远方，消失在远处的山峦里。得益于今年雨水丰沛，阿拉善地区戈壁上的珍珠草长势很好，三五成群的骆驼在无极的天地间走走停停，慢慢悠悠，了无挂碍，只要它愿意，尽可以一直走到天边。离开城区大约 50 公里后，阳光把公路一侧的山梁渲染得苍劲，雄性，红色的岩石如同大地鲜活跳跃的肌肉无遮无拦地裸露在旷远的天空下，飞鸟徊绕，烟撩沙乱，雄奇壮丽的边塞图景。

驶过山梁往西不远，拐进额日布盖大峡谷。远远望去只是一片山，走到近前才能看到山里别有洞天。进了山口，峡谷一改戈壁的平阔开朗，两侧的山峰拔地而起，岩崖高耸，给人强烈的视觉震撼，满目红褐色的风蚀岩石呈现出千奇百怪的形势，一群羊不知道从哪里攀上峡谷半山腰，若无其事地啃那里稀疏的野草，这么壮观的丹霞地貌在戈壁地区当不多见。与最高达七八十米的岩崖相比，人在宽不过二三十米的峡谷里渺如爬虫。正午的阳光像一柱强劲的追光，将陡峭险峻的崖壁描摹出温暖的颜色，尽管是白天，在峡谷中攀爬还是有股阴森恐惧的凉意。

如果早晨或者傍晚在额日布盖大峡谷体会阳光从峡谷顶端跃起和坠落的时刻，看崖壁被朝霞一点一点映染，让峡谷深邃冰凉的影子覆盖自己，那种变化里一定可以再现徐霞客"色如渥丹，灿若明霞"的图景。

"咱们从巴丹吉林出来，离开右旗之前一定找个早上或者下午再来一趟。"

"没问题啊！"巴特尔应到。

5　巴丹吉林

午餐在额肯呼都格一家不大的饭馆里，按捺不住进入世界第四大沙漠前的兴奋，简单吃了些羊肉就离开阿拉善右旗，向东 60 公里，再向北约 7 公里，来到巴丹吉林沙漠入口。如同终于听见一部大戏开场锣鼓，观众已经急不可耐地要看到幕后到底有哪些角色登场，会上演怎样的故事。

车刚停稳就跳下来往沙漠深远处眺望，说实话，那一眼看到的是失望。眼前的沙漠没法承载"浩瀚"的内涵，那不过是一群零乱的沙岗，背负着横七竖八的车辙无章无法地向远处延伸扩散，沙岗急不可耐地像是要摆脱什么纠缠，峰峦在来去之间留下的线型匆忙而草率，不能想象那片沙岗之外隐藏着一个巨大而神秘的巴丹吉林。

呛呛呛呛—呛—呛——呛！内心的锣鼓因为第一眼的失落越响越急促，我相信这一通紧锣密鼓之后绝不会缺少精彩，一探巴丹吉林究竟的激情也愈发热切起来。如果不是早就被要求必须用阿拉善的车，估计直接从柏油路上狠踩油门就冲进沙漠了。

巴特尔两次进入巴丹吉林，他知道在沙漠里开车对于城市车手们几乎是不可能完成的任务。入夏以后，不断传来不谙沙漠习性的自驾车主折戟巴丹吉林的消息，要么伤人，要么毁车，我们算是比较知趣的，没打算自己开车进去。9月是沙漠最好的季节，又有国庆长假充足的时间后盾，来沙漠的人忽然多了起来，车辆异常紧俏。据说那时候整个阿拉善盟能在巴丹吉林沙漠开车的不足200人，我们到右旗千方百计才雇请到当地司机，出入沙漠的安全有了保障。

有些资料可以用来了解巴丹吉林概况：

巴丹吉林沙漠位于阿拉善右旗北部，雅布赖山以西、北大山以北、弱水以东、拐子湖以南。面积 4.7 万平方公里，是我国第三、世界第四大沙漠，其中西北部还有 1 万多平方公里的沙漠至今没有人类的足迹。海拔高度在 1200—1700 米之间，沙山相对高度可达 500 多米，堪称"沙漠珠穆朗玛峰"。

沙漠中心，气候干旱，流动沙丘占沙漠面积的 83%，移动速度较小。中部有密集的高大沙山，一般高 200—300 米，最高的达 500 米。以复合型沙山为主，为北 30°—40° 东方向排列，系西北风的强大影响所致。高大沙山的周围为沙丘链，一般高 20—50 米。沙丘和沙山上长有稀疏植物，西部以沙拐枣、籽蒿、麻黄为主；东部主要为籽蒿和沙竹，沙拐枣、麻黄等逐渐减少。高大沙山间的低地有 144 个内陆小湖，主要分布在沙漠的东南部。由于蒸发强烈，湖泊积聚大量盐分，边缘生长芦苇 、芨芨草等，为主要牧场。有些湖盆边缘有淡水泉出露，为治理沙漠提供了条件。

车来了，两辆 BJ2023，北京产"战旗"。我和巴特尔、小哈斯上了那辆涂满迷彩的战旗，哈斯巴根和其他人上了另一辆白色的。两辆车都换装了沙地胎，崭新敦实，咄咄逼人。带好食品和水，把暂时用不上的换洗衣服放在巴特尔车上留在沙漠外。摄影包很麻烦，左掖右藏放在哪儿都不放心，担心一路颠三倒四磕坏了。正踌躇间，巴特尔说："拿来，给我抱着"。

和大部分蒙古族人一样，巴特尔骨子里贮藏了热心男人的豪情，总会在他人最需要帮助的时候伸手相助。但是他一搭手弄得我还有点不好意思了，咱也算是老户外了，江湖上只有帮助别人

257

分担负重的故事，还没有在野外把行囊托付给别人的经历，但是这回答应了巴特尔——实在不知道巴丹吉林会以什么方式迎接我这个远道而来的陌生人。去年乌哈斯进来的时候就有一名同行没控制好身体姿态，过沙山的时候在前挡玻璃上撞破脑袋，一行人也不得不因此途中回撤。我会面临什么呢？不知道。先腾出双手应急吧，相机啥的就拜托巴特尔了，谁让他比我更了解巴丹吉林呢。

两辆车的司机非常老练，脸上平淡安静得像头顶上望不见一丝云彩的天空，没有半点内地游人深入沙漠时按捺不住的兴奋。进巴丹吉林对我是第一次，对他们可能已经是第一百次甚至更多，那只是他们的一种生活方式，进沙漠和进食堂对这些司机而言可能没什么本质区别。沙漠里那些看似无路可走的陡峭沙山、无尽沙坡里隐含着只有他们的眼睛能看见的坦途。我蜷缩在车里，一半是新奇，一半是紧张，浑身兴奋得能听见神经之间互相挤压碰撞的声音。

扎好安全带，让脚结结实实地蹬住车底。跃进沙漠，双手就死死抓住 A 柱上的扶手，竭力控制住身体减少振荡。很快，手出汗了，脚也出汗了，而这时沙海才刚刚掀起素朴的衣襟露出波涛翻滚的躯体。在望不到头的沙梁上，我觉得自己像个贸然骑上龙脊的冒失鬼，随那条约隐约现的苍龙在大海里翻滚跳跃，任凭它以自己乐意的方式向左，向右，向上，向下，向前，向后。上蹿下跳，左冲右突。一切只能听命于它，我一无所能。

这一"路"所有沙山看上去都是一样的，除了高峻就是凶险，记不住还有别的什么特征。也完全没有精力去干点儿"欣赏"

的事儿，双眼盯着车头，仅有的一点想象力全部用来算计以什么坐姿、往扶手上使多大劲儿才能调控好身体，随坡俯仰，免得自己在车里翻滚。

两座蒙古包出现了。

"在那儿歇会。"司机说。他语气淡然，如同往来驿道的客官遇见路边的茶棚。

6　男人草

恰到好处的休息让我一阵窃喜。

艰难的沙漠越野太需要及时休整了，尤其对于第一次深入巴丹吉林的我，长时间把心提到嗓子眼周围是种很不舒服的状态，一个小时过去了，慢慢找到点儿沙漠奔波的坐车技巧，渐渐适应沙海颠簸之后，急需做个短暂的回顾，放松紧绷的神经，总结经验，以利再走。

翻过蒙古包旁边的沙坎，车停在一个海子南岸。跨出车，扬脖一口气干掉了整整一瓶矿泉水，那瓶凉水不仅止渴，还能压惊。

海子东岸是一座高峻的沙山，山尖直入云端，山脚泻进海子。沙山之巅有一个红衣人由北向南缓慢地行走。太阳渐渐西去，沙山金黄，鲜红的行者不时侧脸望一眼摇摇欲坠的落日，那情景在阔大的天空下充满自由洒脱的情韵。

有一点感动从颠簸疲劳了的内心里挣扎出来，我觉得呼吸舒畅通顺，巴丹吉林刹那间天高地阔，温柔动人。碧天之下，那行者姿态悠闲，独步山巅，多么自由的人生，多么自在的生活啊！

259

海子不大，水面湛蓝，半张渔网似是而非地从岸边竖立的铁
管上伸进水里。除了泉眼和地下水，巴丹吉林大部分水面都是咸
的，因此这张网完全失去了作为渔具的职能而成为某种象征，它
让人在沙漠里感受到些许江南的韵味。内心渐渐热起来，我想到
那支歌，那支关于追梦的歌：

让流浪的足迹在荒漠里写下永久的回忆
飘去飘来的笔迹是深藏激情你的心语
前尘后世轮回中谁在宿命里徘徊
痴情笑我凡俗的人世终难解的关怀……

司机过来打量我的相机。他姓张，汉族人，话不很多。我递
给他一支烟，称赞他的车开得太完美了！这不全是恭维，他的车
技的确比我想象的出色得多，进入巴丹吉林以前准备好了把屁股
颠烂，现在它毫无异样，仍然可以坚挺地支持双腿随意行走。司
机笑了笑，接过烟点上。

这点微笑对于改善我的紧张心理很有用处，此前的一个多小
时张师傅的面无表情强化了我对沙漠的恐惧，我看不出他对这一
趟出行到底是充满信心还是无动于衷。无论教练还是观众都希望
临场的运动员兴奋起来，让人看到求战和求胜的欲望。面部的冲
动映射着内心的冲动，很难相信一个表情平淡、眼神黯然的选手
能在即将开始的赛事里夺取更好的成绩。现在张师傅的脸上有了
表情，而且那表情是愉悦的，这至少让我看到他对随后的沙漠之
旅并非敷衍塞责，那笑意使他和我们在司乘关系之外多了某种信

赖。我心里踏实了很多，嘴上也活乏起来。从巴特尔那里了解到，刚刚停留的海子叫宝日陶勒盖，这个对汉人而言有点儿古怪的名字这时候也变得新奇而梦幻。

经过短暂的休息和寥寥数句闲聊，初进沙漠的陌生与紧张悄悄退去。接受了赞美的张师傅把车开得更加中庸平和，张弛有度。我也可以把相机背带绕在臂上，左手抓着车上的扶手，右手把相机举出车外，开始盲拍沿途风光。

神经松弛，嗅觉也恢复过来。经过一片珍珠草的时候居然还闻到了淡淡的香味。那是种很贵族、很绅士、很雄性的香味，问巴特尔："这是珍珠草的味道吗？"巴特尔面无表情，未置可否，显然他不能肯定我闻到的就是或者不是珍珠草的味道，以他在巴丹吉林和草原多年的生活经历还没有这样的发现，也没有人问及这个问题。半个小时后，再次路过另一片珍珠草时，车里又飘来那种混合了植物芬芳和松木香气的雄性味道，尔后还有一点麝香、琥珀或者向日葵花的香味。我坚信那一定是珍珠草散发出的味道，禁不住感慨："这种草太神奇了！"

张师傅淡淡一笑。不知道是不是有人也在他面前如此赞叹沙漠里的"男人草"。我以为那笑容是他为自己生活的沙漠里能生长出让人如此沉醉的美草而流露出的得意。

几天以后，不经意之间发现张师傅车里有一瓶香水。从那以后，再没有闻到过珍珠草奇异的男人香。但是那香味究竟来自何处——是车上的香水瓶里？还是沙漠的珍珠草丛？

一直没找着答案。

7　东山苍老

日落之前，越野车冲入一个狭长陡峭的山谷之后艰难爬上对面的沙山，在沙山顶完成一个漂亮的转身，车头向下停在山尖上。

山下是另一个海子。

张师傅说这里可以拍些照片。落日余晖投射在海子东边的沙坡上，光线很好，只是那沙坡如同正在涌潮的海滩，布满了密密的细浪。

"能不能找个比较平整点儿的沙山？"我跟张师傅商量。

"好说。"

所有的海子都印在张师傅心里。把车门关上，发动机再次吼出声来，冲进沙海往北驶去，半小时后，以和刚才几乎完全相同的方式，越野车俯冲进沙谷，再奔力攀向对面的沙山，所不同的是，这一次车在越过山顶之后缓缓停在一处平地。

这是依和淖尔，也叫大海子。

目之所及是起伏跌宕连绵无尽的巴丹吉林沙漠，西去的落日融化了满目金黄，眼前的沙山在落日里厚重肃穆，像一个安详的老人在进入生命终点之前回报给苍天的最后一个感慨万端的容颜，他与荒漠有着不能割舍的血缘，与蓝天上奔走的白云有过经年的对话，现在他心如止水，寂寥简朴。这个面容让我读出沙漠生命在万年前的稚嫩，千年前的蓬勃，百年前的无奈和眼前的豁然。

巴丹吉林没有一丝风，沙山无言，长天无语，来来往往的神灵在夕阳之下停止脚步，静观沙海之中渺茫的生命若有所思的移动。沙漠中的海子像一块冷静的玉，沉着地面对天空上演的亘古不变的戏法。夕阳从西面的山头射出一支金黄色利箭，东山苍老的面容顿时流出鲜红的血。随即，那曾经沧海的面容上有一丝战栗从沙山顶端缓缓滑向山底，把幽蓝的海子变成蕴藏了时间光泽的琥珀。

沙山如海，残阳如血。

我似乎能够理解古往今来在巴丹吉林周边不停猎杀的那些男人们为什么那么钟情弯刀，渴望烈马，向往杀戮。因为夕阳下的一声狂嗥，一声浅叹，都具有前所未有的壮美。

天空的戏法就要结束了，沙山的另一面有不知姓名的女神轻舞彩旗召唤所有的云霞回家，她们的队列里偶尔传来细细私语。我在海子南面的沙山之巅合上眼帘，深吸一口气，借以拜谢不曾谋面的神赐予我全新的一天。

8　沙漠人家

海子的另一端是我们今天晚上的营地。那里有一户人家，男主人叫吉呼伦，他的妻子叫乌尼尔其其格。

沙山下有他们的羊圈，羊圈西侧有 L 形的土坯房，那 L 弯里的空地加上一道低矮的土墙围出他们一家的活动空间，土墙外离门口一米多远有一眼水井，打水机已经有些旧了，像所有城市之外的金属物件一样，打水机上不多的金属零件在沙漠的落日里泛出陌生、疲倦、自卑的光泽。土坯房外面靠近海子的一边有两顶帐篷和一排活动板房，板房两端各支起了两顶毡房。每年 8 到 9 月，巴丹吉林沙漠开始有考察队和旅行者进入，吉呼伦家所在的依和淖尔在进入沙漠后大约半天路程的位置。因为他家旁边就是海子，中午以后进沙漠的人会有一部分在这里住下，等待日落和日出，吉呼伦家就是在这样的年复一年的日出日落中变成了巴丹吉林沙漠里为数不多的"驿站"。

除了土坯房，剩下的"房间"都是给过往客人居住的。在旺季，蒙古包大概30—50块一宿，帐篷会贵10—20块。条件最好的是今年新盖的活动板房，80还是100块一晚上，记不住了。板房设施不多，除了卧具，还有一桶净水，一个脸盆，一张小桌；桌上有一支蜡烛（吉呼伦家自己发电，到深夜发电机停了，蜡烛用来替代照明）和一只烟灰缸。这已经是旅馆配置了。房间虽然简单，却收拾得干干净净。我特别注意到除了已经铺好的白床单，被子与枕头之间还备了一块花床单，那是给挑剔的客人准备的，因为床上多少会进些沙子，不介意的就草草睡了；如果在意，可以铺上备用的花床单。内蒙人很实在，既然收了钱就会提供物有所值的服务，即使在人迹罕至的沙漠，也不会让客人失望。

长期以来对旅途用过的床饶有兴趣，那些床够不够舒适奢华无关紧要，重要的是内心对这些容留了我短暂的异乡的梦想的床榻充满感激。从地中海的游轮到青藏高原的雪山帐篷，从非洲草原到太平洋海岛，走得越远越能清晰地感觉到床在人类漂泊史中不容小觑的意义、它对旅人神灵般的关爱和照拂；它是什么形式并不重要，它能不能够充分修复透支的体力和精力，让我在他乡的夜晚获得平稳的呼吸、释放均匀的鼾声才是最要紧的。

但是这个夜晚看来不那么平静。紧挨着我那间活动房的蒙古包里的酒一直喝到翌日凌晨5点，那酒桌上传来的最后一句话是一个女人说的："三哥睡吧，别想那些了，天都亮了。"她的"三哥"人生可能遭遇了疼痛难忍的颠簸，受了极大的委屈，比如丢了银子或者失去了女人或者错过了爵位。三哥先是不停喝酒，凌晨 4 点以后开始断断续续地呜呜哭泣。女人一直在劝慰，让他少喝点酒，别太多去想那些不顺心的事。

羊圈外边的沙山上有几个年轻男女大概是第一次看见沙漠，他们 9 点来钟吃完饭就在沙山上或坐或卧，以最舒服的姿势和最自由的心情放声歌唱。先是蒙古民歌，后来是汉族各地民歌，再往后有点儿乱，从"我在马路边捡到一分钱"到"快使用双截棍嗨嘿嗨嘿"，到"还有个太阳比这更美，啊，我的太阳，那就是你！那就是你！"想起什么唱什么。我睡觉比较轻，活动板房隔音也不太好，只能在酒桌和山头的狂躁里辗转反侧。凌晨 1 点实在坚持不下去了，出门对黑夜里的山头喊了声"睡吧，天亮了再唱"，年轻人的演唱会才很不情愿地落幕收场。

而酒桌上的众人估计早已把理性喝进胃里又尿到沙漠里去了，本来也想去干预下让他们明天再喝，权衡再三，一来人众我寡，二来他已喝晕可以犯横，我没睡着尚有理性，这一比就觉出两下里软硬实力相差都比较悬殊，没敢惹他们。11 点开始，每一小时出来看看星星，想想爱人，拍拍星空。就这么把天空从漆黑熬成了深蓝，眼看着不用多久天就要亮了。

5:50，叫醒巴特尔和张师傅，那辆朴素得有点简陋的战旗越野车不由分说地撕开了深蓝色黎明的胸襟冲向海子对面的山头，我们在那里瞭望日出时分的巴丹吉林。

天幕如同经过一夜漂洗的无边蓝绸，从遥远的苍穹缓慢退去，取代她的先是一抹粉红，再是一抹橘黄，最后是一抹乳白，直到群山再次露出年轻的容颜，巴丹吉林在黑夜里完成了一次有关青春的蜕变。海子水面渲染出一层雾气，芦苇和芨芨草的叶尖挂着露珠，沙山表层也被露水浸湿，海子里有奇异的倒影，与内地倒影里多是杨柳岸晓风残月的景象不同，巴丹吉林海子是将黄褐的沙山完整倒映在碧蓝的水中。

最先越过山岭的朝霞准确地落在沙窝里，那沙窝顿时堆起了腼腆的笑意。

鞋是在瞬间被芨芨草上的露水打湿的。从沙山下来，穿过一人高的苇草到海子边缘，先用了两分钟让双眼适应黄色的沙山倒影，看惯了绿树倒映的眼睛还难以马上接受黄沙倒映碧水的画面，金黄与碧蓝的合奏是画坛先锋们最乐于探索的创意之源，是不能完全被凡俗的眼睛理解的意念。9月的巴丹吉林给所有的风放了长假，沙山不动声色，水面出奇的安静，一些细微的生物在清澈的水底以同样安静的姿态等待清晨的阳光。在有一丝风都能搅起黄沙的世界里，这种安静神秘而诡异，隐藏着深深的不安。我小心翼翼地在海子边缘移动脚步，尽量不弄出太大的声响，以免无意之间触怒沙山里枕戈而眠的武士，使大漠里卷起漫天狂沙。

但是心跳难以控制，海子边的眼睛看到的是酷似江南盛夏的水面，那一刻，我想起柳色里的故人，忍不住在苇丛里哼起南方故乡的歌谣，呼唤儿时玩伴的名字，找寻温暖天真的脸庞……而巴丹吉林的阳光从来都无意放纵过客的柔情，不一会，脸上、手上，所有裸露的皮肤都感觉到了暴晒过后的疼。这才刚刚早晨，沙漠里的阳光带来的就是疼痛了。被阳光吵醒的小虫子们蜂拥扑来，我赶紧收拾了相机脚架，一边拍打着虫子，一边急急退往吉呼仁家去找吃的。

吉呼仁的故事与巴丹吉林的故事一样富有传奇色彩。他早先做过嘎查（村）书记，是远近闻名的能人。越野车还不能进入巴丹吉林的年代，他就可以在沙漠里骑着摩托车飞奔。他的前妻因病故去，现在的妻子是阿拉善右旗颇有名气的美人（阿盟朋友赠送过我一本画册，那里就有内蒙古摄影名家以她为模特拍摄的照片。这张照片也被翻印了挂在他家的蒙古包里），吉呼仁的三个女儿一个在北京上完硕士嫁给了一个博士，另一个在呼和浩特上大学，还有一个在阿拉善盟重点中学就读。一直以为沙漠深处的牧人干预城市文明的能力十分有限，吉呼仁夫妇和他们三个孩子颠覆了这种狭隘的认知。

作为哈斯巴根带来的客人，昨晚应邀在吉呼伦家的饭桌上吃饭，不用和其他的游人共用蒙古包里的餐桌，这使我有机会比路过这儿的客人们更细致地观察这个家庭。

墙上的镜框里放满了几个女儿的照片，现在帮助父亲招呼客人的是三女儿，也是个文静漂亮的孩子。墙角的猫窝里刚刚诞生的猫仔一直在努力抬起软弱的脖颈。装了"小竹炮"的相机和墨镜、军帽随意躺在炕上，那些金属的颜色和质感与旁边的被褥枕头格格不入，如同两群互相敌意的孩子。厨房在炕屋东侧，高压锅里的羊肉已经被煎熬得痛苦不堪了，不断发出"咝咝"的惨叫；高压锅旁边钢筋焊接的洗脸架上有一只底子印着红双喜的脸盆；不大的黑陶水缸里装满屋外抽来的井水，一只红色的水勺在水缸里拘谨的晃荡。我舀出水来洗完手，再把水勺放进缸里，它以同

267

样的拘谨再次晃荡起来。高压锅停止嘶叫之后，我们用很短的时间解决了那些羊肉。小哈斯、哈斯巴根和吉呼伦继续把剩下的夜交给酒。

那个傍晚回到活动板房时还有些天光，这让我发现了那个叫"闲适"的东西，于是出门看山。

透过活动板房的门窗看远处的沙山和在吉呼伦家的小院里看这些沙山感受很不一样。在小院的井口旁看沙山让我觉得巴丹吉林仿佛曾经的家园，羊圈围拢着今年的收成，墙外的羊粪堆与这个冬天的温暖密切相关。再往远处看，天空走走停停的云彩是还来不及赠予旅人的哈达。浩瀚的沙漠处处充满生命的喻义，宁谧，祥和，纯粹，生动，天穹书写的全是来自内心的温暖。而活动房是个旅舍，干净和整洁会营造出距离感，听不见勺碰锅沿，少了些烟尘味道，宾至就很难如归，因此从房间里看窗外的沙漠，心里有种过客般的寂寞挥之不去，觉得眼前的一切与我的灵魂和肉体缺少必要的联系，羊粪晒得再干也无关我冬日的温暖……我来，或者走，对巴丹吉林，对羊群、对海子，对远去沙漠深处觅食的骆驼都无关紧要，能在活动板房里住下，已经足以说明我的过客身份。其他的，没有了。我特别希望尽早离开板房，离开旅舍，回到沙漠里。

那个夜晚，喝酒的"三哥"和歌唱的青年阻止了我的睡梦，活动板房干净的床榻上落满了还来不及求证的疑问。我想知道沙漠里的海子为什么多是咸水而紧邻它的井里却能涌出淡水；我想知道吉呼伦家在依和淖尔到底居住了一百年还是一千年；我想知道土坯房为什么没有一丝吉呼伦的祖先留下的遗迹；我想知道吉呼伦的父辈们为什么会选择巴丹吉林沙漠作为存活的家园,我想知道吉呼仁百余峰远赴巴丹吉林深处的骆驼什么时候能回到依和淖尔……

几天之后的一个中午,在额济纳宾馆窗外的雨声催促下,我就这些疑问讨教了巴特尔,他告诉了我大部分答案。因为涉及吉呼伦及家人的隐私,我不能在自己的旅行笔记里谈及更多更加鲜活生动的吉呼伦故事,有些故事也注定只能消逝于时间之中。仅仅上面这些表达就已经让我有隐隐的不安,希望我的好奇不要给沙漠里那个已经置身世外的家庭带来不便。

早餐之后,告别吉呼仁夫妇,也把他们的家园完整恭敬地留在依和淖尔,留在巴丹吉林沙漠温暖的胸口。

9　越野越野

越往巴丹吉林腹地,沙山越险峻,越野车的攀越过程也越艰难。继续向北深入,有些时候几乎是在沙山上"垂直升降";还有些时候越野车不得已要在沙山上"挂壁行车",完全依靠速度冲出的离心力才能使车体不会滑下山谷。沙漠越野的大部分时间里,发动机声嘶力竭的吼叫让人揪心。终于,在一个极长的陡坡下,车停住了。沙漠倔犟,引擎懈怠,沙软坡长,无法愈越。无论张师傅怎么迂回、怎么冲坡都无功而返。

我和巴特尔下车,张师傅嘀咕了一句"最难走的一段!"俯下身把轮胎里的气再放出一些,重新打着车。减了重的"战旗"拐到很远的山梁去绕了若干个"之"字才从稍平缓些的山腰过来。

269

远远看去，越野车在沙漠里不如一只玩具车大，也不比一只玩具车更能干。

越野车在进巴丹吉林以前已经换装了沙地胎，放掉了一部分气。但是上星期沙漠里下了几场雨，表层之下的沙质比平时要硬些，轮胎充气稍多一点，与沙地接触面积相对变小了，过起弯道来就特别容易甩尾，冲坡也易打滑；轮胎气太少又会增加轮胎磨损，增加司机们的运行成本。所以司机进沙漠前车上都备好了气筒，以便临时放气，及时补气。

沙漠越野的这段时间，我注意到没有一次冲上沙梁顶端时司机会借用惯性再冲下山去，有些山梁对面是比来路更陡的沙坡或者深坑，车必须在梁顶有短暂停顿，以决定翻过山梁后是直线还是斜线下坡，或者绕道躲过深坑。在沙山顶上的一刹那，车是担在沙脊上的，大概也只有一秒半秒的时间能保证车不下沉，停留时间稍长，轮胎下的沙粒就会渐次散开，让出一个不大不小的陷阱。再停下去要么沙脊托住底盘，要么车轮捂进沙子，总之结局不会太好。所以在沙脊上那一秒半秒，司机必须注意力高度集中，尽快看清对面地形，合理做出驾驶反应。除此之外，沙漠驾车需要"精确计算"的时候太多，车几乎没有在平坦地面行进的可能，时时都有离心力与向心力的平衡、处处都是摩擦力与牵引力的抗争。前进时要尽量利用比铺装路面小得多的惯性，制动时要充分考虑沙地对轮胎的阻滞。在我这样的外行看来，沙漠驾车实在是件需要强体力、高智商的事。

再往前走，越野车如同窄小的冲浪板在巨浪掀起的漩涡里钻进钻出，一座接一座的沙山无休无止，翻越一道山梁之前完全不知道山梁之外的地形是陡是缓，是硬是软，是坑是包。张师傅一言不发，盯着沙梁，以免应急不当导致不测。倒是车里的我现在坦然多了，着急、害怕都没有用，既然选择了这种方式挺进巴丹吉林就只能相信张师傅，相信这辆车。如果能够去天堂我义无反顾，如果必须去地狱也在所不辞。决心抱定，事情就变得简单和有趣了很多。车在沙海里跌宕颠簸如路过调皮孩子璨笑的酒窝一样，颠簸不停，嬉笑不止，生动迷人，妙趣横生。这一路张师傅只管辨认沙质和山势，我只管欣赏大漠风情。停车了，他在车阴下休息，我再驱动双腿梁上坡下搜寻被沙梁隐藏的风景。

10　兔眼儿

哈斯巴根已经进入巴丹吉林很多次了，他的加入让我们每次停车更有针对性，他知道什么地方有好的风景和好的视角。

一道平缓的沙坡上，几只黄色的花儿娇美动人。

"它叫兔眼儿"，巴特尔说，"不知道学名是什么，牧人就叫它兔眼儿。"

在所有的沙地植物都尽量不遗传太大的叶片以减少水分损失的时候，巴丹吉林能开出这么娇嫩的花儿是我没有想到的。这星星点点的明黄在沙漠无垠的金黄里尤其珍贵，仿佛真的灵动的眼珠在瀚海的波涛中明媚着，坚守着。兔眼银白的根从沙漠里举起浅绿的茎，茎上挂了简单的几片细叶，顶端就是绒球一样的小花儿。兔眼儿的根、茎、叶、花都生长得那么矜持谨慎，仿佛从未出过大漠的娇羞女生，不事张扬，循规蹈矩，素面之中，眸明齿

271

皓。她知道，哪怕是一点点多余的枝蔓、稍稍出格的艳丽都可能招致杀身。大漠狂沙没有扑倒她玉立的青春，时间的利刃不忍在她光鲜的额头刻写印记。她就这样日复一日地在沙梁之后坚守着母亲留下的纯真，等待相亲相爱的眼神与她相遇，从春天直到秋天，把沙漠上一叶绿色的弱草坚守成一个明亮夺目的誓言。

这是秋天的沙漠里看到的唯一一种花。有了花，沙漠和秋天都有了情趣，来自天空的阳光和雨露也可以获得安慰。有了花，冬天北方吹来的朔风也会多出些柔情。

蹑蹑退出那片沙梁，生怕自己冒失的脚印打扰了她年少的梦想。让兔眼儿留在柔软温情的沙漠里吧，或许在我离开之后的某个清晨，她能放下矜持和娇羞，在冬天到来之前，以青春的名义在母亲的怀里再撒一次娇呢。

11　登顶

与兔眼儿隔山相望的是神泉海子。

神泉海子是我最先听到的有关巴丹吉林的奇闻之一，5 年前从额济纳返回呼和浩特路过阿拉善左旗时，左旗的朋友向我极力推荐巴丹吉林，尤其是印德日图神泉（这处神泉的存在，也是人们关注巴丹吉林的重要原因之一）。从那时开始向往巴丹吉林，用了近两年时间留意巴丹吉林沙漠的各种资料，第三年开始策划进入巴丹吉林，去年一切准备就绪却因为事务缠身没有进来。现在，我终于落脚神泉海子岸边。

这是个体形巨大的海子，北边与它相连的别一个海子已经干涸，露出湖底龟裂的盐碱地。干涸的海子边只有废弃的土坯房。海子东侧有早来的旅人支起的蓝色帐篷如同一粒悠远的思念在眺望神泉。巴特尔说早些年这里有一个饲料场，后来海子少水，芦苇不多，饲料场关闭了，原来住这里的牧人也纷纷迁走。

看着曾经鼓起我心中远征巴丹吉林沙漠风帆的神泉如今的样子，鼻腔里竟然爬出一条酸溜溜的细线。我以拥吻青春的热情千里来寻，走近神泉时她却已改朱颜。仅仅 5 年，变化如此之大。沧海桑田，可见一斑。下一个 5 年，巴丹吉林还有什么将不复存在？大漠最终能为后来的人留下什么呢？

"走吧，上珠峰。"哈斯巴根在身后催我。

走吧，上珠峰。我是来不及倾听印德日图日渐衰微的绝唱了。

对于神泉海子逐渐干涸的不甘也使越野车变得激奋，咆哮着转头向东，朝毕鲁图峰方向冲去。

毕鲁图沙峰海拔高度为 1617 米，相对高度 500 米，比非洲撒哈拉大沙漠中的最高沙峰绝对高度要高出 70 多米，是沙漠世界的最高峰，因此也被称为"沙漠珠穆朗玛峰"。

越野车尽了最大的努力只能冲到大约 200 米的高度，如果登顶，剩下的 300 米必须双腿亲历。

"带脚架吗？"哪怕是临时摄影助理，巴特尔也十分敬业和专业。

"不了，长焦也留在车上。"摄影器材生产商往往给最好的镜头以最大的重量，这使得摄影人在极端环境下不得不面临两难选择：要么拼命，要么割爱。

273

　　带上一瓶水、一个苹果，背起相机，踏上去沙山和路。几天来的徒步大多是从沙山往下走，向上攀爬过的沙山相对高度最多不超过50米。这一段登顶沙漠珠峰之路从开始就十分艰难。

　　浮沙难固，消磨的不仅是体力，还有成就感。每走一步都会被流沙带回来半步，步幅小的人上陡峭的沙山差不多只能是原地踏步了。沙山上踏步不是个快乐游戏，最多踏够50步，腿就软了，腰上也扎不住劲儿，就能听见"绝望"的魔们在心底狞笑，事倍功半的挫败不离不弃地在身前腿后膀左臂右环绕纠缠，心里有个声音在撩拨呼唤："放弃吧，放弃吧。"

　　沙漠穿越的原则之一是"走高不走低"，不管徒步或者开车，都要尽量在高处走，以便瞭望地形，辨别方向。去"珠峰"坡陡路远，登顶路线大部分都是山脊，沿途少有平缓区域可以休息，而且太多的停留无论从心理上还是生理上都是登山所忌讳的。如果恰好是登顶队伍中的第一人，眼前尚未被人踩踏的刀锋般"锐利"的沙脊还会无情削去登顶豪情，让你心生恐惧。沙山的脊梁也叫"鲫鱼背"，狭窄，流动，走在"鲫鱼背"上除了保持脚下稳定还有控制好整个身体平衡，一旦滚下沙山，就再也不想重新爬上来了。

　　陆战靴和登山鞋在沙漠里扬尽所长，相对宽厚的鞋底提供了较好的稳定性和较高的爬坡效率，甚至可以在山脊两侧自由跨越，追逐沙漠里对我们这些不速之客好奇观望的沙蜥。

　　很快就汗流浃背了，大家脱去衬衣，穿件背心继续往沙山顶上走。有那么一刻，忽然为同行里几个雄性皮肤的"城市白"感觉到了一丝羞臊。白净的、未经阳光和风雨锻造的皮肤在大漠里看上去缺少活力，不堪砥砺，它带着点儿来自城市的自以为是，彰显的是人与大地的隔阂，不是大地上值得信赖的颜色。心里一阵细碎的叽叽咕咕之后，觉得阳光和风沙对于男人的皮肤是种别样的关爱，光着膀子在沙漠珠峰的脊梁上居然走出了些使命感来。

"相机给我，踩我脚印走。"巴特尔一直把我当个客人照看，沿途都在提供各种支持。我跟在他后面，气喘吁吁，埋头苦攀，在"鲫鱼背"上更不敢左顾右盼，不到一小时成功登顶。这个成绩不算很好，但是比我想象得快多了。

毕鲁图果然是沙漠珠峰！放眼望去，沙海壮阔，无际无涯。山顶的沙脊上有不小的风，脊上的细沙被卷起一片白色沙雾，如同沙山飘逸的长发。在这里可以清楚地看见印德日图，幽蓝的神泉像一只凝望的眼睛正在看我，她是要对我说些什么吗？

毕鲁图上大约有二三十米距离是有无线信号的！不知道这信号从何而来，又消失在哪里。我们一队人只有小哈斯拿出手机"喂喂"了两声，来不及说完一句完整的话，就再也听不见对方的声音了。和人群稠密地区一样，大漠无人区里的希望和失望也是交错往来、瞬间得失的。

山脊像一道细长的锋刃，东面的沙山瀑布一样急促向下延伸，拉出比西侧更加陡峭的坡，"鲫鱼背"大约只有一脚宽度，不仅容不得释放登顶的欢欣，还警醒来到山顶的人必须继续保持平衡，想摆个造型或者在沙漠珠峰上雀跃庆祝下就可能失足滚下沙山消失在茫茫沙海里。峰顶潜在的危险使大家不敢停留很久，我们在这里欣赏了一会儿巴丹吉林沙漠里上帝画出的壮美曲线，就列队渐次向南，顺着山脊蛇行而下。

中午在山下野餐。两辆车在沙漠与天空之间隔出一块阴凉，啤酒、水、黄瓜、西红柿、面包、牛肉干，很丰盛。靠在越野车轮胎上，一手抓根黄瓜一手抓瓶水，吃一口，喝一口。身边是热火朝天的兄弟，眼前是深邃幽蓝的海子，只有"征蓬出汉塞"，不见"归雁入胡天"，这种生活又诗意，又节制，又平和，又浪漫。

野餐之后，躺在车阴下的沙漠上小憩一会，不觉腆肚睡着了。不知道过了多久，一阵轻风带起沙子柔柔路过头脸，留下羽毛轻拂一般的痒，我才醒来。

睁开眼想到一个问题：2005 年，巴丹吉林曾被一家颇有名气的杂志选评为地球上最美的沙漠，如果下一次评选地球上最适合生命终结的地方，我会毫不犹豫地投巴丹吉林一票。她无时无刻不在演绎天地洪荒之间的壮丽，体现自然运行的玄机，相比于喧嚣纷争的尘世，巴丹吉林太值得贡奉我的全部了。☞图 E1 下

12　庙海子

离开毕鲁图向西南方向奔去，这一段仍然处于沙漠腹地，沙山一座比一座高大，越野车在峰谷之间起伏穿行，像一匹识途老马，恰到好处地取舍着方向和速度。不多时，车停在了神女峰的一侧。到山脊往对面一看，腿顿时软了：一面约莫 50 度的沙坡急速泄向几百米之外的坡底，落在一汪巨大的海子里。

"这就是女人海"，哈斯巴根从另一辆车里跳出来说，"也叫庙海子"。

海子的轮廓像一个孕期的女人，头、颈、胸、腹，比例准

确，曲线平顺。阳光太烈，在山脊上勉强按了几下快门就商量怎么去巴丹吉林庙。

山脊上已经能看见右前方海子东南角（"女人"颈部）的那座庙，距离不远了，但是这里的坡太陡，车无论如何也不能从沙山开下去。所以要商量怎么去巴丹吉林庙，坐上车去远处坡度缓些的沙山绕回来？还是徒步走下山再沿海子去巴丹吉林庙。巴特尔说他要走过去，我也附议。沙山这边虽然能看见巴丹吉林庙，目测 4—5 公里路是有的。巴特尔要徒步过去，我的附议里多少有点不甘示弱的意思，算是硬着头皮选择了跟随徒步。张师傅开车和哈斯巴根、小哈斯他们一起从远处绕回巴丹吉林庙。

下沙漠里的山看样子是比下土石山要省劲得多，如果坡够陡，只要鞋底够宽，鞋尖稍微抬高点，脚后跟踏着沙子缓慢往下滑就可以了，但是这个动作需要勾着脚尖，坚持不了一会脚踝就很累。还是回到步行方式，脚掌在沙上踩实，侧着身体顺沙坡往下移动，这个办法的弊端在于行走效率不高。沙粒太过松散，脚从沙子里一拔起来，身后的流沙立刻就把脚印填埋覆盖了，每一脚都要艰难地踩下去，再艰难地拔出来，如同下雪山。步履维艰地走了十来米发现有窍门：用双脚的右侧"踩"沙，借助部分脚踝增加与沙坡的接触面，鞋陷进沙子里就没那么深，可以加快行走速度，这么一来下山的过程实际上在用右脚踝走路。幸亏穿了双高腰靴子来。当时看不见下沙山的窘态，事后回想起来，那趟沙山下得颠覆了直立行走的进化成果，用脚踝走路，还是比较"反人类"的。

到底是高原上长大的汉子，巴特尔的下沙山的方式比我简单痛快得多，屁股往沙子上一坐，抬起双脚，双手划桨一样往沙坡上一使劲，借助沙山的坡度在身体重力作用下，人就嗖嗖往下滑了。

"坐下坐下，坐在沙上滑下来！"看我走得那么艰难，巴特尔一边自得其乐地往下滑，一边扭头冲我嚷道。

"你先下，我得边走边拍，不着急。"沙山上稀稀拉拉地生长着沙葱、沙竹、沙米、沙打旺和其他一些叫不上名字的草木，看那些纤弱的植物在恶劣的环境下仍然奋力绽放生命的本意，就算已经死去了的也在沙梁上站立得有模有样的，心里涌起一些怜爱。像无数次置身大自然一样，我愿意保持对造物的敬畏和对柔弱生命的尊重。尽管阳光强烈，还是再三俯卧在沙坡上拍下那些活得又认真又凛然的生命。

沙漠是有生命、有表情、懂爱恨的，沙漠上一株不起眼的小草、一片枯黄的落叶都肩负着为我的漂泊确定方向的潜在职责。我希望沙漠里邂逅的每一具枯骨都能接受我的祈祷，愿它的来生也如今生一样自由，洒脱，安详，平和。

下山以后，落脚于"女人"臀部，沿她柔软平滑的背向颈后走去，绕过她的额头、眉眼，从唇下进入巴丹吉林庙。

巴丹吉林喇嘛庙是巴丹吉林腹地唯一的寺庙，始建年代在能够查到的有限资料里说法不一，有说始建于 1791 年，有说始建于 1868 年，现在的住持桑木腾先生说"这座庙已经 253 年了"，据此说法则应该始建于 1755 年。大概这座寺庙此前多年并不被人重视，以至于没有人能够说清楚它的过去。

桑木腾先生已近 70 高龄了，面色红润，双目炯炯，步履矫健，看不出已近古稀。巴丹吉林庙也是桑木腾先生的家。我们刚刚坐定他就端来了奶茶。在这里，包括后来随桑木腾先生去巴丹吉林庙，与先生有一些零星的交谈，以我对喇嘛教（和其他各类教派）的无知，更多时候是先生在说我在听，偶尔问到我一些事，便如实应答。这一生能够在巴丹吉林庙的住持家里生活短暂的一段时间，我觉得与这座沙漠圣殿还是极有缘的。桑木腾先生娓娓道出的话语，平和圆融的心态，让我真实地感受他的"内圣"。先生为了修缮巴丹吉林庙，多方游说，寻求支持，自己也投入多年积蓄。去年他把一个儿子送往内地研读佛教，也许不久之后再去巴丹吉林庙，会看到一个年轻的桑木腾在庙堂之内朗声诵经了。那个夜晚，桑木腾先生签赠我一本由他编撰的蒙文书，书里讲述的是许多个有关佛教的故事。我大概很难在有生之年读懂那本书，但是作为净土与尘世之间的使者，我将它放入行囊，背出沙漠，背回北京。

桑木腾家是沙漠里一个很小的院子，秋天进巴丹吉林的人多了，平时寂寞的沙漠人家也忙碌起来，除了桑木腾的夫人和儿子，亲戚也被请来帮忙。从沙山下来走了很长的沙漠路，有些累了。与桑木腾先生一起喝了些奶茶，他去庙里，我便找了个凳子坐在小院里看眼前高远连绵如花叶一般渐次展开的沙山发呆，脑子里渐渐浮现出"莲开僧舍，一花一世界，一叶一如来"的图景。

这时候，来桑木腾家帮忙的女人穿过院子往厨房走过去。

13 女人们

这个女人大约三十多岁，面部轮廓清晰硬朗，我不清楚生活在巴丹吉林的蒙古族人来自哪个部落，她仿佛有些突厥人的面部特征：眉毛浓，眼窝深，鼻梁高。我有了拍摄她的兴趣。

为了不打扰她劳作，我尽量做出若无其事的样子，抱着相机呆坐在墙根。沙漠午后的阳光霸道而炽热，如上天急令，不由分说地投射下来。土墙下阳光照不到的地方却很凉快，背心之外的皮肤在纯粹的空气里舒适惬意，让人内心陶然。那女人端着盘子在小院里来来往往，步伐敏捷，几乎是在小跑。她很快发现了我在拍她，更显得不好意思，满脸羞涩又不能停止手里的活计，穿过小院时要么羞笑着侧过脸去，要么以手遮面不让我拍到。我挑了一张略清楚些的大头像满脸堆笑地凑过去回放给她看，鼓励她说："瞧瞧，多漂亮，再拍两张，回头挑些好看的给你寄来。"

她只捂着嘴笑，也不答话。

"稍微走慢点，别再用手捂脸了好吧？"

这些沟通显然缓和了她的紧张也表达了我的善意，她很不好意思地用蒙语说了些什么，大概是"这么老了，还漂亮什么"之类的客气话，仍旧带着满脸笑意做自己的事。等她渐渐大方起来，我再次按下快门，相机里留下了这个蒙古女人的笑容。这个巴丹吉林女人的羞涩与率性恰到好处，没有做作，没有表演，快乐来自内心满足，利落由于生活需要，如同沙地韧性的绿草一般活力而蓬勃。我敬仰这样的生命个体。

在院子里墙脚的阴凉里蹲了一会居然有些凉意，就回到屋子里看相机里的回放。大概是午饭好了，那女人和另外一个也来巴丹吉林看沙漠的女孩子抬了一张桌子往我们住的屋里搬。巴特尔见到年轻女孩子有些兴奋，抢上前去搭手帮忙，嘴里也不失时机地与那年轻女子搭讪。

"哟哟哟志愿者帮忙来了。"一句话说得那年轻女孩子笑盈盈的。"从哪来呀？"巴特尔问她。

"上海。"

"几个人来的？"

"七个。"

"女子探险队呀！"巴特尔的惊异是由衷的。

那女子格格一笑："旅游而已啦。"

正经了一分钟，巴特尔脸上又弄出些诡笑，开始没话找话。"还要在巴丹吉林待几天？要不一起走吧？正好我们有个摄影师少个助理。"他指了指我，冲那女孩子眯起细细的眼。

"好呀好呀！摄影助理好呀！"巴特尔大概也没想到那女孩子满口就答应了。

我是个孤独惯了的人，不怎么在旅途与陌生人说话。那时候还穿着背心在看回放照片，见那上海女孩半真半假的应和，抬起右臂往二头肌上使了点劲说："当摄影助理至少要有这种肌肉，要不干不了那体力活。"

"啊——！"上海女孩尖叫一声"那我做不了！"呵呵笑着跑开。我以为这个邂逅到这里就结束了，但是没有。很快，那姑娘带来一个健硕些的同伴冲巴特尔说："你看她怎么样？"

"哈哈哈哈，我看行！我看行！"巴特尔对自己的小闹剧有如此持久的效果十分满意。

我对两个姑娘表示感谢，告诉她我们也是来巴丹吉林玩的，不过喜欢拍些照片，远远没到需要摄影助理的份儿上。姑娘们表示理解，互相又说了会话，就回自己屋里去了。

我这样"粗暴"结束了巴特尔得来不易的旅途快乐，他显然有些"忌恨"，此后几天一直在讥讽我炫耀那点肌肉把姑娘们吓跑了，仿佛不那么做上海姑娘们就会跟我们一起完成剩下的旅行一样。我笑他痴得厉害。他不知道安静和孤独对于旅途中的我们有多重要。

到傍晚，没找到新的助理接替自己的巴特尔依旧背上三脚架跟我一起攀上庙海子对面的沙山去看夕阳。

庙海子四周的沙山比别处高峻许多，仿佛人群中蓦然发现的高挑俊秀的美人，那些沙山想必都有自己的名字，只是我还不得而知，记得住它的美好，却不晓得它的芳名。

秋天里上帝之手诗意淋漓，只几笔便写尽沙漠精美的灵魂。苍穹覆盖的巴丹吉林被简略精准的笔触染成橘黄，在天空与大地紧紧相拥的那一刻，沙山的脸颊绯红。在山下另一个沙岗上，我看见一个人忽坐忽卧，颇不安宁，通过镜头放大，看出那是个女人。落日最后的一线光亮像一指温柔的抚弄关照了她的不安，于是她温顺地躺下来，安睡于温馨柔软的沙漠褟褓里。她身后的沙山像巨大的宝座，等待尊贵的国王归来。

远处的沙山一座接一座纷纷合上眼帘，滑入润蓝梦乡。月亮举起弯弯的钩，再把它悬挂在天空一隅。夜幕下的巴丹吉林像是融化了一样，海子、庙堂、羊群、骆驼、长的短的草、粗的细的沙，都与安卧的灵魂一起，化为生生不息的自然之子。

蓝色的夜空下，沙山细腻的轮廓如同玉体娇柔，闻得到淡淡的体香。巴丹吉林的夜有神奇的魔力，让我从美轮美奂的沙山里清晰地看到深爱的女人，丰腴灵动，吹气如兰。

几小时之后，在夜的蓝尚未完全退出天庭之前，我在那个鲜亮的早晨再次走出沙漠人家，于海子东岸支起相机，像一个忠实的信徒那样俯下身去，快门轻柔的声音是我喃喃念诵的虔诚。

14 洪荒宁静

后来，我无论如何也想不起是怎么离开庙海子的。从哪个方向？翻过哪个沙山？已经完全想不起来。

所能记得的是：那个早晨，在海子边向沙漠里的佛说尽了内心积久的惶惑，我觉得从未有过的轻松舒展。然后是起伏如浪的沙漠之路。

所能记得的是：爬上一处沙山，极目远望，天空蓝得像女娲刚刚补洗过的样子，沙原无极，内心无极，不知有心，也不知有天。

所能记得的是：走过的路，见到的人，身边的风景，正在成为传说。

我退出巴丹吉林，消失在朝霞慢慢移动的光线之外。

巴丹吉林重新回到过去，回到漫无边际的沉寂之中。这些天里，我刻意在沙漠里寻找每一点与人类祖先有关的遗存，但是除

283

了说不清年代的巴丹吉林庙（它刚刚被修饬一新），除了上个冬天
骆驼留在沙漠上的白骨（它还保持着对路过的人说"你好"的口
型），除了印德日图刚刚废弃的土坯房（它还留存着烹煮最后一顿
早餐时的模样），沙米草是这个春天刚刚长出的绿，海子里是这个
秋天特有的蓝，牧人脚上穿的是婆娘在早春的炕头缝衲的鞋，巴
丹吉林再没有让我看到关乎更加久远的过去的任何印迹，哪怕是
一点可供演绎传说的素材都没有。

　　沙漠掩盖了一切，整个巴丹吉林里只有苍莽。

　　我曾经问过一户牧人他一家何时来到巴丹吉林？在这里生活
了多长时间？为什么会在沙漠深处安家？我想知道他以及他的祖
辈是以怎样的方式生存到今天的。得到的最具体答复也只是"我
们祖祖辈辈生活在这里。"他回答得轻描淡写，仿佛纤细的沙竹
对于浩瀚的沙漠，只有泰然，从无惊愕。而且几乎所有生活在巴
丹吉林沙漠里的人都以同样的答案回答类似的问题，包括桑木腾
先生。

　　为什么巴丹吉林不愿意让我亲眼看到她前世的样子，而执意
要把它交给猜想？难道这个沙漠"部落"所有的人都在坚守自己
家族的某个诺言？难道他们从来没有回望过祖先的足迹？

　　我不知道。

　　或许沙漠的历史不需借助简牍文字传承的，它选择了代谢而
非沉淀的方式记录历史。在巴丹吉林，沙漠里留下的任何一个脚
印都只能落在昨夜的清风刚刚抚平的沙粒上，而那脚印也会在短
暂的清晰之后消失于无痕，如同风消失于风。

　　在巴丹吉林既无法看到沙漠里被时光隐匿的部分，更无法解

读时间在沙漠里的内在逻辑。任何一个想在沙漠窥视"久远"或者留下"永远"的人都无法达成奢望。这对于造访巴丹吉林的人是怎样一种感受呢？

惨痛？抑或幸运？

我们请教桑木腾先生："为什么每个海子旁边必定有一座很高的沙山，而沙山与海子都能相安无事，既没有海子把沙山融退，也没有沙山把海子填埋？"桑木腾先生略一沉吟，回答说："也许这就是自然吧？"然后哈哈大笑。

这个回答太过精妙。

它让我想到一个中原人。

926 年前的农历七月十六，一个叫苏轼的汉人与朋友泛舟赤壁之后有这样一些心得：

苏子曰：

客亦知夫水与月乎？逝者如斯，而未尝往也。盈虚者如彼，而卒莫消长也。盖将自其变者而观之，则天地曾不能以一瞬。自其不变者而观之，则物与我皆无尽也，而又何羡乎？且夫天地之间，物各有主。苟非吾之所有，虽一毫而莫取。惟江上之清风，与山间之明月。耳得之而为声，目遇之而成色。取之无禁，用之不竭。是造物者之无尽藏也，而吾与子之所共食。

清风有声，明月有色；江山无穷，天地无私。在离开巴丹吉林的那个夜晚，我最该做的也许是问一下自己"亦知夫风与沙乎

285

……"那样，就不至于为寻找不到巴丹吉林沙漠里的历史遗存而抱憾了。在巴丹吉林的日日夜夜能够看到秦时明月、汉时清风已经非常幸运了，那明月与清风既与远古有关，也与现实有关，它已经足可承载我对浩瀚沙漠的全部情爱了。

谢谢你，巴丹吉林。

15　曼德拉山

出巴丹吉林沙漠沿雅布赖山边的戈壁公路东去约 140 公里，在阿拉善右旗孟根苏木克德呼都格嘎查境内，有一座形状怪异的山。雅布赖山山体偏红色，山顶平顺，这座山则黑石嶙峋，岩脉蜿蜒，山上巨大的岩石皆成圆形，酷似陨石。一条崎岖小路忽急忽缓穿过几座小的山峰伸向更深的山里，相依的几座不高的山上散布着油黑发亮的岩石，这些黑色的岩石上大多有清晰生动的刻画，这就是曼德拉山（曼德拉是"升起来"的意思），那些刻画就是岩画。

来曼德拉山是哈斯巴根强烈推荐的，和去额尔布盖大峡谷一样，属于行程计划之外的内容。路上在车里小睡了一会，睁开眼就看见乌黑油亮的石头在阳光下发出炫目的光。山下不远处有个小房子上挂着蒙汉双语的"曼德拉山岩画管理站"匾牌。房子里住着两个人，一男一女。男人年轻，二十多岁，叫乌义（还是"武一"？"吴毅"？且称他"乌义"），中等个子，略有些胖，质朴的脸上稚气还没有完全褪尽，刚工作不久的样子。女人岁数大些，是乌义的母亲。房子整洁明亮，一间空屋里有些哈密瓜和不多的杂物，另一间用作厨房，水池、灶台都铺贴了白色瓷砖，这种装饰在戈壁上的山里很难得见，也许正因为难得一见才更被主人加倍爱惜，收拾得干净利索。朝南的两间房分别住着乌义和他的母亲。这个管理站有些家族特点。

　　来的路上哈斯巴根给管理站这边打了电话，我们一到，乌义就领着往山上走。刚进山沿路看到的多是些小幅岩画。黄褐色的刻痕在黑色的岩石上十分醒目，或凿或磨，"笔"法古朴，画面素净，简明直观。原始艺术总会激发现代人浓厚的好奇心，一路不停拍照，希望多留点影像闲来赏读。哈斯巴根催促道：往上走，去山上看最经典的。

　　继续上山，山谷中间有一段岩画少一些，山路也尤其崎岖，哈斯巴根说："山上的路大部分都是乌义一个人修出来的。"看着山上大大小小的石头和还不太成形的山路，大概可以想到在这里修路的艰难。曼德拉山远离人居，山上也无法进出施工机械，所谓路，只是在陡峭的山石之间用人力可以移动的石头铺出台阶的模样，把必经之处的巨石凿开，浮石捡走，整理出一条相对平整的山径来。

　　"今年雨水多，一下雨山上滚下来的泥石就把原来的路毁了，他再上来修。自己带着干粮，一干就是一天。"哈斯巴根继续说。我脑子里现出一幅戈壁愚工的开山修路的场面：一个人，一把镐，一头汗，一身肌肉。乌义也不言语，埋头在前面带路。脚下这条不能称之为路的路让我对乌义这个年轻人充满了敬意。我觉得应该为他做点什么。便紧走两步，到他身后，与他有一句没一句的聊，问他些曼德拉山岩画的事。

乌义说：曼德拉山岩画特别密集地分布在周围 18 平方公里的范围内，一共有 4000 多幅（他说了一个很具体的数字，比如 4323，但是被我忘记……），有专家考证说，这些岩画的年代包括了从新石器到明清漫长的年代，岩画内容有狩猎、放牧、战斗、神佛、日月星辰、寺庙建筑、舞蹈、竞技以及游乐等等，特别丰富。

"这个是岩羊，这是鹿。"乌义指着岩画上的各种动物形态说，"石头上刻着这些，说明当时阿拉善地区生活过这些动物。"

"这是树"，乌义在一块刻画了鱼骨图式的岩石前停住脚步，"说明这一带当时有树林，不是现在这样的戈壁。这些树给当时人们的生活带来过很多变化。"

"这是树林，一片一片的树林。这些点代表的是草地，这幅岩画里有无数个点，代表的是大片大片的草原。"

"这幅岩画上的痕迹颜色深浅不一样，颜色鲜艳些的这部分是后时代人补刻的。"

"这是女人。这是男人。这是骆驼。这是先民们围猎的场面。这是大家在一起跳舞唱歌的情景。"

乌义一边往山上走，一边不停介绍，"这幅画是曼德拉山镇山之宝"，他脸上洋溢出掩饰不住的得意，甚至有些眉飞色舞，"记录的是这个地区当时的生活形态，看！这是一个女人，这个也是女人，这个也是，乳房都刻画得很大，为了突出她们的女人特征。这是蒙古包，看见蒙古包上面这个鱼骨形状的纹路没有？以前蒙古包顶上的支撑杆都是交叉绑扎起来的，后来才改成插在一个圆盘里。但是刻这幅岩图的人不会画那个立体交叉的形状，就

288

把支撑杆上面刻成鱼骨头形状的了。那些鹿角也是这么刻的。还有树，树也被画得像鱼骨头。看这个，这幅岩画里17个蒙古包，每个包旁边都有个女人，说明当时女性在家庭的地位还是很高的，应该是母系时代的岩画。男人出去放牧打猎，女人当家。"

我有些羡慕和嫉妒乌义，能够为人类守护一座满是宝藏的山是件多么幸运的事啊。

从乌义介绍的岩画里，可以看到远古阿拉善高原纯美的图景：美丽的森林和草场上空，雾气蒸腾，恍如仙境，森林里繁茂的枝叶彼此相连，在半空搭起密不透风的天棚，一些叫不出名字的动植物自由生活在那里。地面上颜色形态各异的蘑菇恰到好处地装饰了正在腐朽的树根。一只颜色斑驳的蜥蜴快速穿过老朽的树根，它发现了眼前的岩羊，不停转动大而圆的眼睛与岩羊对峙，片刻之后，互相都没有嗅出更多敌意，便各自走开。森林中的鸟也看到了这场无言的较量，它们抖动漂亮的羽毛，以愉快的鸣叫庆祝森林里古往今来的平安。森林之外，狩猎男人身上的兽皮已经裹不住强劲的肌肉了，捕猎的钢叉是他手里多年的玩具，他用它捕获山林中飞奔的野鹿，也赢取女主人的欢心。今天，他要去曼德拉山黑色的岩石上记下昨夜的女人给他的恩爱，记下捕杀一只野鹿、三只盘羊带给他的荣誉和快感。男人身后的蒙古包里炊烟还没有散尽，毡房有人在轻轻哼唱着歌谣，唱歌的是他的女人，她秀美的脸被乌发遮去了一半，只能看见另一半美丽。女人正在陶罐边给怀里的孩子喂奶，她哼唱的是一支关于围猎的歌谣。她希望孩子将来也像他的父亲一样勇猛，每次从森林里出来，钢叉上都能挂满各种各样的猎物……

289

生活在曼德拉山周边的先民日复一日地重复这种简单和快乐，为今人留下了堆积得和曼德拉山一样高的故事。

在山顶看隆起的山梁，酷似巨大的恐龙脊背，龙脊赋予了这座山以更真实的史前意味，那些刻写了各种岩画的山石，如同那个悠长的史前故事里精彩的词语，向今人展示着几千年前阿拉善高原恬淡自然的生活图景，而曼德拉山经年等待的只有一个人：能够逐一破解这些熠熠生辉的词语，读懂先人留下的玄机的人。

越往最高峰的方向岩画越密集。其中涉及女人、蒙古包、大型猛兽（野牛、老虎）的题材也越多。我猜想山顶区域岩画越来越集中，会不会意味着先民通常愿意选择在山顶向苍天诉说内心最大的喜悦和最深的苦闷？在先民眼里，山顶是离天神最近的地方，刻在那里的心事和诉求最容易被上天看到，并且眷顾。先民要把部落和自己最重要的事件告诉最能体恤凡人的天神，因而山顶的岩画刻写的多是部落里最受尊敬的女人、寄托自己美好生活愿景的蒙古包、捕获巨大猎物的快乐等等先民的生计和情感里最重要的祈望。

通往山顶途中，有一幅简朴得乎近现代写意的岩画，那是寥寥几笔刻写的一个立姿男童。看到他我的内心充满温馨，这个新生命的诞生给年轻的父亲带来了多么巨大的喜悦啊！他跑啊，跳啊，唱啊，舞啊，一口气从山脚冲向山顶，用最快的速度，最深的情爱，把刚刚落生的儿子健康聪颖的样子刻写在岩石上，为他的情爱刻下蓬勃的注解，也刻下他面对森林的勇气，刻下万里牧场未来的美丽。

几千年之后，我站在这幅岩画面前，岩画清晰醒目的印迹里仿佛依然可以看到刻写它的人留下的幸福泪痕，岩石上还留存了那个兴高采烈的男人热力尚存的体温和砰然作响的心跳，从那里我看见自己的儿子降临人世的那一天，来自父亲内心的温暖和期待。☞ 图 E3 上

曼德拉山最高峰的一块岩石上，刻写了一段蒙文。哈斯巴根轻声吟诵一遍，告诉我那句蒙文的汉语意思——"阿弥陀佛"。

这是融贯天地和凡人共同心愿的声音。

还有两件事也应该一并记录在这里：

一是阿拉善人的环保意识。看岩画的这一路上，哈期巴根和乌义一直在默默捡拾山上的矿泉水瓶，山上的矿泉水瓶并不多（比内地游览区里看到的少很多），到下山的时候，他俩一人捡了五六个，衣服口袋装不下了，就一直用手抓着带下山去集中处理。张师傅在沙漠里也是如此，每次停下车，我们去看风景，他就周围四处转转，看看有没有白色垃圾和汽车上替换下来的三角皮带等橡胶制品，发现了，就捡起来放在车里拉出沙漠。哈斯巴根、乌义、张师傅有不一样的身份，但是他们都一样珍爱家园，一样不声不响地为呵护阿拉善的自然环境做着些力所能及的事情。没有口号，没有高调，没有自拍和秀，自然而然，习以为常。这种习惯形成在一个并不发达的地区、发生在这些普通人身上，对那些衣冠楚楚满腹环保理论却只扔不捡的"文明人"是个不小的嘲弄。

另一件事比较遗憾。在曼德拉山我看到三块石头上分别刻画着"×××电视台""××电视台""×××电视台"，在原始岩

画群里像伤疤一样，让人看了十分心痛。那些字一笔一画刻得坦然从容，显然不是鬼鬼祟祟之间匆忙刻下的，或许在曼德拉山还没有乌义没有被当地文物管理部门看管的时候，媒体的记者们已经进来了，而且在这里做了每个粗鄙的人都可能做的错事。按理说媒体人本是社会精英，应该深知古今之间、艺术与涂鸦之间的巨大差别和各自价值，但是他们不羞不臊地在先人的神秘家园里信手妄为，实在太无知，也无良，更让所有尊重人类文明、善待文化遗存的媒体人因此蒙羞。

16 蒙歌

从曼德拉山回额肯呼都格镇的路上，哈斯巴根打了好几个电话确认晚餐的事儿，在哪里吃饭？邀谁来赴宴？都在被他精心策划着。他一直在电话里说蒙语，我听不懂，只能从通过所知甚少的单词和他说话的语气语态里猜。快要进额肯呼都格的时候，哈斯巴根用汉语高叫一声："终于到家啦！"车上只有我一个汉人，这显然是愿意让我也听明白的感叹。

难为哈斯巴根，临时取消了自己和家人的行程，陪我们在沙漠里折腾了好几天，他有点惦念自己的妻儿了。

他精心安排的这顿晚餐完全不同于在巴丹吉林的几天里刚刚养成的吃饭"习惯"，再不用见啥吃啥，不用狼吞虎咽，刀叉筷子不用在沙子里插几下就算洗过了。没有了汗味，没有了指甲缝里的黑，没有了脸盆盛来的手扒肉，没有了甩甩泥沙就塞进嘴里的野菜。有了阔大的圆桌，有了光鲜的服务员，有了晶莹的高脚杯、洁白的餐布，菜肴们有了色香味形，甚至筷子的一端开始镶有金属纹饰。从沙漠里出来的眼睛看见这一切，觉得新鲜刺激，目不暇接。

蒙人好歌，每饮必唱。酒肉一上桌，蒙歌就起来了。

这个晚上听了很多内蒙古西部的民歌，第一次听到现场版蒙西长调，内蒙古人叫它"西部长调"。相比于东部，这里的歌风更接近于西北风格，铿锵热辣，昂扬豪放，有点"走西口"的影子。但是旷远戈壁上的蒙古人毕竟不同于黄土高坡上的汉人，蒙西的歌曲里仍然保持了高天之下悠远坦荡的蒙古族独有气韵。西区戈壁上的蒙歌不像东区草原上的蒙歌那样略带忧郁，怀柔动人。席间一个从小在蒙古包里长大的女歌手唱了一支从她母亲那里学来的民歌，曲调也美，歌词也鲜活，就是少那么一点点惹人愁肠的忧思。在东区，那些来自蒙古包和草原上的歌谣大多如同沧桑的蓝天浸泡过的白云，具有顷刻之间动人心魄的魔力。

蒙古高原饭桌上的歌很少有重复唱的，一个人不管唱几支，都不能有前面的人唱过的歌，所唱的歌谣全部是赞美家园，怀念故乡，歌颂爱情的。桌上的朋友互相以歌相赠，受赠的人再以歌回馈，酒和肉反而成了席间配角，歌一唱完没有不喝的道理。可怜我不胜杯觞，只能不停对蒙古兄弟和姐妹们表示歉意。

那边不停不歇地歌唱，这边巴特尔不倦不厌地帮我"同声传译"。几支歌下来，我发现巴特尔的蒙汉互译能力非常了得。一个朋友唱《苍天般的阿拉善》，在舒展悠扬的歌声里，巴特尔在我耳边轻声翻译：

在遥远的沙漠上，一队骆驼慢慢走来。看着骆驼山一样走远，我从那里望见父亲的影子，啊！这就是阿拉善啊，苍天一样的阿拉善。驼铃的声音把我带回美丽的童年，叮叮当当的驼铃多么像妈妈哄我睡觉时哼唱的歌谣。啊！这就是我的家乡啊！苍天一样的阿拉善。

看巴特尔深情投入的样子，我才知道这个忠实勤勉、风趣乐观的蒙古汉子内心原来如此细腻柔软。先是他自己被那些优美的歌声感动，然后又把他的感动传递给我。经他汉化的歌词溢满浓郁的情感，放弃了工整的词句，以散文化的方式诠释了原作的意境。与其说我在听歌，不如说在感受巴特尔对内蒙高原深厚的情爱和他非同小可的语言天赋。

回北京以后找来《苍天般的阿拉善》汉语歌词：

遥远的海市蜃楼，驼队就像移动的山，神秘的梦幻在天边，阿爸的身影若隐若现。神秘的梦幻在天边，阿爸的身影若隐若现。啊……我的阿拉善，苍天般的阿拉善。浩瀚的金色沙漠，驼铃让我回到童年，耳边又响起摇篮曲，阿妈的声音忽近忽远，耳边又响起摇篮曲，阿妈的声音忽近忽远。啊……我的阿拉善，苍天般的阿拉善。

两相比较，我还是更愿意体会巴特尔蒙译汉的绵长优雅。

巴特尔也是一名实力不俗的歌手，当所有人都唱过之后，他端起酒杯起身，一改往常的大大咧咧，颇有感触地回顾了这个秋

天我们一起纵横内蒙古东西的时光。他说从大兴安岭到巴丹吉林，
这些日子看到一个北京人对大草原和大沙漠的真实感情，觉得我
们一起的日子让他很开心，他说一个城市人这么爱他的草原和沙
漠让他觉得幸福。因此要献给我一支歌——《蒙古人》。略微稳了
稳情绪，巴特尔合上眼帘，端着酒杯的手慢慢伸出，仿佛要用杯
中的酒祭拜梦中的草原抑或要用那只手触摸蓝天白云来换取歌唱
的灵感。随后，我听到如血液一般汩汩流动的歌声，那声音来自
无际的草原，来自悠闲的白云，飘荡于芳草之间，回响于蓝天之
外……

　　　　洁白的毡房炊烟升起
　　　　我出生在牧人家里
　　　　辽阔的草原
　　　　是抚育我成长的摇篮
　　　　养育我的这片土地
　　　　当我身躯一样地爱惜
　　　　哺育我的江河水
　　　　母亲的乳汁一样甘甜
　　　　这就是蒙古人
　　　　热爱故乡的人

　　我甚至也从巴特尔的歌声里看见一个年少的巴特尔在马头琴
边仰望天空的眼眸，看见那个来自蒙古高原的男孩一天一天点长
成伟岸挺拔的男人。不觉之间，眼里已经噙满泪水。

295

17　海森楚鲁

　　早餐的工夫戈壁上刮起了不小的风，这让我们跟哈斯巴根的握别有点凌乱，有点伤感。一个兄弟陪我们走过沙漠，在四野无人的地方成为身边可以依赖的人，现在要分别了。大概因为这个，戈壁上刮起了风。

　　我们往额济纳旗方向驶去。

　　离开额肯呼都格不久风小了，路笔直起来，天上开始下雨。巴特尔再次把车交给了我。我以一个江南人对雨的眷恋，把车开得像一只在阴郁天幕下自由往来的精灵。戈壁上无遮无拦，雨这个在城市里看起来有些形迹鬼祟的东西在旷野里一目了然，甚至可以透过雨幕看到十多公里之外的天光从雨云的间隙里直直射向地面，追着那道天光，黑色的越野车在黑色的戈壁上天马一般纵情驰骋，无拘无束。

　　"下路，进戈壁。"在驶出额肯呼都格 200 余公里后，巴特尔说，"这就是海森楚鲁。"

　　雨停了，天还阴着。

　　戈壁深处的海森楚鲁怪石密布，让人心悸。仿佛上帝刚在这里排练过一部来不及收场的闹剧，无数块东倒西歪、面目怪异的石头被地面高高举起，那些石头有的像硕大的猪头，有的像孤寂的黑狗，有的像狰狞的眼镜蛇，有的像伏地的山羊，有的像高悬的巨浪，有的像空洞的骷髅……这些毫无关联的形象猛然呈现在头顶的时候，最直接的感觉是毛骨悚然！

天空的翳霾强化了海森楚鲁的阴森。我不知道自己走在时间的起点还是终点，每一次心跳都似有千年光阴逝去。怪石们一动不动，似乎正在侧耳监听山谷里每个细微的声音。我担心有一只看不见的手在指挥谷地里的怪石，它们随时可能从两侧的坡上扑下来，或者横冲直撞，或者轰然滚落，从四面八方涌向谷底来投入一场血光冲天的群殴，蛇把羊的头撕碎，狗把猪的耳朵扯乱。

"逃？"我想。

"不逃。"我又想。

至少半个小时之后才让内心的慌乱和惊悚得以平复，稍微安静下来，能够以尽可能平和的心态欣赏大自然创造的空间奇迹。

细细打量那些石头上风蚀的痕迹，又让人生出新的恐惧——对时间的恐惧。所有的石头无一例外地被大漠风沙剥去外衣，露出曾经鲜嫩的肌理，年轻日子里存放的爱慕已经与青春的血一起匆匆流过。石头在时光里渐渐变轻，以至于难以承受记忆袭击之后的疼痛，脸上满是孤郁的坑洼。海枯的那一年，石头也开始烂去，无法兑现的誓言从此有了谎言的意味。

如果生是石头给时间的献辞，死便是石头给时间的祭奠。在海森楚鲁，我看到死去的石头将整个山谷都写满了这样的祭文。

流过石间沙地的水仿佛在突然之间消失了，沙地上只留下时间路过的痕迹，一个个凝固了的漩涡。那是时间的形状吗？

巨石被剥蚀成一片一片碎屑，散落的岩屑堆积在狭小的石缝，发出无奈而且无助的喘息，那是时间的遗言吗？

美乳一样隆起的岩石，靠近胸口的肌理风化成了一片一片轻触即落的枯叶，仿佛一个关天青春的残酷寓言，那是时间的痛楚吗?

沉重的岩石上布满了绝望的空洞,戈壁的风在那里自由穿凿,随意停留。那是时间蓦然回首的眼神吗?

没有人可以告诉我,海森楚鲁究竟是石头的坟墓还是时间的坟墓?

时间无形,却以怪石之象留给人类这些惨痛的感悟,我们似乎没有理由仅仅把它当大自然创作的艺术品来欣赏。或许海森楚鲁干脆就不是一个"奇观",而是时间留给人类的一部无言也无字的教科书,它原本是想教人们认知怪异的时间的,我们却只在那里看到怪异的石头。

不辞辛苦匆匆来到海森楚鲁又匆匆离开的人们有所不知,每个善良的夜晚,当人们带着对海森楚鲁怪石的惊叹离开这座死寂之城的时候,石头哭了。

时间也哭了。

18 雨

从海森楚鲁出发穿过东风航天城一直到额济纳,雨都没有停。跨度百余公里的东风航天城周边修了笔直坚实的柏油路,这条油路一直通往额济纳。平坦漆黑的油路对怀旧的人是种沉重的打击。5年前第一次来额济纳时,从达来呼布去黑城和怪树林只能在戈壁上开车,无垠的戈壁、孤独的黑城、沉寂的黑树林使这片荒无人烟的大漠笼罩在神秘莫测的新奇与未知之中。那时外地来额济纳的只有两种人,一种是越野族,一种是摄影客,现在多了另外一种人：观光客。长假期间，额济纳河两岸的胡杨树叶还没有全黄，一辆一辆大轿车拉着周边迫不及待的观光客来远道而来，三五成群的自驾者开着小车进入额济纳，这个边陲小城的政府机关和服务部门放弃了长假休息，为接待官方私方来访的各类游客奔走。5 年前达来呼布只有一家像样的宾馆——额济纳宾馆。一路上多次提醒小哈斯"一定要早点落实住处，订不上旗宾馆就只能找家庭旅馆住了。"到了达来呼布才知道这个小镇已经发生了天翻地覆的变化，要在这里寻找 5 年前的街道已经非常困难了。不仅修通了通往各景点的柏油路，镇子里也新建了很多宾馆。这些变化让我一进入达来呼布就变得十分慵懒，我觉得这个戈壁小镇再也不像 5 年前那么诱惑了，神秘感大白于戈壁之中，挑战欲平躺在柏油路上。吃住行都变得空前方便，一栋挨一栋的楼房，整齐的街灯，阔气的街道，成群的摄客，衣着光鲜的观光者……达来呼布已经很城镇化了。

水，这种在戈壁比金子还珍贵的资源以另外一种方式泡胀了达来呼布的嘴唇，从昨天到今天，雨一直没有停。当地人说二三十年没有下过这样的雨了，戈壁小镇的房子从建造的那天起，就没有考虑过防水问题，现在大部分居民的房顶开始漏雨了。房子漏雨对达来呼布人是种不易获得的新奇感受，它带来的不便也是始料不及的。多处线路连电，开关跳闸，电灯不亮了，冰箱不工作了。第一个夜晚，我们在一家饭馆的包房里点着蜡烛吃完晚餐，回到宾馆大而亮的房间，倒头睡下。整洁宽敞的达来呼布破坏了戈壁的秩序，加上多年不遇的雨，那个下午进入这个原本可以让我感受些苍凉遒劲的小镇以后，我觉得心里有点儿乱。

早晨起来，撩开窗帘，雨还在下。

雨不停，戈壁就对我毫无意义。索性在窗口看雨中的达来呼布，从细密的雨脚里我看到了"无聊"，那是属于城市的通病，是精神和肉体找不到知己依偎时的孤独和失落，是变化带给灵魂的不安和焦虑。或许我从巴丹吉林和海森楚鲁带来的诸多疑问需要一点时间寻找答案，或许沾满黄沙的毛孔需要戈壁的苍凉和古意来梳理。总之那时候我显得焦躁难宁，只好再次睡去，以无意识来抗衡有意识。

中午起来，雨小了些，天空渐渐有了变晴的意思。如果在戈壁四处流淌的时间里再让自己的时间漫无边际的流逝，我在他乡的时光就会变得羽絮轻飘，非常空洞，缺少内容，我想必须做点什么了。拿了记录旅行笔记的小本到巴特尔房间，在敞亮的窗前沏上一杯茶，开始了对巴特尔的"访谈"。这些天在一起嘻嘻哈哈，巴特尔似乎不太适应这么煞有介事的访问，他半躺在床上不停地调整身体姿态，但是一直找不到最舒服的躺法。我斜依在椅子上，以他可以接受的、不干扰他随意秉性的姿势问了他一些巴丹吉林的问题，包括一些植物的叫法、某个沙山的名字、沙漠牧人的迁徙史、戈壁动物的生活习惯，还有在沙漠里见到的那些人的逸闻。再用最后一点时间商量了下午的行程，然后叫上小哈斯动身去二道桥到八道桥、黑城、怪树林各处踩点，闲逛。

除二道桥附近以外，公路旁边的大部分胡杨还没有黄透。人也多。我们要么等长假结束大部分人撤离之后再开始拍摄，要么去找新的没人去过的胡杨林。我这样的急功近利型选手自然不甘于守时待变，正好巴特尔在额济纳有很多朋友，可以提供一些胡杨树的成长线索。于是我只管提需求，巴特尔管落实。

"只要没人，不用成片的林子，一棵一棵最好，一丛一丛也行。叶子都黄了更好。没有叶子的怪树也行。"巴特尔不断在电话里重复这些要求。但是得到的回复差不多都是"这两天下雨没出门，不知道哪儿的叶子黄了。"有好心的朋友还再三提醒"车一定不要下路（指离开柏油路进戈壁），这天只要下路肯定捂车（指陷车）"。我们像个失去同伙的孤魂在戈壁公路上游荡，偶尔看到胡杨林里一片明亮的黄就停下车不断打量，但是那些颜色正好的胡杨最后都因为不成气候或者形态不美或者拍摄潜力不够等原因放弃。

"四道桥！"我猛然想起四道桥那边的一户人家，他家南面是一片巨大的胡杨保护区，5 年前我和乌哈斯在那里拍了整整一个下午。"走！四道桥！"

"车在你手里，想去哪就去哪，就当我搭顺风车的吧。"巴特尔也跑累了。

赶到四道桥，巴特尔和小哈斯在车上睡觉，我背着脚架相机往树林深处走。然而那片茂盛的胡杨林不仅太过密集，而且在我们走后的日子已经被密密匝匝的铁丝网包围起来。试图找个缺口绕进树林，继续往前走，又被一条新挖的引水渠挡住去路。如果早来几天，水渠不是障碍，但是这几天的雨使那里泥泞不堪，陆战靴对两米来宽的水面无能为力。很扫兴地往回走，在离车不到百米的地方，额济纳的雨再次飘洒起来。小哈斯跑过来抱起相机和脚架冲进车里。

举头望天，戈壁温热的雨点打在脸上，溅起冰凉的无奈。我觉得自己有点像斯蒂芬·金笔下那个可怜的安迪。

19　胡杨

这一次老天是真的露出了明朗的笑脸。

像一部平庸电影里的龙套一样，在阳光灿烂的达来呼布，我们扮演着车流中的某个黑点。所有的黑点都无一例外地希望有机会离开车流成为脱颖而出的黑色流星，只有那样才能取得预期的速度和快感。没有一辆车安于随波逐流，喇叭声、刺耳的刹车声和轮胎与地面摩擦发出的噪音赋予那部平庸电影一个类似于战败或者溃逃的主题。

大多数人流连于二道桥、三道桥的时候，我们掉头北上，直奔居延海，希望这条路上能够发现某个胡杨林。自从决定不惜时间继续寻找合适的风景之后，我们变得"富有"起来，不再和匆忙的观光客抢"阵地"了。

在神树村，我们挥霍了"一把"时间。树里有多年前巴特尔认识的老额吉（妈妈），我们在她的新居里切开一只哈密瓜，品尝额济纳的甜美，巴特尔和老额吉轻言细语聊着家常。在蒙区，可以用欣赏歌吟的心情听蒙人之间的对话。那种婉转轻盈的语言在我听来温柔体贴，连巴特尔这样的壮汉说来也悠然涓细，娓娓动听。

在居延海，等那个不大的沙堆上所有人撤离之后，我扛着三脚架慢慢悠悠地登上沙堆，点着烟，先把自己弄得心旷神怡，再临风面日按了几下快门。为了可以俯瞰居延海全貌，又开着车绕到对面山顶上。那山顶有一个挺大的敖包，巴特尔和小哈斯在山顶行了祭拜礼。这是我第一次看见蒙人祭敖包，他俩围着敖包从左向右转三遭，求神赐福。蒙古族牧民沿袭祖先的原始宗教信仰，认为高山是神灵居住的地方，高山之上一定有通往天堂的道路，因而用祭敖包的形式来表达对高山的崇拜，对神灵的祈祷。

下山之后返回达来呼布。这条路边的胡杨林来的时候已经看过，没有太合适于我的景致，临近一个岔口，巴特尔说了声："拐进去。"车头由南向东驶入一条小路。小路越过河道之后安静了很多，来往的车明显少了，也看不到路人。

就在夕阳的手臂指向蓝天上那片白云的同时，胡杨林出现了。

小路北侧这片宁谧的胡杨林和期待中的完全一样！没有散布其间的游人和摄客；杨树之间也没有相互倾轧拥挤，一棵一棵，一丛一丛；叶子都黄了……额济纳的胡杨林真是善解人意啊，你需要怎样的，她就奉献怎样的。

风已经将一些树叶吹落在地上，贫瘠的沙地顿时富饶鲜艳如同盛朝的宫殿里铺了满满一地的黄金。头顶仍然有不甘寂寞的叶子自己追着风跳向地面，阳光在下坠的落叶上迅疾地闪动。不久，太阳侧过身，把温柔和暖的光亮撒播在每一片树叶上，浸透了夕阳的树叶干净、明亮、金黄、热烈，像千万双舞动的小手向季节的馈赠鼓呼着感激。

蓝天下高耸的那一棵，神丰韵逸，流光溢彩。

夕阳里相依的那一对，心有灵犀，风情万种。

水之湄热闹的那一群，谈笑风生，分外妖娆。

好一片如诗如画的胡杨林哦！

303

作为星球上古老的物种之一，胡杨树在大漠里写下诸多神话，很少有人认为那仅仅只是一种树，她的审美意义远远超出树种本身。胡杨不仅赋予戈壁无可替代的色彩之美，同时也构建了荒漠上不屈的信念和精神之美。她或许是上帝深思熟虑之后留在人迹罕至的大漠里的一个意味深长的地标。戍边征人从胡杨树里看见母亲的银发，行吟诗人从胡杨树里捡拾生辉的韵律，漂泊浪人从胡杨树里获得心灵的慰藉。

曾经在一本有关额济纳胡杨的书里读到这样一个故事：

有一个男人，每年都会独自一个人千里迢迢去看一片树。

已经连着去了五年。

那片树总是让他双泪长流。

那里不是他的故乡，那里他一个亲人也没有。

树下并没有埋葬谁。尽管这个面容冷峻的男人总是选择一个秋风乍起的日子去看它们，但落叶飘零的树下，并没有长眠着一个他心爱的女人，那里也并没有发生过一段什么凄美的爱情故事。

他来，只是为了那片让他魂牵梦萦的树。

他说，只要在它面前坐一个午后，他一年的孤独就都荡然无存了。

你是没见过沙漠里的胡杨啊，只要一口水，它们就能活下去。当一缕夕阳照在它们身上时，就连死亡也变得那么妩媚、那么动情了。

读完这个故事的那一年，我第一次站在了胡杨林里。与那个孤独的男人不一样，在那里，我没有双泪长流，仅仅是鲜血奔流。

现在，我又回到额济纳，回到这块荒瘠得除了诗歌和胡杨再也长不出别的什么的戈壁上，风一样飘进金色城池，流连忘返。

20　城

如果太阳果然是在 7：20 升起，6：20 起床应该足够了的。我这么想。

然而那个早晨我和巴特尔 7 点钟赶到黑城的时候，那里已经密密麻麻堆满了人。没有任何理由阻止或者干扰远道而来的摄客喜爱这座戈壁遗城，但是我确实想一个人在黑城待一会。5 年前那个黄昏，一个人徜徉黑城所获得的巨大精神慰藉让我每每想起这座城池，内心就止不住戚寒，我喜欢苍凉之美将我的感官猝然击碎的一刹那心跳和血液一起停止的快感。

我要等待，等待再一次心碎。

于是掉头奔向红城。

果然空无一人。

晨光准时把天边染红，红城披上血的颜色。透过这座 2000 年前的边关障塞留在戈壁上的骨骸仍然可以看到他年轻时的挺拔，如今红城的断壁残垣之间仿佛还能看见剑戟相拼的火星，还能听见铠甲迎刃的声音。武士们已经战死城外，观敌的洞口空空荡荡，晨曦穿过那里，射进公元前的戈壁。早已风干的老树，横卧在护

305

城河故道，仿佛昔日吊桥仍未死去的骄傲。大漠之风让这一切复归于静，战火熄灭千年了，金戈锈蚀，铁马仆地。残垣剪影如同高昂的头颅，断壁也幻化成了忠魂的化石。这个早晨，红城里怦然跳荡的只有今人不宁的心。

红霞有情，将我干干净净的灵魂铺陈在武士战死的地方，拥抱客死荒原的征人，吻他已经冰凉的额头。

离开红城，返回黑城。在这里见到巴特尔的朋友卫东。卫东在黑城门口给过往的游人提供简单的餐饮，他知道附近还有一片无人打扰的树林。

我们在卫东的临时板房里一张低矮的炕桌（不知道那件只有30厘米左右高的杌子是不是炕桌）上了吃了些手擀面就出发找那片树林。刚刚下过雨的戈壁没有路，只有无数隐形陷阱，不出两公里，巴特尔把车停在一道大约半米深的沟壕前。

"不能再走了，硬过肯定捂车。"

我答应了巴特尔。如果说退回去还有可能找到别的树林，那么把车陷进戈壁就不知要多长时间能出来，什么也干不成了。再次回到黑城门口的油路上，卫东媳妇出来叫道："一出去就知道你们走错了，该走这边——"她指了指偏北方向。再次进入戈壁，翻过一片沙丘，重新体验了巴丹吉林沙漠般的艰难之后，我们找到了那片树林，那是一片比怪树林更加安静也更加诡异的怪树林。巴特尔说："这几天下雨沙子硬实才能进来，不下雨的时候沙丘是松散，越野车不好进到这里的。"这对几天来一直寻找僻静的胡杨林的我算得上天大的恩赐了。

现在是下午两点左右，太阳当顶。让巴特尔留在车上睡觉，我开始在这片怪树林里踩点，准备记下胡杨特征，等太阳下山前后再拍。偌大一片枯死的胡杨林里只我一个人形影相吊。放眼望去，一片惨白，寂天寞地，无声无息。细如游丝的风在耳边不怀好意地狞笑，尽管是白天，看着那些死不瞑目的枯树奋力挣扎的样子，心里还是一阵悸颤。越往里走，越觉得置身一场血流成河的战争，那些枝丫斜舞的枯树或并肩而立或匍匐就地，面目凝重，悲壮惨烈！有的腰断臂失，有的头颅坠地，有的血绽肉开，有的盔破甲残。倒下的，长戟依旧挺立；站着的，心口已在涌血。一匹停止呼吸的战马陈尸流沙，它的眼睛圆睁，绝望地望着苍天。

是谁导演了这场战争？

让天地为之惊，使鬼神为之哭……

我实在没有耐心再等下去。那一天，从下午 3 点一直拍到晚上 6 点，时而跪下，时而卧倒，我情难自禁地加入到死亡之城的死神之舞中，精疲力竭。

7 点钟，回到黑城。

背着相机扛着脚架的人们陆续退出城门外的围网，我独自进来。

夜凉如水。风清如沐。

在佛塔下支好相机。腾出双手点燃一支香烟，让一缕青白的怀念缥缥缈缈融入黑城之夜。

幽蓝的天幕下横着几盏稀疏懒散的星斗。清朗的夜澄澈了眼睛，也涤净了双耳。两天里四次进入这座写满悠悠往事的城池，终于赢取与它独处于星空之下的机缘。

307

　　5 年前我以同样的情怀在这里期待城头能出现一个白衣箫客，吹断阳关之外的愁苦，今夜她会不会来？

　　月色清浅，黑城无语。

21　别了，额济纳

　　又一个早晨，天不亮来到黑城。佛塔像一滴孤独的眼泪倒挂在城角，空寂的城池里流淌着昨夜的月光。这个早晨，再也没有人来打扰了。所有的人都回到"沸城"去了，只有我还在这里，还站在黑城之外。

　　踏着天南地北的人留下的零乱足迹向黑城走去。空气稠密，脚步异常艰难。那座黑色的城凝固在戈壁里，连同它封存的所有故事和熟透了的死亡，一起扎根在充满杀机的戈壁。一团烈焰突然从城墙的缺口跳跃出来，灿烂的红在青、蓝、白的清冷里温煦无比。转过身，我离开黑城，眼睛里永远烙下了红日跃出地面的那一刻戈壁古城令人心碎的表情。

　　穿过戈壁上的沙漠，再次来到怪树林。早晨的阳光还来不及把武士的表情凝固下来，始于汉唐的鏖战仍然继续，荒野里动天的鼙鼓让我真切地看到那些扭曲的躯体下隐藏着奔突的精神洪流。这群永无倦意的武士已经在大漠深处厮杀了千百年，长戟和短剑已经化作枯枝残柯，难道还要再厮杀千百年财才赢回生命的本意？

　　红城，温温柔柔缠缠绵绵凄凄切切透透逦逦的古城，还在以经年不熄的赤诚与苍莽戈壁抗衡，只为在人类无尽杀戮的历史中，锲刻一个有关皇朝尊严的表情。精血焦灼，心事浩茫，红城脸上在我看来悲壮苦痛的表情，于它自己却是某种独有的欢欣。我转身离去。就让那些有着火热名字的武士在大漠的寂静里弹剑长啸吧，塞外的夜太冷，太冷。

只有黄叶璀璨的胡杨是这悲情大漠独一无二的俏美嫁娘，这个娇丽脱俗的尤物只将瑰丽水袖轻轻一扬，就舞起整整一个季节的辉煌，撩起芸芸过客的无尽幻想，也拨动了黑色戈壁里柔情的向往。看见她，我忽然想从汉唐将士的私语里走出，做个大漠隐者，从此不问尘世，不舞刀枪，远遁戈壁，醉卧胡杨。

然而我还是走了，离开梦幻戈壁。

离开冰冷黑城，离开温柔胡杨。

去往远离故乡的他乡。

22 戈壁芳树

S312 应该是西北地区除了口岸公路以外离国境线最近的一条公路了。它从阿拉善高原中央戈壁（亚洲的核心地带）出发，紧邻国境线南侧向东偏南方向延伸。在苏红图进入阿拉善左旗亚玛雷克沙漠后继续向南到乌力吉。乌力吉向东的 S312 还没有铺上柏油，因为近，我们选择了走这条砾石路穿过乌兰布和沙漠。现在只剩下我和巴特尔两个人一台车了，另一台车和其他人在我们等待和寻找胡杨的那两天已经先期撤出额济纳。

忘记记下这条路线的具体里程，只记得整整一天都在无边的荒漠中穿行，直到翻越狼山，经哈腾套海进入河套地区，准备夜宿磴口。巴特尔说磴口附近有座"人根峰"值得去看看。如果到的早，就看完再去磴口，如果晚了就第二天早晨再过来看。

有必要摘录两个与西部有关的地理学名词解释："荒漠"和"沙漠"。荒漠和沙漠是两个含义相似，实质不同的概念。在自然地理学中，凡是气候干旱、降水稀少、蒸发巨大、植被稀疏贫乏的地区都称为荒漠，意思是荒凉之地。根据地面组成物质的不同，荒漠可分为岩漠（石漠）、砾漠、沙漠（沙质荒漠）、泥漠和盐漠，以及在高纬或高山地带由于低温引起的生理性干旱而致植物贫乏的寒漠。前两者即岩漠（石漠）和砾漠，在我国习惯称为戈壁，蒙古语意为"难生草木的土地"。而沙漠即沙质荒漠，是荒漠中面积最广的一种类型。沙漠地面覆盖大片流沙，广布各种沙丘。它既包括移动沙丘，也包括固定、半固定的草原沙地。

戈壁，这个广泛使用的蒙古语名词，已经替代了"茫茫一片""寸草不生"等词汇成为专指没有生命特征地区的概念。然而，这似乎存在某种程度的误解，置身戈壁深处的时候，我看到的戈壁竟有如此惊人的美丽！天地在这里回到最初的混沌，没有忧郁，没有惊慌。世界安然入睡，梦境甜美神奇，蓝天白云温柔地覆盖我微不足道的生命，大漠之风径自穿过胸膛，在我的骨骼上轻柔写下隐约的故事。惊世之美，蕴于平淡。

车上的 CD 机播放着一些蒙人演唱的歌，辽远广阔，纯朴天然。巴特尔问"要不咱们歇会，干掉一只哈密瓜？"额济纳的朋友临走前送给我们几箱哈密瓜。

"嗯，找个阴凉地方停车。"我说。

话音没落，我们俩四目相对，哈哈大笑！

茫茫戈壁哪来阴凉？

把车开进沙砾，掀开后备厢挑出一只哈密瓜，巴特尔从兜里摸出一把不大的带鞘直刀，抽出刀来三下两下把哈密瓜切成一牙一牙，再掰出一牙把瓜肉划成两三厘米长的小块，瓜皮依然完整地躺在手心里。我惊叹那小刀让巴特尔使得出神入化，有如大师手里的画笔，翻飞之间，美景跃然。

巴特尔一笑："想弄清蒙古人是不是牧区的就看他会不会使刀，真正的牧人只要有把刀，什么都可以干。杀羊吃肉，剔骨去皮，修理个什么家伙什儿，弄弄羊鞭马鞭，全是刀。刀也是咱蒙古男人的佩饰。不戴刀、不会使刀的男人女的看不起嘛，哈哈！"

巴特尔灵巧的一招一式之间，似乎还有他祖先指舞刀弄箭的影子。听他一说，我对那刀也生出些爱意来，吃完哈密瓜，去车上找了清水冲净，拭干入鞘，递给巴特尔。

越往东路越不好走。如果不是巴特尔开车，我们应该已经迷过好几回路了。在戈壁里开车距离的感觉容易被弱化，几百公里看不见人烟是太正常不过的事。在一阵颠簸之后，实在忍不住担心，问巴特尔："这路肯定是对的？"

"没——问题"，巴特尔故意把"没"拉得很长，以彰显他对这条路信心，"看，那不是路标吗？"他用下巴往前一指。

哪来的什么路标？戈壁连超过半米高的草都没有。

"那不是吗？"

"哈哈！那叫里程碑！什么路标啊！"一块已经看不出本色的水泥块蜷缩在路边的砾石里，上面隐约可以看到阴刻的"S312"。

戈壁的云彩亮丽而质感，天空蓝得让人想放声歌唱，嗓子里丝绸般地滑润，忍不住要"啊——啊——"叫喊几声。

"巴特尔停车！去看看那棵树！"终于在平阔无边的戈壁里看见一棵绿树！有了她，蓝天白云美丽得更加俏皮起来。

"停车干啥？直接开过去嘛！"这个蒙古人对来自城市的交通逻辑很"鄙视"，一拧方向盘，车往戈壁里奔去。

那不是一棵橄榄树，但是我在它身边想起的却是《橄榄树》：

> 不要问我从那里来，我的故乡在远方
>
> 为什么流浪 流浪远方流浪
>
> 为了天空飞翔的小鸟
>
> 为了山间轻流的小溪
>
> 为了宽阔的草原
>
> 流浪远方
>
> 流浪

在坚硬的大漠里，那棵孤树显得有些柔情，它让我想起那些纵横天下的男人。那些野性尚存的男人，无时无刻不在渴望浪迹天涯，啸傲江胡。城市里繁华的欲望对这样的男人是巨大的负累，人与人之间看似简单却很复杂的关系像蛛丝一样结裹了内心的淳朴。如果有一天能离开都市，背起发白的行囊远走荒原，那是自然的恩赐，也是自身的救赎。然而并非所有人都能如这棵孤树一样幸运，它落身天涯，能在茫茫戈壁中生长出不屈的理想，在无人喝彩的风沙中挺拔出挽歌般的悲壮。除了它，还有谁能这样年

复一年地在如血残阳里放逐灵魂？还有谁能这样日复一日地享受
亘古的夕阳吞没身影的快感？

那棵树该不会是哪个不羁男人的前生吧？他仿佛只是为了飞
翔的小鸟，才让自己站在天高地阔的高原上恣肆原始的野性。

23　过狼山

S312 没有像巴特尔预期的那样很快接入柏油路。从这天中
午离开乌力吉开始一直在戈壁里的砾石路上跋涉，这大概也不是
一条广为人知的路，一个下午也没遇见另外的车辆。也许正是因
此，我才能够在跳荡的越野车里保持持续活跃的思维。期间远远
看到沙漠与戈壁的交接处，一边是曲线流畅的沙漠，一边是长满
绿色植物的戈壁。约百峰骆驼散布在戈壁上不紧不慢地吃草。

在黑城寻找胡杨林的那两天也在附近的沙地里发现过两峰骆
驼，本想拍些照片，就让巴特尔停车，巴特尔很不屑地说："要
是我，就不拍。这些骆驼太不好看了，瘦得像恐龙似的。"我被
他的妙喻说服了，一直在等待"漂亮"的骆驼。现在巴特尔终于
认可了这几峰，"这骆驼不错，你看，多肥。那白的，白骆驼多漂
亮！"白色骆驼在蒙古人看来是有灵性的动物，被牧人深深爱戴。

离开骆驼群再往东走，很快进入狼山西坡，天色也渐渐暗下
去。山谷把戈壁阻隔在视线之外，我在车里和巴特尔聊天，听他
扯狼山周围的旗县。狼山是阴山山脉的西起点，翻过狼山就进入
河套平原。阴山南北曾经是匈奴人活动区域的核心地带。河西草
场及贺兰山、祁连山一线气候适宜，水甘草美，匈奴人当年屯聚

313

阴山，制作弓矢，来出为寇。公元前 129 年至 119 年，汉武帝发动了对匈奴的大规模武装攻略，迫使匈奴彻底退出阴山，从此进入西北大漠，"亡匿于漠北寒苦无水草之地"，我们现在的行进方向，正好与当年匈奴人迁逃漠北的方向相反。正闲聊间，巴特尔叫道："坏了！低级错误！"

车缓缓停住，不走了，陷进路基上被大卡车压出的沟槽里。这一带有矿区，白天大车运送矿石把本来不很密实的路基压出深深的沟槽，进山以后天色渐晚视线不好，加上正在闲聊，一个没注意，直接把车开进了深槽，底盘被砂石托住了。

跳下车看了情况，巴特尔道："找石头，片石。"我们分头在路基上捡出些片石扔在车轮下，塞紧。"帮我推车，看你的了。"他觉得垫上石头，发动机一牵引、我一推动，问题就解决了。巴特尔跳回车里，我到车后双手撑住后门，引擎一响，挂挡，加油，推！

车不仅没往前走，车轮下反而刨出了更深的坑。情势远比想象的严重，巴特尔眉头紧锁起来。"必须在天黑前搞出来，要不麻烦大了。"他看了看深槽一侧的车辙，"妈的，低级错误，走那儿绕过去什么事没有。"我们没有手电，没有防沙板，如果天黑以前不能解决问题确实是件很麻烦的事。

"车上有锹吗？"

"有"巴特尔翻出工兵锹，又找出千斤顶，开始刨车轮下的土石。

"我来挖。"我说。

"不用，我来。再去找石头，小点的。"巴特尔侧身躺在地上，一边奋力挖着沙石一边对我说。我再去找石头。天越来越黑，山风开始凉起来。平时觉得满山都是石头，这时候要找块大小厚薄合适的却不容易，顺着石头泛出的浅灰光亮找着大小差不多的，再想用手抠出来也很难。

这回巴特尔刨走了浮沙，把车轮前后用片石铺好，砸实，再拿千斤顶支起左后轮，做了更扎实的准备。巴特尔再次上车，我绕到车后。发动机一阵狂吼，车仍然不动。使劲拍打后窗让巴特尔停车，巴特尔仍不死心，狠狠再加一脚油，车轮下窜出一股焦煳味，轮胎在石头上磨得直冒青烟。

我想应该放弃自救了，对巴特尔说："大梁托了，走不动。别再猛给油，离合器片一烧更瞎了。"我在沙漠里烧过离合器片，那麻烦记忆犹新，"打电话给磴口的朋友，找救援。"

巴特尔摸出电话看了一眼，抬头问我："你手机有信号吗？"

我一看，也没有。

"上山"我指着山谷一侧的高地，"那儿没准有信号。"

"那你留在车上，我去。"

"一起吧。荒无人烟的山沟里，没人动咱的车。"

"要不你去，我留这儿。"他好像始终不愿意让车离开人。

"放心吧，要是现在有人来咱就有救了。再说光我去就算跟你朋友打通电话也说不清地方。这是哪儿啊？"一路上只顾看窗外，也见不着个人家，更没有路牌，我还真没法跟救援的人说清自己在哪。"穿上外衣一起上山。但愿两个电话有一个能打通。"

"不冷。"巴特尔有蒙古汉子特有的固执，他一直趴在地上挖土，已经出了不少汗。外衣也不穿，蹭蹭就往山上跑。

　　天已经完全黑了，月亮若无其事地在山头看我们的愁容。我和巴特尔像黑夜里的两只野兔，在山腰上竭力跳跃，跨过高高低低的石头向山顶跑去。到山顶两个人胸脯剧烈地起伏，手机已经被捏出汗了。拉开滑盖我们几乎同时抬头看着对方：

　　"没有！"信号还是没有。

　　往更高的山顶走。狼山上或许真的有一只狼在驱赶两只"野兔"。

　　"有了！我的有了！"我的手机终于弹出两格信号指示，"快打。快给你朋友打电话！"

　　巴特尔抓过手机，快速按出一串号码。"嘀——嘀——"的声音在狼山的夜里锐利得有些刺耳。

　　"喂喂喂！喂——喂"在不断"喂喂"之后，巴特尔无奈地说："信号太弱，他挂了。"

　　拿过电话再看，那两格信号已经没了。

　　"哈哈哈哈！"我突然觉得这是件多么可笑的事！我们在荒野里跑上山顶借助微弱的信号打出求救电话，被对方无情挂断。接电话的人看见这北京号码一定还会痛骂"哪来的神经病！肯定又想推销什么！"

　　那一线生机被掐断，我们再次只剩下"我们"。

　　"准备车上过夜吧"，拍拍巴特尔的肩膀，我对他说："不用着急了，车上有水，有哈密瓜，还有衣服。无非就是一晚上，天亮了有卡车上来，请人帮我们拖出来，问题解决。"

　　"呵呵，看看月亮吧。"巴特尔第一次收起他的招牌笑声，改了苦笑。

一边调侃，一边不停变换位置和方向，试图重新找回那两格信号。不知转到第几圈的时候，信号又有了！

巴特尔再次拨通朋友的电话，以最快的速度说明情况，寻求救援。

朋友答应，马上派车过来！

终于有人知道了狼山某个阴森的山谷里发生的一切，“我们”又不只是我们了。有了可以期待的帮助，我和巴特尔干脆坐在山顶认真地欣赏月色。看了会月亮又开始互相揽责任做检讨，我说不该在车上瞎扯闲篇分散他注意力，他说不该顺那沟槽过来，捋着旁边车轱辘印走就没事了。两人正扯得热烈，巴特尔突然跳起来大叫：“有车来！”

巴特尔视力奇好，在他发现车灯几秒钟之后，我才看见有光柱晃晃悠悠向我们驶来。

“摩托车。”看清了远处晃来的只有一束光柱，我对这辆路过的摩托车没抱太大希望。

“我问问他这儿离磴口多远。”巴特尔借着月光一边往山下跑，一边高喊“师傅！师傅！喂——师傅停下！”那骑摩托的人不知是听不见还是不愿意停，车速一点没降。直到巴特尔快要跟他撞上，摩托车才停了下来。我没随巴特尔下山，留在山顶等待他朋友的电话。

巴特尔和那人说了几句话，车灯熄了。两个人影朝越野车晃过去。看来不只是问路，似乎还有进一步的救援动作。我也从山顶跑下来。陆战靴再次表现出良好的山地越野性能，脚底和脚面、脚踝都被包裹得结结实实，可以像个突击战士那样在坎坷的山石里上蹿下跳而毫发无伤。

跑到车前，那骑车人已经像巴特尔刚才那样侧卧在地上，用力掏车轮下的石土。我诧异巴特尔是否使了什么魔法才让这个深夜里路过狼山的骑车人愿意停下车，躺在地上帮我们挥锹解困。

"有手灯吗？"骑车人问。

"没有嘛。"

骑车人放下工兵锹走到摩托车前，翻出一只手电拿来递给我，"照着车底下。"我顺从地听他指挥。他又躺在车中间挖后轮前侧的土。实在搞不清骑车人到底是人是神，他突然驰入视线，又突然像自家兄弟一样帮我们解困。巴特尔显然知道或者制造了这个秘密，但是他只顾在车后翻石头支千斤顶。

"哎呀！这么大的石头，梁托死了。"骑车人一边擦去头上沁出的汗一边自语道。凑过去一看，大梁下果然有块 50 厘米长宽、20 厘米厚的石头。我和骑车人合力搬出石头，巴特尔也支好了千斤顶，又往悬起的车轮下放了片石，回到车上着车，挂挡，起步。这次车勉强前进了不到一米，又不动了。

"还有大石头。"骑车人说着又卧下身，我照例过去打灯，巴特尔分别支起左右后轮，往轮下塞进片石，砸实。这次挖出来的是一块条石，大概 60 厘米长，30 厘米宽，厚度大约 15 厘米。巴特尔过来把车钥匙给我，"你来试试。"转身又招呼骑车人，"咱俩一起推。"

"注意了啊！"打着引擎，我扭头冲车后喊道："一——二——三，走！"轻踩油门，感觉车在活动，立即用脚掌把油门狠踏下去！发动机由低而高发出一阵沉着的轰鸣声，巴特尔和骑车人全力一推，越野车蹿出深槽，稳稳停车路面上。

"噢！噢！噢！"还没下车就听见巴特尔在身后欢呼，骑车人也露出一脸笑容。借着尾灯的光亮，我终于看清那是一张忠厚纯朴的面孔，约40多岁，身材不高，背略有些驼，脸上身上满是尘土。看他开心的样子，我心里溢满了对这个陌生人的感激，赶紧从车上翻出矿泉水，倒给他洗手，拿出烟给他点上，再把他脱下的衣服掸了掸土和手电一起还给他，嘴里不停地道谢。骑车人似乎没觉得自己做了什么了不得的大事，操着不太流利的普通话说："前头的路还算好走，不过你们也要小心，再掐就没法了。"

"谢谢谢谢！帮我们弄了一小时了。您这么晚是要去哪儿啊？"我问他。

"矿上冷了，回家拿了点衣服，赶回矿上去。"他是附近矿上的工人，"那我先走了，你们慢点啊！"

巴特尔上车里翻出两盒烟给骑车人，骑车人满不好意思，推辞不过还是收下了。我又找了些矿泉水塞给他。他不停说"不好意思不好意思"，骑上摩托先走了。

他一走，我问巴特尔这人怎么这么热心帮我们？巴特尔说：跟他一说车掐了，他就停车说看看怎么个情况，然后就拿着工兵锹挖开了。

"你没说给他钱？"

"没有啊。"

我不知道该说什么好了。漆黑的狼山深处骑车人已经无影无踪，看着他离去的方向，再多的感激都显得廉价、苍白。

"这个人真好……我还以为你花钱请他帮忙的。"

"没有，牧人都这样，看见别人有事都会搭把手。"巴特尔说，"去年在克旗把车捂在雪地里了，几个当地人路过，二话不说就帮着弄，半天没弄出来，他们又打电话给村子里，叫上七八个人开着车来帮着把我的车拖出雪窝子。没有钱不钱的事。这人叫××××"巴特尔说了一个蒙语名字，"汉语叫'革命'，估计是 70 年代出生的人。原来在苏木派出所，现在退休了，在矿上找了个事做。"

"啊？不到 40 岁就退休？"

"提前退了呗。"

这么看来，"革命"的日子过得并不富裕，那么年轻就辞去公职去矿上挣点辛苦钱。我有点后悔刚才没有以更实惠的方式感谢他，给了两盒烟还被他再三感谢。

以最快的速度离开山谷，找到可以打通电话的地方，巴特尔通知他的朋友终止救援。我们从阴山支脉狼山的夜晚穿过，往河套平原西端的小城磴口狂奔。

24 "人根峰"

那个夜晚到磴口的时候已经深夜 11 点多了，找了家还亮着灯的饭馆，吃了一顿被巴特尔称为"尽他妈骨头没他妈肉"的羊蝎子，便去睡了。

巴特尔说去"人根峰"要沿来时的戈壁路再返回狼山方向近60 公里，我有点不想去了。那条路异常坑洼，绕来绕去，越往东大车越多，扬尘扑面，不堪忍受。骑车人所谓"还算好走"想必

她就这样日复一日地在沙梁之后坚守着母亲留下的纯真，等待相亲相爱的眼神
与她相遇，从春天直到秋天，把沙漠上一叶绿色的弱草坚守成一个明亮夺目的
誓言

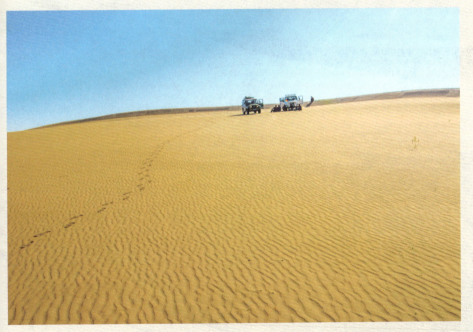

她无时无刻不在演绎天地洪荒之间的壮丽，体现自然运行的玄机，相比于喧嚣
纷争的尘世，巴丹吉林太值得贡奉我的全部了

我从来没有萌生过对生命的忧患，我所能做的就是竭力倾听来自沙漠的每一点
声音，沙漠也并非真的冷酷无情，她日夜把对人类的关爱以自己的方式向我的
灵魂飞渡

他为他的情爱刻下蓬勃的注解，也刻下他面对森林的勇气，刻下万里牧场未来的美丽

她或许是上帝深思熟虑之后留在人迹罕至的大漠里的一个意味深长的地标

也是指不会再有很深的坑槽。而且巴特尔也不知道"人根峰"的具体位置，摸进山里还要再找。更重要的是进入河套以后的地貌已经完全失去了大漠的旷远，我不愿意贮存在脑子里的大漠记忆很快就被别的景象冲淡。

但是巴特尔不这么想，他觉得好不容易从 S312 颠簸过来，又经历了"狼山之役"，费这么大劲就是为了来看"人根峰"，到磴口了再不去昨天晚上那一通折腾就太冤枉了，"还是不要放弃"。他说。

也好，那么多路都走过了，不在乎这百十公里了。次日早晨起来就往狼山方向反扑。

河套是和大漠完全不同的两种风貌。磴口东部为黄河冲积平原，农作物以小麦、玉米为主，主要经济作物是甜菜，也盛产葵花、蜜瓜。马路两边大片的葵花等待收割，每年秋天磴口一带会有很多当地农户雇请的宁夏、甘肃女人来帮着收葵花。这些人很早就起来，沿马路离开村庄，进入路边的葵花地开始一天劳作。

还算顺利，问了两次路就找到"人根峰"的位置。它就在狼山余脉南段东坡下，那地方好像叫"沟口"，在一个磅房南侧离开砾石路——昨天晚上还提醒巴特尔要不要去磅房问路——顺磅房边仅一车宽的山间碎石路往西钻进一条河床，约 10 分钟就到了。磅房有一个男人值班，他告诉我们：昨天晚上要是来问路就不用去磴口了，"我这儿也有地方，前头庙里也能住，条件不那么好，对付一宿还是可以的。"他说的"前头庙里"就是敖伦布拉格庙，离人根峰约半里地。如果昨天晚能够住在磅房或者敖伦布拉格庙，今天早晨就可以少走近 200 公里，更为惋惜的是我们失去了一去借宿深山老庙的体验。

　　早晨的狼山群峰苍劲，鲜红的晨曦突显得群峰高峻，拔地而起的山峰一座紧挨一座，它们在山坡谷地投下巨大阴影，红黄色系的暖色调山峰在辽阔的天际下华丽，壮美，充满神秘感。远远看去，仿佛天穹下突然展开的瑰丽画卷，背景平和缥缈，岩崖鲜丽挺拔，谷壁平直陡峭，配以蓝天上简约粗犷的云霞，势雄气固，咄咄逼人。

　　相比之下，深藏在岩壁之后的"人根峰"反而不能算是胜景了。只是那石柱酷似男性生殖器，巍然挺立，直指苍天，为人称奇。回京以后反复查证了些资料，整理了有关的描述抄录于此：

　　　"人根峰"（亦称神根）位于磴口县沙金苏木哈腾套海附近，位于阴山山脉阿拉善盟与巴彦淖尔盟交界处，山峰实际是一根石柱，高28米，直径约6米，呈红褐色。

　　相比于谈论一件东西"像什么"，我个人更愿意聊聊它"是什么"。在海森楚鲁就是这样，如果仅仅看到那些石头像这个、像那个，对石头和时光本身都不公平，因为那些石头上写满了时间的叹息，那些穿越了几个世纪甚至几十个世纪走到我们眼前的慨叹，可能只是为了等待一次与今人的对话，或者耳语。这里的人根峰如果只是像"人根"，那就只能而已了。而且"人根峰"受地势限制极难拍好，想要把"人根峰"放在蓝天的背景下，就得攀上南边的崖壁找到支点，那有点太过冒险。在周边转了转，看看无计可施，就悻悻下山了。

倒是对面山坡的敖包庄重肃穆，让人起敬。

25　去往城市

到这里，这次西区行动计划内外的任务都基本完成了，回头再看，美中不足的就是磴口一站，代价最大，收获最小。如果不是离开"人根峰"的路上看到晨光下狼山山脉雄奇挺拔的壮丽，在磴口就真的就没什么收获了。倒是狼山夜色里发生的那些事，那个叫"革命"的男人，已经成为想起磴口时再先触碰到的温暖。

在车上和巴特尔一起就矿泉水啃着干粮——那是我们今天的早餐，又聊起"人根峰"周围没个下脚的地方，支不了相机，基本白忙活了一趟。巴特尔安慰说："留点遗憾，下次再来。"

对河套，对阴山，再远一点，对河西走廊，对丝绸之路，我还十分陌生，再来会是什么时候呢？"下次"会从哪里开始到哪里结束呢？

车在颠簸中下了山。

离开敖伦布拉格"人根峰"以后我们没有走原路再回磴口，选了另外一条戈壁路，从杭锦后旗去巴彦淖尔。不能不佩服巴特尔对这一带戈壁公路的来龙去脉太熟了，尽管戈壁上的路没那么复杂，但是眼前的道路何时起，何时终，哪里铺油了，哪里在修路，哪些是 G 级路，哪些是 S 级、X 级路，他似乎都一清二楚。经过的很多路段如果不是巴特尔心里有数，换了我自己断不敢贸然驶入。而且巴特尔选择的每一条路沿途总能呈现一些意外的风景，让我觉得此行不虚，跋涉有乐。

现在，刚刚踏上归途，就被太阳庙一带的山势吸引了。

这一段仍然属于阴山余脉，狼山南段，但是山峰离道路更近，看上去更真切，更震撼。从荒漠里拔地而起的赤裸峻峭的岩石从山脚到山腰仿佛因了地火的炽烧而通红，山顶却依然是淡淡的青，酷似立体的青绿山水。这些山峦在蓝天拥揽下之像一群刚脱稚气的少年，锐意凛然，孤傲勇猛，一下就夺走了我的眼神。

再往东走，太阳高了些，山色就不如刚才那么奇峻了，加上有些山峰寸草不生，凄清冷寂，看上去满怀愁绪的样子，巴特尔笑称这是"火星上的山"。

慢慢地，我们走出西部，沙漠，岩画，怪石，胡杨，戈壁，十余天来经过的一切渐渐退出视野。车一驶上高速路，顿时内心空空荡荡，怅然若失。

潜意识里一再拒绝回到城市，但是又不得不越来越靠近城市。下午3点，我接过方向盘在高速路上肆意狂奔，想要尽快回到北京，回到我的巢里反刍西区故事。也希望巴特尔能在车上睡一会，从东区开始，他陪着我等候日出，追赶日落，帮助我选景探点，临时充当了一路"摄影助理"。从这个睿智风趣的兄弟那里，我了解到许多书本上难以读取的内蒙古风俗、旱地植物和逸闻趣事，他让我的旅行妙趣横生。

下午4点，乌哈斯打来电话问回来路上的情况，这些天里他不断询问我们的状况，了解我们的行程，吃得咋样，喝得如何。他深知沙漠里诸多不易，在巴丹吉林的那几天电话不通，以至于后来这几天"报复性"的狂打电话。听说我们已经往呼和浩特来了，乌哈斯说，"回呼市就对了！晚餐订好了，东区摄影队的兄弟们也将和西区摄影队先期返呼的兄弟们一起在呼市等你回来！"

"那意思就是说哈达银碗手扒肉都弄好了呗？"让他一说，我的嘴角立刻就湿润了。本来可以重复来时的轨迹从银川飞北京，为了在离开西区以前能握到乌哈斯的手，我选择了绕道呼市，再回北京。

"弄好了！弄好了！7点准时开饭！"我一再打扰哈斯，而他给我的总是滚烫的热忱。

电话也弄醒了巴特尔，我刚说完他就朗声叫道："老乌吧？怎么样？我说一过包头他就得来电话吧，看看！还没到包头呢！哈哈哈哈！"我的这些蒙古族兄弟给予我的关爱太多太多，而我能为他们和蒙古高原做的，就是再三的叨扰……

在包头服务站换上巴特尔驾车，一路赶赴呼市。在呼市与十多个兄弟对饮狂欢，吃完饭还没等我擦干净嘴上的油水，乌哈斯就拉着我的胳膊往酒店房间跑，"审片！审片！"

西行途中折返，对他和我都是巨大的损失。那一夜，乌哈斯"审"完我的照片已经子夜了，看着熟悉的西区美景，他一言未发。我理解他"欲爱不成、欲恨不能"的无奈，搂了搂他的肩膀，"明年再去一趟。"

"早点睡吧，明天一起喝奶茶。"他看完西部变得深沉起来。

又一个早晨，太阳准时醒来。和乌哈斯去"老额吉"家喝完奶茶便去机场赶头班回京的飞机。离开地面的一刹那，有个苍老的声音在耳边响起：

"记得回来，我的孩子，来看看你的大漠荒原。"

那是在召唤我，我听得清清楚楚。

26　回望西区

　　一再告诫自己不要在旅行笔记里勾兑太多联想，但是做不到。每一次与春雨秋风们不期而遇，感觉到的都不仅仅是风和雨，还能清晰地听到她们的耳语，何况大漠又如此极端地丰富了我的视听，所以忍不住还是要"狂乱地表达"。

　　从翻越贺兰山开始，沿南线一路向西、向北，再从额济纳沿北线向东，翻越狼山，刚好绕巴丹吉林沙漠一圈。这是第一次以沙漠为主要目的地的旅行，与以往穿越浑善达克沙地之类的行程不一样，它让我对沙漠有了更多了解。或许因为巴丹吉林的独特地理原因，我觉得沙漠温情缠绵，风光壮美，即使在沙漠最深处，也无法在她与恐惧或者死亡之间建立某种更紧密的联系。在沙漠里的日子恬淡和美，身心俱悦。手机没有信号，得以与繁乱的尘世完完全全失去联系，再也不用担心有谁花五毛钱就扰乱我整个旅途的平静，不用担心有谁以某个冠冕堂皇的理由夺去我的自由。在荒原上可以像个浪人那样随心所欲，想走就走，想停就停。只要愿意，在蓝天下的沙坡上躺上十天半月也不会有谁来干预。也许是内心的宽松契合了天地的辽远，在西部地区的旅行自由酣畅，充满诗意。我的朋友读完刚刚整理出来的《西区故事》以后称它是"梦一样的旅行。"是啊，人类习惯了沉醉于身边的风景，执着于个我的小得小失、小情小爱，把有限的时间和生命浪费在无限的争名获利的纠葛中，热衷于为一点蝇头小利、一点似是而非

326

的脸面争来斗去，甚至不惜头破血流，忽略了上帝之手在远方挥就的撼人心魄的大美，是件可怜复可悲的事。

不管因为脚力所限，还是安于当时周遭，古往今来的文人诗家把更多的激情和笔墨留给了"名山大川"，沙漠之美长期被弃置在主流审美体系之外，这在客观上退化了人类繁荣梦想的本能。好在越来越多的人正在走出城市，沙漠世界的精彩正在一点点被更多的眼睛和思想解读，一点点成为旷野文明的精髓。

寄居城市愈久，积攒的梦想愈多。离开城市的时候这些梦想尚未死去，它们和我一起远行。在原野里我经常会想：把这些梦想种植在哪里呢？哪些地方能让梦想开出自由的花来呢？在巴丹吉林看到"兔眼儿"的那一刻我的内心充满感恩，不是为我，是为"兔眼儿"。在风一吹，草籽就不见踪影的沙漠，裸出地面的水大多是咸的，骄阳榨干了生物全部的"脂肪"，几乎所有的鸟儿都死于自己的飞翔，上苍独独留给了"兔眼儿"一席之地——不，那只是"一株之地"——让她在生命禁区里自由开放。上苍如此眷顾那株弱草的心愿，不仅容留了她的生命，也赐给她娇美的容颜，赐给她简单朴素的幸福，这不值得感恩吗？

或许"兔眼儿"也有自己的方式回报上苍，只是我还没能发现。

沙漠里我所不知或者自以为已知的东西还很多。那些细微的沙粒成就我和毁灭我都是件很简单的事，但是无论凌晨还是深夜，我从来没有萌生过对生命的忧患，我所能做的就是竭力倾听来自沙漠的每一点声音，沙漠也并非真的冷酷无情，她日夜把对人类的关爱以自己的方式向我的灵魂飞渡。偶尔会冒出那么一种怪诞的想法：要是能在无边的沙漠里长醉不醒该有多好啊！干净地、简单地、美好地睡去。譬如庄子，他喜欢躺在草地上睡觉，仰面朝天，舒坦而惬意，他以这种方式聆听泥土的声音，小草拔节的声音，炊烟袅袅而起的声音，以及他自己的肉体和灵魂生长的声音。他是不是在以这样的方式回报自然呢？没有人知道答案，只是听说他曾经有个很著名的梦，那个梦交织了人与自然的某些联系。如果庄子离开淮河来到巴丹吉林，他会做何感想？他的梦会不会更加茂盛呢？不得而知。

可以肯定的是人类应该以某种形式回报自然。列维坦在写给挚友契诃夫的一封信中说："我还从来没有如此爱过自然，对于它如此敏感。我还从来没有如此强烈地感觉到这种绝妙的天，它流注于一切。但非人人能见，甚至无以名之，因为它不是理智与分析所能获得，它只能由爱来理解。"

作为大自然里活跃的一粒因子，爱她，回报她，从来不需要理由。

净界

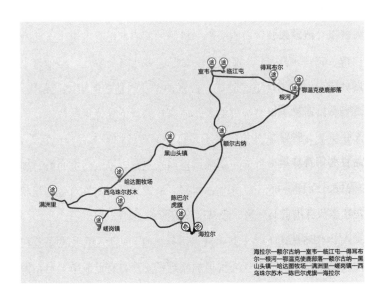

海拉尔—额尔古纳—室韦—临江屯—得耳布尔—根河—鄂温克使鹿部落—额尔古纳—黑山头镇—哈达图牧场—满洲里—嵯岗镇—西乌珠尔苏木—陈巴尔虎旗—海拉尔

1

"旅客同志们请注意，我们抱歉地通知您：您乘坐的航班因为天气原因取消飞行，我们会尽快提供航班调整信息……"

17：10，乌哈斯在电话里用广播员的口气深情款款地重复了一遍机场刚刚发布的通知。他的普通话带了足够泄露籍贯信息的蒙语尾音，听起来有种俏皮的喜剧效果，说得越认真听的越喜感。

他的嗓音和机场女播音员比起来类似老牛与黄鹂鸟，但是他想把航班取消这事儿表达得尽可能轻松些，来安抚我的情绪。这时候我在北京首都机场候机厅，马上要北飞了，他不想让我在独自投奔海拉尔接近零下40度的漫长黑夜时背负太多孤独寂寞。我觉得他应该是这么想的。

按计划他的航班应该15：30起飞，14：30左右他打过一通电话说"情况不妙雪有点大呃，机场的同志们正在跑道上玩儿命铲雪，正点飞悬了。"那时我没太把这事儿当个事儿，坚信这个意外到此为止不会更意外了，最多两个小时他的航班就能起飞。因为乌哈斯是个很有福气的人，他有过多次绝处逢生的故事，十多年来我和他的野外旅行差不多每次都有各种千奇百怪的意外，而且所有意外里他都无一例外地担纲了主角。虽然有惊有险，提心吊胆，最终都能绝处逢生，重履平地。跑道上的雪对他这趟旅程构不成什么威胁，当时我是这么想的。

白塔机场不大，早些年只有两条跑道。从天上看那两条苍白的跑道在西部宽广得让人忧患的原野里安静得有点孤单。自治区六十周年之前把机场扩建了，规模大了不少。哈斯在候机厅关注着跑道上的一举一动，他喜欢在有麻烦的时候喃喃自语，祈福祷告，现在一定又双目微闭，念念有词。

但是从他深情款款重播的机场通知看，普天下所有良善的人们总是容易高估老天爷的好。机场的雪在我自欺欺人的祝愿和哈斯心虔志诚的颂祷里一直没有停，旅客和机场全力争取航班能够尽快起飞，但是他们无功而返，航班被迫停飞。

雪是冬季里最值得人们期待的天赐，她来了，我们约好去见识她的美丽，但是刚刚出门她就阻止了我同伴的脚步。

呼和浩特以东600公里，首都机场T3航站里满是各种曲曲折折的弯道、面无表情的梁柱。就在刚才，一个要去北方以北的人裹着厚重的滑雪裤，套一件蓝底黄道羽绒大衣，脚上蹬着羊毛衬里雪地靴，双手各抓一个大包，肩上横挎着三脚架，参开双臂，在人流中快速移动。没有猎物需要追捕，也没有被猎人追捕，但是他不能停，停下来头上的汗水就会越发放肆，后背就会更湿。他必须疾走，用速度生出的风给自己降温。

那是我。

机场都把室内温度设置得很高，好像这样可以温暖旅客心房，平和旅途情绪。但是并不是所有出行的人都那么西服革履清清爽爽，我这种浑身臃肿手提肩扛的苦力型"差人"有点不堪其热。呼哧带喘来到登机口，撂下包，急不可耐腾出手来撕开大衣拉锁，哗啦哗啦把自己脱得只剩一件冒着热气的短袖T恤，浑身顿时就爽了。二头肌、三角肌、斜方肌等等各种若隐若现的肌像一群刚出笼的年轻馒头疯狂呼吸候机厅不太干净的空气。

雪后的傍晚，机场昏天白地，候机厅与停机坪只有一玻璃墙之隔，那块巨大透明的玻璃墙里，我一手用脱下来的抓绒衣给自己扇风，一手抓着电话听哈斯用他的蒙古普通话朗诵机场的广播通知，那通知就那么三两句话就把我北上的兴奋劲儿胡噜没了一半，无论哈斯如何整蛊搞怪，如何委婉体贴，我心里还是有点黯然，这是实话。

天完全黑下来，摆渡车拉着客人驶往夜的深处，地面的雪在夜幕下发出荧荧蓝光，幽暗而神秘。那不是种安稳恬静的光亮，其中闪烁着鬼鬼魅魅的不安，仿佛隐藏了不少欲说还休的故事。

2012 年 12 月 20 号，玛雅人的日历还剩最后一页，尽管大部分人并不知道末日会以什么方式到来，也不相信地球真的会在明天化为乌有，但是内心总会有点莫名的骚乱。我们确实希望地球上发生点什么生动的事情来改变日复一日的平淡庸常，但是如果让大家顷刻间一起灰飞烟灭，又觉得这个混乱嘈杂的星球还真有点让人不舍。

其实换个角度看这事儿心里或许会踏实点儿：末日为众生提供了同样的结局，无论悲喜都由星球搭载的全体乘客共同分享，不分贫富贵贱，一起移居天国。毁灭造就了一种变相的真实的平等，大同世界不正是大家期待和欢迎的吗？这天上午收到朋友短信提醒，让 21 号出门前记得带上各种证件以方便后人考古，他好坦然、好有公德心，临"出发"前还为未来的人考虑得那么仔细周到。

和朋友的坦然相比我更多的是得意，我是个钟爱开始和结束的人，并不惧怕末日真的到来。去雪原也是为了寻找末日一样安静平和的净界。2012 年的我需要一次这样的旅行，用来遗忘过去，找寻新生。即使在雪野里和世界一起化为乌有，也应该是种美好结局。在这个星球停留过，"那美好的仗我已经打过了，当跑的路我已经跑尽了，所信的道我已经守住了"，现在可以尘封在这里，若干时光后变成某个类人物种手里一块精美绝伦的琥珀，这是多诗意的事儿啊！比乌哈斯的航班在苦等几个小时之后取消让人开心得多。

他不飞了，正拖着沉重的器材箱原路回家。

我的航班像一颗冲动的精子，夹紧尾巴猛踹地面一脚，昂首冲进黑夜，去天空巨大的子宫寻求着床。很快它变得更加冲动，等不及平飞就裹进乱流，飞行几成跳跃。颠簸弄碎了平常心，把五脏六腑分别挪向不同的位置反复摆放却怎么也放不稳妥，空姐在走道里跌跌撞撞地检查乘客是不是都系好了安全带，她们脸上尽可能保持着比这架飞机还小巧的微笑。乘客们平静得不大对劲，几个人扭头看看窗外，然后一言不发继续看自己颤抖着的手里的报纸或者合眼假睡。

我用 IPAD 播放一个看过多遍的美剧，很暴力的那种。现在我希望剧里的故事再紧凑点，悬念再密集点，可以不用交代过程直接杀进高潮，让我没有多余精力看窗外那些看不见的乱流中看不见的手。而美剧中的英雄们以各种顽强得尽乎无赖的方式提醒我现在不能死，还没来得及告别。我在飞机上总是一副生死由命的状态，不愿意把有限的时间用于恐惧，惊慌失措也确实没啥意思。没法左右局势的时候，最好的办法只能是保持克制，努力淡定。

和许多无厘头的故事一样，飞机不久就平和得像条落伍的精虫，安顺萎靡，不跳不闹，悻悻然，寂寂然。机组人员收拾了个别乘客的呕吐物开始推起小车派发饮料食品。我要了杯咖啡，陷在逼仄的航空座椅里嗅那复杂的香味，一边排遣乌哈斯缺席带来的失望，一边在记忆里找寻北方冬季清冽的空气经过鼻腔的快意。

哈斯的故乡在东蒙，呼伦贝尔是他早年工作的地方。他说他在呼伦贝尔喝过的酒像海拉尔河一样流淌不息，这些酒浇灌了他与东蒙朋友之间茁壮蓬勃的感情，是他在东蒙为所欲为的情感资本和情义保障。这几年和哈斯一起频繁往来呼伦贝尔，认识了很多他在海拉尔以及拉布达林、根河、满归的朋友，每次到来都是哈斯与朋友们暖场、拼酒、逗乐，我习惯了在这些场合做配角。尽管这些朋友视我如兄弟，但是哈斯与他们之间长达 30 年的交往让我觉得由他置身热情漩涡比我去上蹿下跳更可靠，更顺畅，更有效。但是现在，有些事情像教科书里说的那样"历史地落到我肩上"，我必须独自在海拉尔上蹿下跳一下了，这让我觉得这个冬季的海拉尔之行顿时有了破冰之旅的宏大意味。

座椅上传来飞机弹出起落架的轻微震动，飞行员开始了降落前的准备。有那么一秒钟我忽然非常无聊地想到执行冬季极寒地区航班的飞行员得有多好的刹车技术才能保证飞行器在冰雪跑道上稳稳停住而不甩尾啊！机上预报说海拉尔室外气温零下 36 摄氏度，这个气温足以保证任何一片雪花都安然着落，一丝一缕也不会融化的。当然这不过是无聊之极的庸人自扰，机场跑道不会像雪季公路一样冻得锃亮，飞机也不可能像汽车在冰面刹车一样甩尾蛇行。我和同行的那些被乱流激起强烈的末日感慨的客人一样面容陶醉地和飞机一起平稳降落在夜幕下精致寒冷的海拉尔东山机场。

下了飞机就见到殿宏、俊卿、毛毛的微笑。只要来海拉尔，这仨死党都会带上那辆俊朗的陆地巡洋舰亲往机场迎接，久而久之挺不好意思的了。对于一个经常出入荒郊野岭习惯了只身飘飞的人来说，这个阵容太强大。

挨个拥抱，热情招呼，装模作样地声明了我的不好意思，急急忙忙往出口走。

2

我喜欢北方冬季凛冽的空气直接打在肺上的畅快，只一下，就涤尽了城市灰暗的人文和自然留在心里的尘垢，让心肺们欢呼雀跃地回归真实清澈的生命律动。2010 年 12 月 31 日第一次从雪季的海拉尔机场出来就被这种空气狠击了一下，以至于立刻停下脚步敬候第二次呼吸带来同样的快感。这一次，从上飞机那一刻起就开始惦念落地出门的第一次呼吸，调动了周身全部感官，像等待洞房最初的美妙那样期待海拉尔寒夜带来销魂一刻，现在我得到了，仅仅是那一刻的获得，就弥补了飞越 2000 公里的倦意和忍受险骇颠簸的委屈。

站在机场的夜空下，我等待第二击。

但是没有了。鼻腔和肺叶很快适应了海拉尔冬天的清冷，它们开始快活地享受清妙的空气，不再强烈地反馈美妙的快感了。

按照气象部门确定的《寒冷程度等级表》，−40℃以下天气称为"极寒"，是寒冷等级的最高级别。以上由低到高依次分为"酷寒：−30℃至 −39.9℃"、"严寒：−20℃至 −29.9℃"、"大寒：−10℃至 −19.9℃"、"小寒：−5℃至 −9.9℃"、"轻寒：0℃至 −4.9℃"、"微寒：0℃至 4.9℃"和"凉：5℃至 9.9℃"共八个级别。呼伦贝尔冬季气温多在严寒以上，三九天多为"酷寒"天气，再往北到根河、满归多是"极寒"天气。能够呼吸冰凉清新的空气洗心濯肺，也是冬季呼伦贝尔草原馈赠给远方客人的美好享受。

往停车场走的这十几分钟工夫寒冷就越发强势起来，寒气削过脸颊，生生剥走面部的温热，滑雪服到了海拉尔也像是变轻薄了，远不如在北京那么暖和。上了车，俊卿指着街上碾成冰壳子的雪问我：想不想在这种路上开会儿车？跟冰面一样的。我晃了晃脑袋没接话儿茬，嘴里想说开会儿就开会儿，心里实在有点发怵。路上的雪被来来往往的车轱辘碾压成了冰盖，仅凭表面就能看出它的厚、硬、滑，没有三五年冰雪路面驾驶锤炼想在这种路面上开车，大概只能飘，走不起来。寒地司机得益于雪地胎的支持和长年在冰雪路面奔跑积累的技巧，才把车控制得恰到好处，有惊无险。这一点，山海关以里的司机不能比。

冬夜的海拉尔低调徐缓，没有尖锐的刹车，没有鼎沸的人声，没有川流的人群。大多店铺已经关门休息，路灯在雪地投下影影绰绰的黄光，不多的人和车在冰路上小心谨慎地移动。远处偶尔有霓虹灯闪烁着些红红绿绿的光亮像是要努力改写夜晚的寒冷，城市动静相宜，含蓄内敛。

晚餐在酒店院子里的蒙古包里。大兴安岭地区冬季奇寒，当地有谚说："三九的严寒，会冻裂三岁牛的犄角"，但是蒙古包里只要把炉灶的火生起来，立刻就会热浪扑面。加上冬天蒙古包里外会多加一层毡子，隔风保温；如果蒙古包里再盘上暖炕，烧热了，把套瑙盖好，门堵严实，包里包外就是两重世界了。酒店里的蒙古包不用在里面盘炕生火，空调机躲在隐蔽的地方持续供热，外面看上去仍然是个规范大方的蒙古包。

掀开乌德（蒙古包的门帘），一股热气扑面而来，包里像刚刚蒸好馒头的笼屉，室外零下三四十度，包里大概有二十六七度，冷热空气之间没有铺垫没有过渡，乌德掀起来的一刹那它们不容分说抱在一起，季节就乱了，门里跟夏天没大区别。

热气腾腾的蒙古包里除了海拉尔兄弟们爽朗豪迈的笑声，灿烂的脸膛，涮肉的锅子也已经烧得滚烫，大盘的肉和菜从桌子这头一直堆到那头。殿宏和俊卿一一介绍了各位新朋友，我们一边吃一边聊些东区风光、东北四季、呼伦贝尔民风、大兴安岭土产、孩子前途、天下安宁，不知不觉，夜就深了。

走出包外，夜空遥远纯粹，星星精致真切，忍不住要去一颗一颗数过来。吃饱喝足了，酒酣耳热，雪夜也变得宁静温暖了，大地上有种暄暖体贴的光在浮动，那是种干净的微蓝的光，它赋予原本萧瑟冷寂的冬夜以柔美和浪漫，让它们有了温度。

这些天艺术家们在这个城市的主要街道两旁刻制了好多雪雕，题材都是重要的蒙古人物和事件，有的写实，有的写意，让这个民族的古往今来以圣洁的方式盛开在宽敞明亮的大街两旁，城市也在生动的雪雕里生动起来。

3

雪野的寒气把还在地平线以下的太阳包裹成一个厚重的闪亮的团雾，太阳在雾里努力爬升，坚韧而执着。不久，她挣脱团雾，把光亮猛然泄进城市，大地被再次照亮。

一切与往常完全一样，看不出那就是传说中的末日阳光。

2012 年 12 月 21 日，除了月和日的数字对称，这一天实在找不出其他的与众不同了，一如既往的旭日东升，一如既往的天寒地坼，一如既往的血红雪白。如果一定要找出点异样，那就是今天我是从海拉尔而非北京的床上起来。

　　酒店的房间里燥热如灼，夜里喝光了酒店配送的所有矿泉水，醒来嗓子依然干涩。冬天在北方经常会有这种尴尬：室内穿背心的人隔着窗户的两层玻璃看街上裹得像粽子的人。我穿件 T 恤捧了杯咖啡在阳台的窗户里上看屋外的城市慢慢苏醒，从冷雾里露出眉目。天空一点一点妩媚起来，地面纯洁干净，阳光穿过楼宇之间的空隙落在地面，雪地里加进了一层温柔的金黄色。东方越来越亮，上班的人们逐渐在冻了一夜的冰雪上从三三两两连缀成络绎的人流和车流。这个季节人们要把浑身捂得结结实实才好出门，一身臃肿淡素的厚衣服下只露出一双眼睛，壮实一点的小伙子再露出面部硬朗的轮廓。裸露在空气里的眉毛、睫毛、胡须遇到呵气很快凝结成霜，挂在眉梢的霜与路边树梢的霜一起辉映出冬季的白，这就是北方冬季风景的细节了。

　　乌哈斯昨天停飞的航班与今天下午同一时间的航班合并起飞，这样我不能在世界末日离开海拉尔，要留在末日的地上，等他从末日的天空飞来。相比于周边的额尔古纳、阿尔山、满洲里等城市，海拉尔在呼伦贝尔草原有地缘优势却没有人缘优势，来呼伦贝尔的人很少会把海拉尔作为目的地，大多数都是借道海拉尔去草原或者森林，海拉尔总在做嫁衣裳。我不少于十次落脚海拉尔，也只是在这里睡一觉，顶多两觉，然后出发往别处。

　　上午 9 点，殿宏让哈达开了辆森林人 SUV 到酒店找我，让我先自由活动，"想去哪就去哪，晚上哈斯到了能回来一起吃饭就行。"这是第一次见到哈达，身材不高，只穿薄袄，脸上总有质朴得有些乖巧的笑，是个讨人喜欢的小伙子。所谓自由活动就是没有固定方向和方式的活动，跟哈达简单商量了一下，我们北去40公里，站在了金帐罕景区的雪野里。

这个金帐罕是呼伦贝尔在海拉尔郊外草场上建的旅游景点，景点的布局再现了当年成吉思汗行帐的形制，但是金帐罕这个名字的内涵远不是一个景点所能承载的。金帐罕是蒙古帝国的钦察汗国，成吉思汗奖赐给长子术赤的封地，最初包括咸海、里海以北广袤的钦察草原。1235年，术赤的长子拔都西征罗斯和东欧，辖地扩大到东起叶尼塞河，西至多瑙河下游，南迄高加索山脉，北接俄罗斯平原地区。1243年西征结束，拔都以伏尔加河下游的萨莱为都，建立钦察汗国。因为大汗帐颜色金黄，就被欧洲人称为金帐汗国。拔都后来又把咸海东北地域分封给斡鲁朵，称白帐汗国，将咸海以北、西至乌拉尔河地域封给昔班，称蓝帐汗国，蓝白帐汗都以金帐汗为宗主。金帐汗国的疆土大体由两部分组成，一部分为钦察草原等游牧地区，另一部分为俄罗斯等农耕地区。自1219年建国到14世纪中叶的100年间，是金帐汗国国势极盛的时代。15世纪时，金帐汗国分裂成喀山汗国、克里米亚汗国、阿斯特拉罕汗国、西伯利亚汗国、大帐汗国等国家。

金帐汗就是这样一个无论站得多高都无法完整看到的帝国。换一种说法，金帐汗也可以视为草原帝国赠给善于掠杀的汗王的一面可以铺天盖地的奖牌。

或许人类历史的本质就是杀伐的历史，弱者用孤注一掷或者向死而生的方式完成最初的杀伐晋级强者，再以杀伐的方式把意志强加给弱者，成为更强的强者。有了宣武止戈的强势，才有崇文载道的盛世。停止杀伐的过程也是强弱双方酝酿新的杀伐的过程。草原动物之间的领地之争、生存之争、荣誉之争启发和激励了草原民族的杀伐本能，使这种本质在北方游牧部落之间表现得更加淋漓尽致。

时光流转，岁月更迭。当巨大的罕国变成 800 年后草原上的一遍风景、一个具象的"点"的时候，对帝国的所有想象就轻松多了，这里再也看不见弯刀烈马，听不见风扯旌旗。河流用蓝色替换了血色，天空以清新替代了血腥，昔日烟尘蔽日的草原寂静宁和了。柔软的冬雪把古战场装扮得像梦乡一样缠绵。

冬天，金帐罕碧蓝的天空下空气干净到圣洁，莫日格勒河掩藏在白雪里不见了踪影。罕帐老了，它有些落寞，独自端坐在浩瀚的冰雪草原上；营门旧了，旗杆上的光泽已经淡去；罕帐周围纤细的铁丝网像一群眯着眼睛昏昏欲睡的哨兵散布在大汗的行营之外。雪原是一部史书，它上一页的尸山血海与这一页的诗画宁静在刹那之间完成了翻转，不声不响，了无痕迹。

清冽湛蓝的极寒雪野，让人的内心升起巨大的满足。感谢时光，让我能生活在有田园诗画可以诵读的时代。从城市到来的人对旷野有膜拜般的敬慕，这里太安静，太圣洁，没有应酬，没有寒暄，没有假设，没有应景，没有任何多余的曲意的奴颜谄媚和狐假虎威。雪野回复了大地本来的面目，她现在的样子就是前世的样子，她让你看到的就是她全部的，赤裸的，真实的，没有矫饰的模样；她让你听到的就是她正在言说的，没有顾忌，没有迟疑，来自灵魂，发自肺腑的低语。无论她有过怎样的过去，无论原野上发生过如何不堪回首的往事，无论她作为荒原曾经有过多么璀璨的荣誉和沉重的苦难，她现在都是安详平静的，像我们年迈的母亲。

在白色世界听冬雪低语，感受季节对人类的恩赐，目醉神醉，快然自足。雪原辽远空阔，安静极了，听得到远处有马蹄踏在雪里发出噗噗的声音，而我的内心也游走着一匹优雅的忧伤的马，洁白如雪，安然闲逸。

从金帐罕出来去西山森林公园，这里是另一种境况。这个早在清代就因沙埠古松而列入呼伦贝尔八景之一的国家级森林公园，入冬以后就在持续上演雪与松的较量。古雅的松枝上压满新雪，松树努力伸展肢体要回复原本的形态。越往深冬积雪越厚，素日挺拔张扬的松树在冬季收敛了很多。

这是第二次来这里了，而且两次进入海拉尔西山森林公园都是雪季，两次都只在公园的干道上绕行了一圈，没有深入密林细部。一来是因为森林公园干道之外的地方大多积雪过膝，行走不便。更重要的是在呼伦贝尔心里时刻想的都是莽原，幽静的松林显然不是最期待的。

转眼就是中午了，这天冬至，北方习俗要吃饺子。哈达开着车七拐八绕找到一家饺子馆，馆子里热火朝天，食客如云，跑堂的小伙子着一件短袖穿梭飞奔，不亦乐乎。不知道是因为饺子太好吃还是在金帐罕和西山搞饿了，点了6份饺子我俩居然没吃饱；再加，还饿，实在不好意思再要了。自从那年秋天和乌哈斯在漠河镇吃了一回比锅贴还肥硕的饺子，就以为大兴安岭地区乃至整个东北地方的饺子都比中原地区的饺子壮实很多，其实不尽然，海拉尔这家专做饺子生意的店就不太支持我这种看法。情急之中，要了两碗饺子汤喝下，胃里才踏实了些。弄饱之后，裹上大衣扣上帽子出门回到雪地里，奔鄂温克自治旗去了。

呼伦贝尔有多个鄂温克民族居住点，包括根河敖鲁古雅鄂温克民族乡，陈旗鄂温克苏木，莫力达瓦旗杜拉尔鄂温克民族乡、巴彦鄂温克民族乡、阿荣旗查巴奇鄂温克民族乡、得力其尔鄂温克民族乡、音河达斡尔鄂温克民族乡，扎兰屯市萨马街鄂温克民族乡。海拉尔西南的鄂温克自治旗是最大的一块鄂温克人居住地。这个自治旗地处大兴安岭西北坡，属于大兴安岭山地向呼伦贝尔平原过渡地段。鄂温克自治旗辖区似乎在海拉尔周边绕了一圈。8 月从海拉尔北上去的是鄂温克，这次从市区往西仍然要去鄂温克？也可能是我晕晕乎乎出来，对方向没那么敏感；加上冬天极寒，脑子容易断电；再说又值正午，在城市这会儿该是午休的时辰了，这时候坐在车里暖气一烘其实是睡意正浓的。

往西出海拉尔城区到鄂温克地界，这边冬季的景象也实在乏善可陈，期待着某个弯道之后猛然出现一处大快人心的场景可以把瞌睡惊醒，也没有。雪原上除了雪白和坦荡，一时还没有别的变化；又想着哪怕有点飞鸟掠过、行人走来的画意也算不白出来，即使这点儿期待，只到掉头往回走了也仍然只是个期待。

在鄂温克旗的这个时间点离玛雅人算计的世界末日起始点不远了，哈达眼巴巴看着天空说："末日可以开始了，正好咱这开阔地里又好跑又看得全。"我也在车上等着见证奇迹，盼着天空突然哗啦出现一朵奇异的云彩，或者大地上咔嚓裂开一道幽蓝的深缝什么的。能够赶上这么躁动的时代和这么诡异的时刻，谁还能一点好奇心都没有呢？

但是什么也没发生，像个始终没有悬念和高潮的乏味故事，说好的末日没有准时出现。这个中午到下午没有任何值得说道的异象，世界还是早先的世界，寒冷还是刚才的寒冷，平淡庸俗的生命依旧庸俗平淡。这多少有点让人失望，尽管说不准末日到来的时候我有什么反应，会做些什么，结果会是怎样，但是我对末日还是有兴趣有期待的，我希望见到它轰轰烈烈地与我擦肩而过，可惜老天并非总遂人愿。

末日爽约，也使乌哈斯失去了在飞行途中见证世界毁灭的乐趣，在玛雅人的预案里他是可以从空中鸟瞰大地上发生的一切的，那时候哈斯已经不再纠结航班取消的事儿了，但是也没顾上设想末日时刻天空会发生什么变化。还好时针没有凝固在某个时刻，它照样欢快地旋转。有关世界末日的预言终于以无稽的方式离开了大众视线，那以后再没有人想起它来。

这一次，跑道上的积雪被清扫得干干净净，天空前所未有地蓝，乌哈斯的航班分毫不差地降落在东山机场。

他一到，晚饭就开始了。

4

两口巨大的锅埋在更加巨大的灶台里，锅里浓郁的香已经在农家院子的各个角落里弥漫开来。

很难见到用这种大锅的人家了，少年时在南方乡下见过，灶台很大，烧柴禾，从灶台伸出屋顶的烟囱里飘出的袅袅炊烟是古往今来的诗词歌赋里生生不息的美妙，它与村庄的房屋一动一静，成为农耕文明里宁静祥和的意象，以薪火的温暖为万千游子指引家园的方向。如今为环境所限，日常用具越来越精致小巧。尤其在城市，锅灶早已是成熟的工业产品，完全不是（也不必是）旧时模样了，能在海拉尔看见农耕风的锅灶是个意外收获。

这户人家的灶台怕是有两米长、一米多宽了，两只口径约70厘米的锅端坐其间。北方的锅灶和炕连在一起，叫"灶连炕"或者"炕柴灶"，这边灶台里一烧火，那边炕就热了，屋子也暖和了。这户人家灶台上铺贴了干净的瓷砖，两口大锅一口炖了一锅狗肉，另一口炖了一锅鱼。海拉尔的狗肉小有名气，有很讲究的烹制方法；鱼是东北的铁锅炖鱼，也算北方名吃了。冬夜里围着灶台狂啖肥鱼鲜肉能激起很清晰的活着的满足感。狗肉的故事不便多说，有些人不赞成吃狗肉，我也未必多爱吃它，只是它已经由狗变成肉了，与别的吃食并无区别，也就拿来果腹了。

殿宏找来一箱竹叶青酒往地上一放，意思很明显：不把这箱酒整完今夜甭想入眠。那酒泛着绿色，尝了一口，有点甜甜的余味。酒桌上总要找个说辞才好把酒喝起来，哈斯晚到，大伙就拿这事儿当由头，憋着要拿酒浇他。我不能喝，殿宏和他的朋友们有地主身份，以陪为主，大量的酒都往哈斯杯子里流。酒瓶酒杯举起放下，放下举起，很快他就喝大了，继而又喝高了，然后就开始大量使用蒙语。他的舌头在酒后不太支持汉语，很多慷慨激昂的话语在座的朋友都听不太懂，柔情似水的表达也只能猜出大概齐。再往后就是他的双眼在笑脸上迷离起来的样子，看上去很飘忽也很温暖。他有一只手一直端在胸前不肯放下，这样他可以

344

随时用它把盏或者拥抱前后左右的兄弟，偶尔这只手也用来配合
他讲的蒙语故事里的动态和情绪。总之，晚餐开始不久他就喝了
很多酒讲了很多故事，他有些醉了。

酒沟通了兄弟肺腑，灌溉了彼此情义，虚淡了尘世怨怼，温
暖了整个冬天，寒夜里朋友们围炉夜饮，吃肉喝酒，乐而忘忧，
是件人心大快的事。而筵席总有散的时候，但是哈斯不肯上车。

他醉得不轻，他好像还有很多故事没说完，他的嘴嘟噜着什
么一直不肯罢休。我和殿宏把他扶上车，上街找了家茶室，想在
那里休息会也让哈斯醒醒酒。哈斯跌跌撞撞的，脚没完全离地就
进了茶室的屋子，嘴里还在执着地讲他的蒙语故事。也不喝茶，
也不打盹，看来他短时间里不可能恢复清醒，殿宏不忍让他在茶
室久坐，起来带他回酒店休息。到了酒店门口，这次哈斯不肯下
车了，嘴里嘟嘟囔囔这哪儿啊，哪儿啊这是，不下我不下。或许
他特别不愿意我们再带他到什么别的地方醒酒，或者他已经很困
很累很难再支应下去了，总之他不肯下车。我和殿宏轮番劝他扶
他抱他拖他，他的屁股和失去控制的身体像粘在车里一样只晃不
动。只能以近乎暴力胁迫方式勉强把他弄下来，扶进房间，请服
务员兑了蜂蜜水喂他喝下，剥去外衣，把这条蒙古壮汉放进被窝
里。我们还没直起腰，他就着了，小呼噜打得倍儿欢快。

他躺下了，我俩还是不太放心，殿宏又去我房间，聊些别的
事，关注着对门的动静。对面哈斯的房门开着，直到夜深，没听
见他再叫嚣。

殿宏也没少喝，到酒店以后他的脚和腿已经没法很好配合，
聊了一会也让他早点回去休息。殿宏一走，再去哈斯屋里给他续

点水。试了呼吸，还算稳妥。问还难不难受，没反应，只有鼾声如故。

哈斯心脏有点小问题，玛雅人设计的那个末日之夜我把能想到的惊悚结果挨个儿想了一遍，自己吓得不轻。以至于22号早晨起来，真的像从末日里逃出来一样，憔悴，恍惚，心乱，腿软，后怕。

醉酒的人都想把酒醉以后的那一觉睡到海枯石烂。殿宏还是担心哈斯的身体，早晨7点钟就带着俊卿、毛毛来酒店准备一起早餐。敲哈斯的门，里面完全没反应。过了10分钟我去再敲，仍然无声无息。直到我们手脚并用连砸带踢再三骚扰，才听见哈斯极不情愿地打着哈欠答应起来。打开门的时候8点刚过，一群人在门口像等着伺奉一个吊儿郎当的王沐浴更衣洁手净面的仆从一样恭候他出来。

他显然是直接从被窝里跋涉到门口的，没洗脸没刷牙也没有对镜子检视一下自己的衣冠，头发支棱出很后现代的形式，眼角有些说不清道不明的往事，绷着脸很严肃地穿过我们往餐厅方向走，一边走一边瓮声瓮气地说了句胃口不好不太想吃东西。我很歉意，他喝了太多酒，现在应该是继续酣睡的时间，这么早催他起来有点不太人道，但是他懂的，我们需要时间。

哈斯的"懂"还让他在早餐时间做了另外一个决定：刘老师中午飞到海拉尔加入我们的队伍，按理要等他到了一起出发，但是哈斯决定不在海拉尔等候了，先往北走，晚上在室韦与刘老师会合。哈斯因为航班取消已经晚到了一天，如果不马上北上，今天这一天又过去了，这几天呼伦贝尔阳光出奇地好，他不想让我在海拉尔连续耗掉两天时间，我们需要在原野上。做这个决定需要些勇气，刘老师除了是哈斯的前老板，也是他的挚交，换了我大概会犹豫再三。这时候看出蒙古人的果决了，他站在"理"这边，也坚信刘老师不会挑他的理。

于是我们出发。

8：30，半醉半醒的哈斯，踌躇满志的我，朴质厚道的吴刚，活力四射的司机哈达，瓦蓝锃亮的森林人，一起离开海拉尔。

城市带给我们太多欲望太多嘈杂太多无奈和太多不怎么清洁的空气以及太过庸俗的哲学，如今蓝天白云千里雪野就在不远处，放弃城市里的枯守独坐和百无聊赖是种清醒的选择。虽然没能等老刘先往北走了有点自私，但是比我俩更加偏爱原野的老刘不会介意。

5

阳光下的海拉尔四处都是洁净的白，天空蓝白，楼宇银白，满树雪白，大地洁白。雪改变了北国城市冬季的扮相，让她看上去像个冰清玉洁的姑娘，莹彻无瑕。

北去的路口有辆马车在冰冻的路面上缓慢地由西向北左转，拉车的老马显然不是第一次经过北中国的冬天，它深知路面的冰里隐藏的后患，因此走得小心翼翼。探出一只前蹄谨慎地在路面上试探几下之后，战栗着放下；再换一只，继续试探，又战栗着放下。马背上的肌肉微微抖动，似乎风再劲一点就会破坏身体平衡。它就那么举前曳踵，择地而蹈，小心翼翼地移动马蹄，眼神空前认真，审慎，这个形态完全颠覆了马匹自由奔放的形象，把

347

我们逗得哈哈乱笑。这在北方冬季也许只是副再寻常不过的生活图景，但是老马踯躅的时候，我们内心正好花开，在车里看着如履如临、憨态可掬的老马，等它拐弯的工夫，我们东一句西一句预测马车在冰路面上可能和不可能的种种后果，胡乱释放按捺不住的欣喜，嘻嘻哈哈出了海拉尔。

后来认识了一个养马的朋友，他告诉我马天生的特别胆小、灵动、敏捷都源于害怕受到攻击，马最擅长的自卫手段就是奔跑……那以后再想起海拉尔街头艰难左转的那匹老马和它眼里深深的恐惧，怎么也笑不出来了。

沿 S201 向北，雪越来越厚，也越来越白，天空像是为了迎接新年刚刚洗过的蓝绸，又通透又劲道。离开城市的人对原野的一切都兴趣盎然，多情，也多动。许是兴奋的原因，或者车里空调的作用，走了没多远就热起来。

车停在额尔古纳界碑旁——姑且称它是只界碑吧，尽管它并不像碑——只要沿 S201 向北差不多都会在这儿停下来稍事休息。"界碑"是块很大的木质标牌，上面用汉、蒙、英、俄四种文字写着"额尔古纳"四个字，作为跨界标志矗立在路边高地上，标牌对南来的旅人是种致意，也是种召唤。那些汉字之外的文字也提醒来到这里的人们——这里已经远离农耕文化区域和汉文化圈，进入游牧和渔猎文化区域了。七八年前这里只有这块标牌孤立在路边，草地在四周向远处自由延伸，标牌看上去带着点出世的孤傲。不知道什么时候标牌周围加上了木栅栏，还放了只塑料垃圾箱。显然它已经成了热点，有太多人在此停留。

额尔古纳位于大兴安岭西北麓，呼伦贝尔草原北端，额尔古纳河右岸。市境东北部与黑龙江省漠河县毗连，东部与根河市为邻，东南及南部与牙克石市、陈巴尔虎旗接壤，西部及北部隔额尔古纳河与俄罗斯相望。

额尔古纳河是一条具有特殊意义的河流，蒙古民族就是在这条河边生息、发展，并逐渐壮大强盛起来。额尔古纳河的上游海拉尔河从牙克石进入呼伦贝尔高原，流到阿巴该图山开始称为额尔古纳河，流到洛古河后称黑龙江。额尔古纳河除去源流海拉尔河，长 900 公里。

额尔古纳河与中国和俄罗斯之间签订的第一份边界条约《尼布楚议界条约》（又称《尼布楚条约》）有密切关联，康熙二十八年（1689 年）七月，清政府全权使臣索额图和沙俄全权使臣戈洛文在尼布楚（现在俄罗斯叫它涅尔琴斯克，原来是大清的领土）签订中俄《尼布楚条约》。条约内容以满、汉、蒙、俄和拉丁五种文字刻成界碑。条约明确划分了中俄两国东西边界，从法律上确立黑龙江和乌苏里江流域包括库页岛在内的广大地区属于中国领土，清朝同意把贝加尔湖以东原属中国的尼布楚土地让给俄国。条约第一条约定："从黑龙江支流格尔必齐河到外兴安岭、直到海，岭南属于中国，岭北属于俄罗斯。西以额尔古纳河为界，南属中国，北属俄国，额尔古纳河南岸之黑里勒克河口诸房舍，应悉迁移于北岸。"

清政府在《尼布楚条约》中放弃了从额尔古纳河到贝加尔湖的领土，这样一方面使西伯利亚那片辽阔富饶的土地以及生活在那里的蒙古族的近亲民族从此成为俄国的土地和子民，另一方面又保障了中国东北边境一百多年的安定和平，为清王朝后来平定

349

西北、西南地区的叛乱提供了稳定富饶的大后方。这种放弃是利是弊难以说清，史家们也各持其词，历史就是一个接一个错综复杂的谜团。

继续北上，哈达把车开得张弛有度，不疾不徐。原野在逐渐开阔的视野里成为一个雪白雄浑的世界，冷酷而强劲。空气也越来越寒冷，车内的热与车外的冷隔着玻璃交织在一起，侧窗玻璃外面不知道什么时候已经结上了厚厚的冰块。

拉布达林是额尔古纳市府所在地，我们到这里的时候大概11点。酒店的早餐和上路的兴奋都还没有消化。哈斯要在这里等边防军朋友提供的两双雪地靴，接头地点选在街心广场附近的一家冷饮店。

是的，是家冷饮店。

北方冬天动辄零下三五十度，手脸都冻麻木了，冷饮店却一如既往开门营业，可以想见北方部落的人们骨子里实在没把寒冷当多大个事儿，而且此后在根河还见到更壮观更狂野的冷饮摊，这是后话。

四个人各自要了一份冰淇淋，他们三个草莓口味，我喜欢杧果味。盛大的一杯，不到10块钱。哈斯批评老板娘冰淇淋卖得太便宜，"这在北京没100块拿不下来！"只要稍微有点精神头，他就会不失时机地调侃北京来的人。

靴子来了，哈斯的正合适，我的有点小，送靴子来的边防军战士说只找到这两双，没得换了。我说脚上这双厚实暖和（也是两年前冬天来呼伦贝尔殿宏在海拉尔买的），也是新的，不用再换了。哈斯不这么认为，"那怎么行，一定要搞双合脚的。"又打电话给朋友，朋友专程过来去街上一家商店换了双"警用防爆雪地靴"，哈斯才算作罢。哈斯对朋友忠肝义胆，做事锲而不舍，穷追猛打，不怕麻烦，我比不上。

靴子的事弄利索了，午饭的时间也到了，我们仨从冷饮店转场到"张飞烤肉店"，吴刚挑的地方。

吴刚在拉布达林上班，本地有哪些好吃食他了然于胸，领着我们直直就来了。哈斯宿醉，残存的酒意还没完全从肠胃里散尽，他的意思中午弄点儿清淡简便的东西吃吃就行，别再狠整了。吴刚哪里肯依，蒙人吃饭没点儿酒肉说不过去，何况午饭，正餐，得像那么回事儿。扬手叫过店家，不由分说要了杀猪菜和张飞肉两样，这菜名字听上去就狠呆呆的，想必端上来也会是张飞李逵一般的生猛豪迈。有关内的人聊起在东北吃饭的经验笑称"记住了，在东北，多少人吃饭点两菜都够了。"说的就是东北饭馆菜量足够大。吴刚也是这个路子。

杀猪菜是北方常见的杂烩，过去多在年关有见，现在时时可见。做法大致是把刚杀的猪血斩成大块煮熟切片再和五花肉、骨头肉、肠肚块、粉条、冻豆腐一起煮，边煮边往锅里放酸菜、加调料，肉烂菜熟了加血肠再煮，都好了加味精撒香菜随蒜酱一起上桌。炖的好的杀猪菜肉嫩汤鲜，肥而不腻，又滑又嫩，开胃解馋。饭馆吃客络绎，需要批量生产，不会这么复杂，大多是猪血、下水、血肠、酸菜加调料一锅炖了端来。要说杀猪菜有多好吃也说不上，之所以受北方人欢迎，一是亲民，充满有福同享的温情；二是吃法痛快，一众乡亲围着腾腾冒气有菜有肉的锅子喝酒吃肉侃山骂娘，别提有多快意了。那架势有点像涮羊肉的武吃："自立炉旁，足蹬长条凳，以箸夹肉，燔炙吃。"而且杀猪菜刚做出来的头道不是最好吃的，再炖再吃，味道最美。

张飞肉是这家饭馆的当家菜，怎么做的不知道，端上来的东西不同于四川阆中那种有浓厚回民风味的张飞牛肉，但见四块肥硕硕、颤巍巍的大肉，鲜红的皮下足有两厘米厚的蜜色脂肪，热气腾腾，酱汁淋淋，肉色撩人，香气销魂。看到肉，哈斯发达的咬肌抽搐了一下，高呼道：要米饭！要米饭！这个蒙古战士胃口渐开。

仅仅肉美还不是北方兄弟吃饭的格局。吴刚起身去柜台斟了满满三盏散酒。往哈斯和我面前各放一盏，自己一盏。也不张嘴劝酒，拧着眉头直直地拿眼光催逼我们。一个男人面前放上满满一盏酒，喝不喝都有种荡人心魄的性感。可惜哈斯醉意尚存，我又不胜杯酌，只好歉意地望着吴刚苦笑。哈达要开车，爱莫能助。所以任吴刚把眉毛拧成了麻绳，三盏酒还是三盏酒。四个人各自抱了饭碗，就着杀猪菜、张飞肉放口狂嚼，10分钟工夫，午饭吃完了。

其实吴刚晚上也参与了竹叶青醋战，也喝了不少，再说吃完饭还要北去室韦，这会就没再苦劝生灌。他找店家要了个矿泉水瓶，将三盏酒齐齐倒进瓶里交给哈达，嘱咐留在车上，渴了再喝，哈达乱笑着把酒扔进车后。那酒算是没有浪费。

出拉布达林再往东偏北方向，S201接入S301，吃完杀猪菜和张飞肉，车也虎虎生威，精力倍增，不管不顾地在白色大地上昂首往前扑。冬雪填平了草原上原本不很深厚的沟沟壑壑，缓和了地表的坎坎坷坷，放眼望去，白的远山，白的草场，白的村庄，白的河道，蓝天之下，只是白，都是白，广袤的雪野简捷舒畅，辽远沉静，轻易就营造了"融化"和"童话"的双重错觉。

三河与室韦之间的恩和是草原与森林的交界地，这里有片白桦林，过了白桦林就要进室韦了。恩和史称"鞑靼"，居住着蒙古人的先祖，南宋时期这里是成吉思汗起家的地方。"恩和"在蒙语里的意思是"平安"，北边"室韦"的蒙语意思是"森林人"，因此这片白桦林也有了标识的意味，那是上天留在这里的一块白色的、繁茂的"标牌"，告诉来到这里的人们：再往北去就进入森林人生活的家园了。

冬日的白桦林洁白光鲜，冰雕玉砌。林子里阳光和美，空疏清朗，林间的雪白映照着天空的湛蓝，轻柔凛冽的风蹑手走过，树枝窸窸窣窣响应。桦树们身形挺拔，满是向上的积极，树枝伸出白色手指努力触弄天空的蓝，仿佛雪地里息舞栖歇的白鹤，正要纵身飞往别处。尽管大地寒彻，阳光还是带给白桦林一些暖意，体感温度没有零下40度的寒冷，林子里走一会，觉得浑身厚重臃肿，想穿得短些薄些，或者在林间的雪地里打个滚。

高纬度地区冬季太阳低平，下午2点，阳光开始西斜，山坡上的积雪在落日里泛出金子一样耀眼的光，雪季到来之前收割的草料打好捆了来不及拉走，静卧在草场里，草捆上厚厚一层雪，像是南方稻场上白色的石磙。

很快，山岭挡住的阳光在雪野投下不屈的阴影，失去光亮的原野陡然黯然凝重起来，寒冬再次施起冷酷的魔法，平日温暖的胸怀没有温，也不暖了，野地里待10分钟浑身就冻透了。所谓冻透是那样一种感受：先是手指失去知觉，无法准确操作。然后嘴唇麻木，面部肌肉不好自主控制，进而语言功能削弱，嘴笨舌拙，没法利利索索地说完整一句话，再往后躯干冷得有种纤薄透明的错觉，冷气从前胸直接穿到后背。尽管如此，我和哈斯仍然在雪地里上蹿下跳，走走停停，一边借助活动维持体温，一边记录雪野的美好夕阳，呼哧带喘，不亦乐乎。

下午3点到了室韦，算下来从海拉尔出来近7个小时了。室韦与海拉尔相距不足300公里，雪地路滑，哈达把开车异常小心。过了三河往北，尤其恩和以后弯道也多，加上边走边看，随时停车，一个白天就这么过去了。

哈斯托室韦的朋友在镇上订了家庭旅馆，刚进镇子就看见路边停着辆皮卡，两个捂得严严实实的男子在雪地里冲我们的车招手，那就是哈斯拜朋友了。接上头，没有马上进旅馆，把车开到镇东哨所附近的山上看了室韦落日，才返回镇子。大概是城镇里燃煤取暖的炉子多了，镇上傍晚（其实还不到下午4点钟）的天空远不如白桦林的天空那么干净、透亮，落日里的室韦镇少了几分清新，多了几分浑浊。

室韦与俄罗斯小镇奥罗奇隔额尔古纳相望，是我国唯一的俄罗斯族民族乡。镇子不大，二千余人，但是历史久远，隋唐时期蒙古室韦部落就在这里过着以游牧渔猎为主的生活；因为地处吉拉林河北岸，室韦过去也叫"吉拉林"，现在仍然有当地人把室韦叫作吉拉林，不过吉拉林河已经找不到了；19世纪末，沙俄贵族、资本家拥进我国开矿、经商，俄国农民也越境打草，并定居下来；我国内地山东、河南、河北闯关东的贫困农民也来这里采金、伐木、打猎。许多华俄青年男女结成夫妻，生男育女，逐渐形成了

354

华俄后裔。2001年4月室韦成立俄罗斯族民族乡。

夏季，室韦是很多游客来呼伦贝尔的主要目的地之一。到了冬季室韦和大部分北方小镇一样没有游人，大大小小的旅馆都歇业了。我们住进唯一一家愿意开门纳客的家庭旅馆，还是乌哈斯托了当地的朋友先来联系的。房间的床单被子一应用具朴素整洁，床头柜上还有个小的果篮，里面放了一小把香蕉，两个苹果和一些橘子，在这雪季的室韦应该是奢侈品了。按理说接待淡季，店家要把卧具洗净打包入库上锁，过完冬再用；房间没人住，也不必天天打扫。我们一来，店家得很早就开始忙活，翻出卧具，准备铺盖，打扫房间，倒饬屋子。我们住上一晚，店家还得重新洗净，原样收好。还可以想见这个"唯一开门的店"也是费了不少周折才答应容留我们的。

旅馆掌柜的姓孙，中等个头的北方汉子，脸颊上有一团寒地冬季才有的红润，言谈达理，行为有度，对投宿的客人热情而有分寸。我们进来，老孙只管帮忙搬行李，分房间，不多说话，更不像那些怀里小算盘整天噼啪乱响的商人，见到客人就来套些虚头巴脑的瓷。放好行李，老孙就过来歉意地解释：客房下水管道埋得浅，天寒地坚，放点水流不了多远就冻上了。那什么，咱这儿的卫生间和淋浴冬天就没法用了，大伙今日晚上洗不了澡，要方便也得去院外的茅房，天太冷，大伙将就将就。

我瞬间惊了一下：零下40度去院外的厕所？会是什么滋味？惊叹之余看了一眼屋外白雪覆盖的大地，居然……有点儿向往。会是什么滋味？

太阳早早下了山，老刘他们还没到。镇子里肃静雪白呵气成

355

霜见不着人影也没什么好逛的。闲得没事去哈斯屋里聊了几句，嘴里七扯八拉说着话，眼睛却始终离不开床，眼看着无尽倦意柔柔软软地爬上脑门，腰上也没了劲儿，倒头靠着被窝垛打了个盹，刚要入梦乡，老刘就来了。

他们6个人，殿宏也过来了，一下车大伙就围在一起互相吹牛，说一路上怎么见山翻山见岭越岭，一不小心就拍着多么惊世骇俗的作品，嘴里呵出的气在人群中间聚成白色的雾团。老刘一脸正色，慢条斯理地历数这一路时间正好，光线正好，场景正好，树挂正好，心情正好，技术正好，风景美得不行，可是拍着大片了！哈斯说那肯定不如我们啦，这一道上冬山如睡，杳无人踪，尽顾创作无愧于伟大时代的精品力作都没顾上看风景啦！哈哈哈哈！说得他自己先笑起来。

野外拍照的人，总担心自己机缘不巧错过了最好的拍摄时机。但是这个季节谁也不可能在一个地方静待苦等，只能边走边拍，难免相失交臂。老刘和哈斯这哥俩见面就抬杠，都说自己路上遇到千载难逢的好光线，惋惜对方错过百年不遇的美时光，彼此互搞，逗笑解闷。大家听他俩把一路上的雪野景色吹得天花乱坠，也跟着满足地笑着。人一多，话一密，一抬杠，一逗贫，屋子顷刻热闹了，说笑的声音在四面墙壁上胡乱弹撞，屋子里回荡着嗡嗡地响。不多一会，厨房那边有香味传进屋子里来。

北方冬季少有鲜菜，平素吃的多是入冬前储藏的肉和菜。天一冷，这些东西冻得杠杠的，光是化冻也得一会工夫。老孙两口子和寒假在家的姑娘一直在厨房忙着准备晚饭，孙老板掌勺，媳妇和姑娘打下手。开旅馆的人手脚麻利，这边老刘他们到了没一会，杠头们还在你一句我一句的闹，后厨已经弄得差不多了，冒着热气的菜唰唰上了桌。

还别说，老孙家三口子真没白忙活，这一桌子吃的品种挺丰富，味道也不错。东北地方做菜，万变不离一炖，炖羊肉、炖萝卜、炖白菜、炖土豆、炖豆腐、炖鱼头，一应农家炖菜能有的都有，还有牛肉片、炸干鱼、咸菜丝几个凉盘，比我想象得丰盛多了。菜一上齐，老孙从厨房出来，搓着两片厚实的手掌说：没啥手艺，只能弄点家常便饭，大伙就算吃点热的，别挑合口不合口了。一桌子人早已心花怒放，连说挺好，"这一桌子，热热乎乎，多暖和多来劲啊！啥也不差！"老刘和哈斯一左一右按了老孙坐下，请他一起喝几杯，老孙推辞不过接下酒杯抿了一口，放好杯子不再动，只坐在一边跟大伙唠嗑聊家常。

老孙祖籍山东平度，从老辈闯关东落脚室韦到他女儿这儿，已经是第四代了。他二爷没解放就从室韦去了俄罗斯（老孙说了个异域城市的名字，我没记住），前些年二爷还托人给家里捎信说要回来看看，一直也没来，后来就没信了。他说他是室韦第一个开家庭旅馆的，旺季的买卖算是镇上做得比较大的了。冬天没人来，各家都歇了，他们也在家猫着，陪孩子，吃火锅。家里媳妇还算能干，姑娘学习也不赖。看着自己弄出来的一桌菜，聊着家里的事儿，老孙一脸荣光，对眼下的日子满足而沉醉。

老孙说，冬闲的林区人愿意有客人来住来玩，虽然起铺烧炕挺麻烦，但是远处的人说话办事流露出他乡的风格做派，带来了林子外边的消息，又新鲜，又奇妙，给镇上的人长了见识，添了乐子，也给大伙带来了收入，是镇上的人喜欢和需要的，咋能不

357

想他们来呢。像老孙这样开家庭旅馆会四海宾客的人，做事本分，脑子也灵活，江湖的事和自家的事都清楚得很，是镇上见多识广的人。尽管我们来不少人，并不见老孙忙乱，他打理客人的饮食起居，也调控客人的情绪，会在客人最需要的时候及时出现，包括他的歉意和笑脸，都会在最恰当的时候献给客人，一应杂务都调停得井井有条。

北方冬季的夜特别长，饭桌上如果没几个能撩起大家兴趣的话题，时间还真不好熬。老孙家几辈人的故事说得差不多了，老刘又挑出话头问起哈斯昨晚喝酒的事。按说从中午他的航班在海拉尔落地再一路到室韦，最快也得五六个小时，殿宏已经按自己的方式把昨天哈斯在灶台边的精彩情节条分缕析有油有醋地跟老刘说得挺细致挺翔实的了，老刘现在需要的是和哈斯一起重温一遍当时的细节，回味一下，咂摸出更多的乐来，就像再现自己喜欢的明星新近出笼的作品，快感和喜感都在与当事人的互动之中。何况冬夜久长，而且冷，大伙坐在一起需要点燃些好玩儿的谈资烘手取暖，潜藏在岁月夹缝里的那些生动鲜活大快人心窘糗尴尬的兄弟故事就是专门用来再三回味、反复灼烤的。

"是不是啊？"殿宏说一句，老刘问一句，跟哈斯确认昨天的段落。他希望哈斯能辩解一下，纠正一下，表白一下，把细节进一步做实，最好还能抖出点新料大家一起开开心。殿宏在旁边不轻不重地敲着小边鼓，兄弟之间那点"坏"不声不响地在老孙的堂屋里躁动、暖和起来。哈斯知道这个夜晚老刘和殿宏是一定要拿他的昨晚的醉来调侃下才能睡踏实的，但是他的醉到现在还没有全醒，而且醉酒时全无知觉，当时到底什么状态、有什么言行，他既不能证实也没法证伪，只能守口不语。殿宏说到可乐处，哈斯也很配合地一笑，再一笑。他睡了半宿觉，又坐了一天车，呵气里还有浓厚的竹叶青味，酒劲儿还在身体里闹，一时没精神跟殿宏斗嘴。

老刘见哈斯有点萎靡，也确实记不起啥了，就不再闹他。跟他说东北人有一习惯，如果宿醉，第二天温杯白酒一口喝下，透一透，暖胃解醉，会好受很多。哈斯半信半疑，他现在仍然不太舒服，不"透"会继续难受，"透"了或许就能好些，他决定一试。让老孙从装散酒的塑料桶里倒出一杯，在开水里温过，拿来扬脖干了。喝完皱着眉头喷喷喷喷直吐舌头，仍旧一副愁苦不堪的表情，胃里有没有舒服温暖，是不是"透"了，只有哈斯知道。

后来问哈斯"透酒"到底是啥意思，他说"就是喝多了用酒透透嘛，人就舒服了。"我理解那意思跟南方一些地区方言中的"投衣服"类似，洗完的衣物拿到清水里"投投"，去去洗涤剂残留物，使衣物清爽洁净，相当于自动洗衣机的"漂洗"程序。"透酒"应该是指"用酒把胃里残留的酒洗净"。但是"以酒洗酒"这事儿跟"以血还血"一样，有点暴力了。

下午 6 点多钟吃完饭，嗑也唠得欢天喜地，而这会儿工夫天已经黑得没样了。晚上镇子里也比白天愈加冰冷沉寂，屋外的积雪表面又浮现出一层幽蓝的光，空气看上去不怎么动，也不怎么不动。白天奔波劳累的疲惫又悄悄摸上了脑门，一行人一会说打牌一会又说找地方唱卡拉 OK，但是老孙家里找不着扑克，镇子里也找不到开门的歌厅，眼看才不到 7 点就只剩下睡觉这项活动了，大家颇不甘心，也只能拖着厚重的靴子往各自的房间走。

　　如果晚上7点上床，明天早晨7点起来，这中间有12小时。就算晚上没喝多少酒水，也很难保证12个小时里没有如厕需求。大家都预见到了这个漫长夜晚里的潜在危险，如果现在不做好准备等进了被窝事态就被动了。与其半夜纠结不如现在搏一搏，于是各自在房间里留意走道的动静，听着来来回回的脚步声，挨个去屋外上那零下40多度的厕所。

　　世间事不亲历总多误解。就算在酷寒里走着，也体会不到在酷寒里裸着的感受。知道那会很冷，冷成什么样却说不清楚。身在"服"中、穿戴整齐的时候并不觉得零下40度的厕所有多么不堪，不就是蹲下去再起来那点儿事吗？室韦冬夜厕所的那点儿事还真不是那么容易。

　　天空像深蓝的绸缎覆盖着地面的雪，夜已经模糊了大地的边际。晚上气温更低了，寒风削面，呵气凝霜，走出门胸口都是冰凉的。刚从屋子里出来心里还激荡着挑战零下40度的室外厕所的兴奋，走出10米，窗口透出来的光稀薄微弱，路黑了，兴奋劲儿就打了五折，成了忐忑，靴子在雪地踩出的声音咔嚓嚓嚓听得人头皮发麻。拧亮头灯，再走10米，一条细细的雪径往夜的深处伸过去，再走十几米，木板搭的厕所到了。

　　林区很多简易厕所不用砖砌，木板在这里比砖块来得更快也更方便，但是木板的间隙会强化风的动静，呜呜咽咽的声音从夜里挤进厕所，像有说不尽的委屈，那声音顷刻瓦解了在屋里积攒的好奇和热情，身上的寒意从毛孔里往外逼，心一凉浑身就有些僵直。找好地方站稳脚跟退去裤子向着空空荡荡的坑沉下身体弯曲膝盖，把重心慢慢往下移。立刻，暗夜中裸露的肌肤像寒风中裸露的脸庞一样，麻木、僵硬、刺痛。寒冷如看不见的剃刀削过，在裸出的部位留下真实的疼痛，脊背和牙一起没什么规律地颤抖。刚刚蹲下立刻就想起来，可是任务没有完成，还不能马上起身，期待着一些事情早点发生。

等到可以起来了，冷已经钻进骨头缝里上上下下流窜，臀部没有多少知觉了，甚至无法肯定饱经冰冻的飞地是不是真的完整收回了。很久以后它恢复了知觉，才能确信曾经孤悬海外的骨肉已经回归。

零下40度寒夜的如厕体验只是囫囵办了件不得不办的事儿，而且那事情办得并不漂亮，有点虎头蛇尾，不可能像春日那样在完事之后哼一段有关雨露阳光的小调抒发下内心愉悦。寒冷夺去了代谢的快感，夜迫使人速战速决，恋战会付出惨痛代价。挑战零下40度的室外厕所虽然成功，但是这一仗打得有点儿狼狈，胜得也不太体面。

如厕只是即时需要，用水则随时需要。没有足够的水让人觉得哪哪都黏赤拉呼的，冬夜里可以享受温暖的水流经过肌肤的快感的人，无疑是幸福的人。而这时候我最想要的不敢是洗脸、刷牙、净手，我只想弄盆热水泡泡在羊毛靴子里捂了一天的脚。但是没有水，只能带着白天留在身上的美和不美、适和不适，旋风般钻进被窝。

那些寻常看来平淡无奇声稀味淡的东西，一旦失去才倍觉它的好，那以后的很多天里，我仍然在对不能洗脚的室韦之夜深表敬意。

那一夜容留我身躯的那张小床在额尔古纳河右岸不足百米的

位置，这个距离离雪野太近，离冰河太近，离历史也太近，近得让人无法安卧，近得让人闻得到祖先身上的味道。

6

额尔古纳河在大兴安岭以西的大地上静卧着，她在时光里日日夜夜流淌，她疲惫了。冬天，她裹在雪的被子里，一言不发。

凌晨5点，起床出屋。推开门，脸上似有密密麻麻的针飞来，双手捧脸搓了搓，也像是给雪野作揖礼拜了一番，皮肤上的紧才缓和很多。天空还是凝固的深灰，太阳在暗处努力临盆。大家陆续起来煮奶茶、泡羊肉，把身上搞暖和，哈达跺着脚去暖库把车打着。不等天空泛蓝，我们离开老孙的店，往临江屯走。

北方草原和森林在冬季安静得像童话里的序言，暂时还没有要紧的角色出现。这个紧挨着额尔古纳河的村庄也还没有准备在冬季迎接远道而来的我们，河道凝固，村庄雪白，天空纯粹得找不到一只飞鸟的影子。老刘显然对临江屯静穆得有点荒疏的早晨不太满意，他在周围转了转，又去屯子把头一幢新建的楼房，踩着室外楼梯上的雪，小心翼翼来到二层，从露台往屯子里看了一眼，仍然不太有兴趣。一条早起的黑狗，撒完今天第一泡尿正好看见两辆车停在屯子里唯一的大路上哼哼叽叽，便夹着尾巴过来查看，大概是没发现什么异样，那条狗在排气管喷出的白雾里从脑袋到屁股把浑身暖和了一遍，打算再回窝里睡会儿觉。

老刘觉得这地方清冷得太素淡，没必要停留了，招呼车掉头，驶回来的路上，往屯子外边走。

哈达刚要跟着老刘把车开出屯子，哈斯在车上高呼"停车停车"。

车一停他独自跳下去，也不说话，扭头钻进屯子里。我在车上一边呵气暖手，一边猜他又进屯子里干什么。小解？没别的事了吧。早晨刚醒的人神志还不那么清楚，话少。猜的人脑子也未必够用。等了快20分钟还没回，我在车上有点坐不住了，准备下车叫他，扭头一看，他回来了，脸冻成酱紫色。问他干啥去了整这么半天，他说不甘心这么晃晃就离开临江屯，又进去看了看熟睡的雪屯，拍了些小景。哈斯是个有抱负有责任心的人，费力巴哈来了，又是飞机误点又是醉山颓倒，这么晃晃就走实在没道理，好不好总是要看个究竟。这么一想，我觉得自己怎么那么不上进，独自在车里惭愧半天。

等哈斯的工夫老刘他们的车渐渐走远，没一会就消失在林海雪原里了。山道弯多，雪地路滑，我们没让哈达加速去追，随他安心驾驶，正好各自行动，互不干扰。

临江屯离室韦大概10公里，来回不过半小时。出室韦不远有条便道东拐，是拉莫线往西延伸出的百余公里。这条路在大兴安岭群山中曲曲折折，穿过莫尔道嘎经得耳布尔向南在根河西南连接S301。冬季这条简易公路上基本没车进来。天色也早，除了我们这些异乡人，当地该起不该起的都还没起床，走了一上午没遇见一辆车。我们也乐得在雪路上乱停乱放，随时下车。

白雪掩盖了群山的细节，森林呈现出肥美丰腴的曲线，远山深处浓厚的雪雾把大兴安岭掩藏在漂缈的白色幔帐里，目之所及，纯粹、寂静、安详、梦幻。与开阔浩瀚的草原不一样，冬雪覆盖的森林神秘肃穆，是座隐藏了无数秘密的迷宫。山野的荆棘全部潜藏在雪里，像一个庞大的、训练有素的、等待战机的兵团；稍高些的野草如前出的侦察兵，不声不响地匍伏在雪里；银妆的树不知道什么时候把太阳举过了头顶，树枝上挂着各种形状的雪团，阳光透过树梢在雪地投下浓重的阴影。雪在寒地与内地的不同，也在于内地的雪多是短暂的、飘飞的，寒地的雪是沉积的、寂静的，很容易凝结成各种姿态的冰晶。

北方雪季纯粹简捷，浩荡壮阔，但是要记录这种美好得忍受刀割般的透骨奇寒。三脚架里的润滑油在雪地里很快冻结，打开脚架成了技术活，劲小了掰不动，用力过猛没准就掰断了。打开脚架支好了，总觉得它像穿少了的人一样，腿在抖。电池畏寒，相机不能长时间裸露在空气里，拍几张就得塞进大衣紧贴胸口怀抱着保暖；那铁砣子从零下30—40度的空气里一回到胸膛，我就知道什么叫"胸口拔凉拔凉的"了。手套可以戴，但是会影响操作准确，我很少在用相机的时候戴手套。刚才还红润温暖的手在冷空气里不过三五分钟就冻得惨白细瘦，然后绛紫，然后血管急骤收缩皮肤干燥枯槁，然后关节阻滞不能自由屈伸，然后必须回到车上取暖，否则就可能永远没有然后了。当然雪地带来的兴奋总比寒冷带来的痛楚多得多，也刺激得多，每次从车里出来总是要撑到浑身哆嗦、双手端不住相机了才回到车里，在暖风口手心手背翻来覆去反复烘烤，慢慢回暖。

就这么走走停停，午饭的光景到了得耳布尔。这是林区一座小巧的河谷小镇。中午时分，太阳无遮无拦地洒下来，在雪地反射出晃眼的光亮。又有一条狗，一条得耳布尔的狗，它显然是在窝里待得太久了，赭黄色的毛里夹杂几缕枯草在身上堆出些潦倒的蓬乱，它的精神状态跟清晨临江屯的那条狗非常相似，冬天狗都这么颓废这么不修边幅的吗？它眯起眼睛带着另一条狗在雪地里晃晃悠悠地走着，大概是在活动四肢，享受暖阳。看见有生人下车，两条狗在雪地里略迟疑了一下，止步往车停的方向看了一眼，身体往右靠了靠，贴着路边的篱笆墙往前挪，确认没人打扰它们，才壮着胆子磨磨蹭蹭地走了。

宽些的公路是"拉莫线"，从镇子中间穿过，翻过得耳布尔大桥曲曲弯弯往根河去了。拉莫线两边伸出些细窄的便路，经络一样连接着镇子上的几片平房，那些便路上覆盖了密实的雪，脚印不多，都在路中间。偶尔有穿着大红棉袄的女子骑车经过，远远看去像是白纸上移动的红点，安安静静地过来，再过去，洇进白雪斑驳的山里。

冬季人们不太愿意出门，他们居住的屋子不大，但足够容纳季节之末的全部物质生活和精神期待。几户人家的炊烟从铺满白雪的房顶缭绕起来，与邻家的炊烟缠绵一会，在空中散了。

炊烟让胃开始嘀咕。让吴刚从后排翻出前几天留在车里的茶鸡蛋（无论如何也想不起那些茶蛋是谁在什么时候放在车上的），和哈斯一人剥开一枚，防御地嗅了嗅，没有异味，果断扔进嘴里。再剥一枚。吴刚不吃，他说那冻疙瘩会把胃搞坏。哈达也没吃，他得全神贯注开车。那冻疙瘩到了我和哈斯的胃里基本上来不及搞坏什么就变成了精气神。

得耳布尔到根河还有大约70公里，正午的阳光剪除了树林投在雪地上的影子，满地只剩下白，被头顶的阳光描上了浅浅一层金黄的白。这段时间我们没再停车，三个人半睡半醒，哈达一个人驾车狂奔，下午一点多点到了根河。

一进市区远远就看见张老师——哈斯和我在根河地区的"唯一指定"向导，风趣高调的朋友——裹着鲜红的羽绒服背着三脚架在路边等待。把他让进车里，熊抱着问候，狂浪地叫嚣，车里瞬间弥漫出一股子雄性荷尔蒙的味道。人在北方，整天皮帽皮袄皮靴子，没个大嗓门没点匪类功夫真配不上满目白山黑水雪窖冰天。

根河是熟悉的小城，这几年多次从这里进入大兴安岭或者取道这里去往鄂温克人游牧点。我们没在城区停留，让哈达把车径直开到城东的温泉河边。

三年前也是冬季，我和哈斯在根河呆了6天，天天阴云密布，最冷那天 -53℃，那一趟除了见识到根河的冷再没太大收获。今天终于功夫不负，温泉河有很好的落日，气温大约 -40℃，也不算很冷。这地方如果 -30℃就得算暖冬了。

车一停，大家都分头忙活起来。老刘也被殿宏带到温泉河来了，他们比我和哈斯到得早，老远看见老刘抱着相机在河边左顾右盼找机位。

温泉河是指根河有温泉的这一段，根河在蒙语里叫葛根高勒——清澈见底的河流，汉语叫它"根河"从字面看不如蒙语名字美丽。不知道它的蒙语名字以前，我对这条河流感觉平淡，有天哈斯告诉我这条河叫葛根高勒，我忽然就觉得她又多情又温柔，就开始在很多夜晚怀念她，像怀念一个美丽的蒙古姑娘。葛根高勒，多妙曼的名字啊。

也有人认为"根河"是混合语，其中的"根"是通古斯语"直直的、没有分叉"的意思，是古人对根河形象化的叫法。尽管使用通古斯语系中的女真语的部落确实曾经长期在额尔古纳河—根河流域生活过，但是我怎么就那么不愿意接受对根河的这种释义，它有损我的某个浪漫猜想。

根河是额尔古纳河上游的一条支流，向西流到拉布达林北边，在那里形成巨大的额尔古纳湿地（那是中国目前原状态保持最完好、面积较大的湿地，也称"亚洲第一湿地"），出湿地继续向西在黑山头（四卡）以北大约12公里的地方汇入额尔古纳河。1994年以前，根河隶属额尔古纳，叫额尔古纳左旗，此后建市，更名根河，由呼伦贝尔市辖管。根河地域水系发达，河流密布，长度20公里以上、流域面积超过100平方公里的河流多达37条，包括根河、激流河（贝尔茨河）、金河、乌鲁吉气河等主要河流。

根河还是中国冷极，冬季气温比有北极村的漠河更低，能查到的最低气温记载是 -58℃，通常冬季气温多在 -40℃左右。三年前在根河那几天遇到的最低气温 -53℃。好在根河少风，体感温度并不十分要命。尽管如此，冷是根河冬天的真实存在，在室外待不了一会，浑身即告冻透。拍照片的人需要灵活的脑子和灵巧的手指，根河冬季的酷寒会在半小时之内夺去全部灵活和灵巧。如果说脑子对气温反应没那么敏感，裸露的手指冻一会可真疼啊！

雾凇是冬季远道而来的人们喜欢和珍爱的风景，我们直扑温泉河边也是为了这里的雾凇。理论上讲，零度以下的过冷水滴接触到低于冻结温度的物体就可以形成雾凇。但是雾凇的实际形成过程比较复杂，需要相对苛刻的气候环境，除了长期低温还得有足够的低空水气量、强辐射降温、碧空少云、静风或微风等等。冬季泉水、河流、湖泊或池塘附近的蒸雾有助于形成雾凇，根河的温泉河段正是这样一处河流，河底的水在极寒的冬季也不会冻结，持续升腾的雾气飘出水面立刻经过 -40℃以上低温速冻，成为不管遇到什么物体都可以马上冻结的小水滴，于是温泉河边的树梢上有了薄厚不同、形状各异的雾凇层和雾凇沉积物。美中不足的是，太阳一出来，雾凇很快就会退去。像冬季的昙花。

到温泉河边已经下午，太阳释放了整整一个上午积聚的热，雾凇在阳光照射下几乎全部化落了，剩下星星点点，寥如飞絮。河里倒伏着一颗粗大曲虬的老树，树皮皲裂，树梢的枝丫一半埋在河水里，积雪像被子铺盖在露出水面的另一半树身上。尽管已经倒下，凭它在河道里躺着的气势，依旧能想见生前铁骨峥嵘、虬枝盘曲的样子。

落日，枯树，雾气，冰雪，一起用奇幻的光影在河道里营造出史前的意味。雾凇没有了，少了些晶莹剔透，但是眼前这一切也足够诠释葛根高勒的冬季美景了，何况还有阳光可以一洗三年前在这里苦等不遇的旧愁。没一会，天色向晚，河岸上的人一边收拾器材一边抱怨早谢的雾凇。张老师扭头看了看天，蛮有把握地说：明天，明天早晨一准有雾凇。☞ 图F1上

按计划下午看完温泉河的雾凇就离开根河住拉布达林，明天一早去陈旗。错过了雾凇，根河这一趟的收获打了不少折扣，张老师以地主兼向导的身份拍着胸脯保证明天一准有雾凇，大家心

里有点松懈，觉得留下来未尝不可，就不着急说走的事了。

我觉着吧，张老师那么肯定的预报"明天一准有"还有一层意思也是想挽留大家在根河住一宿，让他再尽些地主之谊。北方人热情率性，有朋在隆冬自远方来不酒不肉不侃山不唠嗑不挥挥衣袖就悄然走了不容易"乐乎"。根河既有内蒙古气质又有东北风俗，朋友挺老远过来不喝一下说不过去。大伙也知道张老师的"雾凇"里勾兑了留客的企图，又都盼着明天早晨美梦果然成真，只要温泉河边柳垂霜花、树舞银丝，喝一顿就喝一顿呗。一商量，放弃了陈巴尔虎旗的冬季那达慕，留宿根河，等待明天。

明天温泉河是不是真的会有雾凇如期而致呢？去吃晚饭的路上我悄悄摸着胸口祈祷了一小下。

7

说实话，我是不太愿意放弃陈旗那达慕的，这次北上最初的动因也是奔着冬季那达慕上绚丽的蒙古服装、飞奔的赛马、膀大腰圆的搏克手来的。冬季太沉寂，我期待着辽阔雪原上万马奔腾的场景震撼来自城市的漠然和焦躁，希望那些纯粹、古老、雄性的游戏可以苏醒岁月积攒在我额头的世故和卑微。现在这段行程取消了，心里还是挺不甘的。但是要随主便，良好的合作意愿有助于帮助自己成为一个受人欢迎和尊敬的旅行伙伴。出门在外，不执拗、不矫情，个人利益务必服从团伙利益。我和哈斯多年来一起纵横天涯，每临选择，一拍即合，主打的也是这种默契。

晚饭是另外一个张老师做东，哈斯的老朋友，张老师的

369

老板。

　　北方的冬天是用来猫的。根河人说，晚上4点以后还在街上戳着的只有电线杆子。意思是天太冷，也黑得早，人早早就都进屋里了。这个季节下午3点来钟天空开始变暗，4点就漆黑了。室外没法活动了，饭桌上就会热火朝天，人们把精力和事务都挪进屋子，主要是饭桌上了。晚餐5点多开始，快的七八点散了，慢点的九十点结束，回去睡到次日八九点，不一会就午饭了，午饭的话题可能是商量晚上在哪儿喝。北方不能没有酒，尤其冬天，酒是抗寒的胆气，是北方原居民与冷酷血拼的原动力。饭桌上未必是为了吃什么，大部分时间在相互苦劝，以各种方式把堆满墙角的酒说服到别人的胃里。当然自己的胃里也会被别人说服来一些。劝酒之外就是聊天，古往今来、房前屋后、升官赚钱、祛病消灾、山里飞龙、城里走鸡、豆腐的五十种做法、电影的百余年历史……想起什么说什么，话说透了，寂寞四散，浑身温暖，心里敞亮，面露红光，日子也在觥筹交错里生出些别样的光彩来。喝多了有喝多的豪迈，喝少了有喝少了的自在。不喝的只能当听众，做看客。

　　老刘擅饮，却不多喝。他和根河的两位张老师都是初见，不像日久天长的朋友那么放得开，张老师们也敬重他，不来苦劝强逼。哈斯和做东的张老师有二三十年的交情，他俩在一起喝得天昏地暗的样子我见过，只是哈斯有前天的"旧伤"在身，今天不敢再添新痛。做向导的张老师酒量不大，杯起杯落张扬的是迎客的礼数，敬了远来的人，再与根河的故交们意思一下，就不再主动提酒了。

酒素来恨我。于我而言,围炉把盏,苦比乐多。既无挑战之心,也没还手之力。老实待着做看客,有合适的话头参与一下,见到能喝的赞美一通,主要是吃,以菜代酒。

陪老刘从海拉尔过来的几个兄弟成了本场主力,他们和根河的朋友们推杯换盏,互有攻守。酒酣耳热,兴致高涨。几轮下来,两个多小时过去了,酒下去不少,菜没怎么动。

而这家的菜又烧得特别好吃,食材多是当地出产,烹制也是本地方法,自然也要是本地吃法。卜留克是根河的名产,做东的张老师招呼老板娘过来,一招一招口授教她怎么弄,切细,热水焯,热油炒成八九分熟入盘最好,"听明白了吧?"店家乐滋滋地回到厨房如法炮制,做好端来,果然好吃。根河又有小银鱼,冷水野生,内质细嫩,油炸之后,金黄柔韧,连骨带肉整条吞下,美味得很。

三小时以后,劝酒热浪慢慢退去。除了做东的张老师,海拉尔和根河方面各有两个小伙子看来是喝好了,脚下微微有点儿沉,脖子稍稍有点儿硬,舌头不怎么听使唤。

林海雪原里只要打开酒瓶,不喝出几个晃着走道的不算够情义。喝到醉无所知,酩酊而别,下次见到互擂几拳,对吼几声,相视一笑,相拥一抱,兄弟就做定了。北方的酒,是草原上纵横的小路,是森林里奔涌的河流,所到之处,必定草木茂盛,情深义重。

酒也是北方游牧民族灵魂的底色。哈斯说,当记者的时候去苏木采访如果不跟牧人喝得烂醉什么事都办不成,要什么没什么。牧区采访,除了找到人,去对地方,还有诸如交通工具吃喝拉撒诸多琐事需要牧民帮助。不喝酒，牧人话都不会跟你说。喝醉了，喝倒了，他觉得你把他当朋友，他也拿你做兄弟，什么都能告诉你。领着你在草场飞奔，带你去毡房走访，想干什么都给你方便。北方草原上的人刚烈豪迈大抵如此。

　　10点多回到根河宾馆。他乡几乎所有的夜都让我难以成寐，辗转反侧，数度纠结，熬到睡着不知道几点了。

<h1 style="text-align:center">8</h1>

　　12月24日，平安夜。

　　从房间的窗口望出去，没有期待的阳光。

　　或者说这天的阳光探头瞭了一眼又躲进云里了。那云也不是纯粹的水气，更多是烧煤排出的烟霾，越是城区烟霾越重。温泉河在根河城区东北方向不过二三里地，霾作为城区生活丢在天空的垃圾毫不费力就能影响那里。没有阳光，张老师拍过胸脯的雾凇大概也不会如期而至，即使有了也不会光彩夺目。这个早晨大家有点垂头丧气。拿着相机满世界跑的人目的特别明确：要有光！没了光，拿相机的人就没了魂，特别容易颓废。

　　天一阴沉，大家的脸也阴沉了。早餐都不怎么兴奋，手腕子吊着筷子在盘子里扒来捡去，对什么都没兴趣，草草放些东西进胃里，心不甘情不愿地回房拿了相机，像是提了哨棒的差人，憋着几分怨气、几分牢骚，动身去解人犯押往遥远荒寂的牢城。

　　车到温泉河边，人下来溜达，脑子里还盼着天空能有点什么事儿发生，哈斯说"不会突然闪出几道耶稣光吧？也没准太阳马上就能出来，一把撩开烟霾露出笑脸冲咱们傻乐呢。""对呀！"我说，"转眼之间必须雾凇挂满枝头啊！"能泛出这些莫名其妙的期待，足见心里有多闲寂。

这会儿河边的状况跟三年前的那几天几乎完全一样，天色铅灰，烟霾厚重。河里的水还是深蓝的，温泉在水里尽力释出骨子里的热，河道里雾气氤氲。水面以上是寒冬的气温，冰雪执着地捧出洁白。枯树老得只能倒伏在冰面，它这一生站累了，只有躺下才能在最后的时光里说完往事里的艰辛和浪漫。那些站着的树早在秋天就失去了身上的叶子，枝杈在冬天里显得简洁，也实惠。三棵桦树持矛披甲站在对岸，武士一样注视着河的这一边。除了弥漫潜行的雾，温泉河面的一切都是静止的，这种静止具有简单和原始的魅力，仿佛时间就要停止了，我需要生起一堆火，才可以驱动时光，改变温泉河的童话气质。

老刘似乎很满足于温泉河的阴天，他已经从出发时的无可奈何里整理出些头绪来，抱着相机和脚架兴致勃勃地在河岸上时伏时昂，选景拍摄。我袖手河岸，看风景和他。

哈斯沿着河岸一直向东走，想去发现点与三年前不一样的细节。这很难，冬季的手法固执，不肯变化。温泉河一线已经与众多北方的冬季山水风格迥异，再要求它有更多的惊喜，似乎不太公平。

发源于大兴安岭伊吉奇山的根河只用了很短时间就流到根河市，从东北向西南在市区东南角绕了个半圆的圈就向拉布达林流去了。温泉河这一段河岸不长，半小时不到老刘和哈斯就收拾东西回到车附近。我建议去静岭看看，那里是冷极的冷极。

一行人往金河方向奔静岭去。

出根河向北 30 多公里，前车停下来，等护林人抬起栏杆，我们继续向东往山里走。

但是……这不是去静岭的路。

张老师在前面老刘的车上，看来他和老刘有了新想法，要去鄂温克猎民点看驯鹿。深居山林的鄂温克使鹿部落长期过着与世隔绝的生活，他们的住处被山林外的人叫作猎民点、游牧点或者部落点。

我记得这条路，三年前和哈斯也在这个路口停过车，等待护林人抬起挂着"内有驯鹿，禁止进山"木牌的栏杆。现在那块木牌没有了，栏杆还在。

东去的路叫"上根线"，是条土路，狭窄坑洼，仅容一辆越野车颠簸通过。路面上堆满入冬以来落下的雪，这些雪向左右延伸出去，填平了两侧防水沟，掩埋了低矮的草丛，高点的草也只能从棉堆一样的雪被里"脱颖而出"露出小尖。有车来过，在上根线留下了约 20 公分深的车辙，顺着这条车辙我们往森林里摸。

大兴安岭的雪是纯粹的，越往深山，雪越洁净，尽管有车来过，路面的雪依然洁白如新，一尘不染。不瞪大眼睛，那么深的车辙都很难辨认清晰。

"上根线"的里程碑与别处的不一样，准确地应该叫它"里程牌"。这条线往里是原始森林，为了避免地面的树木杂草掩埋路碑，沿路的里程标注在由拳头粗的圆木举起的约莫 30 厘米长宽漆成蓝色的铁牌子上，38、39、40……蓝底白字，十分醒目。高出地面五六米的里程牌一方面标示里程，另一方面也成为问路和指路的重要参照物。

在 36 公里里程牌下张老师打了个电话，走没多远到 38 公里牌下又打电话，"对对对，我就在 38 公里牌子底下"，电话那头告诉他怎么走，他上车，带着我们继续在白雪皑皑的森林里寻访鄂温克人游牧点。

鄂温克是这个民族自己给自己起的族称，意思是"住在大山林里的人们"，他们的生活与森林和驯鹿分不开。由于历史上不断迁徙，加之居住分散，交通不便，互相来往稀少，族群之间基本处于隔绝状态，逐渐形成了区域间经济和生活方式的差异；也是这个原因，鄂温克族曾被其他民族分别称为"索伦""通古斯""雅库特""霍恩克尔""喀木尼堪""特格"等。而这些分散部落的人本是同一个民族，他们有共同的语言和风俗习惯，只是在生产、生活方式上有些差异。其中被称"索伦"的人数最多，约有 2.3 万人，分布在辉河、伊敏河、莫和尔图河、雅鲁河、济沁河、绰尔河、阿伦河、格尼河、诺敏河、甘河、讷莫尔河流域。这部分鄂温克人从事狩猎业和畜牧业及半农半猎为生，一部分人曾一度尝试过农业生产；被称"通古斯"的两千多人，居住在莫日格勒河和锡尼河中上游一带，主要从事畜牧业；被称为"雅库特"的一部分人居住在额尔古纳河和贝尔茨河（激流河）流域的原始森林中，以狩猎和饲养驯鹿为生。

但是鄂温克族人从来不承认自己是"索伦""通古斯""雅库特"什么的，他们祖祖辈辈都自称"鄂温克"。

最初生活在贝加尔湖以东和黑龙江上游石勒喀河一带山林中的鄂温克人逐渐向东发展，雍正十年（1732）清廷从布特哈地区

375

抽调 1600 多名鄂温克族兵丁，携带家属迁至呼伦贝尔草原，驻守边防。应该就是从这时起，除了有在森林狩猎的鄂温克人，也有了在草原游牧的鄂温克人，这些人的后代就是现在居住在呼伦贝尔鄂温克族自治旗的鄂温克族人。

迟子健在《额尔古纳河右岸》里说到鄂温克使鹿部落的许多故事，她创作这部小说时正是在根河一带体验生活，或许我们前往的猎民点里，就有小说中"我"给她讲故事的撮罗子也未可知。

雪太干净路就显不出路来，越往林子里走雪越深，路也越来越模糊。到后来只能凭着比两侧有草伸出来的雪堆稍微平整点的"雪带"上极难分辨的车辙印判断哪里是路，哪里是草地上盖了雪，也搞不清是不是仍然在"上根线"上，反正是顺着这条雪路一直进来了。又走大约 10 公里，看到两座大山中间一处开阔的谷地，离山口不远有片树林，林间有块相对平整的空场，场地一端搭着一顶撮罗子，另一端有间不大的砖房。一排矮树把空场和道路隔开，还像篱笆墙一样留好了通往空场的出入口。这里的空地上不那么杂草丛生，也有砖房和撮罗刺子，有人生活的迹象，估计就是老张要找的猎民点了。

进到口里，一棵碗口粗的樟子松半腰钉着块木板，板上刻着"布冬霞猎民点"几个汉字。明显的标识牌，规范的汉字，显示这是当地政府批准经营的旅游接待点。"布冬霞"显然是个女人的名字，少数民族地区有关女性的信息被强化容易让人想到"母权"——鄂温克人在铜石器并用时代确实是崇尚母权的。那么这个撮罗子内外的一切事务很可能都由这个叫布冬霞的女人全权主理，她指挥她的男人生产生活，负责为家里的重大事项做决定。

车停在鹿圈旁边的便道上，排气管出来的尾气在车后堆起一堆白雾。在我这种外行看来，鹿圈的象征意义多于实用意义。驯鹿是种极温顺的动物，非常容易饲养和放牧，一到晚上自己去森林觅食野生植物，夏秋啃苔藓，冬春找草根，天一亮再三五成群回来，到定居点附近的驯鹿并不走远，也不进圈，四散在周围的林子里或者空场上等待主人召唤。鹿圈很可能只在割鹿茸或者给鹿治病才用到。

鄂温克人非常喜爱驯鹿，视为吉祥、幸福、进取的象征，也把驯鹿作为本族的吉祥物。布冬霞游牧点上能看见的大概有五六十头驯鹿，分散在空场周边雪地里，或坐，或卧，或低头游走。或许有更多驯鹿在森林深处歇息，鹿圈这边看不见。布冬霞一件紫红色翻毛领子呢大衣，戴一顶毛皮帽子，耳垂和项上戴了不多几件装饰，穿得比我们少得多，利利索索地站在雪地里和张老师聊天。张老师看上去跟她很熟，亲热地叫她"冬霞啊"，说了来意，布冬霞努嘴朝林子的方向吹出一种独特的声音，不一会鹿群循着吹响的声音慢慢涌进林间的空场挤到她身边。她举起手里装着盐的小盆儿轻轻一敲，鹿群又举头追着那盆盐在场地上潮动。布冬霞不时对踩了她脚后跟的驯鹿说些我听不懂的话，脸上露出对调皮孩子才有的嗔笑，她和驯鹿之间的友爱、亲昵，挺让人动容的。

没有阳光森林里更加阴冷。尽管一直在走动，手脚还是很快没了知觉。老刘的中幅机器不太方便在小场地上使用，拍了两张先进屋子围着火炉子暖和去了。那屋子本来应该是间"撮罗子"——鄂温克人用木杆搭起的尖顶屋。不同季节，木杆外面分别用

377

桦树皮、草帘子和犴、狍之类的兽皮自上而下一层一层围压下来，绑在木杆上，遮风挡雨，保温取暖。现在有了更保温、更结实耐用的材料，猎民们不用再搭古老的撮罗子了。前年去另一个猎民点，那家人用苫布围在支在一起的木头杆上，虽然也不是传统意义上的撮罗子，但是还保持了撮罗子的原始形状。布冬霞家的屋子不能再叫撮罗子了，无论营造方式还是外观形式，都是一间四壁工整的房屋。

老刘他们在屋子里说得热热闹闹，我也收起相机进屋烤火。屋子简单到贫乏，东侧有窗口的墙下放了张双人床，床单灰了，不知道是不是原来的颜色。屋子中间一架很大的铸铁炉子和少量的炊具。西墙下堆了些杂物。墙上挂着驯鹿的皮、角、骨，山上采来的各种草药也挂在墙上风干。

布冬霞的男人在屋里陪大家聊天。那是个身材不高却很结实的男人，皮肤粗黑，脸膛红润，双眸明亮，嗓门爽朗，下巴上支棱着长而硬的胡须。穿得不多，只在毛衣外套了件迷彩外衣，脚下一双翻毛靴子。男人脸上一直挂着谦恭的笑，能看出来，笑容里除了对客人的友善，还有些对媳妇的心理弱势。男人用屋里的几样草药熬了汤给我们当茶喝，介绍说哪个明目的、哪个保肝的、哪个是壮阳的，墙上挂着的还有治疗女人月经不调的、保胎的。鄂温克人长期生活在莽林里，远离现代医药，对森林植物的认知和使用非常广泛，充饥、解渴、治病，都可以找到相应的植物。不仅如此，在鄂温克人的传统里，祭祀、许愿、狩猎、观测天相都会借助植物或者来自植物里的信息实现，森林提供了他们的物质和精神生活所需要的一切。

一群人边烤火取暖边天上地下扯闲篇。布冬霞也回到屋里，她脸上少有笑意，看上去比她的男人强势得多。说起前些时旗里派人巡山的事，布冬霞似乎对派出所来的那几个人不太买账，说他们没事老来山里查猎民的身份证，她们的身份证又没带在身边（政府专门给鄂温克人在山外盖了砖瓦房请他们下山定居，但是大部分鄂温克人不习惯住在睡觉看不见星星的房子里，又搬回山里，她们的身份证可能留在山下的房子里了——我猜），男人支应不了派出所的人，"我过去问他们，山上带个身份证给熊看还是给狼看啊？他们一声不吱就走了"，她这么描述她和派出所警员们的"对峙"。其中可能有点说笑的成分，但是布冬霞身上那股"母权"遗风，摆平三五个人的局部冲突还是绰绰有余的。

在鄂温克人眼里，身份证是种累赘。这个东西强化了自然人的属性，弱化了鄂温克人森林之子的属性和他们的游猎状态。鄂温克人没有"住址"的概念，森林、草原都是他们的家。无论是草原游牧还是森林狩猎，鄂温克人都保持了勇敢、智慧、率直、纯朴的本质，尤其具备忠诚老实的美德。他们不懂什么是偷窃、掠夺、欺骗，至今鄂温克猎人和牧民还都保持着一个传统：会在森林和草原上设些仓室，存放迁徙时不便带走的食品、衣物、工具。这些仓室不会上锁，如果有人途中断粮、缺衣，可以到任何一个仓室里取。《额尔古纳河右岸》里，"我"第一次和心爱的男人见面，就是因为在森林里迷路，困饿交加，在他们族群的仓室里吃饱睡着了才被"他"发现的——他们尊重所有生命，无须确认对方的身份。但是现代社会鱼龙混杂，深山老林里会有些不速之客，这也是鄂温克人不能理解的。正是因此，派出所才要经常

379

来山里猎民点查验身份证，保证森林和森人里的人畜安全。

离开的时候，布冬霞和他的男人领着头鹿在路口和我们告别。她男人见我端着相机拍他胡须上的冰霜，哈哈笑道"注意肖像权啊！"我笑着答道一定好好保护！

他的提醒让我惊诧，这个颇有些"声明"意味的提醒，说明如今的鄂温克使鹿部落虽然仍旧深藏密林，但是他们早已不再是"乘鹿出入"的"北山野人"了，他们改变了撮罗子的形制，放下了弓箭、扎枪，不再击石取火、架柴烤肉，他们与森林之外的世界没有太远的距离，我所面对的一切，他们也正在面对。或许不用很久，城市人的困惑也将成为使鹿人的困惑，城市人的朋友圈里也将驻扎鄂温克人。

回根河的路上又飘起小雪。

根河郊外棚户区那片低矮的木板房在飞雪中显得灰暗阴冷，这片棚户区住着已经停止伐木的林业工人，他们先是惊扰了森林里的鄂温克使鹿部落，继而惊动了整个大兴安岭森林，不到50年时间，森林的动物几乎绝迹。没有动物的森林是死寂的，森林里的树木和河流失去了自由生命的舐舐便失去了灵性的光泽。现在，这些林区工人墨守森林之外，等待雪季结束，等待春天回来，等待森林渐渐苏醒。

蒙语里有个古老的单词叫"杭盖"——有蓝天、白云、草原、河流、山和树林的世界。和汉语里的"尘世"指代的对象差不多，但是意境不一样，"杭盖"描绘的是可以感知的、有生命力的美好，和"天堂"相近而不是相对的世界，是对自然的敬畏，对纯洁、善良、真诚的美好追忆，是对他们生存的蒙古高原的崇高礼赞。有些年草原和森林生态不断恶化，牧人们痛心疾首，我在牧区与放牧的老人聊天时多次听到他们指着因筑路、开矿、建房等原因开挖以后长期裸露着的草场唉声叹气或者破口大骂。牧民对草场、森林、水源的珍爱之情千百年来已经融化在这个民族的血液里，在他们眼里，父亲一样的草原和母亲一样的河流是生命之源，容不得破坏和践踏。人与自然各自以自己喜爱的方式存在并且和谐相处的时光，应该就是"杭盖"了。☞ 图 F1 下

看车窗外的苍茫雪野，特别怀念大兴安岭漫山开满野花的季节。

9

再一次失去前车踪迹。

老刘的洒脱在跑路这件事上表现得尤其充分，一不留神就飘出了视线，我们还在后山的棚户区"怨天尤人"，他的车已经没影了。或许拐去某个地方拍什么去了，也可能已经坐在某个桌子旁边准备开始午餐，总之是没影儿了。

进市区不久路过一处集市，哈斯说"走，看看有啥可买的"。

这是个意外收获，我们用了很多时间穿行在人迹罕至的旷野和森林，去了解极少数人的生态和大自然冬天的样子，却没想着看看身边的大多数北方人的冬季生活图景，这个集市上正好有极寒地区人们的日常状态。

这是个杂货市场，以售卖鱼肉食品干果冷饮为主，有少量

服装买卖。市场沿街道两边摆开，大约百余米长，不足20米宽，摊位靠近街道两侧，让出了街心约5米宽的主路供买东西的人往来穿梭。冬季的杂货市场即使集中了各种应季物品，客人仍然稀少，卖家要比买家多。售卖的货品一律露天摆放。肉摊的鲜肉被冬天速冻了躺在案板上，像一束刚刚摘下的玫瑰花，低调地热烈；一把尖刀插在旁边，护花使者的样子，摊主袖手站在鲜肉后头，仿佛要看看肉案上的花与使者有什么故事发生。鱼摊上大大小小的鱼冻得结实冷酷，按个头分大小一堆一堆放在平铺的苫布里，更大的鱼用一根红绳从嘴里穿过挂在立起的铁架子上。那一线红或许是一份关于年的暗示，新年和春节都快到了，这些鱼肉中的一部分买回去是可以当年货的。

鱼摊旁边是冷饮摊，各式冰棍冰砖冰淇淋冰块冰壶冰奶酪装在纸盒里琳琳琅琅铺了一地，女摊主棉衣棉靴棉手套站在一边袖手跺脚，嘴里哼着轻松的曲子等待买主。那么大一"畦"冷饮制品摆在露天地上卖，完全颠覆了我的常识。这么看来内地的冰制品太娇贵，见天就软、见光就化，根河冬季零下40度以下的气温比冰箱冰柜的冷储效果好得多，还不用电。冰棍冰淇淋在东北冬季如鱼得水，躺在盒子里安详舒适，自由自在。冬季还有这么旺盛的冷饮需求是我没有想到的，从冷饮摊主的存货规模看，有冷饮需求的人并非少数。户外极寒，室内很热，需要败火。

冷饮摊对面是干果摊和服装摊。雪花细细密密地落在售卖的衣服上，摊主手里一把鸡毛掸子，不时扬起，小心拂去。干果摊主裹着厚厚的棉服面色冷峻地坐着在摊前，实在冻得不行了，起来跺跺脚，暖和身体。

这样的景象南方人少有机会看到，北方集市以一种很个性的方式满足了当地人们冬季的基本生活需求。它看起来不像夏秋时候的集市那么繁荣嘈杂，没有市声，挑选商品很少伸手，多用眼光和话语。议价只在小声进行，买不买都简单直接，没有纠缠。卖家在寒冷的天气里面色都不那么柔和，没有买卖人对顾客惯使的讨好和笼络的俗套。顾客少而低调，都是街里的住户，如果不是家里必须，大概也不会出来逛外头的冻街。看好了需要的，象征地还个价，合适的付了钱把东西拧在指勾上往回走，不合适了转身去看下个摊。

多余的话语会带走体内宝贵的热，交易在冷静沉着地进行（我甚至觉得这里的集市上或许还在使用袖里吞金的古老手法来完成双方的交易过程，只是我没看到），这使集市安静得像一部默声电影，人在动，嘴也在动，声音却始终没有出现。寒冷迫使人们不得不以低调得有些黯然的方式生活着。

离开市场找到约定的饭馆，老刘他们果然已经坐定。大家简单吃些东西，起身往拉布达林走。

10

下午时分，路上的车更少了。原野如淡彩水墨，闲逸静好，公路逶迤远去，像条被人遗忘的哈达寂寥地落在大地上。天色一直阴郁，大家也无心下车，快到加拉嘎了，老刘的车才下路钻进一个村庄。电话打过来，让我们也跟进去。

说是村庄，不过三五户人家。冬季北方户外一片死寂，阴沉

383

的天空下看不到活动的人影，去往乡村的路上连个脚印都没有，也不见鸡鸣犬吠，大地白如玉，房舍如玉白。如果不是农舍房顶的烟囱里间或飘出几缕炊烟，仅看那几间房屋，很难确认这里是不是有人居住。村庄外是条河谷，河面开阔，冰封千米，两边河岸有树丛高低错落，满枝满权的雾凇如雪里银珠晶莹闪烁。一架大桥跃过河道落在对岸的树丛里，再往前，路就消失不见了。桥上栏杆空疏，桥下旷如风洞，人看似站在桥上，其实是悬在二十多米高的空中，朔风扑面，比在雪地里更冷更无依靠。河谷的地貌倒是隐逸静美，无奈天不作美，光景平淡，大家草草看了就上车走了。

拉布达林满街灯火通明，路灯彩灯霓虹灯景观灯全部点亮，城市中心区的街道上彩旗横跨，在流光溢彩的街市缓缓驶过，仿佛穿越梦境。连续几天在冰天雪地里纵横驰骋，沉醉在穿越莽林的快感里，眼睛里除了雪白再没见过别的颜色，现在突然看见拉布达林的灯光，觉得它们那么璀璨，那么时尚，那么迷幻，那么……陌生。

新年要到了，今天是"洋历"平安夜。岁末时分，除了街上流光溢彩，人们也纷纷在心里为未来点亮了温暖的灯火，有扮成圣诞老人模样的年轻人在酒店门口热情地向我们这群刚从驯鹿家园来到人类家园的"野鬼"问好，大家互致问候，身上也暖和多了。

拉布达林的朋友带大家去城郊的馆子吃农家菜，宽大的房间，硕大的餐桌，悠扬的马头琴声在房间飘荡，一派节日气氛。

席间认识了边防站刘站长，当地小有名气的摄影师。刘站长长期在额尔古纳河周边工作，对这一带的地貌地形、动物习性、四季景致了如指掌。大家把酒言欢，互致祝福。临了老刘再举一碗，力邀刘站长明天给我们当向导，他爽快答应了。

12 月 25 日，圣诞节。天没大亮刘站长就带了越野车来酒店，吃完早餐，艳阳高照，雪野生辉。一行人驱车向西，去"八连附近"。

内蒙古境内的地名九成以上用蒙语，如果用了汉语地名，多半与驻地部队和早年知青活动有关。也就是说，今天去的地方如果不是曾经有边防军驻扎或者知青生活，很可能就没有名字。

理论上，地名出现比文字形成要早得多，或许有了语言就有了地名。但是语言简单、词汇贫乏的时代，人们认识水平也不高，古老的地名只是一些简单的、与常见事物相关的名称，蒙地很多如"锅盖山""桌子山""红色的山""寒冷的山梁""清澈见底的河"之类的蒙语地名。游牧民族在放牧、采集、狩猎过程中，要与周围的山岭河谷等地理实体打交道，这些经常出没的地方应该最先有了名字。但是草原上地广人稀，早期牧人活动范围不大，方圆百里之内一草一木都认识，百里之外一生也不一定去一次，有没名字都不重要。除非战争、商贸这种需要跨地域实施的活动，牧人自己对地名的需求没那么迫切，所以北方草原上除了著名的河流、牧场和山峦，一些不太起眼的地方大多没有名字，或者叫它什么都可以。

现在不一样了，村村通公路，户户有摩托车，人们的活动范围远非马背时代能比，又有了我这样的外地人频繁涌进草原、深入森林，需要更多更细致的地名来确认行政区划、标定出行目标、计划道路里程、了解风土人情……翔实具体的地名越来越重要。

离开公路不久，一片视野开阔的雪地里，几棵枯树兀立白雪深处，孤高冷傲，颇有画意。让哈达停车，我和哈斯拍了些"野旷天低树"的画风回来，再上车，刘站长和老刘他们的车已经翻过远处的河谷不知去向了。

草原上的河谷地带看上去平坦如砥，局部地形变化依然丰富，加上河谷两侧较多灌木树丛，很容易遮挡地面车辆，影响瞭望。更加不堪的是这里本来是没有路的，我们走过就算是路了。灌木丛阻碍了视线，车无法像在牧场那样选好方向径直前行，需要不停绕道、躲土坑、翻壕沟、穿河道、蛇行斗折，扑朔迷离。冻土上的雪坚硬密实，车辙浅薄，好难辨认。

把向导弄丢了，雪野深处的目的地是个既无经纬度又无人烟的"八连附近"，我们仨都有点不淡定了，担心再这么绕几圈能不能回到公路上都是个问题。

下车找路的样子比较狼狈，低头着趄摸怎么看都有点贼眉鼠眼，远不像下车拍照那么气定神闲，满怀都是为艺术献身的慷慨。哈达、哈斯和我分别朝三个方向走出百十步瞭望，一无所获，冻缩回来。天地一色白，脑子白一色，雪原浩荡无边，看上去壮美诗意，但是在雪野里放眼看去找不着向导和同伴其实是有点催人泪下的。

哈斯拉开车门说："走，咱上车边走边找。"

走。往哪个方向走呢。没有目标的时候选择方向，有点探筹抓阄的意思，我俩推举哈达凭感觉选条路。

哈达是海拉尔人，做司机有些年头了，深知自己责任重大，也不作声，方向盘回位，找了个角度，把车开进河谷，猛一脚油冲上对岸，轮子底下一阵白雪飞扬。往前望去，更深的坑在前头，再掉头回来，偏北驶上另一条雪径，硬着头皮蜿蜒往雪野深处走。十几分钟后前面树丛旁边居然拐出来一辆车。

"问他！过来看见车没有！"哈斯和我一起叫喊，满脸都是相见恨晚的激情。

哈达略一迟疑，车往前溜出十来米，哈哈笑了："不用问，看见他们车了！"

树林背后果然有越野车露出半拉车尾，呼呼往雪地喷热气。

对，就是老刘他们的车。

11

刘站长的"八连附近"是一处河滩地，冬雪像《三套车》里的歌词一样"遮盖着伏尔加河"，不过冰河上没有三套车。这里的河道不如伏尔加河那么宽广，冰面较窄，大约 50 米。岸边的红柳树枝头挂满沉甸甸的雾凇，冰雪从岸坡泄进河道填埋了河面的绝大部分，只在河中心留出不大的一弯水，曲折回环，白雪之中蓝得让人生怜。这弯水流出不远就不见了，变成涓流在积雪下的卵石间隙里找寻出路。想必附近也该有处温泉眼，不然零下近 50 度的气温下不会还有活着的水。河道里隆起的土包和水流冲积的卵石堆，被冰冻得石笋一样坚硬。借助它们，可以像踩梅花桩似的跳过河道走到对岸。杂草深埋在白雪里，一层一层堆积了一个冬季的雪在草上抹出漂亮的弧面。河滩上的石头、土包、草窠被

387

裹在厚重的雪被子里，极不安分地拱起一个一个雪包，连绵起伏，长百余米，仿佛暄腾生动的馒头，一个挨着一个，铺满河道。

旷野蓝天，大雪无痕。空气通透得让人心里藏不下私欲，明亮的阳光在雪野里撒下一粒粒亮晶晶的钻石，银装的红柳树垂手河边，粉妆玉砌，静如处子，它们不动声色地看一群裹得像熊一样肥硕的人手里抓着长长短短的铁家伙在河道上往来穿梭。雪馒头们摆好了一场盛大的宴席，从眼前一直铺向远处，柔软的、约有似无的风在宴席那头吟唱一支长调，悠远，自由。

真是个"对琼瑶满地与君酬酢"的好去处。

半小时后，老刘建议弥补昨天阴霾留下的遗憾，重回根河桥看阳光下的冰封河谷。

集体赞同，启程东进。

这次没有再把向导弄掉了，从"八连附近"顺利回到拉布达林，再驶入 S301 往根河方向，都是熟悉的路线，但是阳光改变了黑夜留在脑子里的印象，雪混淆了街边门店的模样，或者说雪统一了房屋的形式，它们看上去并没有太大区别，光线射角一变，感观也都变了。明知就是昨天走过的路，却无法确认眼前这些是昨天看见过的，这种变化为双眼带来了更丰富更新颖的视觉感受。

拉布达林往根河桥方向穿行于大兴安岭西北麓，属于大兴安岭西坡丘陵岛状冻土区，也是草原向森林过渡区域，一路上山陵起伏，地势跌宕，路边时有防风林（有些还算不上"林"，只是一排或几排树）以不同方式和走向自由散布在草原上，这种随性的洒脱适合牧人秉性，不刻意，不做作，随心所欲，顺乎自然。看似无章无法，其实恰到好处，于规则之外彰显内里的不羁和外在

河里倒伏着一颗粗大曲虬的老树，尽管已经倒下，凭它在河道里躺着的气势，依旧能想见生前铁骨峥嵘、虬枝盘曲的样子

"杭盖"描绘的是可以感知的、有生命力的美好，和"天堂"相近而不是相对的世界，是对自然的敬畏，对纯洁、善良、真诚的美好追忆，是对他们生存的蒙古高原的崇高礼赞

净界

这里太安静，太圣洁。她现在的样子就是前世的样子，她让你听到的就是她正
在言说的，没有顾忌，没有迟疑的，来自灵魂，发自肺腑的低语

原野的无羁也提供了柔情如水的梦想之源，或许再拐一个弯，看到雪原尽头那座孤寂的毡房上飘起炊烟，就不由得会去猜想一桩爱情，一个怀抱，一个温暖的家

大衣面料居然被冻得挺挺直、梆梆硬，摸上去哗哗响，状如塑料，完全不是布料的质感了。有必要这么冷吗？

的平和。

　　这一带冬长夏短，春秋相连。无论秋冬，都是风景最集中的地段。只要停车路边，就有不错的收获。

　　雪季风景壮美又不失柔媚，我和哈斯频频停车记录沿线的诗画风情。摄影是不同人对不同或者同样对象的不同表达，风光摄影也是一样，携带的器材不同对场景的选择也会有差别。老刘带了中画幅相机，哈斯虽然带了 617 宽幅，但那套家伙组装一次快的也得 10 分钟，拍完装箱再 10 分钟，天寒地冻的大兴安岭如果见不到绝世风光哈斯不太愿意来回捣鼓那套东西（事实上他确实在 2012 呼伦贝尔冬季行程中没有打开过那个装着 617 器材的 Pelican 防护箱），一直用着微单。我带的 315 画幅，相对而言要简捷轻便很多，寒冷复杂地形里干活非常方便。这样，我和哈斯停车的需求比老刘频繁很多，老刘和向导刘站长的车跑得快，不一会，又走散了。

　　这一次走散让我和哈斯不约而同想到了告别。

　　因为有公务，哈斯今天晚上必须赶到满洲里，留在拉布达林的时间不多了，如果一路这么追赶老刘，不能选择自己喜欢的机位，会失去很多机会和时间。老刘的时间充裕些，如果今天光线不好或者没能尽兴还可以留宿拉布达林明天再来。我是请了假的，时间也够用，但是我和哈斯共用哈达的车，只能随哈斯的时间决定行程。

　　问哈斯我们要不要跟老刘告别一下？哈斯摸出手机打电话老刘表示了遗憾，老刘的意思是"拉布达林的午饭都准备好了，要不吃完再走？"满洲里离拉布达林百余公里，下午 3 点多天就黑了，午饭肯定不能一起吃了。哈斯说明情况又跟陪同老刘的朋友表示了谢意，陪老刘的朋友们一番好意让我们仨务必"一起吃完午饭再说"。这位朋友虽然为老刘而来，这一路上对我们也盛情款待，关爱有加。哈斯只好先放下电话，把车停在小乌尔根，无论如何也要等到老刘他们的车来，当面致谢，热情告别。

小乌尔根是个不大的村庄，背山面河，藏风聚气，是块福地。村子南面有根河湿地，根河蜿蜒其间。村北背靠小乌尔根西山，山坡平缓，一直向南延伸到湿地，雪天看不见坡上有山石起伏，远远望去山坡和草场没有什么异样。几棵孤树独立在山上，枝干傲然，浪人气质，在满坡白雪映衬下突兀醒目。每次路过小乌尔根都被这几棵树吸引，这次停车仍然下意识就拍了那几棵孤树。回头向南，眼前也有几棵树与远处的根河遥相呼应，举手再拍。

哈斯看我拍得认真，凑到近前低声问"拍坟呢？"

脑门一紧！

坟？

蒙人故去太多风葬，从不起坟，因此在蒙地很少有拍到坟墓的担忧，但是小乌尔根……细一看，那确实是坟。

难道小乌尔根居住的多是汉民？或者蒙汉杂居？一团疑云让胸腔里窒塞了一下。平和安宁对于忙碌一生的凡人尤其重要，躺在那里，是此生最后一个驿站，从此再不用奔波劳顿，殚精竭虑，尘世风霜再不会撩起他们的愁苦和烦乱，尽管一生劳作赢得的只是一生平庸，依然需要以回归的方式感恩大地。故乡是种牵挂，她让活着和故去的人都不愿意走远，现在他们仰望天空，俯视过往，怀念着留在故乡土地上的往事。

在山下默默祝福了故去的人，悄悄把刚拍的图片删除了，我不想以任何方式打扰长眠于此的人。

小乌尔根离加拉嘎大概 10 分钟车程，从 S301 往南一拐，不出 2 公里就是根河桥。

根河桥不是根河市周边的桥，是指加拉嘎段跨越根河的大桥。这里离根河市还有约 100 公里。根河在加拉嘎南边的湿地上猛拐出一个直角，从南北向变成东西向，强劲的折拐在河道内侧形成一片冲积区，大桥建在弯道往西约 200 米位置。河道穿过大桥向西呈扇形展开，河谷平坦开阔，宁静柔美。说不清这个冬天已经下过第几场雪了，它们均匀累积在河道里，只在南侧近岸的地方留下不足 5 米宽的一弯流水，幽蓝深邃，雾气氤氲。这一带地热资源丰富，形成多处不冻河景观。河岸上的树林隐约朦胧，树枝和灌木披满冰霜，河道的雾气迷漫上岸来，缭绕流连在晶莹剔透的树挂里，一派水墨韵味。倒伏在河岸的树杈残枝从积雪里探出头来，似乎也想听听流水淙淙，看看银色世界。河谷沉静悠远，流溢着浓郁的隔世之美。

阳光很好，气温太低，再次在空旷的桥面上感受到如昨天一样的彻骨寒冷。穿上了所有御寒衣物，出车门待不了一会仍然冻得双腿打晃。

刚刚进入寒冷环境里的身体会自动产生热量抵抗外界低温，平衡寒冷带走的热量，维持正常体温。外界温度越低，人体自动调节体温的时间持续越短。如果继续留在极寒环境，身体发热能力开始降低，肌肉和皮肤毛细血管收缩，运动神经敏感度下降，

391

全身会出现僵硬疼痛等诸多不适，体温也随之降到 32—30 度，这是持续时间最长的阶段，只要在这个阶段脱离寒冷环境，稍后仍可回复正常身体指标。一旦进入抑制期，人的机体体温调节功能关闭，体温逐渐向外界温度靠拢，身体会在这个阶段受到不可逆的损害，渐渐器官衰竭直至死亡。零下 40—50 度冻死人太正常了。

现在，寒冷以近乎暴戾的跋扈瞬间带走了体表温度，能感觉到人的身体被冻得缩小了，原本裹得紧紧的内衣外衣空荡了，挨不到身体。脚变小了，放在靴子里像放在筐里一样不着边际，踩在冰雪上也不那么踏实肯定；腿变细了，在裤管里难以控制地晃抖颤动。

没有信心拿出三脚架来，事实上几天来在寒冷逼迫下基本放弃了使用三脚架。原理上讲：要保证画质，如果不用三脚架只能多拍，但求以数量保质量；多拍需要更长时间；更长时间就意味着更冷；更冷导致手臂更抖。支上三脚架图像质量基本有保障，但三脚架会限制移动灵活性、限制机位高度，难以获得更多视角……这是个怪圈。寒冷降低了智商，能在雪野里保持相对正常的活动、维持基本的思维水平已经是很幸运的事。以 -40℃时的智力水平很难在短时间内盘算出到底是用三脚架更费时间还是多按快门更花工夫，究竟是依靠三脚架提高画质省事还是靠多拍快拍来保障画质方便。多么痛苦的思考啊。

大衣外层面料冻硬了，连接大衣帽子的拉锁硬得不能正常开闭。那是件和滑雪服差不多大衣，之所以穿它是因为长，可以随时给周身保温，而且敞开胸前的拉锁就可以把相机放进怀里取暖。

短款滑雪服无法照顾到腿，而且一般不能敞怀收纳相机，否则冷空气很快扑进胸口，所以这次穿了长款。那大衣面料居然被冻得挺挺直、梆梆硬，摸上去哗哗响，状如塑料，完全不是布料的质感了。有必要这么冷吗？干燥温暖的织物都要冻硬？确实太冷，也或许这款大衣面料不适合极寒。☞ 图 F3 下

　　桥上的寒冷还冻出了我的眼泪。有几分钟双眼泪流不止，不是激动于美景，是受冻于极寒。手指冻得像萧瑟的树枝，干枯脆硬，按快门几乎在用小臂力量，对于一项需要精细操作的活计，笨拙僵硬的手指是种灾难，但是又不能轻言放弃。天下拿着相机四处奔走的人大多数都是为了见证真实才出现在现场的，我来了，就是为了站在这里，只是站得涕泪纵横，有点儿狼狈。

　　看完加拉嘎河谷特别想再度东进回到根河。今天阳光那么好，根河会是怎样的风情呢？有 10 分钟，我和哈斯一直纠结去还是不去。非常怀念根河的阳光，又希望加拉嘎的阳光只是老天额外的恩赐，根河仍旧阴霾，如果真是这样我们的遗憾会少点儿。

　　哈达觉得"根河肯定有太阳，这才 100 多公里，天气不会太大变化"，显然他也喜欢根河那一段如梦如幻的温泉河。但是这个猜测戳中了我和哈斯患得患失的内心，我们谁也没接话茬，说什么结果都是个心痛。

　　5 点钟哈斯在满洲里有公务，时间不多了，无论如何都要离开拉布达林。

　　而老刘决定回根河一趟，这个决定又一次撩起我心里隐隐的嫉恨，我甚至开始想象阳光掠过两岸挂满雾凇的树枝的美丽光影，和穿过升腾的雾霭落在河面上图景；体验到老刘在阳光斑驳的河

岸忘情拍摄的快感。嗯，会的，老刘一定心花怒放，只是他还来不及笑出声来，他干起活来那么全神贯注那么忘乎所以。总有一天，老刘会向我们介绍温泉河今天的美丽。

告别了老刘和陪老刘一起过来的几个朋友，我和哈斯掉头往西走了，带着几许嫉妒。

<h1 style="text-align:center">12</h1>

而那嫉妒之外还有一丝羞于告人的兴奋，这兴奋来自于我们终于领回了一份属于自己的孤独。

我喜欢一台车一个人在望不到边的旷野里不问东西地走，阅读大地之书，或者干脆在大地的字里行间跳跃，成为她话语里的某种情绪，她故事里的某个构成，参与大地的记录，或者被大地记录。

十多年来，大部分出行由我和哈斯一起完成，有时候也和今天一样，邀请一个司机。也许合作久了互相默契，也许简单的人少生嫌隙，在路上的日子我们互相尊重，彼此认可，没有过意见冲突。得益于哈斯的稳妥安排，我们的旅途有惊无险，有难无灾，安全、顺利而且快乐。老刘和哈斯同在一座城市，也经常相约外出，偶尔我也凑到他俩的队伍里。老刘年龄大些，野外条件艰苦，起初哈斯总担心照顾不周。但是老刘在野外的战斗力比他的同龄人要高强得多，露营、野餐这种年轻人都发怵的事他一点问题没有，需要凑合的时候相当能凑合。夏天我们一起在鄂温克走过几天，他和大家一起吃罐头、嚼饼干、咽咸菜。晚上如果有蒙古包，年轻人都不愿意睡帐篷，老刘却坚持不进包，自己在车边支帐篷露营过夜。不仅精力旺盛，老刘性情也特别好。有年在巴彦查干，凌晨 4 点多从苏木的招待所里起来准备去吉仁河看日出，一出门就发现天阴要下雨，我和哈斯在门口转一圈准备回床上睡回笼觉，老刘却一个人在院里的草地上跑上步了。问老爷子怎么不睡觉了？老刘呵呵道"年轻嘛，睡不着了。"和他在一起从来不缺少快活，他对自己的身体状况充满信心，而且严酷的现实也证实他的自信并非虚妄。

老刘在东区也有很多老朋友、老下属，每每东去，这些旧友总会相约一聚，因此老刘常常为吃饭这件事花去不少时间，城市之外，我在饭桌上的时间比较难熬。

现在我和哈斯可以毫无顾忌地树起凑合的大旗，藐视吃喝，随走随停，也不用担心照顾不好老刘，可以用有限的时间走更多路。我的身体开始热起来，那是种冲动，如同叛逆的孩子一旦离开家长视线，必须作点恶才可以标榜快乐童年。

兴高采烈地原路返回拉布达林，先去哈斯经常光顾的一家小包子馆找吃的。这家的包子和烧卖各种馅料齐全、味道也好，哈斯跟店家很熟，以前我们俩来拉布达林只要时机合适都会在他家吃饭。

和街上的蓝天地白比，包子馆里有点昏暗，是电影里特务接头交换情报的氛围。包子馆把一间房隔成两半，搞成"前店后厂"模式。靠马路这边面积大点的一半摆了五张小桌子算是就餐区，紧靠桌子有个柜台，里面放着些凉菜，透过柜台背后隔墙上的门洞，隐约看见操作间的地上密密摆了七八眼火炉子正在蒸包子。

隔墙上钉了几排钉子，挂着灰黑油亮的小木牌，木牌上写着本店售卖的各种包子的名字和价格，哪种馅料没有了，就把木板子取下来或者反扣着。外屋西南墙上有两个比巴掌大点的窗口，五六个客人在窗口透进来的阳光里喝着热气腾腾的汤，眼前叠放着几屉刚出笼的包子。屋子里还算安静，只有雾气缥缈的声音。

找了张空桌坐下，管事的女人从柜台里抓过一个夹着圆珠笔的本子过来站在桌边准备点菜，哈斯眼睛盯着墙上的小木牌看我们可以吃什么，嘴里有一句没一句地跟女人闲聊，问她以前掌柜的老人去哪儿了？女人说那是他公公，"天冷，去福建享福去了，过完年再回，鼓浪屿呢。"老人有个暖和的地方过年，不用在拉布达林熬过漫长的满目雪白、足难出户的冬季，当媳妇的很有面子。

"哦哦哦，老爷子不错啊"，哈斯一边赞美女将，一边继续搜索着灰黑牌子上黝黑的字，"想吃点什么？"他有些得意扬扬地问我。

终于可以自己决定吃什么，他掩饰不住心里的得意。几天来硕大的桌子上摆的尽是朋友们准备的饭菜，阔盆大碗，鲜肉热汤，烈酒如焰，浓情似火。这是几天来第一次进小馆子吃饭，不用起立坐下，不用推杯换盏，尽可以使手抓、端盆吃，速战速决，比彬彬有礼正襟危坐省事很多，他和我都有理由兴奋。

"包子！包子！"来这家店基本只有一个选择。

哈斯要了 8 个包子、棒碴粥、一些炖菜和一份不知道叫什么的热汤。各种馅的包子陆续上来，女管事的推荐来份柳蒿芽炖肉，说是鄂温克人爱吃的野菜，哈斯说加上！柳蒿芽炖肉。

柳蒿芽是生长于大兴安岭地区河岸、湿地的野菜，有点苦，形似柳叶，根茎可以吃，过去在野外狩猎放牧的人经常拿来生吃，又抗饿又解渴，缺少食物的日子柳蒿芽是救命粮。每年五六月采来晾干，冬季鲜菜少，可以用来炖肉。柳蒿芽还能解毒、消炎，不止鄂温克人、鄂伦春人、达斡尔人等大兴安岭地区有森林生活经历的各民族人都爱吃。柳蒿芽那么早就参与当地人民的生活，被大家喜爱，有点像《诗经》里长出来的野菜。

三个人呼哧呼哧风卷残云，午饭就结束了，一小桌吃食居然所剩无几。

我喜欢酒足饭饱之后于辽阔草原上挺着腰腹打着饱嗝在蓝天白云下晃荡的感觉。正午，雪地反射的阳光耀人双眼，三个人眯缝了眼睛，又着腿溜出包子铺回到车上，一律安逸陶醉，昏昏欲睡的神态。

冬天给拉布达林的街巷和房屋披上了和草原一样的银装，当地人如果没有重要的事大多不再出门，只有我这种他乡来客不辞艰辛一次又一次往呼伦贝尔、额尔古纳、根河疯跑，像个痴迷于情爱的少年，心里放不下草原，放不下对北方的深爱，想她冬天的样子，四季的样子，想靠近她胸口，感受她吹气如兰的呼吸。

13

带着刚刚埋进肚子里的包子、柳蒿芽和嘴角上残留的棒碴粥散发的粮食特有的余香，我们西去满洲里。

拉布达林到满洲里有两条路可以走：一条是从拉布达林由

S201 向南回到海拉尔，再从海拉尔上 G301 一路向西到满洲里，约 320 公里；另一条是从拉布达林经 S301 向西过黑山头上 X904 国防公路，沿边境线南下到 G301 再向西去满洲里，约 220 公里。走黑山头比绕行海拉尔近 100 公里，但是入冬以来连连大雪，这条路又地处偏远，隐藏在草原腹地，无法肯定沿途能不能顺利通过，路况不明。我们手头可以抵挡未知路况的"牌"包括：三个跃跃欲试的男人，一路不曾遇见的风景和尚还算早的天色。

不假思索，选择了从黑山头去满洲里。

S301 出拉布达林不久在黑山头镇以西接近口岸的地方与室韦过来的 X904 相连，再捋着中国地图里"鸡冠"的轮廓线往南，这是条紧邻国境线的边境公路。我对边境公路充满好奇和喜爱，20 年前第一次在广东走过大陆与香港之间的边境公路，深知那些人迹罕至的路上潜藏了独异的风景。此后只要有机会接近和踏上边境公路都不会放弃。北方边境线与南方差别很大，没有高深的灌木和多变的地形，这里草场平坦，雪季江山一统，天气好的时候放眼可以看到邻国十来公里以外。当然，友邦也是与我邦完全一样的连绵草原。双方各在边境向内 500 米的地方架设了铁丝网，隔出一公里宽的中间缓冲带，便于草场扑火。铁丝网只有一米多高，虽然矮，在旷野里看上去也是视觉障碍，像原野里一道久治未癒的伤痕。

尽管如此，这条路仍然具备所有边境公路应有的神秘和美丽。与 G301 相比，S301 路窄弯多，冬雪之后，路上几乎没有车了。雪原赤裸干净，阳光雪亮坦诚。黑色的公路飞矢一样穿过苍茫雪野消失在地平线外，车是原野上唯一一粒动荡游离的灰点。北方草原具有阔大、旷远、简练、原始的特质，如今，冬雪强化了它的苍凉和旷远，草原上多出了震撼心灵的壮丽。

这是古往今来的英雄们亘古不变的背景，此刻安静宁谧的牧场沉睡在白雪体贴柔软的覆盖里，静下心来依旧听得到奔腾的马蹄和遥远的厮杀。雪野的静谧是种强势的沉寂，浩瀚的雪原让人很容易想到金戈铁马，想到战争和血。原野的无羁也提供了柔情如水的梦想之源，或许再拐一个弯，看到雪原尽头那座孤寂的毡房上飘起炊烟，就不由得会去猜想一桩爱情，一个怀抱，一个温暖的家。☞图F3上

中午，野外气温升至 −30℃左右，比起根河的零下四五十度已经暖和很多，下车的时候大衣都懒得穿了。

暖阳之下，冽风时来，极目四望，天地无涯，瞬间有一阵精神澡风、灵魂浴雪的畅快。深吸几口蓝色的空气，伫立雪野，对苍茫大地致以了虔诚的敬意，各自按动快门记录下清澈的风驰过雪原的样子，一会，身上就冷起来。

风带走了身体表面的温暖，再透过羽绒服拔出抓绒衣下皮肤上的热，很快就用冰冷洗濯了五脏六腑，再待一会浑身就不听使唤了。血液流速变慢，思维速度变缓，反应能力降低。即使中午，离开车的时间也很难超过10分钟，不及时回到车上，关节就发轴了。

大地一律地白，有一段路程周边看上去没有变化，除了雪，还是雪，望不到边的雪，直到有牧人骑着浑身披霜的马从远处走过，大地沉寂的脸孔才稍微活泛一些。

　　寒冷让草原公路也失去了往日的犀利，汽车无法在冰雪铺就的路上真的奔驰起来。如果不是冬季，这样的公路上自驾旅行是种莫大的享受，天空白云翻卷，道路行云流水，心中开满五颜六色的花儿。现在，路上的雪经过冻结碾压，冰坚似铁，刹车稍用点力，车就在冰面上扭起来。S301本来不宽，两侧的冰又占去了一部分路面，车只能尽量在中间细窄的那点儿黑路上行走。大多数时候，中间部分也仅仅露出两条隐约可见的黑线，山阴处的路面则完全被冰雪覆盖着。当路变成两条线或者一片雪的时候，司机就被迫成了杂技演员，加上沿路弯道连续，频繁上下坡，对司机的技能和心理是种持续的考验。哈达有很好的雪天驾驶技术，他和路面上的冰雪饶有兴趣的玩着互相挑逗的游戏。

　　拍一会，冻一会；走一会，暖一会，一路走走停停，反复"冻融"身体，在与冰雪世界的较量中，挑战由我们发起，落败再由我们抱回，屡败屡战。每次与冻得哆哆嗦嗦的身体一起回到车上的还有嘚嘚瑟瑟的内心。雪野辽远，荒无人烟，寒冷寂寥的荒原有我们反复出现，点缀雪原，膜拜冬季，记录童话，足够我们嘚瑟的了。

　　出黑山头，S301在小园山以北向南拐了个直角接入X904往哈达图牧场方向南下。越往南走，人烟越少。这里只有一条公路，公路之外是起伏连绵的雪原，X904细如游丝，它像根枯瘦的树枝被肥美的雪原绑架着颤颤巍巍往南伸去。没有可以选择的道路就失去了调整方向的可能，这条路到底通往哪里？是不是我们应该走的捷径？这些疑问鬼使神差爬进脑子里，有一阵我有种强烈的担心，怕走错路。

冬季在雪原上走错路，什么事都可能发生。尤其在没有通信讯号无法寻求救援的草原上，走着走着，就走没了。我的意思是那个世界太过新鲜太过干净太过童话太过史前，身处其中的人内心潜藏着无数个不愿意离开的理由，只要在雪野里走着，就是满心愉快的，完全不会觉得有什么危险。甚至还有那么一点点走错路的期待，因为走错路可以有机会在雪地里多流连一会。你踌躇满志地走，全然不觉得有什么问题将要发生，但是你的家人朋友你的爱恨可能没有收到任何通知就永远见不到你了。

是的，是这样的，雪野千里，苍茫得让人生出恐怖，原野上只有唯一一对可供借鉴的车辙，此外只有无边无际的白，无法立刻确定那条一直往前的车辙离目标越来越近还是越来越远。手机服务商开始从邻国发来短信"欢迎您到俄罗斯旅游"，叮嘱我们注意安全，并提供了使领馆的电话，表示如果需要帮助，敬请随时拨打。

现在我们确实需要帮助。手机 GPS 一直无法定位，或者定位成功了立即提示"您现在的位置离道路太远，请尽快回到主路上"。会不会边防公路不在 GPS 上显示？假设会，应该怎么回到主路上去？

一直走？好吧。用天空所剩不多的阳光判断了当前方位，继续顺着 X904 曲折向南，等待进入 G301 笔直向西。我知道西边有个城市叫满洲里，这个晚上我们要住在那里，而不是露宿脚下这条路或者路边的雪野。

哈达走过 X904，但是积雪混淆了地标，冬季 X904 周边的地貌与夏季有极大的视觉差，取代青山绿水的是少量的白山黑水和大量的白山白水，世界的轮廓在雪天变得朦胧虚幻，一些有特征的山石河流被雪掩埋着，很难辨识。同时，来自天空的紫外线经过雪地表面的强烈反射一直在损害我们的眼角膜和结膜，我可不希望有雪盲之类的麻烦这么早就青睐我们。

"是不是这条路呢"，哈达在一个路口迟疑了一下，"应该是吧"。他自说自话。

我很担心这种迟疑。对道路和方向的迟疑是浪迹天涯的致命伤，旅人对于道路的依赖远甚于女人对于男人的依赖。几年前从巴丹吉林沙漠出来经狼山去往巴彦淖尔进入河套平原后套的路上经历过一次这种揪心，那时候巴特尔看似漫不经心地选择了一条狭窄坎坷的土石路，让我忐忑不已，第一次生出对道路错误的恐惧，担心那条路能不能辗转指向目的地。尽管巴特尔再三解释说他家就是乌拉特前旗的离这没多远放心吧，我仍然不能释怀。那个午后历经险阻终于在深夜到达武帝时代的朔方郡界（磴口），但是从此留下了道路强迫症，不愿意选择不知底细的路来走。

刚进新巴尔虎左旗之后哈达就信誓旦旦表示：拐过前面那个弯就上 G301 了，但是现在弯道已经再三拐过，G301 依然没有如期出现。一望无际的雪原一定调戏了哈达的认知，这个呼伦贝尔人也认不清呼伦贝尔的路了。好在漫长寂寞的 X904 没有那么多岔路，无论它指向哪里，我们都只能顺路前行。也就是说，只要不离开 X904，我们就不会离开人间。这么想来，心里踏实多了。

如果夏季，X904 是条繁忙的公路。来呼伦贝尔草原旅游的客人中有一部分会乘坐大巴通过这条公路往来于满洲里和拉布达林。冬季，这条路上异常安静。牧人转移到离公路更远更暖和的镇子里，牧场上偶有几群觅食的马匹伸出前蹄刨开积雪下的草，用力咬断，低头咀嚼。听到汽车引擎声音，一些马匹警觉地抬起头朝汽车看过来，嘴里却没有停止咀嚼。马身上一层银白的晶体，在浩瀚雪野的背景里，那看上去更像一幅还没有完成的极简风格油画，正在等待艺术家来补足身上的毛色。马身上的银白晶体是冰和雪和混合物，在眉骨、颈侧、肩隆和髋骨凹陷处稍厚一些，显出结实的白。现在天气晴朗，那些白显然不是新近飘落的雪花，应该是马的体温融释了身上的雪，寒冷又将刚刚融化的雪露冻成冰留在了马匹身上。雪原上的马身无片甲，也没有丝毫寒意，优哉游哉，怡然自得的样子让人慨叹。适应性强，耐寒抗冻有耐力，是蒙古马优于欧洲马的特征。

马群之外，西天正在被渐渐低垂的落日染上橘红，远处的山峦披着红云且歌且舞，原野上的雪如山峦腰间柔软的裙裾从远处一直飘落到眼前。前边不远的地方有转场过冬的牧人留在雪原上的蒙古包和勒勒车，落日用最后的温暖拥抱了它们，为它们在红霞里清晰健壮的轮廓注入高原的古老祝福。很快，落日与远山融为一体，面带笑意，渐渐隐去。

直到如今，仍然无法忘记夕阳留在西天的最后一抹余晖曾经那么轻易就触碰了我内心最柔软的部分，让遥远的苍穹和我冷寂的灵魂在那一刻都因圣诞之夜的这一抹玫红空蒙起来……

14

一辆大客车由远而近进入视线，然后从身边呼啸而过，宽大的风挡玻璃下搁着块白纸板，上面写着这趟车起始站点的名字。哈达说这天这条路上只有长途车通过，从满洲里到拉布达林的。

大客车过去不久，见到另一辆停在路边的大客车，车身一半在路肩，另一半在路面。紧挨着客车身后停了辆 BMW X5SUV。

这是个意外，长途车抛锚了，X5 来救援（好高端的救援车啊）。

车上的客人已经被转移走——刚才那辆呼啸而过的大客车接走的应该是这辆车上的乘客——车厢里只有寒冷的空气。它身后两三个工人更换着各种修车工具在 BMW 和客车之间上上下下来回走动，努力要让这大家伙动起来，他们看上去忙碌而沮丧。

如果两个小时之内发动机不能工作起来，这台熄了火的长途客车就要在零下 40 多度的荒野里冰冻一晚上。那意味着这辆车它将无法熬过这场关于寒冷的劫难，等到天亮，它可能就废了。

我们无法帮到他们什么，与几位修理工交换了关切的目光，放慢车速从两台车旁边的雪地上小心翼翼绕过，浑身凉飕飕的。

天完全黑了，那种渗出蓝光的黑，绸缎般脆亮质感的夜。

冬夜的草原在夜幕下独自解析撼人心魄的凄美，天空冷寂，大地寒彻，雪原泛着微蓝从车后铺天盖地扑向车前，藏进暗夜尽头。夜色如海，车灯如豆，公路一侧的电线杆瘦弱孤独，挂在线杆顶上的电线被寒冷抻拉得笔直挺拔，风一过，嗡嗡鸣响，如同引而未发的弓弦，让人担心再冷一点这些线就会崩断了。车里，我们仨不知道应该说点什么。那两台车和雪夜里的人太让人揪心了，也实在想不到他们会有什么办法让那辆客车尽快脱困。但愿我们离开不久，那辆车能再次咆哮起来，如虎归山。

雪夜宁静，纯粹，雪野反射了星空和月色的光亮，草原之雪夜比草原之夏夜明亮和深远得多，依稀可以看到远处的山峦轮廓窈窕。天空墨蓝，深邃梦幻，车身散发出幽蓝的光泽，像一把擦得锃亮的枪在深蓝的夜里咄咄逼人。夜不动声色，车也声色不动，车灯微弱的光亮在天幕笼罩下执着而倔强。感谢上天为冰雪草原造就了这样的另类夜色，让我们像大海泛舟一样穿过梦幻雪原。

G301 出现是在一个小时之后，她保持了作为国道的矜持和内敛，在冬夜墨蓝的帐幔里若隐若现。当我们穿过巴尔虎草原漫长寂寞的雪夜驶入 G301 的时候，心里漾出一丝被称为"归宿感"的温暖，它润湿了被寒冬冻结的一怀枯寂，温馨得有些奢侈。

傍晚 17：30，我们比预计时间迟到半小时进入满洲里。相比于内地红霞满天的暮色，北方这个边境小城冬季的傍晚可以算内地的"深夜"了。各种霓虹努力闪烁出些暖意来调侃寒冷的夜色，城市中心的楼宇高耸而密集，汽车拖着乳白的雾气在街道间穿行。

由于历史的原因，作为亚欧第一大陆桥的交通要冲，这个西邻蒙古国、北接俄罗斯的城市具有浓郁的中蒙俄三国文化特征。城市里长期驻留着大量俄罗斯和蒙古国客人，因此街巷里除了大量使用中蒙文以外，还随处可见俄文标志，一些餐厅、商场、酒吧的名字也充满俄族韵味，或者干脆使用俄语名称。入夜以后，路灯下那些高大壮实的北方人们步履匆匆，各自去找温暖的巢，没有人愿意在夜色里多待哪怕一小会儿。

酒店来以前就订好。奔波一天确实有点累，确认了房间留下哈达在前台联系晚上存车的暖库，我和哈斯拖了行李急急上楼，到房间洗了个澡，哈斯换了西装，准备去履行公务。

那是个中蒙俄三国合办的选美活动，哈斯一定要让我同去，作为一个怀着强烈审美渴望的男人，就算拒绝得了兄弟却没办法拒绝美丽。但是手头可以当成制服用的行头只有那双前几天刚在拉布达林拿到的"警用防爆雪地靴"，剩下的羽绒衣抓绒衣无领恤滑雪帽滑雪手套雪地眼镜没有一样和笔挺庄严有关。当机立断决定改走时尚范儿，无非是把裤子掖进靴子、用围脖捂住脖子、头上扣顶牙白滑雪帽，套件米黄抓绒衣，临出发又洗了把脸，尽力从眉眼里洗出些点笔挺来，抓上相机，到大堂跟哈斯会合。

哈斯看见我那模样不怀好意地笑了笑，"挺好！"

和大多数公务一样，那天的参与，形式重于内容。要紧的是出现，出现了，效果就自然会显现。由于可以理解的原因，无法在更详尽描述参与选美活动的其他细节。可以肯定的是，一小时后我们回到了满洲里街上。

哈斯说拍点夜景吧？

那就拍。

晚上七八点钟我已经很困很疲惫，满洲里掩藏在浓浓的雾气里，取暖和汽车产生的废气聚留在城市的街巷形成浓密的雾，光影环境说不上美好。室外气温零下 40 多度，徒手使用相机需要很大勇气，脚架在后备厢懒得去取。经过一天的野外拍摄，到晚上，寒冷已经冰冻了拍照的热情。想想如果现在站在车外，先是手冻僵再是脸冻木然后脑袋冻得嗡嗡乱响，就实在不愿意拉开车门。在寒地总会这样，出门以前不由自主地再三算计出去这一趟值不值得。寒夜里到车外只有更大投入，没有太多回报。于是我把车门梭开一道缝，让相机伸出，朝城市的夜按了几下快门，算是回应了哈斯"拍点夜景"的邀请。

　　饥饿是消极和不负责任的另一个帮凶。拉布达林的包子、柳蒿芽炖肉、棒碴粥已经不知所终了，我的胃和神经饥寒交迫。哈斯和哈达也一定是饿了的，只是哈斯有公务，暂时还没时间谈吃饭的事。但是饥饿这个"东西"有极强的时间观念，时辰一到就要出来叫闹。

　　回到酒店直奔餐厅拿过菜单点了很丰盛的一桌鱼肉三扎果饮四份凉菜，直到服务员紧急叫停"够了！够了！你们仨够吃了！"才算罢手。

　　和所有眼大肚子小的人一样，不管我们坐上桌子以前如何气吞万里如虎，也无论坐上桌子以后如何竭诚尽力吞咽，结果仍然没能把它们全部干掉，胃受不了。桌子上剩下的那些菜怒目圆睁，好像随时要大骂三个缺心眼儿的男人。我们看看桌子傻傻一笑，交了钱，羞赧退下。

　　再次回到房间大概在 21 点左右，城市里的大部分人刚刚开始夜生活，我已经想到睡觉了。寒地少有我喜欢的夜生活——事实上我还没有机会知道寒地城市里除了喝酒还有些哪些夜生活——天黑得也早，睡觉成了打发长夜的唯一利器。

　　临睡前去哈斯房间坐了会，明天就要回京了，我们大概盘点了这几天的"收成"。哈斯说我第一天在海拉尔等他，今天在满洲里被他等，如果不来满洲里今天和明天可以在别的地方安心干点什么。这一趟一共不到十天，浪费三天。我说只要在路上就不

能算浪费，尤其是今天晚上从拉布达林过来，这一路上的经历太
难得了，雪夜草原带给我们那么新奇的视觉享受。如果不是有事，
哪有机会晚上走那条路来满洲里呢。哈斯大概是意犹未尽，不想
立刻就收队解散。

让他这么算出个"浪费了三天"的结果，搞得我也矫情起
来。是啊，多不容易的雪季旅行啊，吃了不少苦，受了那么多累，
一天好几次冻得喘不上气来，就这么说结束就结束了？于心不甘
啊。这一趟前几天人有点多，仗打得有点乱；后两天人少了队伍
干练了，收队的时间也到了。我安慰哈斯（更多是在安慰自己）
说天下事总难尽如人意，出门人但求无愧于心，出来好几天了，
总要各回各家的。两下里又说些告别的话，居然搞得戚戚嗟嗟、
婆婆妈妈起来。

然后商量怎么回到自己的城市。满洲里明天没有飞呼和浩特
的航班，哈斯一早起来和哈达回海拉尔，从海拉尔飞呼和浩特。
我订了明天中午的航班，满洲里直接飞往北京。

这样，2012极寒之旅在下一次天亮之后就进结束程序了。

15

早晨醒来，从酒店15楼的窗口看出去，满洲里的天空明媚
晴朗，阳光穿过楼厦四周缭绕的薄雾，悄无声息落在雪地上。城
市在慢慢醒来，街道上有了人和车，商店的招贴和无处不在的广
告画活跃了街市的氛围，使城市不像原野那么萧瑟僻静只能看见
雪的颜色。冬天，即使黑色的柏油路也比漫无边际的雪色温暖。

又想起根河桥那个三五户人家的小村，房舍门口脚印都没有一只，沉寂得让人心悸。雪季里有黑色的路就意味着有频繁活动的人群，有人迹的地方不会太冷寂。从房间看楼下黑色的街道、五彩的招贴，很难相信那是零下40多度的冰雪天下。

蓝天高远澄澈，阳光明媚强劲，白雪涓然若拭，美好的天气煽动起了"再干点什么事儿"的欲望。我又想起雪地驰骋的快意，想起北方冰雪世界的极致美丽，就这么离开晴雪明媚的呼伦贝尔草原不是件很遗憾的事吗？

嗯，我决定改签机票。

我要和哈斯、哈达一起回到海拉尔，从那里再飞北京，这样我们可以走一条跟从拉布达林过来不一样的路回到海拉尔。但是这种选择需要点代价，退机票要被扣一些钱，晚上从海拉尔飞北京的航班只有头等舱了。两下加在一起，多花3000块。用3000块买8小时艳阳高照的冰雪时光是个大赚的买卖啊！我去哈斯房间把花钱买时间的想法叨咕了一遍，他哈哈哈哈地抓着我肩膀：走！海拉尔！咱马上就走！

黑色的车如脱笼之鹄，射向雪野。

光天化日，白雪皑皑。回到童话世界，我们心里再次荡漾出孩子般的快乐。现在，大地只有一种颜色，天空是另外一种颜色，蓝和白的世界明净，空阔。雪色净界让我们恍若重生，我看到初生的孩子对母亲的依赖，对世界的好奇，对未来的向往；看到白云飘过，如同稚嫩的歌谣在天空发出清亮干净的声音。一切都是美好的，冬季奉献给人们这样的大美，人们在这样的冬季里体会自然的厚爱。

　　向东奔跑的 G301 在无边雪色里延伸出不多几条支线，这些纤细的道路是联结草原上遥遥相望的人们之间的温暖和惦念的经络，道路上传送着彼此的爱和共有的美。每一条路看上去都那么新奇，它伸向哪里？那里有怎样的风景，我要如何才能去到路的那头……雪原上的路留给人太多缥缈的想象和未知。

　　嵯岗是个草原小镇，在一条细细的公路的另一端，我们只是想看看这个奇怪的名字到底对应了一个怎样的村庄就拐进了那条细而黑的公路。但是那公路太长了，它没有止步于想象中的终点，还在一鼓作气往前延伸，我们也得以在路上鸟儿一样无拘无束地飞翔。公路穿过嵯岗牧场，大地绵延无际，像天空一样清澈寂寥，风带来云的味道，阳光不知疲倦地刻写雪原的轮廓，一棵树在原野上守望另外一棵树。我们不声不响地飞，掠过天空，云彩，孤树，来到嵯岗。

　　而路仍然没有走到尽头，穿过嵯岗镇继续往南，有个更小的村子，十户人家，或者十一户？十二户？这不重要，重要的是村庄选择了在雪野里安静地等待我们到来。房舍前的草垛上堆满积雪，倒在地上的树干和村庄一样，上面一截白色的雪，下面一截深色的土地，积雪一直是种温暖的样子，它忠实于田亩、村庄、土墙、牧具、倒树的形状，轻轻靠着它们，如同柔媚的姑娘依偎在壮汉的胸脯上。

　　冬季村子里的房舍是不开门的，现在还不到起火做饭的时候，大雪覆盖得结结实实的房顶上会有一只烟囱往天空排送屋里烤火的烟。烟带着多余的热袅袅娜娜地飘起来，在房顶上空不远的位置简简单单地勾画出村庄的生机，尔后飘散，汇入寒冷的空气。那烟的样子里是可以窥见屋里主人的平和与冬季牧人的慵懒的。

驶出马路，轻轻敲开一家杂货店，那门上用一根细绳挂着写有"营业"两个字的纸板。

杂货店在一套院子的北屋，更像一个有过道的门房，余下的几间房分列在院子的东、南、西边，阳光从东南方向生生挤进过道，把一地杂货照得清清楚楚，大米、棒碴、白面、粉条等等粮食和土豆、白菜、红薯之类的菜疏放在北边的地上；马鞭、牧羊兜、羊铲、粪耙、布鞋、球鞋、牛皮靴之类的日用杂品隔了一脚宽的距离分类放在南边的地上。靠墙的货架里摆着些烟酒杂食，白酒多是"草原白""蒙古王"这些牧人喜欢的品牌；香烟除了内蒙古产的"呼伦贝尔""鄂尔多斯""丛蓉"还有些其他地方的品牌，还有"黄鹤楼"（那是来自我故乡的一款知名香烟），花花绿绿的方便面和挂面靠在一起。货架外的墙上挂了十几顶各式帽子，棉的单的带毛的带皮的有檐的无檐的都有。油盐酱醋放在柜台把角的几个瓦罐里，柜台下的隔板上有学生写字画画用的单线本、田格本、水彩笔、铅笔、橡皮，隔板一头还有塑料鸭子彩色风车之类的玩具。玩具和文具之间放了一个面目灰黑的纸盒子，里面有同样灰黑却泛着些暗绿色的毛票和依稀闪出幽暗银光的钢镚，那是用于找赎的零钱。

三个人进屋，精瘦的、有些佝偻的男主人和他稍胖的、有些黧黑的媳妇应声从南边的屋里出来。

有客人来，店里的男女主人并没有逢迎地笑。和内地的一些店主不同，草原深处的杂货店做的是乡邻买卖，要的是实在厚道

411

和方便实惠，用不着刻意地堆些笑脸喋喋推介。女主人站在地上的物件跟前，等着帮我们挑拣出想买的东西，男主人晃晃悠悠站进柜台后面准备结账。在这个小店里买东西需要经过一场接力：买主说好什么东西，女主人帮助从铺满一地的货品里挑拣出来递给买主验货，不中意了再换，中意了买主拿着货品去男主人的柜台结账。他们听得懂简单的汉语，也能说一点。尽管生硬，男主人仍然坚持着用普通话告诉我想要的烟多少钱一条。

我要买点烟，哈斯不买什么，他只和店主人聊天，用蒙语。瘦而有些伛偻的男人用起蒙语来面部的肌肉柔和了很多，他们很默契地聊，一会就互相友好地笑起来，后来有些激动，彼此眼里都闪烁出了动人的光亮，两个人的神情看上去很温暖，有随时可以把臂相拥的冲动。我觉得有什么事情在发生，便去问哈斯缘由。哈斯说刚在跟老板聊他家里的事，聊着聊着发现也是通辽迁来的，"老乡啊！"他兴奋地嚷起来，眼神不仅温暖而且生动了起来。

我说来一盒呼伦贝尔吧，"呼伦贝尔"也是内蒙古生产的一种香烟品牌。晚上就回北京，一盒烟足够了。

"来一条！"哈斯说，"这回到内蒙古来还没送你什么礼物呢，老板给他来一条。"哈斯特别不喜欢我抽烟，但是他为我未来的四五个小时买了一整条烟。他是个讲究的人，懂得尊重兄弟的喜好，哪怕兄弟喜欢的某些恶习并不值得尊重，于他而言，只表达友爱，而非公义。

我很惭愧。打开烟点上一支，意味深长地抽了一口，告别了杂货店和它的主人。

屋外的阳光依然那么明媚。这个镇子位于新巴尔虎左旗北部，东边与陈巴尔虎旗交界，南边以新开湖与吉布胡郎图苏木毗邻，西与嵯岗牧场相连，北隔额尔古纳河与俄罗斯相望。"嵯岗"这个看上去有些古怪的汉语名字是由自蒙古语"查干"，它的本意是"白色"，当地居民也称嵯岗为"查岗"。

千万不要以为嵯岗只是个颜色信息，这个小镇的底蕴在于它早在 100 多年前就通了铁路，如今许多炙手可热的大城市那时候也未必有火车通过。1900 年修建的中东铁路，在嵯岗设火车站，车站建有一座水塔，高约 20 米，水泥抹灰，远远看去就是个白色的塔，从此这地方就有了嵯岗（查干）这个名字。

嵯岗站开站于 1901 年，车站候车室是开站初期建设的砖石结构房屋，现在仍在使用。当时为五等站，目前为四等站，和青藏铁路的唐古拉站相同的"会让站"和"越行站"，四等站可以办理综合业务，是除"旅客乘降所"以外，能够办理客货运业务的车站中最低等级的车站。有北京、哈尔滨、绥芬河、大连往返满洲里的列车在嵯岗停靠。也许有一天，你从北京搭乘火车，穿过华北平原，穿过燕山余脉，进入蒙古高原之后，在浩荡草原上一个白色的水塔附近跳下火车，独自走进了北中国茫茫草原，那就是嵯岗了。

了解到嵯岗掌故，想起大学同舍的重庆同学经常挂在嘴边的那句家乡俗语——瘦是瘦，有肌肉。

嵯岗虽瘦，肌肉不软。

16

离开嵯岗，往北飞奔，去找 G301。无名公路穿越嵯岗牧场的山梁和洼地，在白得没有一点杂色的雪野里起起伏伏。尽管太阳升起老高了，从梁上向四面望去，仍然有很好的风景。只是冷，酷冷。梁上风大，一下车全身就冻缩了一圈，手足无处安放，不得不放弃很多可能的拍摄。即使拍了，也多少带着些不得已的随意。现在想来，觉得那时的懒偷没有道理，可是当时……需要的实在不仅仅是勇气。北方以北的冬季，冻是种常态，感受这里的冻，像感受一场眼花缭乱的盛宴，无奈，却不舍。

沿 G301 向东，辽阔的巴尔虎草原依然沉浸在壮阔无垠的白色童话里，西乌珠尔的马群三三两两在正午的雪原里游逛，寻食。马是草原上最活跃的音符，也是草原俊逸的灵魂，难以想象如果没有马，会是谁来点亮辽阔的草原。雪季，马在白色草原走走停停，一边觅食充饥，一边倾听巴尔虎草原的心跳。它们或昂首高坡之上，或埋头阔野之中，风姿雅望，怡然自得，为沉寂的童话草原谱写出灵动妙曼的节律。

下午 3 点多钟，进入海拉尔。城市的雪失去了晶莹的白，多出些尘世的灰黄，带来的压抑和沉闷瞬间改变了雪原的净闲，让人没有了停车观赏的兴致。

俊卿在桥头附近找了间安静的火锅店，四个人在那里简单吃了些晚餐，离别的无奈像火锅里的碳火一样越烧越烫。

5 点 30 分，乌哈斯从海拉尔飞往呼和浩特。

8 点 40 分，我从海拉尔飞往北京。

我们走了，像来的时候一样匆匆忙忙。在我身后，在北方以北，茫茫雪原依然表里俱净，不惹红尘。

后记

那些消失在风里的路

鸿雁

扫一扫 边听边读

　　刘明清先生提议，在每篇文章前面，加一个路线示意图，我需要提供些途经的地点用于绘制路线图。这事儿前半段比较好办，从北京出发到各地的国道、省道、县道都很清晰、也非常顺畅。后半段上了乡村道路也不错，尽管没有统一编号，偶尔还能在路边的里程碑上看到"××线"的名称和公里数。比较难办的是进入原野的最后百十公里，那些地方没有人居，没有前往的路，甚至还没有名字，精确标注比较困难。但是最虔诚的朝圣客最醉心的就是最后的百十公里，那里抵近绝无仅有的风景，有诸多精神寄托，集合了梦想中的"诗和远方"。作为一个目的地，它在旅人心里地位显赫，没有了它，往来的跋涉毫无意义。

　　游牧的人有了马匹就有了世界，看见牛羊就看见了生活。他们习惯于在马背上赶着成群的羊牛从天边的草原慢慢走过，在自己的世界里过自己的生活。乐于聆听牲口的蹄子踩过青草发出的耳语般的声响和青草里散发出来的从大地一直弥漫到天际的芬芳。汽车在草原上远不如马匹和牛羊那么受欢迎，它不是草原上世代繁衍下来的物种，既不能产奶也不能吃肉；车在草原上只能沿着已有的车辙行走，不能像马匹那样随意出入草场。在牧人眼里，车轮压出的路是草原上的伤痕。所以每当不得不开车进入草原深处的时候，多多少少有些如履薄冰的战栗，生怕压倒了不该碾压的青草。而你知道，车在坦荡的公路上只有速度没有细节，旅途最有质感的故事大多都发生在最后的百十公里——那些无法标注清楚的、没有路的路上。

有年 7 月的某个夜晚，我们离开公路经过西乌珠穆沁与阿鲁科尔沁之间的辽阔草场，跟着骑摩托车的牧人在河谷、沙地、草场里跋涉两个多小时，于深夜住进了山坡上的蒙古包里。第二天下雨，第三天下雨，雨天的草原上无处可去，只能在包里睡觉。持续的雨水漫进毡房，睡觉的铺板离草地上平铺的砖块大约 10 厘米高，躺在地铺上百无聊赖的时候，会从睡袋里抽出手来拍打地面的积水打发时光。第四天天晴了，在走出毡房伸第一个肆无忌惮的懒腰的时候，猛然发现远处有一间似曾相识的小砖房，那不是马拉根坝护林站吗？前年我和乌哈斯在那间小屋里借宿过一晚上。

是的，就是那间小屋，通过它我可以准确地回忆起怎么以更简捷的方式走出这片牧场找到最近的公路。于是离开马拉根坝的时候没有再请向导，我这个生活在北京的南方人沿着草原上若隐若现的车辙把另一辆内蒙车上的内蒙人带出牧场。这些印在心里的路，能记得它，得益于行走的人对草原的爱意和情义。如同牧马人认得马群里的每一匹马，爱路的人对原野上的路也有与身俱来的敏感。只是要在并不细致的地图上准确标注这些大地经络一样曲曲折折的路径，非常困难。

戈壁上也没有路。与柔软温顺的草地相比，浩瀚戈壁的面孔里多出一副拒人千里的生硬。如果能在戈壁上看见肤浅隐约的两条白道，就是上天垂怜了。即使如此，要深入戈壁和沙漠，也得有生长在蒙古高原的死党、助理、朋友同车前往，或者有一个在西部生活了一辈子的老额吉告诉你一些与大漠有关的往事。也就是说，原野只听得懂"本地口音"，一个与大漠没有感情积累的"外地人"如果不做足功课，没有向导指引，没有友情依靠，贸然进入，结果很可能像个冒失鬼一样去而难返。

独异的风景总在那些无路可去的去处。越是没有路的旷野，越是容易激发人们去走出一条路来的冲动。在大漠里，苍茫对人有种极友善的诱惑，很多时候看着脚下那些晶亮闪烁的砾石会问自己：我会不会是有史以来第一个立足于此的人类？是的，去没有路的地方走出一条路来，是很多人爱上穿越和行走的理由之一。所到之处，并不以征服道路为目的，也很难凭记忆标注出一条准确的路径来。

有些路径虽然清晰明了，却常常轻易消失在我们的随性和大意里。曾经与乌哈斯相约在黑夜的克什克腾会合，那天下午3点来钟我从北京出发，先约好他从经棚过来，我们在乌兰布统见面。快到的时候他打电话说"要不咱经棚见吧"，这时候天已经黑了。经乌线当年还是条少有人迹的小油路，夜色冰凉，我的车像夜空那块巨大的黑布上一根细小的缝衣针嗖嗖穿过120公里丘陵草场。到经棚给他打电话，他说"再往北走，还有大概90公里，我在达里诺尔等你。"往北开到80公里左右问他：集结地附近有啥地标？我快到了。他说"唉呀，你走过了，忘记告诉你往北70

公里的时候要往西拐进来 20 公里，一共 90 公里，我在达里诺尔。"然后我掉头，在黑夜里找到那条无名无姓的沙石路，摸到达里诺尔。见到哈斯的时候夜很深了，他已经在湖边的蒙古包里喝完了 8 斤马奶酒。他嘱咐我："回去了告诉你的北京朋友：我的蒙古兄弟一次喝过 8 斤白的！"显然他还没有醉，还在像喜欢炫耀膂力的蒙古英雄一样标榜酒力。不知道是不是草原上的人都这样，在他们看来草原上只有原，没有路。路是飘忽的，不确定的，无法描述的。那个约见让我们俩都很辛苦，但是心里还是颇得意的，我喜欢在原野上飘来，飘去，在一波三折里品尝百感交集。

时至今日，定位技术已经可以通过经纬度对地球上任意一个点进行精准的描述和标注，无论原本有没有道路，把这些点连缀起来，航迹都非常准确，路也生成了。但是科技的介入让人少了那份陶潜似的悠然和不期而遇的惊喜，尤其对于意在人文体验而非穿越探险的旅人，如果没有与大自然独处的闲适、淡远和清穆，没有了兄弟协力跋山涉水的平和、充实和信赖，没有旅行途中的意外、邂逅和悲欣，怎么能体验到一场完美的旅行呢？

何况我的初衷也并非探路，我只是喜欢看大地一望无际的样子和原野上风吹草浪的美好。

2017.5.18.

除了它，还有谁能这样年复一年地在如血残阳里放逐灵魂？还有谁能这样日复一日地享受亘古的夕阳吞没身影的快感？